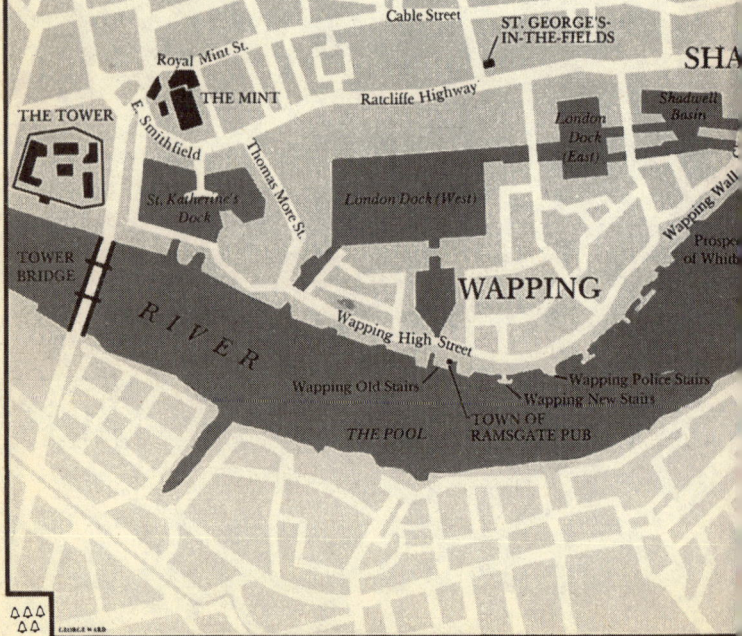

LONDON

EAST
END

ISLE
OF
DOGS

WHITECHAPEL

Cable Street

ST. GEORGE'S-
IN-THE-FIELDS

SHA

Royal Mint St.

THE MINT

Ratcliffe Highway

London
Dock
(East)

Shadwell
Basin

THE TOWER

E. Smithfield

Thomas More St.

London Dock (West)

Wapping Wall

Prospe
of Whit

St. Katherine's
Dock

TOWER
BRIDGE

RIVER

WAPPING

Wapping High Street

Wapping Old Stairs

Wapping Police Stairs

Wapping New Stairs

THE POOL

TOWN OF
RAMSGATE PUB

GEORGE WARD

LONDON EAST END

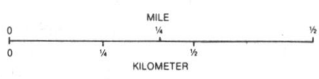

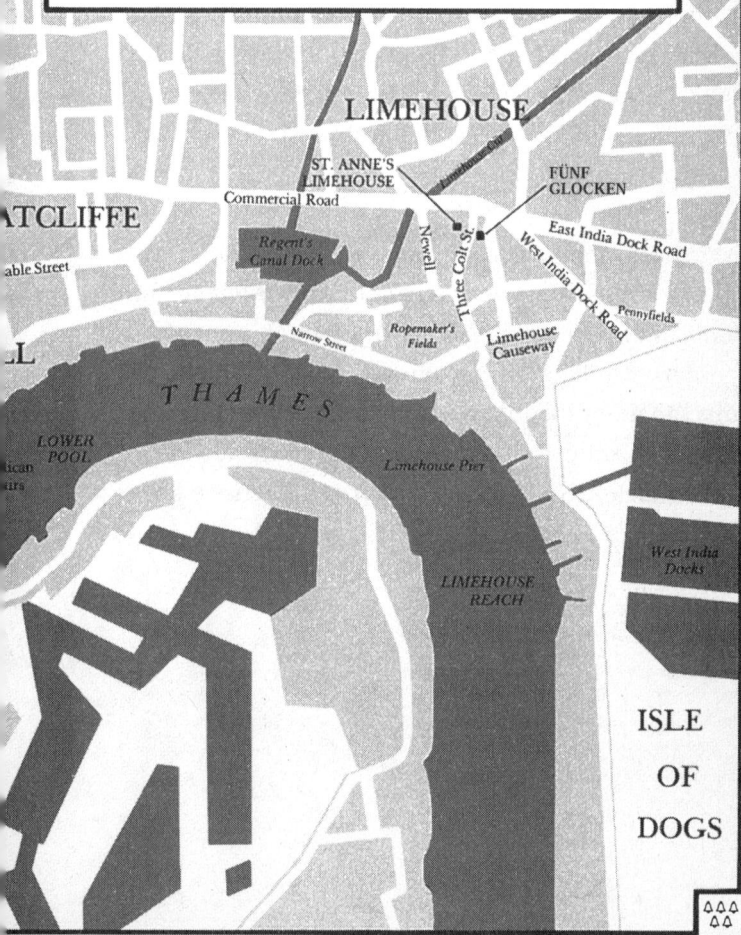

MILE

0   ¼   ½

0   ¼   ½

KILOMETER

LIMEHOUSE

ST. ANNE'S
LIMEHOUSE

FÜNF
GLOCKEN

Commercial Road

East India Dock Road

ATCLIFFE

Regent's
Canal Dock

Newell

Three Colt St.

West India Dock Road

Pennyfields

able Street

Narrow Street

Ropemaker's
Fields

Limehouse
Causeway

L

T H A M E S

LOWER
POOL

Limehouse Pier

ican
airs

LIMEHOUSE
REACH

West India
Docks

ISLE

OF

DOGS

«Wie bei Agatha Christie geht es auch bei Martha Grimes nicht um Mord und Totschlag, sondern um den so viel subtileren Kampf der Seele (Liebe, die Leiden der Verschmähten, Geld und Gier), in dem sich der leise und geduldige Inspektor Jury zwischen Wahn und Wahrheit verstrickt ... Diese Geschichte zwischen Docklands und Landhausidylle ist eine wahre Wonne.» («Brigitte»)

Martha Grimes, geboren in Pittsburgh/USA, studierte Englisch an der University of Maryland und lehrt heute Creative Writing und Literatur am Montgomery College in Takoma Park, Maryland. Sie machte mehrere ausgedehnte Reisen nach England. Martha Grimes gilt als wahre Meisterin des klassischen Detektivromans. Kritiker schätzen sie sogar höher ein als Agatha Christie.

Martha Grimes

Inspektor Jury besucht alte Damen

Roman

Deutsch von
Dorothee Asendorf

rororo

Rowohlt

Ungekürzte Ausgabe
Überarbeitete Übersetzung
Veröffentlicht im Rowohlt Taschenbuch Verlag GmbH,
Reinbek bei Hamburg, März 1996
Copyright © 1990 by Rowohlt Verlag GmbH,
Reinbek bei Hamburg
Die Originalausgabe erschien 1987 unter dem Titel
«The Five Bells and Bladebone»
bei Little, Brown and Company, Boston/Toronto
«The Five Bells and Bladebone»
Copyright © 1987 by Martha Grimes
Umschlaggestaltung Susanne Heeder
(Illustration Bruce Meek)
Gesamtherstellung Clausen & Bosse, Leck
Printed in Germany
1690-ISBN 3 499 33125 X

Für meinen Lektor Ray Roberts,
der aufpaßt, daß Jury nicht auf die schiefe Bahn gerät;

und für Kit Potter Ward,
der dafür gesorgt hat, daß er nicht verkitscht.

Orangen und Mandarinen,
Klingt's von St. Katharinen.
Steine aus der Ziegelei,
Klingt's von St. Giles.
Heller und Dukaten,
Klingt's von St. Martin.
Zwei Taler, zwei Äppel,
klingt's von Whitechapel.
Willst du mich prellen?
Klingt's von St. Helen.
So gib sie mir denn,
Klingt's von St. Anne.
Ich mach den Fitsch,
Klingt's von Shoreditch.
Sag, schaffen wir's nie?
Klingt's von Stepney.
Du bist mir zu schlau,
Klingt die Glocke von Bow.

– Alter Kinderreim

Inhalt

DANK

Zwar dürfte Lady Ardry anderer Meinung sein – sie wiegt sich nämlich in dem Glauben, daß jede der wertvollen Informationen in diesem Buch ganz allein von ihr stammt –, ich jedoch möchte hier vor allem Alan Webb für die Spaziergänge in Limehouse und Wapping danken, Harry Webb für die Informationen über die Themse und Diane und Bill Grimes für den *secrétaire à abbattant*.

Erster Teil

Zwei Taler, zwei Äppel,
Klingt's von Whitechapel

1

WENN MAN SICH HIER nicht darauf gefaßt machte, daß man gleich die Kehle durchgeschnitten kriegte, wo dann?

Whitechapel, Shadwell, der Ratcliffe Highway: Bilder vom blutigen East End schossen Sadie Diver jedesmal durch den Kopf wie Messer, wenn sie auf ihrem nächtlichen Weg von Limehouse Schritte hinter sich hörte. Sie mußte immer noch daran denken, als ihre Absätze schon das feuchte, von Nebel verschleierte Pflaster von Wapping entlangklapperten. Und geschnappt hatten sie ihn auch nicht, oder? Nicht weit her mit der Polizei.

Vor ihr schimmerte die Leuchttafel des Fisch- und Aalgeschäftes kränklich gelb durch den dichten Dunst. *LEBENDE AALE. GEKOCHTE AALE. AAL IN SUELTZE.* In den letzten beiden Monaten hatte sich Sadie Diver mehr mit Schreiben und Lesen beschäftigt als in den ganzen achtundzwanzig Jahren zuvor. Sie wußte, daß dort *Ü* statt *UE* hätte stehen müssen und daß das *T* in dem Wort nichts zu suchen hatte. Bin wahrscheinlich die einzige, die in Wapping auf Achse ist und das weiß, dachte sie.

Von der Wohnung in Limehouse bis zur «Stadt Ramsgate» waren es zu Fuß zwanzig Minuten, und sie war verärgert, daß er sie zu einer sogenannten «Kostümprobe» dorthin bestellt hatte. Mein Gott, als ob sie das nicht schon ewig und drei Tage durchgekaut hätten! Und daß Tommy morgen abend auf Besuch kam, das hatte sie ihm vorsichtshalber gar nicht erzählt. Er hätte sie glatt umgebracht.

Als Sadie auf gleicher Höhe mit dem Fischgeschäft war, kamen sie einfach auf sie zu: sie waren nur zu dritt, aber sie schafften es, wie eine ganze Mauer von Punks zu wirken, als sie aus den Schatten der Seitengasse neben dem Laden auftauchten; einer spuckte in die Gosse, einer lächelte irre, einer machte ein steinernes Gesicht.

Das übliche «Hallo, Süße», die üblichen Zoten, während sie ihr wie festgewurzelt den Weg versperrten. Alles was in ihrem Rücken geschah, machte sie nervös; mit dem, was vor ihr war, konnte sie fertig werden. Darin hatte

Sadie Übung. Tatsache war, sie hatte darin so viel Übung, daß ihre Hand automatisch in die Umhängetasche fuhr und mit einem Schnappmesser wieder zum Vorschein kam. So unvermutet blitzte es im wäßrigen Schein der Leuchttafel auf, daß sie auseinanderfuhren, ihr noch etwas über die Schulter zuriefen und sich hinter dem Nebelvorhang in die Seitengasse davonmachten.

Im rauchig wirkenden Schein einer Straßenlaterne blieb sie stehen und warf einen Blick auf ihre Uhr. Sie vergrub die Hände in den Taschen des alten Regenmantels, ein Fetzen, den sie normalerweise nicht ums Verrecken angezogen hätte, und tastete im Weitergehen nach dem Messergriff. Er hatte gewollt, daß sie trug, was sie bei all ihren Treffen getragen hatte und was sie auch an jenem letzten Tag tragen würde. Jedenfalls dachte sie daran gern als des letzten Tags ihres alten Lebens. In diesem Fetzen und ohne Make-up, wie hatten die Typen sie da nur anmachen können?

Solche dicken Nebelschwaden hatte sie schon lange nicht mehr gesehen. Und dabei hatten sie den 1. Juni. Frühsommer. Kalt wie Klostermauern; kalt wie eine Nonne... Sie stellte den Kragen hoch und lächelte bei dem Gedanken an die Barmherzigen Schwestern. Sie hielt sich für eine gute Katholikin, aber eine noch bessere hatte sie eben nicht werden wollen. Sie und Nonne. Zum Totlachen.

Sie bog nach links ab und dann nach rechts, schlug die schmale Straße am Fluß ein. Wieso hatte er sich bei Wapping Old Stairs mit ihr treffen wollen und wieso ausgerechnet jetzt, wo der Pub schon zu hatte? Eine Wand aus Speichern türmte sich in der Dunkelheit vor ihr auf und hüllte sich in die Nebelschleier, die von der Themse herüberwehten. Es war ihr, als müßte sie sie wie Spinnweben beiseite wischen, doch sie klebten an ihr. Als sie an der Hauptwache von Wapping vorbeikam, mußte sie lächeln. Die Wache war hell erleuchtet und nach elf Uhr ungefähr das einzige Zeichen von Leben hier.

Als sie den Pub «Stadt Ramsgate» erreichte, hörte sie schon wieder Schritte hinter sich. Die gleichen konnten es nicht sein, die hatte sie doch schon beim Fischgeschäft abgehängt. Trotzdem war sie fast erleichtert, als sie die Straße verlassen und im Schatten von Wapping Old Stairs untertauchen konnte. Diese bestanden aus zwei Reihen Stufen, die ganz alten waren moosbedeckt; am Ende befanden sich eine kleine Slipanlage und ein altes Boot mit einer Persenning darüber.

Dumpfe Schritte über ihr; sie reckte den Hals, sah aber weiter nichts als den diesigen Schein einer Lampe, die an einem Bauwagen hing. Sie ging ein, zwei Stufen hinunter und blieb jäh stehen, als sie Holz auf Stein knirschen hörte und das Quietschen der Ruder auf Metall. Ihre Augen weiteten sich, als sie die Gestalt in dem kleinen Boot entdeckte. Der lange Mantel und der schwarze Hintergrund der Themse machten es unmöglich, etwas Genaues zu erkennen. Es mußte ein Ruderboot oder eine Jolle sein, an der wohl jemand arbeitete; sie konnte es nicht ausmachen, hatte aber auch nicht die Absicht, auf den Stufen auszuharren, nur um das herauszufinden.

Sadie begann, die Stufen hinaufzusteigen, rutschte jedoch auf dem nassen Stein aus, blieb mit dem Absatz hängen und hätte fast das Gleichgewicht verloren. Gab es denn da wirklich nichts zum Festhalten? Im Rutschen bekam sie gerade noch die glitschigen, kalten, bemoosten Stufen zu fassen, die so abgetreten waren, daß sie diesen Namen kaum noch verdienten.

Die Gestalt aus dem Boot stand jetzt eine Stufe unter ihr und sah sie an.

Sadie wollte ihren Augen nicht trauen.

Eine Hand kam aus dem langen schwarzen Mantel hervor und hielt etwas, dessen Klinge weitaus gemeiner aussah als das, was Sadie bei sich trug. Falls sie versuchen würde, die Treppe hoch zu fliehen, bekäme sie die Klinge in den Rücken.

Also warf sie sich zu Boden, und während die Gestalt über ihr herumwirbelte, ließ sie sich die Treppe hinunter- und halbwegs in die Themse gleiten. Das lange Messer durchschnitt die dicke, faulige Luft und verfehlte sie um Haaresbreite. Sadie konnte es herabzischen hören.

Sie zog ihrerseits das Messer aus der Tasche und kletterte ins Boot. Sie kannte sich mit Booten aus, genau wie Tommy. Draußen zog ein schwarzer Schiffsrumpf vorbei, wahrscheinlich ein Frachtkahn auf dem Weg zu den Ziegeleien in Essex. Noch weiter draußen sprenkelten ein paar Leichter das Wasser. Zitternd vor Angst griff sie nach den Rudern, denn die Ge-

stalt setzte ihr nach. Das Schnappmesser entglitt Sadies Händen und fiel in das Bilgenwas-
ser, das sich im Boot gesammelt hatte.

Sie tastete danach, und als sich ihre Finger
darum schlossen, sah sie die weißen Hände,
die an der Bordwand zerrten.

Tommy Diver stand auf dem Dock und schaute
zu den Leuchttürmen von Gravesend und Galleon's Reach hinüber. Ein schartiger Licht-
strom von Rot und Orange ließ den Nebel über
der Flußmündung leuchten, als hätte man Ka-
nonen abgefeuert. Meilenweit erstreckten sich
die Docks, Werften und Speicher längs der
Themse, bis zur London Bridge und zur Isle of
Dogs. Vor noch gar nicht allzu langer Zeit waren an die achthundert Schiffe gleichzeitig unterwegs zum Londoner Hafen gewesen; jetzt
fuhr kaum eins mehr weiter als bis Tilbury.

Er konnte sich gut vorstellen, wie es zu Zeiten des Indien- und Osthandels ausgesehen
hatte: überall lackierte Bugspriete und rostrote
Segel wie ein blutunterlaufenes, finsteres Wol-
kengebilde. Als er versucht hatte, mit seinem
Freund Sid darüber zu sprechen, hatte der nur

gelacht. *Sei nicht so romantisch, Junge.* Sid war in Venedig gewesen und hatte lauter Orte gesehen, die Tommy nur vom Hörensagen kannte. *Venedig ist erfüllt von Gold- und Blautönen wie ein juwelenbesetzter Drache. Aber das Schiff da* (und dabei zeigte er auf eins, das vor Anker lag) *ist nur ein alter Kettenhund, der in einem Torweg von Gravesend schläft.*

Tommy spürte plötzlich Gewissensbisse, weil er Tante Glad und Onkel John angelogen hatte; aber sie hätten ihn nie nach London gelassen, nicht mal für zwei Tage. Er fand, er müsse diese Gelegenheit, Sadie zu besuchen, unbedingt nutzen, ganz gleich was sie von ihr hielten. Sid würde ihn decken. Er kuschelte sich noch tiefer in die schwarze Lederjacke, die er sich im Secondhand-Laden von Oxfam von einem Teil des Geldes gekauft hatte, das ihm seine Schwester geschickt hatte. Sie war ihm zu groß, aber echtes Leder, nicht dieses billige, steife Zeugs, das bei jeder Bewegung knatschte. Wenn man mit der Hand darüberfuhr, fühlte es sich daunenweich an.

Wapping lag keine dreißig Meilen entfernt, Flußlauf und Luftlinie gerechnet. Er kannte den Lauf der Themse in- und auswendig – Tilbury, Greenhithe, Rotterhithe, Bermondsey, Deptford. Er wußte, daß ihm der Fluß und seine Arbeit mit Sid auf dem Schlepper fehlen würden, auch wenn es nur für zwei Tage war.

Sie hatte gesagt, vielleicht könnte er eines Tages sogar nach Limehouse kommen und bei ihr wohnen, wenn sie erst eine größere Wohnung hätte. Aber die Platte kannte er – *die Schule, wenn du mit der Schule fertig bist*. Tommy versuchte, das quälende Gefühl loszuwerden, daß sie ihn gar nicht wirklich bei sich haben wollte, nicht mal jetzt. Und doch hatte sie ihm das Geld geschickt. Noch nie im Leben hatte er fünfundsiebzig Pfund auf einem Haufen gesehen.

Von Galleon's Reach kam der trostlose Warnton einer Glockenboje. Ein Schlepper auf dem Weg zu einem schwarzen Schiffsrumpf weiter draußen in der Mündung fiel schwermütig ein. Er war noch nicht mal fort, und schon hatte er Heimweh. Er spürte den bedrückenden Schatten des vorbeifahrenden Schleppers und überlegte, wie viele Becher starken Tees er schon vom Maschinenraum an Deck getragen hatte. Er liebte den Fluß, aber Sadie liebte er auch, und nie im Leben war er so traurig gewesen wie an dem Tag, als sie von Gravesend nach London gegangen war. Die Erinnerung an sie veränderte sich ständig, war fast wie ein Traum, daß er manchmal meinte, er hätte sich das alles nur ausgedacht. Aber er hatte doch noch so viele Kleinigkeiten aus ihrer Kindheit so klar vor Augen, oder? Eher aus *seiner* Kindheit. Sie war zwölf Jahre älter, aber er glaubte sich zu erinnern, daß sie ihn immer mitzockeln ließ, ihm beim Zeitungshändler Süßigkeiten kaufte, auf dem Gehsteig mit Kreide Käsekästchen für ihn aufzeichnete und mit ihm im Kinderhaus spielte.

Zwei weitere Schlepper rauschten vorbei, färbten sich im letzten Schein des Sonnenuntergangs auf dem Wasser blutigbraun. Es war eine Fläche, auf der die fahle Sonne erst zu schweben und dann unterzugehen schien. Weit draußen konnte er die winzigen schwarzen Gestalten der Schleppercrew sehen, wie sie auf die Leichter kletterten, sie auseinanderzogen und am Schlepper vertäuten, so daß man sie zur Werft schleppen konnte.

Nach Sonnenuntergang bekamen die verlassenen Gebäude, die vernagelten Fenster der Speicher etwas Trostloses, Unbehaustes. Er

sah zu, wie der Schlepper zur Werft zurück-
tuckerte, in seinem Schlepptau die Leichter.

Komisch, aber morgen würde er dann wohl
in einen Zug steigen und in eine Stadt fahren,
die nur ein paar Meilen stromaufwärts lag und
die man unendlich viel einfacher auf dem Fluß
da erreichen konnte; er brauchte nur bei Wapping Old Stairs oder Pelican Stairs von Bord
eines Schiffes zu gehen oder von einem
Schlepper herunterzuklettern und könnte dort
sein Glück machen. Aber das war sicher nicht
das Glück, das Marco Polo erwartet hatte.

Die Schüssel war leer; niemand rief.

Die weiße Katze wanderte auf leisen Pfoten
um die ausgetrockneten Wasserbecken herum
und den kiesbedeckten Pfad durch die sorgfältig angelegten Gärten entlang. Einen Augenblick blieb sie ganz still sitzen und rührte sich
nicht, dann schob sie sich durch eine Schnee-
ballhecke. Unter einem Rosenbusch hielt sie
erneut inne. Weiße Blütenblätter rieselten
herab, als die weiße Katze einen Satz nach
einem grauen Schatten machte, der auf dem
Kiesweg vorbeihuschte. Sie jagte eine Feldmaus. Doch die Feldmaus verschmolz mit dem

Grau und Braun von Kies und Stein, so wie die weiße Katze mit einer Einfassung aus weißen Sommerblumen verschmolz, als wären sie beide nicht wesenhaft, ein Schemen, der einem Schemen nachjagt.

Jetzt hockte die weiße Katze in einem Boskett neben der Steinfigur einer jungen Frau, die eine geborstene, vom Regen gefüllte Schale hielt. Hier ließen sich zuweilen Finken und Zaunkönige nieder. Die Katze saß im Morgenlicht, blickte an der rosenüberrankten Pergola vorbei und spitzte die Ohren. Es schien, als könnte sie über dem Getriller und Geschmetter der Vögel die Maus hören, die beinahe geräuschlos durch Eibenhecke und Bodenbedecker huschte. Licht sickerte durch die Kletterpflanzen und legte sich in perlfarbenen Streifen über das Fell der Katze.

Die Nebelschleier über dem Gras lösten sich in der Sonne auf, Tautropfen fielen von den Kletterpflanzen und Rosenblüten, welche die Pergola überrankten. Die weiße Katze beobachtete, wie sich ein Tropfen am Rand eines Blütenkelchs bildete, herabfiel und zerplatzte, ehe sie ihn mit der Pfote auffangen konnte. Sie gähnte, blinzelte und döste im Sitzen ein.

Ein Laut, eine Witterung; sie öffnete die Augen und spitzte die Ohren. Ihr Blick wanderte nach oben; auf einem Rhododendron hatte ein Rotkehlchen gesessen, das jetzt aufflog. Die Katze verließ das Boskett und wanderte zum Ufer des nahe gelegenen Flüßchens. Hier duckte sie sich und beobachtete einen Zaunkönig bei seinem Bad im Staub. Ehe sie zuspringen konnte, war der Zaunkönig fort und strich dicht übers Wasser dahin. Die Katze starrte in den Strom, als wäre der Vogel hineingestürzt. Tief unten flitzten Schatten vorbei, verharrten, jagten dann zurück. Die Katze schlug nach dem Wasser und versuchte, die vorbeihuschenden Schatten mit der Pfote festzuhalten.

Die Katze gähnte noch einmal, leckte sich die Pfote und spazierte über die kleine Brücke. Auf der anderen Seite blickte sie sich um. Nichts rührte sich. Die Sonne war inzwischen über dem Horizont aufgetaucht, überzog den kleinen See jäh mit einem Gespinst aus Gold und ließ die Fenster des Sommerhauses erglänzen.

Die Katze mochte das Sommerhaus; es war kühl und dämmrig. Es hatte angenehm durchgesessene Stühle, und eine Wolldecke lag über dem Sessel, der dem Kamin am nächsten stand. Dort lag die weiße Katze am liebsten. Sie verschlief ein, zwei Tage darin und tat sich an allem gütlich, was sich an Kleingetier in den dunklen Ecken regte. Pfiffe und Rufe von draußen überhörte sie; schließlich ging sie wieder, spazierte über den weitläufigen Rasen und durch die ausgedehnten Gärten und untersuchte ihre Schüssel auf der Terrasse.

Ein Weilchen saß sie reglos wie die Statue im Garten, blinzelte und betrachtete den Fußboden neben der gläsernen Terrassentür. In einer Ecke erspähte sie einen Schatten, der sich aus der Dunkelheit löste und an der Fußleiste entlanghuschte.

Die weiße Katze zitterte, duckte sich, witschte die Fußleiste entlang und zwängte sich in den engen Spalt zwischen einem großen *secrétaire* und dem Fußboden.

Binnen einer Minute hatte sie sich wieder herausgewunden, saß da und leckte sich das Blut von der Pfote. Dann wanderte sie durch die geöffnete Terrassentür, einen kurzen Pfad hinunter zu einem kleinen Anleger. Dort blieb sie sitzen, schaute über den See und gähnte.

2

IN DER «HAMMERSCHMIEDE» werkelte Dick Scroggs derart herum, daß er kaum Zeit fand, seinem einzigen Gast ein Bier und einen Strammen Max vorzusetzen.

«Hier hat sich im letzten Monat ja mehr getan als in all den Jahren zuvor», sagte Melrose Plant. «Sie machen sich wohl auf jede Menge Touristen gefaßt, wie?»

«Man muß mit der Zeit gehen, M'lord», sagte Scroggs zwischen den Nägeln in seinem Mund hindurch und über das Geklopfe des Hammers in seiner Hand hinweg.

Melrose dachte bei sich, daß er wohl eher einer Sauregurkenzeit entgehen und mit dem «Blauen Papagei» mithalten wollte, einem umbenannten und umgestrichenen Pub etwas abseits der Straße von Dorking Dean nach Northampton. Gewiß, der Name war entlehnt, sozusagen bei Sydney Greenstreet stibitzt, obwohl nicht zu vermuten stand, daß die Kundschaft einer marokkanischen Kneipe – noch dazu einer erfundenen – nun karawanengleich über den Matschweg zum neuen «Blauen Papagei» ziehen würde.

Melroses Blick verfolgte die auf seinem Teller herumkugelnde Gewürzgurke, während er mit Mühe Dicks Bier Marke Donnerschlag hinunterbrachte. Dann fragte er: «Wie sind Sie denn an die versnobte Trennwand da gekommen?» Sein Blick wanderte die Bar entlang zu einer Reihe wunderschön geätzter, facettierter Glasscheiben.

«Trueblood, Sir. Hält für mich die Augen nach so was offen.» Dick, den man gewöhnlich in der «Hammerschmiede» über seine Zeitung gebeugt antraf, die Hände in die Hüften gestemmt, fuhr sich mit dem schweren Arm über die Stirn. «Dachte so bei mir, es würde den Laden ein bißchen aufmöbeln. Hat doch sonst niemand hier in der Gegend», setzte er in bedeutsamem Ton hinzu.

«Ja, das ist sicher wahr.» Melrose rückte die goldgefaßte Brille zurecht und machte sich für ein Match mit dem Kreuzworträtsel der *Times* bereit. Selbige stand an seinen Rimbaud gelehnt, welcher seinerseits auf Polly Praeds neuestem Thriller, *Fünf falsche Verteidiger*, lag. Das Kreuzworträtsel glich in etwa einem Salatblatt, mit dem er seine Geschmacksnerven zwischen Poesie und Polly zu beruhigen pflegte. Er möbelte es etwas auf, indem er neue Wörter erfand, die auch in die Kästchen paßten.

Dicks Geschäftigkeit reizte ihn ein wenig. Um diese Tageszeit sollte hier eigentlich nichts anderes zu hören sein als das Ticken der Uhr und Mrs. Withersbys Schnarchen. Jetzt ließ es Scroggs mit Hämmern genug sein und eilte mit einem Eimer Farbe an ihm vorbei, um die türkisfarbene Zierleiste aufzufrischen, die um die Fassade der «Hammerschmiede» herumlief. Scroggs hatte sich sogar aufs Bierbrauen verlegt und produzierte ein Gebräu, das indes bewies (Melrose hatte den Geschmack des Donnerschlags noch auf der Zunge), wie wenig er mit den Schwierigkeiten des Herstellungsprozesses vertraut war.

Inmitten all dieser Geschäftigkeit wäre Melrose sich wie ein Faultier vorgekommen, wäre er nicht ein vernünftiger Mensch gewesen, der sich schon vor etlichen Jahren gewisse Prioritäten gesetzt hatte. Nachdem er mit seinen Titeln, wie dem des Earl of Caverness, des fünften Viscount Ardry und was der Dinge mehr waren, aufgeräumt hatte, konnte er es sich nunmehr auf seinem vom Mief der Vergangen-

heit befreiten Familiensitz Ardry End gemütlich machen und sein Vermögen genießen.

Es ist wirklich Frühling! dachte er. Schon
allein diese Luft...

Zu seinem Leidwesen ließ Scroggs, als er die
Tür öffnete, nicht nur die linde Frühlingsluft
herein, sondern auch Melroses Tante, die de-
monstrativ mit ihren Krücken herumfuchtelte.
Diese wurden zunächst hier, dann dort angelehnt, während Agatha sich zu der chintzge-
polsterten Bank hinüberquälte. Wenn Melrose
ihr nur ein klitzekleines bißchen zur Hilfe eilte,
dann nicht etwa, weil er kein Gentleman war,
sondern weil er wußte, daß der verbundene
Knöchel der reinste Schwindel war, zu dem sie
den Dorfarzt unter vielem bitterlichem und be-
mühtem Geseufze von beiden Seiten überre-
det hatte. «Ich habe bei dir angerufen. Du
warst nicht zu Hause», sagte sie und ließ sich
mit einem gekonnten Aufstöhnen neben ihm
auf die Bank plumpsen.

«Nein, daß du das aber auch gemerkt hast,
Agatha», sagte er und setzte *T-R-A-M-P-E-L*
ein, wo eigentlich *T-R-O-M-M-E-L* hätte stehen
müssen. Das machte Spaß.

«Wenn mich nicht alles täuscht, hast du gesagt, er käme heute.»

«Jury? Tut er auch.»

Wenn einer auf die Bedürfnisse anderer keine Rücksicht nahm, dann Lady Ardry; sie stellte das Fensterchen hinter sich auf, wobei ein Schauer aus Blütenblättern von den Kletterrosen herabrieselte, und verlangte mit lauter Stimme ihr Zielwasser von Dick Scroggs.

«Ist doch nicht einzusehen, wieso der Mensch sich nicht ums Geschäft kümmert; statt dessen klatscht er ein so ekelhaftes Blau an die Wand.»

Ein Wort mit vier Buchstaben statt *R-U-T-E.* Melrose grübelte. «Na ja, seit der ‹Blaue Papagei› solch ein Bombengeschäft macht, hat Scroggs Angst, daß man ihm dort die ganzen Touristen vor der Nase wegschnappt.»

«Welche Touristen? Genau aus dem Grund gefällt es uns doch hier: keine amoklaufenden Fremden, die mit Lutschestangenpapier um sich schmeißen, keine kreischenden Bälger. Es ist ihm doch nichts zugestoßen?»

Melrose blickte fragend hoch.

«Superintendent *Jury.*» Schwer von Begriff, besagte ihr Seufzer.

Du dumme Pute, dachte Melrose.

Ah! Jetzt hatte er's, freute er sich, während er den Füller über dem Kreuzworträtsel gezückt hielt. «Er hat einen Platten gehabt», log er und setzte *P-U-T-E* ein. Da sie ohnehin zu glauben schien, er habe ein Radargerät eingebaut, welches jede von Richard Jurys Bewegungen überwachte, würde diese Bemerkung sie erst recht zu Spekulationen über Jurys Ankunftszeit reizen.

«Ich wußte, daß was passieren würde. Tut es immer. Das ist nun schon das dritte, nein, das vierte Mal, daß er eigentlich auf Besuch –» Hier brach sie ab und forderte erneut ihr Glas Sherry, denn Dick war mit seinem Farbeimer hereingekommen. Er ging ungerührt weiter.

Melrose wechselte das Thema. «Und was treibst du hier, wo du doch im trauten Heim deinen Fuß hochlegen solltest?»

«Ich muß sichergehen, daß meine Zeugen auch bei der Stange bleiben. Miss Crisp fängt schon an zu schwanken. Und da kommt Vivian, und die ist wahrlich gar keine Hilfe.»

Vivian Rivington, in ihrem hellroten Kleid wie ein Vorbote des Sommers, sagte zu Agatha, sie mache sich lächerlich, sie solle lieber vergeben und vergessen. Und Vivian setzte hinzu: «Eigentlich ist es an Mr. Jurvis zu vergeben. Denn Sie, Agatha, machen doch *ihm* das Leben schwer. Wo ist Superintendent Jury?» Jedes Interesse an Agathas «Fall» erlosch angesichts eines Ereignisses, das sich weniger häufig einstellte als eine Sonnenfinsternis.

«Auf der Strecke geblieben. Nein, nicht er, sein Auto. Hat einen Platten auf dem M-1. Er hat mich von einer Raststätte aus angerufen.» Er freute sich diebisch, daß ihm noch ein Wort eingefallen war: *S-C-H-A-F*. Dazu konnte er das *A* von *T-R-A-M-P-E-L* verwenden. Vielleicht besaß er ja noch eine bislang unentdeckte Begabung, nämlich die, sich Kreuzworträtsel für die *Times* auszudenken. Emsig füllte er die Kästchen und konzentrierte sich auf die nächste Herausforderung.

Diese schien durch das Erscheinen Marshall Truebloods gegeben, glich dieser doch einem Pfingstochsen. Heute hatte er einen flammendroten Schal dergestalt in den Halsausschnitt eines teerosenfarbenen Hemdes drapiert, daß die Enden wie Luftschlangen hinter ihm herflatterten.

Für Agatha, bereits pikiert darüber, daß ihre mißliche Lage Vivian so gänzlich ungerührt ließ, war das Auftauchen ihres Erzfeindes anscheinend mehr, als der Mensch ertragen konnte. «Wenn die Sache vor Gericht kommt, wird sich ja zeigen, wen man zu seinen Freunden zählen kann.» Mit geübter Duldermiene griff sie zu ihren Krücken.

«Ganz meine Meinung, altes Haus», sagte Trueblood. «Sollte mir zu Ohren kommen, daß dieser garstige Buchhändler mich wieder mal anschwärzt, verklage ich ihn, und Sie dürfen ihn alsdann mit Ihrer Krücke zu Tode prügeln. Und wo ist Richard Jury? Mittlerweile müßte er hier eingetrudelt sein, oder?» Ohne von seiner Zeitung aufzublicken, sagte Melrose: «Er hat einen Platten auf dem M-1 gehabt und hat angerufen, daß es später werden könnte, weil er ja warten muß, bis die Werkstatt den Reifen geflickt hat.» (Für K-A-M-E-L ließ sich das M von T-R-A-M-P-E-L prächtig verwenden.) «Hat einen alten Kumpel getroffen, hat er gesagt, muß sich erst mal richtig ausquatschen.»

Vivian fragte argwöhnisch: «Einen alten Kumpel? Wie geartet?»

«Weiblich. Er hat sie zum Tee in die Raststätte bei der Abfahrt Woburn eingeladen.»

Melrose lächelte in die Runde und widmete sich wieder seinem Kreuzworträtsel.

3

Und hier war Jury, nur war er nicht gerade mit einem Teeplausch in einer Raststätte am M-1 fertig, sondern versuchte in seiner Wohnung in Islington mit seiner Packerei fertig zu werden. Mit der Packerei und der Streiterei. Während er Socken und Hemden in einen Kleidersack stopfte, bemühte er sich, der Mieterin von oben ihr neuestes, hirnrissiges Projekt auszureden.

Die Mieterin von oben, Carole-anne Palutski, hörte kaum hin, denn sie war viel zu sehr damit beschäftigt, ihrem exotischen Kostüm vor Jurys Spiegel den letzten Touch zu geben.

Während sie sich die Lippen mit Paradiesisch Mohnrot bemalte, sagte Jury: «Er will eine Verkäuferin, Herzchen, keine Bauchtänzerin.» Er hob einen Shetlandpullover hoch und prüfte ihn stirnrunzelnd auf Mottenlöcher hin.

«Was wissen denn Sie schon. Andrew fährt sicher *ab* auf meinen Aufzug. Bringt ein bißchen Pep in die Bude.» Sie streckte die Arme aus und drehte sich flink um sich selbst.

Und wenn das kein Aufzug war: goldener Tüll über einem kirschfarbenen, kurzen Seidentop; eine Pluderhose aus dem gleichen Seidenstoff; Goldlitze unten um das Oberteil und oben um die Hosen herum, so daß der nackte Bauch dazwischen um so nackter wirkte. Nicht völlig nackt, o nein: etwas Hauchdünnes bedeckte ihn, was die Illusion von Haut nur noch verstärkte. Um das Kupferhaar hatte Carole-anne ein Haarband aus knautschigem Goldlamé geschlungen, in dessen Mitte ein falscher Saphir prangte.

Sie hätte sich die Mühe ruhig sparen können. Carole-anne war nämlich in einem Chenillebademantel schon schöner, als die Polizei erlaubte, von ihrem Haremskostüm gar nicht zu reden.

Es klingelte leise, als sie sich auf Zehenspitzen stellte und ein paar Streckübungen machte, ehe sie sich zur Arbeit begab. Jury warf einen Blick über den Rand des Pullovers, in dem er ein beinahe faustgroßes Mottenloch entdeckt hatte. «Höre ich etwa Glöckchen?»

Sie hüpfte jetzt Hampelmänner und war etwas außer Atem. «Ist bloß das da», sagte sie und streckte den Fuß aus. Unter der bauschigen Pluderhose hatte sie sich winzige Glöckchen um den Knöchel gewunden.

«Hoffentlich kommt die Karawane durch», sagte Jury. «Falls die Rifkabylen Sie nicht entführen, kommen Sie sogar noch zu Ihrem Unterricht zurecht.» Daß sie ihren Schauspielunterricht versäumte, war der Anlaß für ihren Streit gewesen. Sie hatte gequengelt und gequengelt, weil Jury ihr den Nachtjob in einem Klub am Leicester Square ausgeredet hatte, denn ihre Karriere als Schauspielerin war darüber zu kurz gekommen. Jetzt war das Gegenteil der Fall: Ihr Tagesjob in dem Lädchen in Covent Garden gefiel ihr so gut, daß sie keine Zeit mehr für den Schauspielunterricht fand. Dabei hatte es nicht lange gedauert, Jury von Carole-annes außergewöhnlicher schauspielerischer Begabung zu überzeugen. Ganz zu schweigen von ihrem einfach umwerfenden Aussehen.

Sie ließ sich auf das Sofa fallen und fläzte sich hin wie eine Zehnjährige. Die klingelnden Knöchel kamen auf dem Couchtisch zu liegen. «Ich habe doch bloß so eine klitzekleine Rolle in Scheiß-Camdentown. Nicht mal eine *Sprech*rolle.»

Sie dehnte das Wort derart in die Länge und schnitt dazu solch ein Gesicht, daß Jury gern gelacht hätte. «Sie brauchen nicht zu sprechen. Wie Mrs. Wassermann sagt: ‹Die geht die Straße lang, und schon hat man einen kompletten Dialog.› Ich dachte, Sie wollten eine zweite Shirley MacLaine werden. Oder war es Julie Andrews? Ich kann mir allerdings nicht vorstellen, wie Sie im Dirndl den Berg runtergelaufen kommen. Und singen können Sie auch nicht.»

«Ich will nicht sein wie die. Ich möchte die Medea spielen.»

Er hob den Blick von seinem Kleidersack. «Sie wollen *wen* spielen?»

Sie hatte sich eine von Jurys Zigaretten gemopst, krümmte ihre Zehen um den Telefon-

hörer und versuchte, ihn abzuheben. «F
in der Glotze gesehen, mit Zoë Caldwell
nen die ein Begriff?»

Jury sah seine nicht zusammenpassenden Socken durch und sagte: «Wenn Sie etwa zweitausend Jahre lang Schauspielunterricht nehmen, so bringen Sie es vielleicht mal zur zweiten Besetzung ihrer zweiten Besetzung.» Er deutete mit dem Kopf auf ihr Kostüm. «Falls Sie die Fetzen da ablegen.»

«Na gut, Sie haben recht, die Kostüme für *Medea* sollten vielleicht mal geändert werden. Ich würde das Ganze etwas aufmöbeln, dann könnte ich mein kleines Rotes tragen.»

«Ihr Rotes? Ich kann mir Medea einfach nicht in Ihrem Chinatown-Rot vorstellen. Und Füße weg von meinem Telefon.» Ausgerechnet in diesem Augenblick mußte es klingeln.

«Nicht abheben», sagte Carole-anne im Bühnenflüsterton. «Höchstwahrscheinlich ist es bloß SB-Strich-H.»

Das Telefon surrte. «Ich höre selten von Miss Bredon-Hunt. Dafür haben Sie gesorgt. Ich vermute eher, es ist C-Strich-S Racer. Verdammter Mist.» Jury erdrosselte ein Paar Socken.

Carole-anne hopste hoch. «Lassen Sie mich abheben, ich sage, Sie sind schon weg. O bitte, bitte, bitte.» So etwas war gräßlich unprofessionell, aber das war auch der Telefonanruf des Chief Superintendent an seinem ersten Urlaubstag, der ihm bestenfalls eine Verzögerung einhandeln und ihn schlimmstenfalls in London festhalten würde. Jury nickte.

«Hallöchen», flötete sie, während sie sich in vollendeter Haremspose auf dem Sofa rekelte. «Bei Su-per-in-ten-dent Jury.» Schweigen. «Oh, Sie sind es, mein Lieber.» Sie ließ die Silben wie Sirup ins Telefon tropfen. «Haben ihn just verpaßt, jaha. Ist auf nach Northants.» Ihr Seufzer war lang und gramvoll, so als ob beide, sie und der Anrufer, sich darin einig wären, wie sehr Superintendent Jury ihnen fehlt. «Nein ... Nur die Nummern der Ex-Flammen von seinem Freund.» Pause. «Also, mein Lieber, wenn ich Sie wäre, ich würde es nicht tun. Es ist ein Lord Caverness oder so ähnlich. Sehr krank, ja, das isser woll.» Carole-annes Umgangssprache kam jetzt durch. «Beerdigung? Nee, noch isser nich – er ist ja noch nicht tot, Schätzchen. Liegt man bloß erst im Sterben. Genau. Ja. Siecht so vor sich hin, jaha.»

Der arme Melrose Plant. Krank, todkrank, tot. Sie war so überzeugend, daß Jury beinahe hoffte, Northants noch rechtzeitig vor Melroses Ableben zu erreichen.

Er warf ihr einen finsteren Blick zu. Doch Carole-anne war völlig in ihre Rolle versunken. Einmal hatte sie Racer erzählt, sie sei Jurys Reinmachefrau. Jetzt machte sie reinen Tisch mit Racer, während sie gleichzeitig Jurys Couchtisch mit seinen Socken polierte. «Oooooohh.» Ihre paradiesisch mohnroten Lippen gaben einen albernen Kußlaut von sich. «Also, das ist wirklich *zu* schade, mein Lieber...»

Und Jury (ganz zu schweigen von Racer) kam in den Genuß eines herzerweichenden Monologs über Liebe, Ehe und Geliebte. Dabei hatte Carole-anne die Beine übereinandergeschlagen, hielt mit den lackierten Fingerspitzen das Knie umfaßt und hatte den Blick zur Decke erhoben, als würde sie dort ihren Text ablesen.

Jury war wie gebannt; er konnte nicht anders. Da stand er nun, zwei saubere Hemden in der Hand, die er in seine Tasche hatte tun wollen, und hörte zu. Sie ging in ihrer Rolle

41

auf. Solange sie telefonierte, war sie, was die Situation erforderte. Wenn sie auflegte, würde sie auf der Stelle wieder Carole-anne sein.

Klack, fiel der Hörer. «Die hier haben Löcher», sagte sie und streckte ihm die Hände hin, über die sie zwei Socken gezogen hatte.

«Was zum Teufel hat er gesagt?»

Sie hatte sich jetzt erhoben und übte sich in einer Art Schlangenbewegung. «Er? Ach, der wollte Ihnen bloß einen schönen Urlaub wünschen. Ist er ein bißchen abartig oder so? Bringen ihn Beerdigungen immer zum Lachen? He, glauben Sie, ich könnte das bringen?»

«Äh? Was denn?»

«Bauchtanzen. Ich meine, richtig. Dafür muß man, glaube ich, eine Menge üben.»

«Carole-anne, Sie könnten Premierministerin werden, wenn Sie wollten.»

Sie hörte auf, ihren Körper zu verdrehen, und stand mit ausgestreckten Armen und gespreizten Beinen da, prächtig anzusehen wie ein Clown, die Hände immer noch in Jurys Socken. Sie dachte nach. «Ich weiß nicht recht. Maggies Kostüme sind so spießig.» Dann kam sie zu Jury gelaufen, fiel ihm um den Hals, drückte ihm einen dicken Schmatz auf und war draußen.

Es wäre ihr nie in den Sinn gekommen, ihm zu sagen, daß er ihr fehlen würde.

Genausowenig wie es ihr nie in den Sinn gekommen wäre, daß sie aus keinem anderen Grund Premierministerin werden könnte, als wegen der spießigen Kostüme.

Er hatte in der Wohnung im Souterrain vorbeischauen wollen, aber niemand war zu Hause. Er stieg die Steinstufen wieder hoch und ging zu seinem Auto, als er Mrs. Wassermann mit ihrer Einkaufstasche herangezockelt kommen sah. Über den Rand der Tasche lugten Stangensellerie und ein Salatkopf.

«Der verlangt vielleicht Preise, Mr. Jury.» Neuerdings hatte der Gemüsehändler in der Upper Street wiederholt ihren Unmut auf sich gezogen. «Oh, vielen Dank auch.»

Jury hatte ihr die Tasche abgenommen und sie die Treppe hinunterbegleitet. «Ich weiß, Sie müssen los, aber warten Sie einen Augenblick, ich hab noch was für Sie.» Sie verschwand in der Wohnung und tauchte mit einem Picknickkorb wieder auf. «Ihr Mittagessen. Ich weiß doch, wie Männer sind, sie machen einfach keine Pause. Immer diese Ungeduld.»

«Na ja, vielen Dank auch, Mrs. Wassermann.» Sie machte ihm immer etwas zurecht, wenn sie herausfand, daß ihn sein Weg über Victoria Station hinausführte. Letztes Jahr war es Brighton gewesen, das hatte zwei Sandwiches erfordert. Dieses Jahr fuhr er viel weiter und blieb viel länger. Das bedeutete ein Festmahl. Ein halbes kaltes Hähnchen, Salat, Torte, zwei Flaschen Carlsberg. Er lächelte. «Das reicht für den ganzen Urlaub.»

«Das will ich auch hoffen.» Aus ihrem Tonfall war deutlich zu hören, daß Jury da draußen im Busch bei fremden Menschen gewiß nicht *eine* anständige Mahlzeit bekommen würde. «Es ist viel netter, wenn Sie hier sind. Aber Carole-anne leistet mir Gesellschaft. Das ist mir mal ein liebes Mädchen. Sie guckt fast jeden Abend vorbei und legt mir die Karten. Und Ihnen auch.» Sie zog die Nadel aus ihrem schwarzen Hütchen und ihrem grauen Haarknoten.

«Mir? Wie kann sie mir die Karten legen, wenn ich nicht hier bin?» Er konnte es kaum abwarten wegzukommen.

«Aber Sie wissen doch, daß sie hellsehen kann. Hat einen siebten Sinn, sagt sie jedenfalls.»

Nicht einmal sechs genügten für Caroleanne. Seit sie bei Andrew Starr arbeitete, schien sie zu glauben, einfach abheben zu können. «Wie sieht sie denn aus, meine Zukunft, meine ich?»

Sie machte eine vage Handbewegung. «Ach, so lala, Mr. Jury. Nicht schlecht», beeilte sie sich hinzuzufügen. «Aber... na ja, nichts Halbes und nichts Ganzes.»

«Keine exotischen Frauen in Nachtzügen oder so etwas?»

«Mir weissagt sie einen schmucken Fremdling. Jetzt sagen Sie mir mal», und sie breitete die Arme aus und blickte die Straße hinauf und hinunter, «gibt es hier in der Gegend etwa schmucke Fremdlinge?»

«Und für mich?» Jury drückte die Zunge in die Wange.

«Für Sie gibt es niemanden.» Mrs. Wassermann seufzte. «Und dabei hatte ich gedacht, Miss Bredon-Hunt würde... na, Sie wissen schon. Ich mische mich nicht in anderer Leute Angelegenheiten, Mr. Jury.»

«Hmm. Es scheint nicht besonders gut zu laufen –»

«Ach, das läuft doch überhaupt nicht. So ein Jammer. Was für ein hübsches Mädchen. Und doch... Sie sollten nicht ewig allein leben. Bei den Sternen weiß man natürlich nie, aber es hat den Anschein, als ob Sie uns noch ein Weilchen erhalten bleiben würden.» Mrs. Wassermann legte den Kopf in den Nacken und meinte: «Die leere Wohnung da oben, so groß und sonnig. Aber die Leute sehen sie sich an und kommen nie wieder.»

Natürlich nicht, dachte Jury. Carole-anne bekommt nämlich fürs Vorführen bezahlt. Noch hatte der Vermieter nichts spitzgekriegt.

«Offen gestanden, Mrs. Wassermann, ich finde es nett mit uns dreien –» Aus dem obersten Stock drang Carole-annes laute Stimme. Sie winkte und rief Worte, die von der Frühlingsbrise davongeweht wurden. Jury sah, daß sie sich umgezogen hatte; sie prangte jetzt in einem dunklen, bis zum Hals zugeknöpften Kleid. Lange Ärmel, keinerlei Zierat. Das betörende Haar war streng zurückgekämmt. Sie hätte die Rolle der Haushälterin in Max de Winters brennendem Manderley spielen können.

Beide winkten zu ihr hoch, dann drehte sich Jury um und bedankte sich noch einmal bei Mrs. Wassermann für das wunderbare Picknick.

Eigentlich konnte Jury es nicht ausstehen, im Auto zu essen.

Im Urlaub trödelte er furchtbar gern und würde sicherlich bei jeder Raststätte am M-1 einfallen.

4

NACHDEM SIE DEN MANN kurz und unfreundlich zur Hölle gewünscht hatte, ließ Joanna Lewes heftig den Wagen ihrer uralten Smith-Corona-Schreibmaschine zurückfahren und blickte starr auf die Szene, an der sie gerade schrieb. Die Figuren vor ihr wollten einfach nicht zum Leben erwachen, nein, die Charaktere schienen aus Beton gemeißelt, schwer wie Skulpturen auf einem Grabmahl.

Joanna hatte schon vor Jahr und Tag entdeckt, daß sie sich Gedanken nur vom Hals halten konnte, indem sie schrieb, denn ihre eigene Schreiberei war der Muse nicht im geringsten verpflichtet; die war längst über alle Berge.

Sie knetete ihre Schulter und überlegte, wieviel Nacktheit wohl angängig war. Und sollte Matt Valerie nun grob auf das Bett stoßen? Oder sie zärtlich mit sich hinabziehen? Diese Fragen zielten nicht etwa darauf ab, daß sie danach trachtete, einen «guten» oder auch nur einen unterhaltsamen Roman zu schreiben. Es waren lediglich Punkte, die zu beachten waren, wenn es darum ging, welchem ihrer Verleger sie das fertige Manuskript zuschicken wollte. Augenblicklich gab es drei – drei Verleger, drei verschiedene Verlage und drei Pseudonyme, und obendrein noch die Bücher, die sie unter ihrem eigenen Namen veröffentlicht hatte. Jetzt warf sie ihr viertes Pseudonym auf den Markt, die «Heather Quicks»-Reihe, eine neue und innovative Serie, obwohl «innovativ» in ihrem Genre eher ein Schimpfwort war.

Joanna wühlte sich durch die unordentlichen Papierberge auf ihrem Schreibtisch, stieß in ihrer Bleistiftschale auf das Kerngehäuse eines Apfels und auf die Schale einer Satsuma, die als Lesezeichen diente, konnte aber ihre Bedarfsliste nicht finden. Sie zerrte die Schreibtischschublade auf, die einem gefüllten Puter glich, vollgestopft mit zusammen-geknülltem, kaffeefleckigem Papier, mehreren Zigarettenstummeln, einem von haarigem Schimmel überzogenen Fruchtkuchen, einem Fläschchen Valium und einer Tüte mit Gummi-bärchen. Endlich fand sie die Liste mit den von ihr zusammengestellten Richtlinien ihrer Ver-lage. Nummer eins war Bennick & Company. Sie las: *Fünf feur. Lippenszn. min.; 150 S. OBER-GRZE.; Nackth. zul., Bus. tlw. entbl.* Tlw.? Was hatte sie bloß damit gemeint? Ach ja, Busen *teilweise* entblößt. Nummer zwei auf der Liste war Sabers. Die großen Bumsszenen in der Mitte, nach Dreivierteln des Buches und im vorletzten Kapitel. Nackt bis zur Taille. Zwei-hundert Seiten.

Insgesamt gab es fünf Varianten, und für jede von ihnen waren geringfügige Abweichungen vom Schema erforderlich. Sie beschloß, diesen Roman für Bennick zu schreiben, denn das würde ihr fünfzig Seiten geisttötenden Schwachsinn ersparen. Zudem hatte sie einen Vorrat an Liebesszenen, jede davon transplan-tationsreif für *Liebe in London*, womit sie sich möglicherweise um weitere dreißig, vierzig Seiten Arbeit herumdrücken konnte.

Während sie auf die antike Schreibmaschine einhämmerte, überlegte sie, woher die Leute nur die Traute nahmen zu verlangen, man solle zunächst einmal wenigstens dreißig solcher Liebesgeschichten lesen, bevor man selbst wagte, zur Feder zu greifen. Welch eine unvorstellbare Qual, auch nur eine oder zwei zu lesen; sie hatte sich halbwegs durch eine einzige geackert. Das hatte ihr, zusammen mit dem letzten Kapitel des Machwerks, ein komplettes Selbststudium im Schreiben von Liebesromanen vermittelt. Eigentlich hätte schon der Anblick des Umschlags gereicht.

Joanna seufzte und tippte. Bei ihr stand, wie bei Trollope, eine Uhr auf dem Schreibtisch – in ihrem Fall eine Stoppuhr. Sie hatte ein ehrgeiziges Ziel: zweihundertfünfzig Wörter pro Viertelstunde. Wenn sie es nicht schaffte, mußte sie den Rückstand in der nächsten Viertelstunde aufholen, und immer so weiter. So glich das Ende ihres Arbeitstages oft einem Wettlauf mit dem Tod. Im Endspurt vergaß sie zuweilen die Namen ihrer Helden, was ihr jedoch nichts ausmachte, da deren Charaktere, abgesehen von Alter und Geschlecht, austauschbar waren. Wenn Joanna an eines nicht glaubte, dann an künstlerische Integrität. Künstlerische Integrität, den Luxus konnten sich nur die Besitzlosen leisten. Alles, was sie wollte, war Geld.

Ab und an legte sie eine Pause ein. Nicht etwa um nachzudenken, sondern um sich eine Zigarette anzuzünden; sie rauchte auf Lunge und legte sie dann mit dem glühenden Ende nach außen auf der Schreibtischkante ab. Diese war bereits von einer Reihe angesengter Stellen geziert, ähnlich den Kerben, die man an einem Gewehr für jede Leiche anbringt. Valerie und Matt rangelten auf dem Bett, Valerie mit teilweise entblößten Brüsten. Ob sie den Ausschnitt noch ein klitzekleines bißchen tiefer rutschen lassen sollte? Nein, ausgerechnet jetzt durfte sie nur des Sexes wegen nicht von Bennicks Bedarfsliste abweichen. Schließlich mußte sie vor Tagesende noch dreitausend Wörter schaffen.

Es gab eine Regel, die sie bedingungslos befolgte: die Überarbeitung mußte sich auf ein absolutes Minimum beschränken lassen; im allgemeinen eine simple Übung im Druckfahnenlesen, um ganz sicherzugehen, daß Valerie und Matt im ganzen Buch ihre Namen behielten. Den letzten Schliff dagegen konnte man getrost vergessen. Warum Perlen vor die Säue werfen?

Die folgenden zwei Stunden klapperte sie vor sich hin, schaffte ihr Soll von zweitausend Wörtern und war sehr zufrieden mit sich. Unglücklicherweise wußte sie nicht so recht, was sie geschrieben hatte, denn sie hatte die Handlung auf Autopilot gestellt; damit hielt sie sich den Kopf frei für dringlichere Probleme.

Eines davon war dieser selbsternannte Literaturpapst, Theo Wrenn Browne. Sie hatte keinen Fuß mehr in seinen Laden gesetzt, seit er sich geweigert hatte, ihre Bücher zu führen. Das war an sich schon eine Gemeinheit, auch ohne daß er seinen Kunden noch riet, sie nicht zu lesen. Joanna hatte nämlich hier in der Gegend einen recht guten Ruf genossen. Man tat sich etwas darauf zugute, als einer der ersten «die neue Lewes» zu haben. Schließlich konnten sich nicht viele Käffer eines Bestsellerautors rühmen, auch wenn die Qualität des Geschriebenen zu wünschen übrigließ. Oh, *sie* wußte genau, daß ihre Bücher Schund waren, und vermutlich fanden zahlreiche Leute, denen sie Leseexemplare schenkte, die Bücher ziemlich dürftig (was noch geschmeichelt war), aber Geld lacht nun mal, und die Leser hielten den Schnabel. Außer Theo Wrenn Browne.

Das Ärgerliche war, daß die Kunden bei einem Buchhändler, und obendrein einem, der nicht bloß mit neuen, sondern auch mit zerfledderten, stockfleckigen Erstausgaben handelte, gern Geschmack und Unterscheidungsvermögen voraussetzten. Joanna kannte den Grund für seine kleinliche Kritik nur zu gut: Als sie noch auf freundschaftlichem Fuß miteinander gestanden hatten, hatte er sie einmal beiläufig gebeten, einen Blick in seinen eigenen Roman zu werfen. Natürlich hatte er sie nicht rundheraus gebeten, ihn ihrem Verleger zuzuschicken, doch sie hatte die Nachtigall trapsen hören.

Nachdem sie sich durch fünfundzwanzig Seiten gekämpft hatte, hätte sie ihn ihrem Verleger um nichts in der Welt mehr gezeigt. Es handelte sich nämlich um so einen gräßlichen, avantgardistischen Anti-Roman, haarscharf das, was von Theo Wrenn Browne zu erwarten stand, ohne Dialog und Charaktere, abgesehen vom Erzähler, einem paranoiden südafrikanischen Guerillakämpfer, der sein Leben vor seinem geistigen Auge abrollen ließ, während er sich das letzte Rennen in Doncaster ansah. So lautete auch der Titel: *Das letzte Rennen*. Der Titel war das einzig Verständliche am ganzen Buch. Die Geschichte hatte etwas mit Apartheid zu tun, doch was, das blieb im dunkeln. Genausowenig kam man dahinter, wie es den südafrikanischen Guerillakämpfer nach Doncaster verschlagen hatte. Zu allem Überfluß war der Afrikaner der landesüblichen Hochsprache nicht mächtig, und das zwang den Leser, sich durch eine eigenartig kreisende Syntax zu kämpfen. Thema war der Tod Afrikas und der Tod des Romans. Joanna hatte ihm gesagt, daß sein Buch zumindest letzteres in reichem Maß unter Beweis stellte. Ihr eigener Verleger, der trotz seines lüsternen Nebenerwerbszweiges (Liebesgeschichten mit teilweise barbusigen Heldinnen, die er klammheimlich unter einem anderen Firmenzeichen publizierte) für seine intellektuelle Prägnanz bekannt war, würde *Das letzte Rennen* wie eine tote Maus in den Papierkorb befördert haben.

Die Luft war eindeutig frostig gewesen, als sie Theo Wrenn Browne sein Manuskript wieder ausgehändigt und dazu gesagt hatte, sie könne sich nicht vorstellen, daß ihr Verleger an einem Buch über Pferderennen interessiert sei. Das hatte natürlich dem Faß den Boden ausgeschlagen. Theo Wrenn Browne war aus den dünnen Luftschichten seines hochintellektuellen Elfenbeinturms gerade so lange herabgestiegen, wie er für die Mitteilung brauchte, *sie* sei nur ein mieser Schreiberling. Dann hatte er den Fehler gemacht, das Manuskript selber einzureichen. Mrs. Oilings zufolge, die für Joanna putzte, wenn sie nicht auf den Besen gestützt dastand und Tee trank, hatte man Theo Wrenn Browne das Manuskript so blitzschnell zurückgeschickt, daß sich die Frage stellte, wie jemand noch die Zeit gefunden hatte, die Lasche anzulecken. Und so mußte sich Theo Wrenn Browne denn ein neues Image zulegen, nachdem er mit dem der völligen Hingabe an die Kunst durchgefallen war. Er trug jetzt abgewetzte Tweedjacken, rauchte kleine, schwarze Zigarillos und machte Miss Ada Crisp das Leben zur Hölle. Miss Crisp war die unglückselige Besitzerin des Trödelladens

neben seiner Buchhandlung, die den entzük-
kenden Namen «Wrenns Büchernest» führte.
Immer wenn bei ihm wenig los war, tauchte er
bei Miss Crisp auf und versuchte, sie so einzu-
schüchtern, daß sie ihm den Laden zur Erweite-
rung seines eigenen überließ. Bislang hatte sie
seinem Ansturm widerstanden, war dabei aber
noch tatteriger als zuvor geworden und ruk-
kelte und zuckelte die High Street entlang, als
hätte man sie an eine Steckdose angeschlossen.

Wenn Theo Wrenn Browne nicht Miss Crisp
piesackte, war er auf der anderen Seite der High
Street zu finden und ließ sich (vornehmlich
wenn Trueblood Kundschaft im Laden hatte)
lauthals über die überhöhten Preise und die so-
genannte Echtheit eines Silberstempels aus.
Als hätte sich Marshall Trueblood die Mühe gemacht, sein gesamtes Silber selbst zu stempeln.
Laut Mrs. Oilings hatte Theo Wrenn Browne
sogar angefangen, in Büchern über Antiquitäten zu blättern. Trueblood jedoch war aus här-
terem Holz geschnitzt als Miss Ada Crisp; ihm
hätte man schon eins mit einem seiner antiken
Totschläger überziehen müssen, ehe er sich
derart ins Bockshorn hätte jagen lassen.

Bei Licht besehen gab es in Long Piddleton

nicht einen einzigen Menschen, der Theo Wrenn Brownes scharfe Zunge noch nie zu spüren bekommen hatte ...

Joanna schob diese ihrer Produktion abträglichen Gedankengänge entschlossen beiseite; aber das führte nur dazu, daß ihr der wahre Grund ihres Dilemmas in den Sinn kam. Während sie auf die Tasten einhämmerte, war sie sich völlig darüber im klaren, daß das Gerangel auf dem Bett verglichen mit ihrem eigenen aufgewühlten Seelenleben der reinste Kleckerkram war.

Theo Wrenn Browne sah zu, wie das Messer der Papierschneidemaschine heruntersauste, schnitt und wieder hochschnellte. Er drückte sich das Taschentuch wie eine Kompresse gegen die Stirn und tupfte damit die Schweißtropfen auf. Theo Wrenn Browne stand im Hinterzimmer des «Büchernests» an der Buchpresse und griff jetzt mit einer gewissen Ehrfurcht nach seiner letzten Erwerbung, einem Buch, das er gerade neu binden wollte. Er hatte die einzelnen Teile mit Kleister bestrichen. Nun leimte er die Falze eines Vorsatzpapiers.

Als das getan war, legte er das mit dem Vorsatzpapier versehene Buch zwischen zwei Bretter und beschwerte es.

Die Arbeit lenkte ihn, zumindest für den Augenblick, davon ab, an den letzten Abend denken zu müssen. Er meinte jedoch immer noch das Kitzeln zu spüren, mit dem ihm der kalte Schweiß zwischen den Schulterblättern herunterrann; und sofort griff er nach einem anderen Buch und machte sich daran, Farbe auf den Schnitt aufzutragen.

Keiner würde dahinterkommen, nicht einmal Marshall Trueblood.

Marshall Trueblood gehörte zu den Menschen, die er verabscheute. Er schob das unangenehme Gefühl beiseite, seine Abneigung könnte womöglich vollkommen andere, verborgene Gründe haben. Zweifellos konnte er Trueblood, was Kenntnisse über Antiquitäten anging, nicht das Wasser reichen, aber daß dieser Mensch ihn demütigen mußte, und das auch noch vor –

Daran darfst du überhaupt nicht denken, alter Junge, sagte er zu sich selbst.

Statt dessen dachte er an Diane Demorney, die prächtige Dienste als Freundin und obendrein als Tarnung leistete. Und als Ratgeberin. «Ihr Problem ist, daß Sie einfach zuviel lernen wollen», hatte Diane gemeint, als sie in ihrem Wohnzimmer bei einem Drink gesessen hatten. «Warum halten Sie sich nicht einfach an eine Periode, nein, nicht mal an eine ganze Periode, sondern nur an einen Teil davon. Noch besser, an den Teil eines Teils. Sagen wir, viktorianische Salzfässer oder so etwas Leichtes. Da würde Marshall aber ganz schön dumm aus der Wäsche gucken, was? Der muß den ganzen verdammten Krempel schließlich *verkaufen* – und alles, was er weiß, hat er durch sein Geschäft gelernt. Man kann sich ja nicht gut durch ganze Batzen von Büchern lesen, wenn man gleichzeitig arbeiten muß.»

Diese Argumentation war im Demorneyschen Sinne durchaus logisch. Dabei war aber gerade das, was Trueblood durch das Geschäft gelernt hatte, das Problem: Er hatte es schließlich damit von alten Klamotten zu Kies gebracht. Schwer vorstellbar (hatte sie gesagt, und ihm noch einen ihrer gut gemixten Martinis eingeschenkt), daß Marshall jemals alte Klamotten getragen haben sollte.

Es wurmte Theo, mit welcher Bewunderung

sie von ihm sprach; fast hätte man auf die Idee kommen können, daß die exquisite Diane Demorney in Marshall Trueblood eine neue Welt erblickte, die es zu erobern galt.

Die Hand mit der Watte verharrte über dem Buchrücken, während Theo Wrenn Browne ins Leere starrte und Marshall Trueblood im Geist in weitere Einzelteile zerlegte. Er konnte es einfach nicht fassen, daß irgend jemand in Long Piddleton diesen Menschen – und folglich seine Ware – ernst nahm. Melrose Plant beispielsweise schien ihn tatsächlich zu *mögen*. Und nichts, aber auch rein gar nichts deutete darauf hin, daß Plants sexuelle Vorlieben andere als stinknormale waren. Theo umklammerte das Buch, bis die Fingerknöchel weiß hervortraten.

Er packte das Paket aus und riß ein weiteres auf. Die gängigen Bestseller, fünf von jeder Sorte und zehn vom Booker-Preisträger. Und dann zwei Bücher, die er nur für den Eigenbedarf geordert hatte, nicht etwa zum Verkauf. Theo fischte die neueste Lewes heraus: *Lust in Lissabon*. Nein, was für abscheuliche Titel diese Liebesromane aber auch hatten. Nie würde er sich so weit herablassen, daß er Joanna die Wahnsinnige im Laden führte, diese gleichermaßen abscheuliche Person. Aber sie zu lesen war ein Genuß, einfach himmlisch, es sich dabei mit einer Tasse Tee und einer Schachtel Pralinen im Bett gemütlich zu machen. Ein Jammer, daß sie sich im Kriegszustand befanden, sonst hätte er sie um eine Widmung gebeten. Würde eines Tages sicher ihren Wert haben. Bei dem Gedanken, wie sie sich geweigert hatte, seinen eigenen Roman zusammen mit einer Art Billetdoux ihrem Verleger ans Herz zu legen, spürte er, wie ihm das Blut zu Kopf stieg. Eine absolut niederträchtige Person. Sitte und Anstand geboten es einfach, daß man seinem Verleger seine Freunde wärmstens empfahl. In seinem Kopf begann es zu pochen; er rieb sich die Schläfen. Diese Demütigung, das Buch selbst einreichen zu müssen und es dann mit nichts als einer vorgedruckten Absage zurückzubekommen. Kein Interesse für die Kunst, diese Verleger; die waren doch nur auf den Lewes-Kitsch aus. Natürlich machte es ihm Spaß, Kitsch zu lesen, jeder brauchte im Leben eine Dosis Kitsch, doch das war keine Entschuldigung dafür, daß sie einen Schatz nicht erkannten, wenn sie ihn vor sich hatten. *Das letzte Rennen* würde schon noch den Booker-Preis gewinnen, es brauchte nur auf dem Schreibtisch eines intelligenten Verlegers zu landen. Es war experimentell, großartig. Wenn er etwas von sich behaupten konnte (unter anderem natürlich), dann, daß er kein Risiko scheute. Im Gegensatz zu den Werken vieler anderer Autoren, die nach dem ewig gleichen Rezept schrieben – Joanna die Wahnsinnige beispielsweise oder diese Krimiautorin mit der miesen Schreibe, diese Polly Praed, deren Bücher sich Melrose Plant immer holte. Nein, so nicht. Er würde auch für alles Geld der Welt den Lesern kein Linsengericht vorsetzen.

Andererseits jedoch hatte er gar nichts gegen Geld. Er hatte versucht, diese Crisp aus ihrem trostlosen Trödelladen nebenan hinauszudrängen, doch vergebens. Aber er wußte, daß er diesen Nervenkrieg nur noch ein wenig länger führen mußte, und sie würde zusammenbrechen. Die Crisp hatte nicht dieses aufgesetzte Laissez-faire-Gebaren, welches sich Trueblood zugelegt hatte. Diese spindeldürre Gestalt durchlief schon ein Schauder, und ihre Hände fingen an zu zittern, wenn er nur auf der Schwelle ihres verstaubten Ladens stand, der aus einem Roman von Dickens hätte sein können. Betrat er jedoch Truebloods Antiquitätenladen, so wölbte dieser Mensch lediglich eine nachgezogene Braue und steckte schon wieder so eine regenbogenfarbene Zigarette in seine Spitze. Was der für Vorlieben hatte! Und kostspielige Vorlieben noch obendrein.

Theo stopfte ein schwarzes Zigarillo in eine elegante Ebenholzspitze und sinnierte weiter. Diane Demorney hatte vielleicht gar nicht so unrecht. Zwar wirkten ihre kleinen Wissensfetzen auf ihn wie eine zu knapp bemessene Patchworkdecke, doch was sie wußte, schien sie aus dem Effeff zu beherrschen. Schon verdammt schlau, dachte er; anstatt mit herkulischem Kraftaufwand Geschichte zu büffeln, nimmt sie sich einen Happen vor, den sie in noch kleinere Häppchen zerlegt. Er hatte sie Richard III. in allen Einzelheiten diskutieren hören, bis der Gesprächspartner einfach das Handtuch werfen mußte, vor allem dann, wenn sie auf den Mord im Tower zu sprechen kam. Und dabei hatte sich Diane nicht mal die Mühe gemacht, ein Geschichtsbuch aufzuschlagen. Sie hatte einfach *The Daugther of Time* zweimal durchgeackert; und die Lektüre eines Kriminalromans war mit Sicherheit leichter als die staubtrockener Geschichte. Würde doch einmal jemand einen Krimi in einer Buchhandlung spielen lassen! Nein, in einer Buchhandlung *und* einem Antiquitätengeschäft, dachte Theo. Trueblood hatte sich selbstverständlich spezialisiert – das tat doch jeder, der anderen Menschen Antiquitäten andrehte, zumindest aber gab er sich den Anschein. Wahrscheinlich kannte sich Trueblood wirklich aus, das mußte der Neid ihm lassen. So sehr er auch mit seinen farbenprächtigen, wehenden Schals durchs Leben wirbelt, alles, was mit seinem Beruf zu tun hat, nimmt er ernst, dachte Theo wieder einmal, hob den Blick zur mausgrau gestrichenen Decke und fuhr sich mit der Hand an die Kehle. Millamant. Keine schlechte Idee. Da konnte er zwei Fliegen mit einer Klappe schlagen – Antiquitäten und Theater –, wenn er sich über William Congreve schlau machte. Nein, etwa den *Lauf der Welt* mehrere Male durchakkern so wie Diane *Die Tochter der Zeit*? Guter Gott! Dabei hatte er durchaus versucht, den *Lauf der Welt* zu lesen, und es nicht geschafft; der Dialog sprühte nur so vor Witz, jede Zeile klirrte wie ein Eiszapfen, jede schlagfertige Erwiderung traf mitten ins Herz. –

Dann wischte er sich noch einmal die Stirn und widmete sich wieder seinem Buch.

Diane Demorney dachte in der Tat in diesem Augenblick daran, andere Welten zu erobern, nachdem sie auf dieser hier mit Feuer und Schwert auf jedem sich bietenden Schlachtfeld gewütet hatte. Sie saß in dem luxuriösen Wohnzimmer des Hauses, das sie den Biaster-Strachans in London abgekauft hatte, rauchte eine Zigarette, trank einen Martini und schmiedete Pläne. Wenn sie eine Tugend in überreichem Maße zu besitzen meinte, dann Amoralität; nichts, was sie einmal abgehakt hatte, bereitete ihr noch Kopfschmerzen. Ein Mann, der meinte, er könne ihr den Laufpaß geben, verdiente es nicht besser.

Ihr jetziger Feldzug galt einem neuen Ehemann; wenn sie merkte, daß sie anfing sich zu langweilen (was oft geschah), dann endete das in der Regel in einer Ehe, auch wenn sie wußte, daß diese sie nach ein paar Monaten oder einem Jahr noch mehr langweilen würde.

Als sie die Fünfunddreißig erreichte, war Diane Demorney bereits viermal verheiratet und geschieden. Dann kam ein Interregnum von fünf Jahren, in dem sie sich mit Liebesaffären begnügt hatte, doch auch das verlor allmählich seinen Reiz. Theo Wrenn Browne war amüsant und bissig, besser gesagt, gemein, Eigenschaften, mit denen Diane Demorney selbst in überreichem Maße gesegnet war. Es könnte recht nett sein, jemanden zu heiraten, der einem selbst glich, auch wenn er nicht ganz so schlau war. Bedauerlicherweise hatte er wenig Geld. Nicht daß Diane Geld nötig gehabt hätte, damit war sie reichlich versehen. Aber sie schätzte den Überfluß. Wenn ein Mercedescoupé für den eigenen Bedarf reichte, wieso dann nicht zwei haben? Folglich war Melrose Plant der bevorzugte Kandidat, denn er besaß genug Geld, um drei zu kaufen, ohne mehr als einen Scheck auszuschreiben. Nicht zu vergessen die Titel. Recht unbedacht von ihm, sie wie Babies einfach abzustoßen (was ganz und gar nicht unbedacht gewesen wäre), aber vermutlich konnte er sie zurückbekommen. Countess of Caverness sagte ihr zu.

Der richtige Name war beinahe so wichtig

wie die richtigen Kleider. Nur ihre Mutter (wo auch immer sie sein mochte) wußte, daß sie nicht Diane Demorney of Belgravia, Capri and the Hamptons war. In Wirklichkeit hieß sie Dolly Trump und stammte aus Stoke-on-Trent, zwei Namen, bei denen sie sich senkrecht aufsetzen und sich einen doppelten Martini eingießen mußte. Vor allem, als ihr wieder einfiel, daß sich Melrose Plant über die Figur in dem Buch von Dorothy Sayers ausgelassen und gesagt hatte, was für eine eigenartige Übereinstimmung es mit diesem Namen doch sei; dann hatte er sich wieder der Lektüre eines dieser elendigen Bücher von seiner Freundin Polly Soundso gewidmet. Die mit den bemerkenswert amethystfarbenen Augen. Amethystfarben und smaragdgrün. Die beiden zusammen konnten den gesamten Verkehr auf der Autobahn sicher durch einen Schneesturm lotsen. Sie schüttelte sich und streichelte geistesabwesend ihre auffällige, kupferäugige, mehlweiße Katze. Prompt tatzte die Katze nach ihrer Hand und bekam eins übergezogen.

Während sie ihre Gedanken gleichsam wie lange Röcke durch die Parkanlagen von Ardry End schleifen ließ, legte sich ihre Stirn in Falten. Das Ärgerliche an Melrose Plant war seine ermüdende Großzügigkeit und Bescheidenheit. Als ihre Frage nach dem Gast, den er erwartete, keine Informationen zutage förderte, hatte sie zu einer List gegriffen und ihm gesagt, sie wüßte den Namen sowieso, und hatte ihm ihr verführerischstes Lächeln geschenkt. Er hatte zurückgelächelt (wenn auch nicht verführerisch) und gesagt, schön, dann brauche er ihn ja nicht zu verraten.

Diane gab dem Samtkissen auf ihrem Schoß einen Klaps. Und auf dieses Triumvirat, das sich da jeden Tag im Lädchen zur Langeweile traf, konnte sie auch verzichten. Marshall Trueblood, Plant und Vivian Rivington. Die Trendoisie von Long Piddleton. Daß Melrose Plant vielleicht für Vivian Rivington mehr übrig hatte, oder sie für ihn, als guttat, das verdrängte Diane Demorney lieber. Vivian mochte durchaus als hübsch gelten, eben wie jemand, der aus einem guten Stall kam, doch bislang hatte es noch keine Frau mit Diane aufnehmen können.

Sie drehte und wendete das Cloisonné-Feuerzeug, lehnte den Kopf an die samtene Sofalehne und ließ ihre Gedanken zu der Musik

Beethovens wandern, zumindest einen Teil. Die Musik beanspruchte nicht den ganzen Kopf, genausowenig wie die von Mozart oder Bach. Aber sie hatte es sich zum Prinzip gemacht, sich mittelgroße Häppchen von einer berühmten und einer fast unbekannten Größe aus Musik, Kunst und Literatur zu Gemüte zu führen. Über die Berühmtheit hatte sie sich gerade so schlau gemacht, wie nötig war, um den Kopf über Wasser zu halten; über den weniger bekannten Künstler wußte sie schlechterdings alles. Desgleichen hatte sie sich in jeweils ein Kapitelchen anderer Wissensgebiete vertieft – Geschichte, Antiquitäten, das Habitat tropischer Vögel. Wirklich erstaunlich, was eine einzige Stunde in einer Bibliothek da brachte. Wer etwas über einen weniger bedeutenden Dichter wußte, den sonst kein Mensch kannte, kam schon bald in den Geruch, eine intellektuelle Kapazität zu sein. Und dabei war alles so einfach. Sie hatte ihren Horizont erweitert und auch andere Themen, die häufig bei gesellschaftlichen Anlässen – Cocktail Parties, Theaterabenden, Krönungen – zur Sprache kamen, hinzugenommen. Diane wußte, was Zeit wert war. Warum aufs Trinity College gehen und das *Book of Kells* studieren, über das jeder etwas wußte – wenn man im British Museum vorbeigehen und eine Seite vom *Book of Dimma* lesen konnte, von dem keine Menschenseele je gehört zu haben schien, abgesehen von Experten. Zählte ihr Gegenüber zufällig zu diesen Experten, lächelte Diane einfach nur und rauchte schweigend vor sich hin. Das brachte solche Leute völlig aus der Fassung.

Sie konnte sich kompetent zu den Kronjuwelen äußern (so daß selbst die Wächter im Tower of London klein beigeben mußten); zu Richard III. (wobei sie die Theorie vertrat, daß es Edward gewesen war, der die Prinzen eingelocht hatte); zur Haute Couture (Remy Marinelli); zur Haute Cuisine (Cuisine Minuet); zu antikem Silber (silberne Tafelaufsätze in Schiffsform); zu American Football (Phil Simms, obwohl sie stets Mühe hatte, sich zu erinnern, für welche Mannschaft er spielte). Und dann natürlich noch das, was sie als ihr privates Trivial Pursuit-Spiel bezeichnete – ein Fundus von geheimen Kenntnissen und Demorney-Theorien, anzuwenden auf solche Leute, die sich für Richard III. nicht interessierten. Da gab es den idiotensicheren Tip, wie Zitronencreme immer gelang, womit sie sich bei den Müttern ihrer Ehemänner einschmeichelte. Dann ihre – etwa einen Absatz umfassenden – Kenntnisse über Henry Fielding und die Bow Street Runners, diese Londoner Kriminalbeamten des 19. Jahrhunderts, die sie mit Vorliebe Constable Pluck unter die Nase rieb. Und einmal hatte sie sogar einen besessenen Spieler davon überzeugt, er könne sich sein Laster abgewöhnen, wenn er Auktionen bei Sotheby's besuchte. Es hatte funktioniert. Bedauerlicherweise war er dadurch zum Langweiler geworden, mit dem sie nichts mehr gemein hatte, da sie selbst eine besessene Spielerin war.

Ihr angenommener Name war das Ergebnis ihres Strebens nach Bildung. Als sie *Mord braucht Reklame* durchblätterte, da hatte sie ein paar Absätze gelesen, die von einer Dian de Momerie handelten, einer Figur, die sie so ins Herz schloß, daß sie tatsächlich komplette Kapitel des Buches studiert hatte. Schließlich hatte sie genügend Zeit dazu, die sie nicht damit verschwendete, Bücher wie Dorothy L. Sayers zu schreiben. Die de Momerie war schön, rauschgiftsüchtig, scharf wie eine Rasierklinge und dekadent. Diane hatte den Namen auf der Stelle mit nur einer kleinen Änderung übernommen.

Und die Sayers-Figur war völlig gewissenlos.

Wenn man von jemandem behaupten konnte, daß ihm etwas in überreichem Maße fehlte, dann war Diane Demorneys Gewissenlosigkeit skandalös.

Zumindest hoffte sie das.

5

«VOLLKOMMEN WIEDERHERGESTELLT, ALICE», antwortete Lavinia Vine auf Miss Alice Broadstairs' Frage. Diese hatte nicht etwa Lavinias Gesundheit, sondern der des Rosenstocks vor ihrer Haustür gegolten; ihr *Blue Moon* hatte seit Tagen vor sich hingewelkt. «Aber sehe ich da etwa Sternrußtau?»

Miss Alice Broadstairs, Sportlehrerin an der Mädchenschule von Sidbury, sah entgeistert aus. «Doch nicht auf *meinen* Teerosen, ich bitte Sie!» Dann machte sie sich unter dem Schutz ihres riesigen Sonnenhuts wieder ans Blumenschneiden.

«Ich meine da und da», sagte Lavinia. Mit dem antiken kleinen Fernglas, das sie in die Tasche steckte, wann immer sie ihr Spaziergang an Miss Broadstairs' Pforte vorbeiführte, deutete sie auf eine korallenfarbene Teerose und freute sich diebisch.

Miss Broadstairs und Miss Vine waren auf jedes metaphorische Schlachtroß gestiegen, um einander bei der Blumenschau in Sidbury Kokarde, Medaille und Pokal abzujagen. In ungeraden Jahren gewann Miss Broadstairs, in geraden Lavinia Vine. Und so bissen sie denn auf der Blumenschau alle Jahre wieder die Zähne zusammen und schüttelten sich die Hand (die bei beiden sonnenverbrannt, ausgedörrt und mit Leberflecken getüpfelt war), und das im Laufe der Jahre immer vehementer, bis Melrose davon überzeugt war, er hätte Knöchelchen splittern hören.

All das erzählte Melrose Plant Richard Jury, als sie Miss Broadstairs und Miss Vine auf ihrem langsamen Bummel die Shoe Lane entlang sichteten, diesem letzten kleinen Pfad, der sich vom Dorfanger mit dem Ententeich fortschlängelte. Sie genossen den Zauber des schönen Frühsommermorgens, ertranken schier im Duft von Hunderten von Rosen – Teerosen, Moschusrosen, Immerblühende; Beetrosen, Kletterrosen, Heckenrosen; weinrote, karmesinrote, blauviolette, korallenrote, gelbe; solche, die von Backsteinmauern herabschäumten oder sich daran hochrankten; Floribunda, die den Pfad säumten.

Alle Hunde und Katzen, an denen sie vorbeikamen, rekelten sich in verschiedenen Stadien trunkener Wonne, eine Auswirkung von Rosen, Sonne und schimmernder Luft, so als ob Melroses alter Hund Mindy auf Ardry End an sie alle Befehle wie *schlafen, schlafen, schlafen* aussandte. Der Jack Russel von Miss Crisp, der sein Nickerchen gewöhnlich in einem verwitterten Sessel draußen vor ihrem Trödelladen machte, hatte sich auf eigene Faust von der High Street abgesetzt, um nachzusehen, ob rings um den Ententeich etwas los war. Doch jetzt war er am Fuße eines kleinen Steinpfeilers zusammengesunken, auf dessen oberem Ende sich Miss Broadstairs' räudige, graue Katze lümmelte, die ihrerseits so faul war, daß sie nur daliegen, den Kopf auf den warmen Stein drücken und die Pfoten über die Kante hängen lassen wollte. Alle träumten sie von Rosen.

«Guten Morgen, Miss Broadstairs, Miss Vine», sagte Melrose.

Die beiden Rosenfans runzelten die Stirn und warfen ihm finsterste Blicke zu, bis ihnen bewußt wurde, daß sie sich ja nicht gegenseitig ansahen. Ihr Lächeln wurde zum Strahlen, als Melrose ihnen Jury vorstellte, der sich über Alices herrlichen Garten ausließ, sehr zum Mißfallen von Lavinia, die den Superintendent auf der Stelle zum Tee in *ihren* Garten einlud.

Jury bedankte sich und sagte etwas über die verschiedenen Rosen, die Miss Broadstairs geschnitten hatte und die nun in ihrem Korb lagen.

«*Souvenir d'un ami*», sagte Miss Broadstairs stolz und streckte ihm eine leuchtende, kupferfarbene Rose hin.

Lavinia musterte sie verächtlich. «Die nach Watermeadows zu schicken heißt Eulen nach Athen tragen», sagte sie und wechselte sofort zu einem anderen Thema, zu ihren eigenen *Blue Moon* nämlich, und ließ sich dann langatmig über Blattläuse aus.

Plant schnippte mit dem Totschläger, den er neuerdings mit sich herumtrug, ein knallrotes Blütenblatt vom Schuh, wünschte ihnen einen guten Morgen und fügte noch ein Lebewohl für Desperado hinzu, die graue Katze, die immer noch im Schlaf die Nase auf dem Stein plattdrückte.

«Was für ein passender Name», sagte Jury, wobei er das letzte Wort herausgähnte.

«*Desperado* ist bloß eine weitere Rosensorte.»

Sie waren um die Ecke gebogen und näherten sich dem winzigen Dorfpark (wenn eine einzige Bank unter einer Weide und ein Teich diesen Namen verdienten). Da lag er, saftig grün zu Füßen der St. Rules-Kirche, die sich auf einer Anhöhe hinter Betty Balls Bäckerei erhob. Die Enten schwammen so reglos wie Lockvögel, schlaftrunken und mit angelegten Flügeln.

Melrose gähnte und warf einen Blick auf seine Uhr. «Gleich geselle ich mich zu Miss Crisps Terrier auf dem Bürgersteig. Der Pub ist noch nicht offen.» Melrose dachte einen Augenblick nach. «Da wir gerade beim Thema Einschlafen sind, warum bringen wir unseren Pflichtbesuch bei Agatha nicht hinter uns?»

Plague Alley lag am anderen Ende der High Street, ein gewundener, kleiner Weg in einem Irrgarten von kleinen Wegen, die schlingpflanzengleich von der Sidbury Road abzweigten. Die weißverputzten Häuschen mit den dunklen Fenstern sahen aus, als hätte sie jemand ohne Sinn und Plan wie Würfel zwischen diese schmalen Pfade gestreut. Falls es in Long Piddleton tatsächlich so etwas wie gesellschaftliche Schichten geben sollte, so befand sich die hier angesiedelte Schicht irgendwo auf der Mitte der sozialen Leiter, obwohl Agatha ständig ein, zwei Sprossen zulegte.

Tatsache war, daß sich nur Agatha um Long Piddletons höhere und niedere Gesellschaftskreise zu sorgen schien. Die Grenzen, die sie zog, waren einem ständigen Wechsel und Wandel unterworfen; sie war so ausdauernd auf dem Gebiet der Grenzziehungen, daß man hätte meinen können, sie lege eine Generalstabskarte an. Ihre Demarkationslinie war der Piddle River. Als Diane Demorney und später Theo Wrenn Browne ins Dorf gezogen waren, hatte sie sich doch tatsächlich weniger um den Inhalt der Möbelwagen gekümmert, als daß sie zu entscheiden versucht hatte, ob die beiden nun auf der richtigen oder falschen Seite des Flusses siedelten. Da der Piddle River als Wasserlauf außerordentlich gleichmacherische Tendenzen aufwies und an manchen Stellen zum Rinnsal wurde, zudem noch die Eigenart hatte, einfach mittstroms zu versiegen, um einem an anderer Stelle buchstäblich vor den Füßen wieder hochzusprudeln, sich andernorts dagegen einfach in Morast und Marsch verwandelte (dicht bei Agathas Wohnsitz), so bot sich ihr ein reiches Betätigungsfeld. Was natürlich genau das Richtige für Agathas Arbeitsweise war. Ihre Kenntnisse um Ebbe und Flut des Piddle erweiterten keineswegs ihr Wissen über seine Wasserpflanzen und -tiere. Es half ihr jedoch ungemein, Leuten einen sozialen Rang zuzuweisen. Weil der Fluß verschwand, nachdem er in Stromschnellen unter der buckligen Brücke hindurchgeschossen war, gingen auch die Ladenbesitzer an der

High Street mit ihm baden, gesellschaftlich gesehen natürlich. Und dann hatte er auch noch die ärgerliche Eigenschaft, sich äußerst malerisch um die Bruchbuden des Withersby-Clans zu schlängeln (wo Mrs. Withersby als Matrone residierte). Hier hausten sie, nur wenige hundert Meter entfernt von Miss Crisps Trödelladen und Jurvis' Schlachterei. Einst waren das die Armenhäuser von Long Piddleton gewesen (und waren das noch immer, wenn man die Hauptbeschäftigung der Bewohner betrachtete), und sie besaßen genau jene Art wohltemperierten, historischen Reiz, der betuchte Touristen dazu verleitete, sie zu erwerben und darin so viel Geld zu investieren, daß man Manderley davon wieder hätte aufbauen können.

In weniger als fünfzehn Minuten nach der Ankunft ihres Neffen und des Superintendent im Salon hatte Agatha sie schon mit flinkem Pinsel über die neuen Einwohner von Long Piddleton ins Bild gesetzt, während Melrose sich die goldgefaßte Brille aufsetzte und das recht wahllos zusammengestellte Meublement des Salons in Augenschein nahm. Er kam nur zu Pflichtbesuchen hierher – so wie jetzt – oder wenn er irgendein ihm teures Stück seines persönlichen Krimskrams vermißte. In dem hier herrschenden Wirrwarr konnte jeder beliebige Gegenstand aus Ardry End für Jahrzehnte untergehen. Wie Melrose ihr schon oft gesagt hatte, lebte Lady Ardry quer durch die Geschichte.

In diesem Haus wäre man nie auf die Idee gekommen, daß es Frühsommer war, denn das dämmrige, winterliche Dunkel schien Menschen und Möbel gleichermaßen zu verschlucken. Gegenstände schimmerten ihm aus der Düsternis entgegen – die glasäugige Eule auf dem Kaminsims, der ausgestopfte Papagei, der auf seinem Hochsitz über der Tür zur Speisekammer festgeklebt war, das Sittichpärchen im Käfig, von dem Melrose annahm, daß es lebendig war, aber man konnte ja nie wissen. Im Raum lag die tödliche, luftleere Stille einer Hitchcock-Landschaft, ehe Schnäbel und Flügel jäh zum Angriff übergehen.

Die Frau, die Agatha seit ihrem Unfall «aufwartete», nahm in den Schatten langsam Gestalt an und brachte ihnen einen Teller mit Kuchen und Keksen. Mrs. Oilings gehörte zum Clan der Withersby und hatte die Arbeit genausowenig erfunden wie der Rest der Familie. Dagegen konnte sie bei jedem Klatschwettbewerb mithalten, was wahrscheinlich auch ihre augenblickliche Anwesenheit hier erklärte. Da Agatha das Dorf auf eigenen Beinen nicht mehr heimsuchen konnte, schickte sie Mrs. Oilings aus, auf daß sie Gemüse, Fleisch, Büchereibücher und Tratsch herbeischaffte.

«...diese Person, diese Demorney, wohnt im Haus der Bicester-Strachans und hat es komplett in so einem deplaziert modernen – Melrose, so paß doch auf damit!»

Was auch in seiner Absicht lag, denn der Buddha aus Jade gehörte ihm. Seine Mutter hatte eine Vorliebe für lächelnde Buddhas gehabt.

«...und dann diese Bücher, die Joanna die Wahnsinnige schreibt. Natürlich schmiert sie einen hübschen Haufen Geld zusammen, aber das kann schließlich jeder.»

«Du nicht», sagte Melrose gähnend. «Und ich auch nicht. Kunst ist Joanna Lewes schnuppe; sie gibt unumwunden zu, daß sie nach Schema F schreibt und daß ihr Schema F noch nie etwas getaugt hat.»

Jury biß in ein Löffelbiskuit, betrachtete es

mißtrauisch und sagte: «Sie hört sich interessant an.»

«Ist sie aber nicht. Laß die Fummelei mit dieser Figurine und schenk uns lieber Sherry ein», sagte Agatha zu Melrose. Sodann ließ sie von ihrem dienstverpflichteten Neffen ab und sagte zu Jury: «Ich hätte Ihnen gern einen Morgenkaffee gekocht, Superintendent, aber Sie sehen ja –» Sie sprach im leidgeprüften Dulderton und klopfte mit ihrem Stock auf den Gips an ihrem Knöchel. «Sie wissen, glaube ich, wie sich das zugetragen hat? Mr. Jurvis –»

«Er weiß Bescheid», sagte Melrose, um ihnen die langatmige Geschichte vom Zusammenstoß zwischen Agathas altem Austin, Mr. Jurvis' Gipsschwein und Betty Balls Fahrrad zu ersparen. Keine Menschenseele hatte den Unfall gesehen, da Betty Ball zu ebendieser Zeit in Miss Crisps Laden und Jurvis hinten an seinem Gefrierschrank gewesen war. Das Gipsschwein, welches Jurvis' Schlachterladen zierte, war Agatha zufolge der «Übeltäter» bei dieser kriminellen Handlung, da es mitten auf dem Bürgersteig gestanden hatte. Auch das Rad traf Schuld, denn es war vor dem Geschäft abgestellt, so daß Agatha mit dem rechten Vorderrad einfach daran entlangschrammen mußte, als sie mit dem Auto über die Bordsteinkante fuhr. Das alles hatte sie Constable Pluck erklärt und hinzugefügt, daß das Schwein eigentlich den Schaden am Rad verursacht hätte, denn war es nicht genau auf dessen Hinterrad gefallen?

Und so teilten sich denn das unbemannte Fahrrad und das des Gehens nicht mächtige Schwein die Schuld zu gleichen Teilen, und Agatha klagte auf Schadenersatz, da sie Constable Pluck auf ihre Seite hatte ziehen können. Melrose sagte: «Gestern habe ich Pluck aus der Plague Alley herauskommen sehen.» Agatha und Constable Pluck schienen eng zusammenzuarbeiten. «Hat er sich wieder mal Weisungen geholt?» Melrose wählte ein Stückchen Kuchen, das aus Betty Balls Bäckerei zu stammen schien. Da indes zu befürchten stand, daß es noch von der letzten Weihnachtsbescherung stammte, griff er lieber zu einem Vollkornkeks.

«Ich habe ihm ein paar gute Ratschläge gegeben.»

«Letztes Mal ging es um die Parkuhren in der High Street. Der Plan wurde im Keim erstickt, dem Himmel sei Dank.» Melrose prüfte seinen Schneidezahn mit dem Finger; es kam ihm vor, als hätte er sich ein Stückchen an dem steinharten Keks abgestoßen.

«Informationen darf ich selbstredend nicht preisgeben», sagte Agatha und fing an, sie um jeden Preis an den Mann zu bringen. «Aber es ging um die Leans. Die auf Watermeadows; das ist Ihnen sicher kein Begriff, Superintendent. Phantastische Gärten haben die. Hannah Lean ist die Enkeltochter von Lady Summerston; beide sind Einsiedler – so wie ich, wissen Sie. Darum kommen wir auch so gut miteinander aus.»

«Was soll all das Gerede über Hannah? Du kennst Mrs. Lean doch gar nicht.»

«Aber ja doch. Vor zwei Wochen habe ich sie in Northampton getroffen; fast hätten wir zusammen geluncht.»

Für Agatha zählte ein Beinahetreffen mit der einsiedlerischen Mrs. Lean so viel wie ein aus neun Gängen bestehendes Dinner mit jedem anderen.

Sie beugte sich vor und flüsterte: «Der Gerüchteküche zufolge –» in der sie den ganzen Tag den Löffel zu schwingen schien – «tut sich etwas zwischen Simon Lean und dieser Person, dieser Demorney.»

«Solange sie nicht mich in Teufels Küche bringt, kann es mir egal sein.» Melrose blinzelte in das Dunkel, aus dem sich mit einem Satz ein Schatten löste. Agathas einäugige Katze hatte eine Vierpfotenlandung gemacht und streckte nun oben auf Agathas Sessel alle viere von sich. Eher alle drei, denn ihr viertes Bein war vor einiger Zeit mit einem Wagenheber in Berührung gekommen. Melrose warf einen Blick auf die Uhr. Gottseidank, die «Hammerschmiede» hatte jetzt offen. Daß er hier so lange ausgeharrt hatte, beruhte zum einen auf eingefleischter Höflichkeit, zum anderen brachte er ein Dankopfer dar. Denn irgendeinem Gott mußte er es ja verdanken, daß sich Agatha den Knöchel nicht gerade auf den Stufen von Ardry End gebrochen hatte.

«Hohnlächle, soviel du willst, Plant», sagte sie und klopfte mit dem Stock dreimal auf den Boden, wie eine Dorfhexe, die mit ihrem Zauberstab herumfuchtelt, um prosaische Fakten in Märchen zu verwandeln. «Da tut sich etwas.» Zu Jury gewandt sagte sie: «Watermeadows ist ein weitläufiges Anwesen. Das schönste in Northamptonshire.» Sie besann sich: «Das zweitschönste. Zumindest nicht *schöner* als Ardry End.»

Melrose seufzte. Natürlich mußte Ardry End die Liste anführen, schließlich erhoffte sie sich davon einiges. Anscheinend kam es Agatha nicht in den Sinn, daß sie vor Melrose dahinscheiden könnte; ihr Vorsprung von fünfundzwanzig Jahren tat dem keinen Abbruch.

«Das Anwesen und die Gärten sind ganz phantastisch; alles gehört Lady Summerston, Hannah erbt mal ein Vermögen. Wahrscheinlich bleibt ihr Mann deswegen bei der Stange.»

«Aber du hast Watermeadows doch noch gar nicht gesehen. Alles was du weißt, stammt von Marshall Trueblood, und der war bloß dort, um wegen so eines Klappsekretärs zu verhandeln.»

«Der Betrüger, der! Hat sicherlich nur halb soviel gezahlt, wie er wert ist.» Wenn sie in Long Piddleton einen Menschen nicht ausstehen konnte – abgesehen vom Withersby-Clan –, dann Marshall Trueblood.

«Sei nicht albern. Er ist absolut ehrlich. Das heißt, für einen Antiquitätenhändler. Da fällt mir ein, daß wir uns im Pub treffen wollten. Kommen Sie, Richard.»

Sie sagten Agatha Lebewohl, und die nutzte rasch noch die Gelegenheit, ihnen das Gefühl zu vermitteln, sie wären die letzten erreichbaren Retter, die nun die Kranken und Verwundeten vollends im Stich ließen. Da half nicht einmal Jurys Versprechen wiederzukommen und Mrs. Oilings Auftritt mit einer neuen Runde Kuchen und Klatsch.

Als sie die schattige Abgeschiedenheit der Plague Alley hinter sich gelassen hatten, gab Melrose die Geschichte von Agathas Unfall zum besten.

«Wollen Sie mir etwa weismachen, daß ihr der Wachtmeister dieses Märchen abgenommen hat?» fragte Jury.

«Agatha und Constable Pluck stehen auf sehr gutem Fuß; sie ersäuft ihn in Sherry und Klatsch.»

Als sie um die Ecke bogen, wünschte Melrose einer stämmigen Frau mit gerunzelter Stirn und einer Bulldogge an den Fersen einen guten Tag. Bei dem Stirnrunzeln schien es sich um einen Dauerzustand zu handeln. Die Haut machte den Eindruck, als würden sich dünne Fäden über ihre Stirn ziehen, und die Mundwinkel schienen der Schwerkraft zum Opfer gefallen zu sein. Die Ähnlichkeit mit ihrer Bulldogge Trot war frappierend. Die Frau hing über dem Tor ihres Jägerzauns, während Trot giftig durch die Zaunlatten starrte.

«Ha'm wa's Tantchen besucht, M'lord?» Die Runzeln vertieften sich noch, und Trot machte mit seiner Kehle schauerliche Laute, die den Geräuschen in einer klapprigen Rohrleitung ähnelten. Der anklagende Ton war unüberhörbar. Melrose schien seine Familienpflichten vernachlässigt zu haben. «Weit isses mit uns gekommen, wenn Krämer unschuldigen Leuten annen Kragen woll'n. Dieser Jurvis denkt wohl, die High gehört ihm. Stellt einfach den Bürgersteig voll, und kein Aas issich seines Lebens mehr sicher.»

Daß man fast dreißig Jahre ungefährdet an der Schlachterei vorbeigegangen war, tat anscheinend nichts zur Sache. Melrose verbeugte sich leicht und seufzte.

«Wetten, daß Agatha so lange vor Schmerzen stöhnt, bis die Sache beigelegt ist? Was glauben Sie wohl, warum sie nicht auf den Beinen ist? Abgesehen natürlich von ihrem Auftauchen im Pub gestern; da wollte sie kontrollieren, ob Sie im Anzug sind, sonst geht sie nirgendwohin und gönnt Long Piddleton zum erstenmal seit fünfzehn Jahren eine Atempause. Nur die dräuende Gefahr, sie könnte ihren minimalen Anspruch auf Schadenersatz verlieren, hält sie von ihrer täglichen Runde ab.» Soeben hatten sie die Sidbury Road überquert, die dort endete, wo die High Street begann. Melrose zeigte mit seinem Spazierstock auf die Schlachterei zwischen Miss Crisps Laden und dem Fahrradgeschäft. «Schauen wir doch mal vorbei. Ich hole die Koteletts für Martha ab und erkundige mich, wie der bedauernswerte Jurvis das aushält.»

«Dann steht es also Schwein und Fahrrad gegen den Austin? Richtig?»

«Ja. Schwein und Rad haben es geschafft, sich bis an den Rand des Bürgersteigs vorzuarbeiten und den Austin tätlich anzugreifen.»

Jurvis, der Schlachter, bewegte sich geschickt durch seinen kleinen, beengten Laden. Wahrscheinlich würde man ihn als Zeugen dazu befragen, ob es möglich war, daß ein Fahrrad einen Austin über den Haufen fahren konnte. Auf einem silbrigen Tablett lag hinter dem Spiegelglasfenster ein Spanferkel ausgebreitet, mit einem Apfel im aufgerissenen Maul und umkränzt von Salatblättern und Apfelringen in Minzsoße.

«Vorsicht! Es könnte sich durch die Scheibe stürzen und Sie zu Boden werfen.»

Mr. Jurvis freute sich über Melroses Besuch, ganz gleich, wen dieser zu seiner Verwandtschaft zählte. «Die Koteletts – ach ja. Gleich, ich hole sie. Dürfte es sonst noch was sein, Sir? Vielleicht ein schönes Stück aus der Keule? Und Hackfleisch ist heute besonders gut.»

Melrose blickte starr auf die Vitrine, wo die verschiedenen Fleischsorten wie in einer Auslage von Cartier gar prächtig inmitten von Petersilienbüschelchen und kandierten Kirschen lagen. Der ganze Laden war proper und sauber, und nichts deutete darauf hin, daß in den hinteren Räumen Messer und Beile sägten und hackten. Er erinnerte Melrose an einen gesäuberten Operationsaal.

Jury betrachtete das große Gipsschwein, den angeblichen Verursacher dieses Unfalls, das nun im Laden stand. Es schien sich unter seiner bronzegoldenen Bemalung sauwohl zu fühlen und trug einen Kranz aus Gänseblümchen und Glockenblumen um Kopf und Ohren geschlungen, der ihm über eins seiner Glupschaugen hing. In den Vorderpfoten hielt es ein kleines Tablett mit einem langen Schlitz für die Reklametafel, die kundtat, was das Schweinefleisch an diesem Tag im Sonderangebot kostete.

Mr. Jurvis kam zurück, gab Melrose die in Papier gewickelten Koteletts und erklärte Jury die Sache mit dem Schwein. «Es hat da draußen gestanden und für das Sonderangebot geworben. Rindfleischhack. Ein Pfund dreißig. Hat mich ein Schweinegeld gekostet, das Schwein da, das kann ich Ihnen sagen. Kaum zu glauben, aber da fährt jemand glatt über die Bordsteinkante und mangelt mir nichts, dir nichts alles platt, was da steht – gottseidank war meine kleine Molly oben, sie spielt nämlich gern draußen mit dem Schwein, und dann entblödet sich diese Person nicht, es allen und jedem in die Schuhe zu schieben. Wohlgemerkt, ich lasse mit mir reden. Ich hätte nichts unternommen, außer mir die Reparatur von dem Schwein bezahlen zu lassen, aber da kommt mir diese Person doch derart pampig – Entschuldigung, Mr. Plant.» Jurvis lief etwas rot an.

«Keine Ursache. Sieht aus, als ob Sie das Schwein schon zur Reparatur gegeben hätten.» Melrose wies auf die frisch vergipste Schweinshaxe.

«Das hätten Sie lieber nicht tun sollen, Mr. Jurvis», sagte Jury. «Falls Sie Schadenersatz haben wollen.»

Jurvis warf die Hände hoch. «Soll das etwa heißen, das Schwein da könnte als Zeuge gebraucht werden?»

«Nicht so ganz. Möglicherweise aber als Beweismaterial.»

Als der Schlachter das Beweismaterial traurig betrachtete, setzte Jury hinzu: «Aber zweifellos wird es nicht soweit kommen, Mr. Jurvis. Wer wäre schon so saublöd, damit vor Gericht zu gehen?» Jury lächelte von einem Ohr zum anderen.

Ja, wer wohl? dachte Melrose.

6

Ein Möbelwagen stand mit zwei Rädern auf
dem Bürgersteig vor Truebloods Antiquitätengeschäft, einem piekfeinen Haus im Tudor-
Stil neben der «Hammerschmiede». Marshall
Trueblood rang ununterbrochen die Hände
und rief einem vierschrötigen Mann nach, er
möge doch *bitte* mit der Urne da vorsichtig sein –

Daß die Möbelpacker nicht auf ihn hörten,
wurde an dem Gepolter und Geklirr und Truebloods Wehgeschrei deutlich. «Bloß nicht stehenbleiben», sagte Melrose.

In der «Hammerschmiede» herrschte die
übliche mittägliche Langeweile, deren Stille
nur durch Mrs. Withersbys gelegentliche
Schnarchlaute unterbrochen wurde. Wenn sie
sich ihr Geld mit Putzen verdient hatte, ver-
putzte sie es in flüssiger Form und schlief ihren
Rausch an der Bar aus, den Kopf an die neue,
versnobte Trennwand gelehnt. An einem
Tisch weiter hinten saß ein ältliches Pärchen,
das sich nicht ansah, nicht miteinander sprach
und so beschaffen war, wie es Überlebende
einer langen Ehe sind. Sie ähnelten sich mit ihrem grauen Reetdachhaar und trugen trotz des

milden Wetters Partnerlook aus dunklem Tuch. Feierlich wie die Seehunde hockten sie da und starrten auf die Tür.

Vielleicht war er ein Sadist; Melrose genoß es jedenfalls immer, wie Vivian Rivington reagierte, wenn sie auf Richard Jury traf. Diese Begegnungen waren selten und zufällig, und Vivian hatte nur die in Stratford-upon-Avon mit annähernd so etwas wie Selbstbeherrschung über die Bühne gebracht. Und das wahrscheinlich auch nur, dachte Melrose, weil sie am Arm von Conte Franco Giappino gehangen hatte – eher von ihm aufrecht gehalten wurde. Oder es lag an den Kleidern, die sie immer aus der Mottenkiste kramte, wenn sie gerade von einer Italienreise zurückgekehrt war? Wahrscheinlich hätte es jeder Frau Auftrieb gegeben, mit jemandem dazustehen, der schlank und teuer aussah und jene südländische Patina mit all ihren düsteren Verheißungen aufwies, an der man als Engländer zu gern einmal kratzen würde. Natürlich war die Aura des Conte mit Abstand nicht so verführerisch wie die des Superintendent, doch das wußte Vivian sicherlich schon seit geraumer Zeit.

Wenn sie von einem ihrer venezianischen Ausflüge zurückkehrte, trug sie wohl eine Zeitlang die Kleider, die sie auf ihrer Reise erstanden hatte und von denen viele erlesen, kostspielig und kunstvoll formlos aussahen. Doch nach einer Weile kam dann wieder die alte Vivian mit ihren Twinsets und den prosaischen Wollröcken zum Vorschein. Heute hatte sie sich für etwas rundheraus Feminines entschieden; wie reizend sie doch war in dem geblümten Georgettekleid mit kupferfarbenem Grund, der genau den Ton ihrer Haare und den von Miss Broadstairs' Rosen hatte. Da saß sie mit artig gefalteten Händen an einem Tisch in der «Hammerschmiede», hatte die Tasche neben sich gelegt und sah aus, als warte sie auf den Bus.

Jury beugte sich zu ihr und gab ihr einen Kuß auf die Wange, und sie errötete, wurde zappelig und wollte auf dem leeren Tisch etwas zurechtrücken. Sie fand aber nur den Zinnaschenbecher, und so griff sie danach und fuhrwerkte damit in kleinen Kreisen auf dem Tisch herum.

«Wie ärgerlich, das mit Ihrem Auto, aber schließlich haben Sie's ja doch noch geschafft.» Ihr Tonfall war beinahe streitlustig.

«Mit meinem Auto?»

«Ja, weil doch –»

«Schon gut, schon gut», sagte Melrose mit unnatürlich lauter Stimme. «Trinken wir erst mal einen, was soll's denn sein?»

Vivian nahm keine Notiz von ihm, sie sagte zu Jury: «Aber irgendwie hat doch alles sein Gutes, nicht wahr? Ich meine, wenn die Panne nicht gewesen wäre, dann hätten Sie doch nie Ihre alte Freundin wiedergetroffen, oder?»

«Meine Freundin?» fragte Jury stirnrunzelnd.

Unterdes rief Melrose nach Scroggs und rieb sich voller Begeisterung die Hände. «Den Donnerschlag, den müßt Ihr probieren. Vivian, wieso steht eigentlich ein Möbelwagen vor Truebloods Laden? Kommt er nicht rüber? Dick!» rief er. «Der Superintendent will einen Donnerschlag haben!»

Ihre Stimme klang ziemlich gereizt, als sie zu Jury sagte: «Es überrascht mich, daß Sie sich Woburn Abbey nicht angesehen haben, wo Sie doch fast schon dort waren. Das hätte ihr bestimmt gefallen, vor allem bei dem schönen Wetter.» Ihr Gesicht war rosig angelaufen, so als hätte sie zu lange vor dem Kamin gesessen.

Jury forschte in ihrem Gesicht, als suche er nach Anzeichen von leichter geistiger Verwirrung, während sich Melrose vorbeugte, ihr die Sicht nahm und über das Buntglas mit der Aufschrift «Hardys Krone» hinweg eindringlich auf den Laden nebenan starrte. «Da ist ja auch Trueblood und kommandiert die Möbelpacker herum. Er rauft sich die Haare und kreischt...»

Truebloods Gekreische kümmerte Vivian nicht, sie hatte sich mittlerweile so tief in die Patsche manövriert, daß sie nicht mehr herauskam; es war, als bliebe sie fortwährend mit Gummistiefeln im Morast stecken. Jetzt war sie bei den Löwen von Woburn Abbey. Jury hing an ihren Lippen, das Kinn in die Hand gestützt, starrte sie an und lächelte, während sie im Geist mit ihm und seiner alten Freundin den Safari-Park durchstreifte.

Zum Glück begeisterte sich Dick Scroggs für seinen Donnerschlag genauso wie Vivian offensichtlich für wilde Tiere. Er unterbrach sie und erzählte Jury alles über den neuen Pub, der sich wahrscheinlich nicht lange halten würde, bei der Lage. Und wenn ihm das nicht den Garaus machte, dann würde er bestimmt von einer der großen Brauereien geschluckt werden und nur noch die Gelbe Gefahr verkaufen. «Sly ist bloß Geschäftsführer. Kann man immer merken, wenn's gepachtet ist, die geben sich nicht die leiseste Mühe, Sir. Aber ein Eigentümer, der darf sich weder Ruh noch Rast gönnen, sag ich immer.»

Jury pflichtete ihm aus vollem Herzen bei, und Scroggs zog breit grinsend ab, baute sich hinter seinem Tresen auf, steckte sich einen Zahnstocher in den Mund und machte sich an die Lektüre der Lokalzeitung, die sich *Kahler Adler* nannte.

Marshall Trueblood kam wie gewöhnlich als Regenbogen verkleidet hereinspaziert – italienisches Seidenhemd, als Farbfleck ein lohfarbenes Halstuch, auf dem Kopf eine hellgelbe Kaschmirmütze. Truebloods Farbkaleidoskop erinnerte Plant immer an eine der Tiffany-Lampen in dessen Antiquitätengeschäft. Trueblood begrüßte Jury genauso übertrieben, wie er sich ausstaffierte. Einen Augenblick stand zu vermuten, daß er ihm um den Hals fallen würde, doch er begnügte sich mit einem Händeschütteln, nahm dabei Jurys Hände in seine beiden und zog ein Schmollmündchen, als wollte er ihm ein Küßchen zuhauchen. Dies alles machte den Eindruck einer gutinszenierten Show, obwohl Melrose keine Ahnung hatte, welches Publikum damit beeindruckt werden sollte – wahrscheinlich Trueblood höchstpersönlich.

«So ein Ärger, das mit der Panne, Superintendent. Aber jetzt sind Sie ja da, und –»

Vivian fiel ein: «Gerade wollte ich ihm erzählen –»

«Was macht denn der Möbelwagen vor Ihrem Laden?» beeilte sich Melrose zu fragen.

«Liefert mir Möbel. Die müssen Sie einfach sehen. Haben mich vier Tausender gekostet, vermutlich schlage ich aber nur sechs oder sieben wieder heraus.»

«Das lohnt ja kaum die Mühe», sagte Vivian.

«Möchten Sie sie sich nicht ansehen? Kommen Sie, kommen Sie.»

«Nein danke», sagte Vivian, die in Gedanken immer noch in Woburn Abbey weilte.

Die anderen standen auf und marschierten nach nebenan.

Melrose überschlug im Kopf, daß all das Silber und Gold, die Vitrinen voller Lalique- und georgianischem Kristall, die Ofenschirme mit den Intarsien, die Kommoden, die Mahagoniregale voller ledergebundener Bücher gut und gern eine Million Pfund wert sein mochten; und obwohl alles gerammelt voll stand, hatte Trueblood für seine kostbare Erwerbung, einen Klappsekretär aus Rosenholz mit Messinggriffen, noch Platz gefunden.

So sehr er auch klagte, Trueblood ließ sich von niemandem übers Ohr hauen; nach Melrose und Vivian Rivington war er der reichste Einwohner von Long Pidd. Er hatte eine Nase für den Markt, die eher einer natürlichen Gabe und nicht geschäftlichem Scharfsinn entsprungen war; als kein Mensch Empire mit der Heugabel anrühren wollte, kaufte er es überall auf und verdiente damit ein kleines Vermögen. Mit der Spürnase eines Bluthundes und den Geschäftsmethoden eines Börsenmaklers lagerte er Eiche ein, als alle Welt welche kaufte, und wartete, bis sie nicht mehr und dann wieder in Mode war.

Trueblood zeigte Jury den *secrétaire*, während Melrose durch den Laden schlenderte,

vorbei an einer Jadesammlung und einem Tee-
tischchen, dessen Kauf er in Erwägung zog.

«Sie haben ja keine Ahnung, was ich alles
durchmachen mußte, ehe ich ihn Lady Summerstons Klauen entreißen konnte.» Er steckte
einen kleinen Schlüssel in das messinggefaßte
Schlüsselloch oben in der jetzt hochgestellten
Schreibplatte.

«Ein Klappsekretär, ja?» fragte Jury.

«Ein *secrétaire à abattant*. Dazu gibt es noch
eine passende Kommode, doch von der wollte
sie sich nicht trennen. Sie wohnt in dieser
großartigen, ein bißchen verfallenen Villa namens Watermeadows», sagte Trueblood und
klappte die Schreibplatte herunter, worauf
eine Reihe von Fächern und winzigen Schubladen zum Vorschein kam.

«Sehr hübsch. Muß etwas aufgearbeitet werden», sagte Melrose. «Und ein paar von den
Fächern müßte man reparieren. Sieht mir ganz
nach Trockenfäule aus –» Er steckte den Finger
hinein.

Trueblood seufzte. «Viertausend hat mich
der gekostet, und alles, wovon Sie reden, ist
Trockenfäule.»

Melrose spähte in ein anderes Fach und trat

dann einen Schritt zurück. Er kniff die Augen zusammen und schüttelte den Kopf. «Ich glaube –» Seine Stimme wollte ihm nicht gehorchen. Er räusperte sich. «Sie haben da, glaube ich, etwas mehr als nur Trockenfäule. Bitte, werfen Sie mal einen Blick hinein», sagte er zu Jury.

Jury spähte in das Fach, fuhr zurück und zog Trueblood rasch das blütengleiche, gelbe Taschentuch aus der Tasche.

Erstaunt sagte Trueblood: «Was zum Teufel...?» Er schob sich zwischen Melrose und die Fächer, fuhr jedoch rasch wieder herum und drehte dem *secrétaire* den Rücken zu. «Ein Auge. Da drinnen liegt ja ein *Auge*.»

Jury nahm das Taschentuch in beide Hände und zog langsam den gesamten Satz Fächer und Schubladen heraus.

Das hellblaue Hemd, das der Rumpf anhatte, war mit Blutflecken getüpfelt. Der Kopf fiel mit einem Krach vornüber auf die Schreibplatte von Truebloods viertausend Pfund teurem *secrétaire à abattant*.

7

«Simon Lean», sagten Melrose und Trueblood einstimmig, und alle drei traten einen
Schritt zurück, wobei Melrose eine Lalique-
Vase umstieß, die er gerade noch auffangen
konnte, ehe sie zu Bruch ging.

Jury musterte den Hals und die Oberarme.
Die Totenstarre war schon abgeklungen, was
bedeuten konnte, daß er seit zwölf Stunden tot
war, seit spätabends oder frühmorgens. Jury
wußte, wie wenig zuverlässig solche Schät-
zungen waren. «Rufen Sie den Arzt hier im Ort
an.»

«Carr? Mein Gott, doch nicht den. Der ist
halb blind –»

«Und wenn schon», sagte Jury und runzelte
die Stirn.

«Schon gut.» Melrose bewegte sich auf das
Telefon zu.

«Er heißt also Simon Lean?» fragte Jury Trueblood, der auf einem kleinen Sofa zusammen-
gebrochen war und so tief in den Daunenkis-
sen vergraben lag, daß es den Anschein hatte,
er würde nie wieder hochkommen.

«Watermeadows. Ja. Da wohnt er. Wohnte.

Wohnte. Wieso ist er denn nicht dort? Was zum Teufel hat er in meinem *secrétaire* zu suchen?» Trueblood wollte anscheinend weiteren Einspruch gegen die Entweihung seiner Räumlichkeiten erheben, schaffte es aber nicht und brachte nur noch ein Armgefuchtel zustande. «Ich habe einen Schreibtisch gekauft und keine Leiche; die geht zurück.»

«Wo hat dieser *secrétaire* gestanden?»

«Wo?» Trueblood starrte immer noch wie hypnotisiert auf den Anblick, der sich ihm bot: der Rumpf von Simon Lean, der auf der Schreibplatte lag, als wäre er über einem langweiligen Brief eingeschlafen. «Auf Watermeadows natürlich. Nicht im Haus selbst; im Sommerhaus, wie sie es nennen. Als Staubfänger. Ich kam ganz zufällig vorbei und warf einen Blick hinein. Die alte Lady schwimmt nur so in unschätzbar wertvollen Stücken aus dem späten achtzehnten Jahrhundert –»

«Moment mal, Marshall. Sie kamen ‹zufällig vorbei›, sagten Sie? ... Was machen Sie denn da?» Das galt Melrose, der noch einmal wählte.

«Was ich mache? Ich rufe Pluck an.»

«Legen Sie sofort auf.»

«Aber er muß doch Northampton –»

«Lassen Sie das.» Er wandte sich wieder Trueblood zu. «Fahren Sie fort.»

«Als ich diesen *secrétaire à abattant* gesehen hatte – etwas, hinter dem ich schon seit Jahr und Tag her bin –, da dachte ich bei mir, ich gehe mal zum Haupthaus und versuche, ihn Lady Summerston abzuschwatzen. Die alte Dame ist schrecklich gefühlsduselig, was ihre Besitztümer angeht; vorausgesetzt, sie gehörten ihrem heißgeliebten Seligen. Ebensogut könnte man Muscheln von einem Schiffsrumpf abkratzen. Haben Sie eine Ahnung, was ich für einen *Ulysses* hinlegen mußte, limitierte Auflage, den sie nicht herausrücken wollte –» Trueblood fuhr herum. «Mein Gott, die Bücher? Wo sind sie, und wo ist *es*?»

«Lassen wir die mal alle beiseite –»

«*Alle* beiseite? *Sie* haben sie wohl nicht mehr alle. Glauben Sie etwa, daß ein Buch von Joyce mit Radierungen von Matisse –»

«Und einer Leiche von Trueblood», sagte Melrose mit einem lieblichen Lächeln. «Ich würde James Joyce mal kurz vergessen.»

«Und auf den Besuch zurückkommen», sagte Jury.

«Das war alles. Wir haben auf ihrem Balkon Tee getrunken und geplaudert, vornehmlich über die Vergangenheit. Ihre, nicht meine. Und nachdem sie noch einen Tausender mehr aus mir herausgequetscht hatte, habe ich mit ihr abgesprochen, wann ihn die Möbelpacker heute morgen abholen sollten.» Truebloods Blick fiel auf die Leiche in dem *secrétaire*, und er erschauerte. «Was auch geschah. Schicken wir ihn zurück.» Er lächelte schwach.

«Ist das alles?» fragte Jury, der die Wunde untersuchte. Es handelte sich um eine Stichwunde, die aber nicht so aussah, als ob sie von einem gewöhnlichen Messer stammte. «Wer wußte sonst noch, daß er heute morgen abgeholt werden sollte?»

«Möglicherweise der alte Butler. Die Enkeltocher vielleicht, obwohl ich das bezweifeln möchte. Sie scheint sich nicht viel blicken zu lassen.»

«Aber die Möbelpacker mußten sich doch beim Haus melden?»

«Nein. Es gibt da eine Art Parkbucht und eine kurze Straße, die bis auf hundert Meter ans Sommerhaus heranführt. Die dürften sie benutzt haben.»

«Sie grenzt an mein Grundstück», sagte Melrose. «Das heißt, meine Ländereien und die von Watermeadows gehen praktisch ineinander über. Abgesehen von diesem Feldweg gibt es keine Grenzlinie. Nur noch den Fußpfad.»

«Mit anderen Worten, jeder hat Zutritt.»

Beide nickten.

Jury ließ von der Untersuchung der Wunde ab. «Gut. Das heißt, es war für jeden x-beliebigen ein leichtes, in dieses Sommerhaus zu gelangen, genau wie der gute Marshall einfach so hineinspaziert ist. Aber wenn dort so wertvolle Stücke standen, wieso war es dann nicht abgeschlossen?»

«Das hier ist nicht London, altes Haus. Hier herum sorgt man sich nicht so um seine Sachen.»

«Ach ja?» Jury deutete mit dem Kopf zum Leichnam. «Das können Sie mir nicht weismachen.»

Trueblood fuhr fort: «Lady S. ist nicht besonders raffgierig. Abgesehen von bestimmten Dingen, die ihrem Seligen gehört haben, macht sie sich, glaube ich, nicht viel aus Besitz.»

«Rufen Sie den Wachtmeister an», sagte Jury zu Melrose.

«Wurde aber auch Zeit», sagte Melrose. «Sie verschleppen nämlich eine Morduntersuchung, bis wir unsere Geschichte auf der Reihe haben», setzte er mit einem grimmigen Lächeln hinzu.

«Haben Sie sich soweit gefangen, daß Sie nun auch die Ihre erzählen können, Marshall? Wo ist die Rechnung?»

Trueblood ging zu einem schön geschnitzten Schreibtisch und fing an, Schubladen aufzureißen. Mittlerweile hatte Melrose auf einer mit roséfarbenem Samt bezogenen Bank Platz genommen und versuchte, es sich auf dem schmalen Ding bequem zu machen.

«So passen Sie doch auf!» sagte Trueblood. «Sie zerbrechen mir ja das Spode-Porzellan.» Und zu Jury: «Einen Augenblick noch. Sie sind ganz schön auf dem Holzweg, wenn Sie mich, ausgerechnet mich, verdächtigen.»

«Wäre ja auch ein wenig leichtfertig von Ihnen gewesen, was?» fragte Melrose. «Sich den Leichnam selbst sozusagen im Paket zustellen zu lassen?»

Superintendent Pratt stand da, starrte den toten Simon Lean an und wartete, daß der Polizeiarzt mit seiner Untersuchung fertig wurde. Er sagte zu niemand Bestimmtem: «Offen gestanden, seit man mich das letzte Mal nach Long Piddleton gerufen hat, habe ich nie wieder eine so unhandlich verstaute Leiche gesehen.» Es klang, als täten sich die Bewohner von Long Piddleton durch besondere Geschicklichkeit im Leichenverpacken hervor.

Nicht weniger überrascht zeigte sich der Beamte vom Erkennungsdienst, als er den Toten aus jedem Blickwinkel fotografierte. Der Polizeiarzt, ein munterer Mann namens Simpson, hatte die Wunde flüchtig untersucht und fragte den Mann vom Erkennungsdienst, ob nun der Schreibtisch auseinandergenommen werden und die Leiche auf eine Bahre gelegt werden könnte.

Das Wort *auseinandernehmen* schien Trueblood in erneute Qualen zu stürzen, aber wenigstens hatte der Lärm im oberen Stockwerk aufgehört – das schrammende Geräusch von Möbeln, die über Holzdielen geschoben wurden –, und die beiden uniformierten Polizisten waren zusammen mit dem Mann vom Erkennungsdienst wieder nach unten gekommen. Dieser hatte es schließlich aufgegeben, Kristall und Cloisonné einzustäuben und nach Fingerabdrücken zu suchen, da es äußerst abwegig erschien, daß Simon Lean hier umgebracht worden war, selbst wenn man ihn hier abgeliefert hatte...

...Obwohl Pratts Inspektor diese abwegige Vorstellung offenbar sehr ernst zu nehmen gedachte.

«Er hatte nichts damit zu tun», sagte Melrose Plant, der auf der Sofakante hockte, das Kinn auf die Hände gebettet und dieselben um den Knauf seines Spazierstocks gefaltet.

MacAllister hatte bereits sein Notizbuch gezückt, und sein Lächeln war nicht freundlich. Er gehörte zu jener Sorte Polizisten, die ihre Autorität ganz ungemein genossen, im Gegensatz zu Charles Pratt, der nicht unbedingt glaubte, daß der Rest der Welt so lange schuldig war, bis er selbst dessen Unschuld nachgewiesen hatte. «Und woher wollen Sie das wissen?»

«Superintendent Jury und ich waren zugegen, als der *secrétaire* da aufgemacht wurde.»

«Aber nicht, als er *geliefert* wurde», sagte

MacAllister. «Man hätte doch die Leiche irgendwo im Laden verstecken und danach in der Kiste da verstauen können.» MacAllister blickte zu einer alten Seekiste hinüber.

«Nicht ‹Kiste›», sagte Trueblood, «ein *secrétaire à abattant*.» Für ihn rangierte Mord – selbst einer vor seiner eigenen Tür – offenbar erst hinter der Belehrung bornierter Beamter.

Charles Pratt machte keinen Hehl aus seiner Ungeduld. «Laß gut sein, Mac. Es lohnt doch kaum die Mühe, eine Leiche zuerst in einem Möbelstück zu verstecken und sie dann in ein anderes zu verfrachten.»

Man hatte die Schreibplatte behutsam aus den Angeln gehoben und die Türen des Unterschranks entfernt, nachdem man die Position der Leiche mit Kreide hineingezeichnet hatte. Jetzt ließ man den toten Simon Lean zu Boden gleiten. Pratt sagte zu dem Arzt: «Sehr wenig Blut.»

Simpson schnaubte. «Innere Blutungen, wenn Sie mich fragen. Kann ich aber erst mit Gewißheit sagen, wenn ich ihn in der Gerichtsmedizin habe, doch der Wundkanal – die Einstichstelle sieht mir nicht nach einem Messer aus – verläuft anscheinend von unten nach oben. Länger als ein Messer schätzungs-weise.» Er dachte einen Augenblick nach. «Die Art Wunde, die eventuell von einem Schwert oder Dolch stammen könnte. Eventuell.»

Melrose Plant, der sich auf seinen Spazier-stock gestützt hatte, sah etwas blaß um die Nase aus. «Das hier ist kein Stockdegen. Es handelt sich um einen Totschläger. Ich mache mir nicht viel aus Stockdegen.»

Pratt lächelte ein wenig, dann merkte er, daß Trueblood den Kopf in die Hände gelegt hatte, und fragte: «Stimmt was nicht?»

Durch die gespreizten Finger gab Trueblood bissig zurück: «Was sollte wohl nicht stim-men?»

«Muß ja ein irrer Kraftakt gewesen sein, den Toten da rein- und hochzuschieben», sagte MacAllister.

«Nicht unbedingt», meinte Pratt. «In Streß-situationen mobilisieren Leute in der Regel die Kraft, die sie brauchen. Schon eine Vorstellung von der Todeszeit?»

Der Arzt hob die Schultern. «Die Totenstarre ist im Gesicht, am Kinn und an den Händen schon abgeklungen. In den unteren Extremitä-ten noch nicht.» Und er setzte achselzuckend hinzu: «Man muß allerdings den Luftzug in dem Ding da einkalkulieren –» er deutete mit dem Kopf auf den Sekretär –, «der könnte sie beschleunigt haben. Und dann den Umstand, daß er erstochen wurde. Bei Leuten, die eines gewaltsamen Todes sterben, kann die Totenstarre durchaus früher einsetzen und auch rascher abklingen. Sagen wir, über den Daumen gepeilt, dreizehn, vierzehn Stunden.» Er zog sich die Gummihandschuhe aus, packte seine Instrumente zusammen und sagte trocken: «Ich wäre Ihnen verbunden, wenn Sie die Leiche minus Sarg abliefern würden. Danke.» Damit ging er.

Zwei Träger kamen mit einer Bahre und einer Polyäthylenfolie herein. Trueblood schloß die Augen, als sie sich den schmalen Gang entlangschoben und dabei mit der Bahre an einem Kommodensekretär aus Rosenholz entlangschrammten.

Nachdem Constable Pluck seinen Schreibtisch an Superintendent Pratt im besonderen und seine aus einem einzigen Raum bestehende Polizeiwache an die Polizei von Northants im

113

allgemeinen abgetreten hatte – ganz zu schweigen von Scotland Yard –, hatte er sich an zentraler Stelle postiert und schien die Situation in vollen Zügen zu genießen. Und als Pratt ihn fragte, ob er Simon Leans Frau kenne, hatte der Wachtmeister geantwortet, er kenne die Leute von Watermeadows so gut wie alle hier. Was die reine Wahrheit war; da sie jedoch niemand recht zu kennen schien, befand sich Pluck plötzlich in der mißlichen Lage, den Mittelsmann spielen zu müssen.

Pratt schob ihm das Telefon zu. «Dann rufen Sie in diesem Watermeadows an, und teilen Sie dort mit, daß die Polizei sich gern mit Mrs. Lean und ihrer Großmutter unterhalten hätte.»

Und zu Jury sagte er: «Sie haben verflixt wenig gesagt, Superintendent.»

«Hab auch verflixt wenig Lust dazu. Das hier ist nicht mein Revier. Und außerdem», setzte er lächelnd hinzu, «bin ich im Urlaub.»

MacAllister warf ihm einen Blick zu, der besagte, da solle er auch lieber bleiben.

«Sieht mir mehr nach einer Dienstreise aus.» Charles Pratt stützte das Kinn in die Hände und warf Jury einen stechenden Blick aus blauen Augen zu. «Wenn ich nicht das große Los gezogen habe! Einen besseren Zeugen hätte ich mir gar nicht wünschen können.» Er lächelte immer noch, lehnte sich zurück und wippte ein wenig mit dem Drehstuhl. «Gerade hat man uns von einem scheußlichen Mordfall daheim in Northampton abgezogen. Zeitraubend, die halbe Polizeitruppe ist dafür im Einsatz.» Er machte eine Pause. «Ich nehme meine Männer mit und überbringe ihr die Nachricht. Ich würde es begrüßen, wenn Sie später noch mal vorbeischauen würden…»

«Noch mal vorbeischauen.» Jury seufzte. «Entweder das, oder ich muß mich für eine Vernehmung – wie wir im Dienst zu sagen pflegen – zu jeder Tages- und Nachtzeit zur Verfügung halten. Charles, schämen Sie sich denn gar nicht? Es muß sowieso ans Präsidium durchgegeben werden –»

Es klang, als ob Pratt lediglich Jurys Satz beendete: «– und Chief Superintendent Racer hat nach ein, zwei bissigen Bemerkungen, daß es immer genau dort, wo Sie auftauchen, einen Mord gibt, gesagt, das mindeste, was Sie dabei tun könnten, wäre, uns zu helfen.

Mit seinen Worten, die Polizei von Northamptonshire kann über Sie verfügen, und er bedauert es sehr –»

«– daß er damit meine Urlaubspläne durchkreuzen muß. Das Leben eines Polizisten ist dornenvoll, Superintendent Pratt.»

Pratt riß eine Packung Benson & Hedges auf. «Haarscharf seine Worte. Rauchen Sie?»

8

«Wollte der Mörder», fragte Melrose und musterte dabei das zottige Hinterteil eines zinnfarbenen Hundes, der sich vor Marshall Truebloods Kamin zusammengerollt hatte, «die Tat vertuschen oder aufdecken? Du meine Güte, es lag doch auf der Hand, daß Marshall die Leiche finden würde, sowie er den Schreibschrank aufklappte.»

«O wie wahr, wie wahr, mein Lieber.» Die Worte klangen gedämpft, da Marshall Trueblood das Gesicht in der Rückenlehne eines elfenbeinfarbenen Brokatsofas barg. Er lag zusammengerollt da und umschlang den Leib mit den Armen. «Und zu allem Überfluß habe ich meinen *Ulysses* nicht bekommen.»

«Schluß damit», sagte Melrose. «Setzen Sie sich hin wie ein Mann.» Melrose verlieh seiner Bemerkung Nachdruck, indem er mit seinem Spazierstock auf den Couchtisch klopfte.

«Das erste Mal, daß man dergleichen von mir verlangt.» Jury lächelte, als Trueblood einen tiefen Seufzer ausstieß, seine Fötusstellung aufgab und sich aufsetzte. Sein Haar war zerzaust, sein Seidenhemd zerknittert, und sein Schal hing herunter.

«Dies», sagte Melrose, «ist auch das erste Mal, daß ich Sie nicht tipptopp in Schale sehe. Wieso nehmen Sie sich die Sache so zu Herzen? Wir wissen doch, daß Sie nichts damit zu tun haben.» Er blickte Jury unschuldig an. «Oder?»

Trueblood erdrosselte sich schier beim Ordnen seines Schals, wobei er Melrose nachäffte. «Oder, oder, oder.» Er warf Jury einen anklagenden Blick zu. «Und von Ihnen habe ich auch noch keine Antwort gehört. Nun?»

Jury zupfte sich am Ohrläppchen, als überlege er. Er saß auf der Lehne des Sofas, von dem Trueblood sich inzwischen erhoben hatte, denn die Stühle im Raum wirkten mit ihren vergoldeten Beinchen, dem Schnitzwerk oder den Klauenfüßchen allesamt zu zerbrechlich für sein Gewicht. Der Raum war genauso zart und gepflegt wie sein Besitzer. Jede Wette, daß nichts darin weniger als hundert Jahre alt war, abgesehen von dem struppigen grauen Köter, der zusammengerollt auf einem Stück Teppich vor dem Kamin lag. Und selbst bei dem war Jury sich nicht ganz sicher. Gelegentlich gähnte der Hund, ächzte hoch auf alle viere, drehte sich einmal um die eigene Achse und kollabierte.

«Danke, das genügt. Sie beide sind wirklich vom gleichen Stamm.» Trueblood durchbohrte sie mit einem Blick, der so schwarz war wie die Black Russian, die er einem Cloisonné-Kästchen entnahm. «Warum ich mir das zu Herzen nehme?» fragte er und stand mit gesenktem Kopf da, die personifizierte Tragik. «Die Polizei von Northants hat meine bescheidene Behausung praktisch zu einem ihrer Polizeilabors gemacht, hat mich rund um die Uhr vernommen –»

«Der Zeiger ist noch nicht ganz herum; bloß ein paar Stunden –» Melrose konnte es nicht lassen.

«*Zudem*», sagte Trueblood, «ist sie kurz davor, mich über meine Rechte zu belehren. Keine Ahnung, warum mich das nervös machen sollte.»

«Ach, kommen Sie», sagte Jury, der sich auf das von Trueblood freigegebene Sofa hatte gleiten lassen. «Sie können doch keiner Fliege etwas zuleide tun.»

«Konnte Norman Bates auch nicht.»

Melrose fuhr fort: «Man hätte die Leiche viel einfacher im See oder auf dem Anwesen oder im Fluß loswerden können. Oder sie auf meinen Besitz hinüberbugsieren können... Also, wenn das nicht eine interessante Theorie ist...»

«Der wir lieber nicht nachgehen wollen, wenn es Ihnen nichts ausmacht», sagte Jury. «Statt dessen hat man den Toten in einen Sekretär gestopft, der beinahe unmittelbar darauf abgeholt werden sollte. Hmm. Sie glauben doch nicht im Ernst, daß es Browne war, oder?» fragte er Trueblood.

«Wieso nicht? Der Mann verkraftet es einfach nicht, daß er lediglich dilettiert, wo ich Fachmann bin. Selbstredend kann ich nicht schreiben, er aber auch nicht. Joanna die

Wahnsinnige hat mir von seinem Manuskript erzählt. Da kommt mir ein Gedanke: Wieso hat er Simon Lean umgebracht und nicht *sie*?»

«Was für ein Manuskript?» fragte Jury.

«Es handelt von einem halluzinierenden Terroristen in Wimbledon. Oder war es Doncaster? Er war der Meinung, Joanna könne einen Treffer gebrauchen und müsse es ihrem Verleger zuschicken. Sie sagt, ihr Verleger würde einen Terroristen dingen, sie zu ermorden, wenn sie ihm Theos Manuskript aufgenötigt hätte. Und seitdem hat T.W.B. nicht wieder das Wort an sie gerichtet. Führt ihre Bücher nicht in seinem ‹Nest›... Hören Sie auf, meinen Hund zu pieksen, verdammt noch mal.»

Melrose zog seinen Spazierstock zurück. «Entschuldigung. Hatte Simon Lean nicht etwas mit einem Verlag zu tun? Arbeitete er nicht in einem?»

«Der und arbeiten? Mir ist aber, als ob er mal erwähnt hätte, daß die Summerstons ihr Geld unter anderem auch in einem Verlag angelegt haben.» Trueblood hob den italienisch beschuhten Fuß, um den Glanz des Leders zu prüfen.

«Dann haben Sie ihn also mehr oder weniger gekannt?» fragte Jury.

«Wenig, weniger als wenig. Er ist mal in mein Geschäft gekommen... Na ja, Pratt findet das sowieso heraus.»

«Was denn?»

«Daß ich ihm einen Stockdegen verkauft habe. Er sammelte solches Zeug.» Trueblood deutete mit dem Kopf auf Melroses Totschläger. «Den da wollte er auch haben, aber ich hatte ihn schon für Sie zurückgelegt. Es ist ein Weilchen her, zwei, drei Monate.» Er seufzte und ließ sich im Sofa zusammensinken. «Wie gräßlich.» Jury nahm sich eine Black Russian, die er etwas argwöhnisch musterte, ehe er sie anzündete. «Keine Bange, das will nicht viel heißen, außer für MacAllister.»

«Ein richtiges Herzblatt, was? Dumm wie Bohnenstroh und kann meine sexuelle Überzeugung gewiß nicht *ausstehen*.» Trueblood stand auf und begann, im Zimmer auf und ab zu laufen.

Melrose sagte: «Ich wußte gar nicht, daß Sie eine haben.»

«Wäre doch interessant, wenn Mr. Browne Lean wegen seines Buches angegangen wäre.»

Trueblood blieb stehen, um sich in einem Drehspiegel zu mustern, rückte den Schal zurecht und strich sich übers Haar; anscheinend hatte er seinen Flirt mit dem Galgen bis auf weiteres aufgegeben. «Ich bin überzeugt, daß T.W.B. ihn angegangen ist, aber zweifelsohne nicht nur wegen eines Manuskripts.»

«Sie wollen doch nicht etwa andeuten, daß Lean schwul war, oder?»

«Guter Gott, nein. Das war doch das Ärgerliche, jedenfalls was T.W.B. anbetrifft. Und zu allem Überfluß traf sich auch noch seine Waffengefährtin, diese Person, diese Demorney, heimlich mit Lean... Je länger ich darüber nachdenke, desto besser macht sich Theo Wrenn Browne als Kandidat. Da schlagen sie gleich zwei Fliegen mit einer Klappe. Simon und meine Wenigkeit. Wenn das kein Coup ist! Der dürfte die Phantasie eines halluzinierenden, terroristischen Buchmachers anheizen, oder wer immer der Idiot in seinem Buch ist.»

Jury warf einen Blick auf seine Uhr und stand auf. «Ich mache mich auf nach Watermeadows; rufen Sie an, wenn MacAllister die Daumenschrauben anzieht.»

9

Das Schweigen, das Fehlen jeglichen Lebens inmitten einstiger Pracht fiel Jury an Watermeadows zuerst auf.

Die Gärten erstreckten sich über viele Morgen Land; sie umschlossen Weiher, spiegelglatte künstliche Teiche, moosbefleckte, zerbröckelnde Statuen. Mittendrin lag eine Barockvilla. Davor befand sich ein Wasserbecken; Jury malte sich aus, wie das Wasser einst zwischen den marmornen Putten und Delphinen hochgeschossen sein mußte, um dann im Junilicht eines entschwundenen Jahres als schimmernder Vorhang kreisförmig in das kunstvoll gemeißelte Becken zurückzufallen. Jetzt schoß kein Wasser mehr empor. Auf dem Abhang hinter dem großen Haus waren terrassenförmige Gärten angelegt. Irgendwann mußte jemand versucht haben, dieser herrlichen englischen Gartenanlage mit Eiben- und Buchsbaumhecken, Beeten von Perlhyazinthen, langen Einfassungen aus Blaukissen und Goldlack ihre englische Steifheit zu nehmen und etwas Italienisches beizumischen: Wasserspiele, die aus verborgenen Reservoirs sprudelten und sich in Kaskaden den Hügel hinabstürzten.

Die Auffahrt war von Eiben gesäumt; dahinter schlängelten sich Pfade zwischen Rabatten von rosa, malvenfarbigen und blauen Blütenteppichen, zwischen Büschen und Färberbäumen; und dahinter lag noch etwas, das nach einer alten Kuppel aussah, nach irgendeiner Ruine aus dem sechzehnten Jahrhundert, die fast ganz mit Moos bedeckt war. In der Ferne konnte er hinter einem Vorhang aus Birken silbriges Wasser und das Dach eines kleinen Gebäudes ausmachen, welches das Sommerhaus von Watermeadows sein mußte.

Watermeadows hatte zwar bessere Tage gesehen, war aber immer noch eine blendende Schönheit. Und doch erblickte Jury niemanden, der sich an all dieser Pracht erfreut hätte.

Der Diener, der die Tür öffnete, war eine gebrechliche alte Gestalt, wie es sich für ein so großartiges Anwesen geziemte. Er heiße Crick (so sagte er Jury), war älter als Plants Butler Ruthven, dünner und verstaubter, so als ob auch er wie die geborstene Marmorstatue im Vestibül, ein verblichenes Gemälde von Ma-

vern und ein abgewetzter Teppich aus Ant-
werpen einer tüchtigen Restaurierung be-
durfte.

Er bat Jury zu warten, damit er ihn Lady
Summerston melden könnte.

Als Jury sagte, daß er eigentlich Mrs. Lean
hatte sprechen wollen, erwiderte Crick
schlicht, Mrs. Lean habe sich hingelegt – es sei
schließlich ein furchtbarer Schock für sie gewesen –, und unter den gegebenen Umständen
würde er ihn zunächst zu Lady Summerston
führen.

Daß der Butler auf seine altmodische und
überaus höfliche Art selbst entschied, welche
Umstände am besten zu wem paßten, belu-
stigte Jury so sehr, daß er einfach tat, wie ihm
geheißen wurde – er wartete in einem großen
Zimmer, das von dem rotundenförmigen Vestibül abging.

Der Raum war riesig, dämmrig, mit einer hohen Decke und fast ohne Möbel. Am anderen
Ende stand ein Empire-Sofa, dessen Vergol-
dung abblätterte und von zwei abgewetzten
Gobelinsesseln flankiert wurde. Sie standen in
der Nähe des Kamins mit einer Umrandung
aus schwarz-grünem Marmor. Der Fußboden

hatte Parkett, die Türrahmen waren ebenfalls aus Marmor, die Spiegel waren riesig groß. Von den Fresken an der Decke hing ein klotziger Kristallüster herab, und in jeder Ecke ragten dorische Marmorsäulen empor, als brauche der Raum zusätzliche Abstützung. Hinter der kargen Möblierung gingen hohe Fenster ohne Vorhänge auf eine Terrasse, die fast als Bühne für die Weitläufigkeit des Gartens dienen konnte. Jenseits der Terrasse gab es künstliche Wasserbecken, die jedoch leer waren. An jeder Seite des Beckens standen halbbekleidete Frauenstatuen; eine mit einer Girlande, die andere mit einem Blumenstrauß. Beide hoben ein wenig den Rock, die Zehen ausgestreckt, als wollten sie diese wie marmorne Frühlingsboten ins Wasser tauchen.

Er wandte die Augen vom Licht und blickte in das gruftartige Dunkel das Raums. Wohltuend für das Auge, niederdrückend für das Gemüt. Es erinnerte ihn an jene Luxuspaläste, die man immer in alten Kriegsfilmen zu sehen bekam, Appartements, aus denen die Wohlhabenden mit ihrem Nötigsten geflohen waren, ehe der Feind Einzug hielt.

Für Jury war das eine Umgebung, die er

mehr als alles andere zu fürchten gelernt hatte, und dabei wußte er nicht einmal genau warum. Fürchtete er die geisterhafte Eleganz, die Reste ehemaliger Schönheit oder die zerstückelte Vergangenheit?

Crick kehrte zurück und meldete, daß Lady Summerston ihn jetzt empfangen würde.

Wie alles übrige war auch Cricks Stimme dünn und zittrig. Während er Jury zu ihrem Zimmer führte, beschrieb er Lady Summerston als eine recht gebrechliche Dame, die es «ein wenig am Herzen» habe und nur selten ihr Zimmer verlasse. Es sei nichts furchtbar Ernstes, aber so gehe es eben, wenn man älter werde, fuhr Crick fort, wobei er sich offenbar ausnahm – er, dessen waffeldünne Lippen, eingesunkene Augen und Puterfalten ihn fraglos zur geeigneten Gesellschaft für die Lady machten, der er so ergeben diente.

Das alles teilte er Jury mit, während er ihm auf der geschwungenen Treppe voranschritt. Im Verlauf ihrer Bergtour murmelte er etwas von «dieser Sache, dieser Sache» vor sich hin, ohne jedoch den Mord an Mr. Lean direkt anzusprechen. «Diese Sache» hatte Lady Summerston natürlich sehr mitgenommen, die Polizei im Haus und Vernehmungen und wie sie das alte Sommerhaus mit Beschlag belegt hatten. Im Gegensatz zu seinem formellen Anzug – alte, schwarzer Cut und gestärkter Kragen – war sein Benehmen ausgesprochen unkonventionell, denn Crick war die reinste Plaudertasche, und dabei rang er immer heftiger nach Luft, je weiter sie nach oben kamen. Er war in der Tat recht mitteilsam, was den Mord anging, und recht mitteilsam in seiner eigenen Beurteilung von Mr. Lean – «bei aller Hochachtung», von der man wenig spürte, fand Jury. Im Verlauf ihrer alpinen Kraxelei (würden sie denn nie oben ankommen?) erfuhr Jury ziemlich detailliert, daß Simon ein Emporkömmling gewesen war und daß er Crick jedenfalls nicht fehlen würde, ebensowenig wie das Möbelstück... «Dieses erbärmliche Exemplar eines *secrétaire à abattant* aus dem achtzehnten Jahrhundert.»

Sie hatten die halsbrecherischen Höhen des oberen Stockwerks erklommen, und Jury war froh, daß Trueblood Crick nicht hatte hören können.

Jury gratulierte Crick dazu, daß er diese Treppenflucht mehrmals am Tag und mit einem Tablett in der Hand bewältigte. Crick erzählte ihm, es gebe auch einen Fahrstuhl, aber er habe eine Abneigung gegen solch neumodische Technik, und ein bißchen Sport wirke doch Wunder, wenn man in Hochform bleiben wolle, nicht wahr? Dieser Apparat (wie er ihn nannte, während er den Flur entlang deutete) war ein alter, schmiedeeiserner, goldgestrichener Käfig und zeugte kaum von technischem Fortschritt. Nahe am oberen Ende der Treppe hing in einer dämmrigen Nische das Porträt einer jungen Frau mit dunklem Haar und dunklen Augen, die auf einer Bank in den Gartenanlagen von Watermeadows saß. Das sei Mrs. Lean, erklärte Crick, vor zehn Jahren gemalt, doch anscheinend verändere sie sich überhaupt nicht.

Nun ging es den dunklen Flur entlang. Ein kurzes Klopfen an der Tür am Ende des Ganges wurde von drinnen mit einem «Herein!» beantwortet.

Lady Summerstons Zimmer, besser ihre Zimmerflucht (denn man führte ihn in ein Wohnzimmer), quoll über vor viktorianischem Krimskrams, der es eindeutig an Qualität nicht mit der restlichen Ausstattung des prächtigen Hauses aufnehmen konnte.

Sie selbst saß draußen auf dem Balkon, der auf die Gärten hinter dem Haus und den halbmondförmigen, in der Ferne schimmernden See führte.

«Superintendent!» sagte sie munter und blickte von einem riesigen, ledergebundenen Buch auf, in das sie gerade Briefmarken eingeklebt hatte. Auf dem Stuhl neben ihr lagen weitere Alben, wahrscheinlich mit Fotos, und zwei Kartenspiele. Es hatte durchaus den Anschein, als ob sie Hobbies habe, die so manchen Nachmittag auf dem Balkon ausfüllten, denn dieser machte einen eigenartig bewohnten Eindruck, obwohl er doch den Elementen ausgesetzt war.

Sie flötete seinen Rang mit so fröhlicher Stimme, als habe sie schon den ganzen Tag auf ihn gewartet. Dem Anschein nach brachte der Tod des Mannes ihrer Enkeltochter Abwechslung in das Einerlei ihrer Tage voller Alben und

Patiencen. Sie legte eine Marke an ihren Platz im Album und hämmerte mit der Faust so kräftig darauf, als wollte sie damit die Glasplatte vor sich zerbrechen. Vor ihr auf dem Tisch stand eine mit Japanlack überzogene Schachtel, aus der sie mehr als ein Dutzend Briefmarken genommen und wie Konfetti über den Tisch verstreut hatte; die warteten ebenfalls darauf, ins Album geklatscht zu werden.

Lady Summerston war vermutlich in den Siebzigern, hatte einen zarten, pergamentartigen Teint und scharfe braune Augen. Doch wenn Lady Summerston gebrechlich war, so mußte man diesen Umstand erst aus einem guten Dutzend Kleidungsstücken herausschälen – als da waren: ein Morgenmantel mit aufgesticktem Drachen, ein rubinrotes Umschlagtuch aus Birma, um den Hals eine Kette mit dem Viktoria-Kreuz, ein Palmenwedel, den sie so heftig bewegte, als müsse sie Fliegen verscheuchen, und ein rosafarbener, zu einem Turban geschlungener Schal, von dem ein Witwenschleier herabhing, wie man ihn bei einer bestimmten Kaste von Inderinnen findet. Lady Summerston trug das gesamte englische Empire auf dem Buckel.

«Setzen Sie sich, setzen Sie sich», sagte sie und wies mit einer fahrigen Handbewegung auf einen der weißen, schmiedeeisernen Stühle. Dergleichen konnte man zuhauf auf den Terrassen der Reichen herumstehen sehen, und sie waren genauso unbequem, wie sie aussahen, stellte Jury fest, während er versuchte, seine lange Gestalt in eine annehmbare Position zu bringen.

Lady Summerston schien es mit einer Erklärung, was ihn an diesem linden Nachmittag auf ihren Balkon führe, nicht zu eilen, denn sie knallte erbarmungslos eine weitere Briefmarke ins Album. Nun, wo die Polizei einmal da war, fand sie wohl, einer mehr oder weniger spiele keine Rolle.

Jury lächelte über den Eifer, mit dem sie sich dem Einkleben hingab. «Ein besonderes System, Lady Summerston?»

«System? Großer Gott, nein. Sind doch bloß Briefmarken. Man klebt sie ein, wie's gerade kommt.» Ihr unwirscher Blick wanderte von Jury zu den Marken, so als hätten sich die gemeinen Dingelchen gelöst und wären in andere Kästchen gehüpft, während sie wegschaute.

«Ich dachte, Sie gingen vielleicht nach Ländern vor», sagte Jury. «Das da vor Ihnen scheint mir alles Commonwealth zu sein.»

«Natürlich ist es das.» *(Klatsch!)* «Sie haben Gerry gehört – meinem verstorbenen Mann. Ich habe sie unter seinen Sachen gefunden. Ich bewahre all seine Sachen –» und sie deutete mit dem Kopf in eine Richtung, die wohl den Flur jenseits ihrer Tür meinte – «in einem Zimmer am Ende des Korridors auf. Manchmal gehe ich hin und sehe mich da um. Die meisten Menschen finden das wahrscheinlich makaber. Man soll sich schließlich von allem trennen, was einen an die Toten erinnert. Alles an die Wohlfahrt oder den Kirchenbasar oder an Oxfam geben. So als könnte man sich kopfüber ins Vergessen stürzen.» Eine weitere Briefmarke wurde über ihrem Kästchen in Stellung gebracht. Volltreffer. «Das jedenfalls schien Simon zu denken.» Sie seufzte, klappte das Album zu und trommelte mit reichberingten Fingern auf den Einband. «Na gut, Sie sind Simons wegen gekommen und finden mich ohne jede Reue.»

«Gibt es denn etwas zu bereuen?»

«Meinen Mangel an Gefühl, sollte man meinen.» Der Blick, den sie ihm zuwarf, war schlau, dennoch lag ein Schleier von Traurigkeit über den braunen Augen. «Ich konnte ihn einfach nicht ausstehen. Wenn da nicht Hannah wäre, ich würde mich freuen, daß er tot ist.» Sie hob die Schulter. «Vermutlich ein gefundenes Fressen für den Untersuchungsrichter, wenn er das hört.»

«Sie machen aus Ihrem Herzen keine Mördergrube.»

«Tun eine Menge Mörder nicht. Blicken einem fest ins Auge –» und damit beugte sie sich vor und fixierte ihn mit ihren glitzernden Augen» – und sagen: ‹Wie ich den Mann verabscheut habe.›»

Jury lachte. «Wirklich stichhaltige Gründe, die Sie zur Hauptverdächtigen machen.»

Mittlerweile hatte sie zu einem Kartenspiel gegriffen, mit dem sie flink und gekonnt hantierte. «Ich gehe doch nur schlau vor. Ich habe ein Motiv, die Gelegenheit und kein Alibi. *Und* hätte gut sehen können, wie er ins Sommerhaus ging.» Sie langte zu einem Stuhl hinüber und hob einen Feldstecher hoch. «Ich beobachte Vögel. Der hier ist sehr scharf.»

Während Jury zusah, wie sie einen schwarzen König gegen eine rote Dame austauschte, fragte er: «Und was ist mit der Waffe?»

«Ein Stockdegen. Fünfunddreißig Zentimeter lang, gehärteter Stahl, knorrige Nußbaumscheide.» Sie nahm die Kartenreihen auf, mischte und begann, sie aufs neue in Reihen auf den Tisch zu klatschen. «Haben Sie Hannah schon kennengelernt? Nein, Crick dürfte Sie zunächst zu mir geführt haben. Hannah nimmt es sich wahrscheinlich sehr zu Herzen –»

«Wahrscheinlich?»

«Na ja, ich habe sie nur einen Augenblick zu Gesicht bekommen – sie sah völlig erledigt aus –, aber sie hat ihre Gefühle erstaunlich gut unter Kontrolle.» Lady Summerston starrte in die Ferne. «Wie ihre Mutter. Wie Alice. Komisch, wo doch Gerry und ich das Herz immer auf der Zunge getragen haben.»

«Ihre Tochter ist verstorben?»

Jetzt flatterten die Hände nicht mehr so fahrig über den Karten, und es entstand ein Schweigen, dem das ganze Bedauern anzumerken war, das ihren Worten gefehlt hatte. «Ja. Als Hannah noch ganz klein war. Es hat sie um so mehr getroffen, als sich ihr Vater aus dem Staub gemacht hatte. Die Frauen der Summerstons scheinen immer an den Falschen zu geraten. Die Männer sind da besser gefahren.» Sie schenkte Jury ein bissiges kleines Lächeln. «Ich mag Hannah recht gern. Sie bleibt für sich; gelegentlich kommt sie zum Kartenspielen herauf; manchmal essen wir abends zusammen.»

Für Jury klang das, als hätten sie einander weder Gesellschaft noch Trost zu bieten.

«Sie hat sehr an ihrem Großvater gehangen – Gerry; ihre Mutter hat sie vergöttert. Wir waren mal vier, dann drei, jetzt sind wir nur noch zwei.»

Simon Lean war als fünfter anscheinend nie in Betracht gekommen.

«Gerald – mein verstorbener Mann –» erklärte sie zum x-tenmal – «hat sehr an dem Besitz hier gehangen und hat fast alles, Stück für Stück, von seinen Reisen mitgebracht. Darum halte ich den Besitz zusammen, solange ich kann. Du lieber Himmel – als ob wir mit unserem vielen Geld nicht auskommen, als ob wir am Bettelstab enden würden. Simon hat es mit vollen Händen ausgegeben. Spielschulden und dergleichen. Aber er war nun mal mit diesem armen Mädchen verheiratet, und sie hat ihn angebetet, da bin ich ganz sicher. Ich glaube, es gibt Frauen, die sind einfach zum Opferlamm geboren.» Ihr Ton machte klar, daß sie nicht dazugehörte.

«Er hat also ihr Erbe durchgebracht?»

«Nein; das hatte sie ja noch gar nicht. Oh, selbstverständlich hatte sie Geld, aber noch nicht das *wirkliche*.» Ihr Lächeln war messerscharf. «Dafür hat Gerald gesorgt, als sie Simon heiratete. Aber er hat sicherlich genug von ihr bekommen, daß er sich alles kaufen konnte, wonach ihm der Sinn stand. Soviel ich weiß, auch Frauen. Wenn ich sterbe, erbt sie natürlich eine Riesensumme. Geld interessiert sie nicht; Simon interessierte sich für nichts anderes.»

Jury lächelte. «Das klingt mir nicht so, als ob Sie Ihre Möbel verkaufen müßten, Lady Summerston.»

Sie blickte ihn fragend an. «Muß ich auch nicht. Mir geht es nur um das Feilschen. Sotheby's habe ich einen Vermeer verkauft, und Mr. Trueblood den prächtigen alten *secrétaire*, wie Sie wissen. Sein Pech. Wie ihm wohl zumute gewesen ist, als er darin statt Literatur eine Leiche gefunden hat?»

«Man hat die Bücher herausgenommen, ehe der Tote...»

«...hineingestopft wurde? Wenn sich das nicht hier zugetragen hätte, ich würde es einfach phantastisch finden. Aber wirklich schade um die Bücher. Ich habe den Preis des *Ulysses* ganz schön hochgejubelt, wenn auch nicht so hoch, wie ich ihn für den kleinen Mistkerl gemacht hätte, diesen Theo Browne.»

«Hat Mr. Browne Ihnen denn ein Angebot gemacht?» fragte Jury. Sie schnitt eine Grimasse. «Er versucht schon lange, Gerrys Bibliothek in die Finger zu kriegen. Aber Mr. Trueblood gefällt mir, ein recht netter junger Mann; erstklassiger Pokerspieler mit Pokergesicht. Selbstverständlich hat er nicht halb soviel gezahlt, wie ich für den *secrétaire* gefordert habe, aber das war auch doppelt soviel, wie er wert ist, also haben wir beide bekommen, was wir wollten. Verdammt unangenehm für ihn jetzt.» Sie hielt das Metallkreuz hoch. «Wissen Sie, was das ist, Superintendent?»

«Das Viktoria-Kreuz.»

Sie ließ es fallen. «Gehörte Gerry. Warten Sie, ich hole rasch ein Foto von ihm vom Schreibtisch –»

Jury war erst halb vom Stuhl hoch, da stand sie schon und bewegte sich schnell und bestimmt auf ihr Ziel zu. Sie bewegt sich überhaupt schnell und bestimmt, dachte Jury. Wenn das hier die kranke Lady Summerston ist, dann konnte einen die gesunde gewiß das Fürchten lehren.

Ihre Stimme eilte ihr voraus, als sie mit dem Foto zurückkehrte. Sie konnte offenbar Gedanken lesen, denn sie sagte: «Gewiß hat Crick Ihnen erzählt, daß ich es am Herzen, an der Lunge und an der Leber habe. Letzteres könnte stimmen, das andere aber nicht. Auf der Kommode steht eine Karaffe mit Whisky. Ob Sie die bitte holen würden? Und –» rief sie hinter ihm her – «bringen Sie das Zahnputzglas aus dem Badezimmer mit.»

Während Jury das verdunkelte Zimmer absuchte, in dem es sehr altmodisch und modrig nach Möbelpolitur mit Zitrone, Granatäpfeln und Moschus duftete, plätscherte Lady Summerstons Redefluß dahin. Was er davon mitbekam, handelte größtenteils von Lord Summerstons Erlebnissen in Frankreich. Nach einem flüchtigen Blick auf das Foto zu schließen, mußte ihr Mann mit medaillengeschmückter Brust aus dem Zweiten Weltkrieg heimgekommen sein. Endlich fand er die Karaffe – im Zimmer stand mehr als nur eine Kommode – auf einem Tablett mit dem Bild einer farbenprächtig gewandeten balinesischen Tänzerin. Das Tablett versperrte fast völlig den Blick auf eine Sammlung von Zinnsoldaten, von denen sich die vorderen im Kreis hingekniet und das Bajonett aufgepflanzt hatten; die dahinter waren hoch zu Roß und schienen das Karaffen-Fort gegen Eindringlinge zu verteidigen. Da standen fast ein ganzer Zug der Royal Field Artillery, Reihen von Zulu-Kriegern, die Royal Home Artillery, sudanesische Soldaten, Beduinen. Auf dieser Kommode wurden alle nur möglichen Kriege geführt. Für eine solche Sammlung hätte er als Junge sein Herzblut gegeben; und so stand er da und betrachtete sie, und ihm fiel der Laden auf der Fulham Road und ihre Wohnung dort ein...

«Was *treiben* Sie bloß da drinnen?»

Jury riß sich von den Erinnerungen an die Fulham Road und von den Ruhmesträumen seiner Knabenzeit los und nahm das Tablett. Darauf stand ein einziges, sehr dünnes Kristallglas. Das andere Glas holte er aus dem Badezimmer. «Ich habe mir die Sammlung Modellsoldaten angesehen», sagte Jury und setzte das Tablett inmitten der Alben und Spielkarten ab.

«Damit haben Sie sich aber wirklich Zeit gelassen. Hannah mag sie sehr. Vor allem die Beduinen. Aber Schluß für heute!» Sie packte die Karten in die Schachtel, lehnte sich zurück und holte tief Luft, erleichtert wie jemand, der eine verhaßte Arbeit hinter sich gebracht hat. «Ich nehme das Zahnputzglas; Sie kriegen das gute.»

«Möchten Sie Wasser dazu?»

Sie verdrehte die Augen. «Wenn Gerry und ich getrunken haben, Superintendent, dann aber richtig.» Sie nahm ihr Glas aus Jurys Hand entgegen.

Er lächelte. Nach dem Staub auf der Karaffe zu schließen, hatte sie seit Gerrys Tod wohl keinen Tropfen mehr angerührt. Er unterbrach sich im Einschenken seines eigenen Glases, denn ihm war auf einmal traurig zumute. Damit lag er wahrscheinlich nicht ganz falsch.

Sie hob das Glas und blickte die triptychonartig aufgestellten Fotos von Gerald Summerston an. Sie prostete ihm zu, und Jury schloß sich an. Der Summerston zur Linken hätte leicht der Dritte im Bunde sein können. Er saß, mit einem Glas in der Hand, die langen Beine ausgestreckt, in demselben Stuhl irgendwo auf dem Rasen. Das Foto zur Rechten schien auf den ersten Blick eine völlig andere Person darzustellen; bis man den eher dümmlichen als seriösen Gesichtsausdruck bemerkte, geradeso als wäre die medaillengeschmückte Uniform zu schwer zu tragen. Das Foto in der Mitte war ergreifend; es zeigte den Heranwachsenden, und der unsichere Gesichtsausdruck verriet die Probleme eines Jugendlichen.

«Wieso setzt man übrigens Scotland Yard auf den Fall an? Es sei denn, Simon hätte die Finger in internationalen Geschäften gehabt, was mich absolut nicht wundern würde. Rauschgift, gefälschte Dokumente, moderner Sklavenhandel, dieser komische, juwelengeschmückte Malteserfalke. Ach nein, dafür dürfte Interpol zuständig sein. Ist der Mord denn nicht Sache der hiesigen Polizei?»

«Ich war zufällig zugegen.» Jury blickte zum friedlichen Blau des Himmels hoch, den kein Wölkchen trübte. «Lady Summerston, Sie haben eine ausschweifende Phantasie.»

«Die brauchte ich auch, mit jemandem wie Simon im Haus.»

«Er muß mehr als ein gerüttelt Maß an Feinden gehabt haben.»

«Maßlos viele, um es genau zu sagen.»

«Zum Beispiel?»

«Danach müssen Sie Hannah fragen. Ich bin Simon immer aus dem Weg gegangen. Ich wollte lieber nicht über seine Heldentaten Bescheid wissen.» Sie raschelte wieder in den Karten herum. Jury überlegte, ob sie deshalb so blinzelte, wenn sie sie ansah und die Briefmarken deshalb so aufklatschen mußte, weil sie zu eitel war, eine Brille aufzusetzen. «Gerry war absolut gegen die Heirat. Der Mann hatte eine Kaserne nicht mal von weitem gesehen –»

Hier konnte Jury nicht anders, er mußte lachen. «Da hat er auch nicht viel verpaßt.»

Sie blickte auf und warf ihm einen scharfen Blick zu. «Und die Falkland-Krise, Mr. Jury?»

«Nun, wir wollen den Krieg doch nicht hier auf dem Balkon austragen. Viel zu angenehm hier.»

Sie beugte sich zu ihm und blinzelte dabei

schon wieder. Dann aber mußte die Neugierde wohl über die Eitelkeit gesiegt haben, denn sie zog unter den üppigen Stoffmassen ein Etui mit einer Brille hervor. Sie warf ihm einen Blick durch die randlosen Gläser zu und sagte: «Sind Sie verheiratet? Vermutlich. Wie alle gutaussehenden Männer.»

Jury lächelte, schüttelte den Kopf und wechselte das Thema. «Ich habe gehört, daß Mr. Lean eine Weile in einem Verlag gearbeitet hat.»

«Gerry war der Meinung, er sollte etwas zu tun haben. Das machte es für Hannah weniger peinlich, obwohl er für Bennick nicht gerade eine reine Freude sein würde. Gerry besaß dort ein großes Aktienpaket, und man muß zugeben, sogar Simon konnte lesen. Er hat in der Buchhaltung gearbeitet; der beste Platz, glaube ich, wenn man Bücher frisieren will.»

«Hatten die beiden Freunde hier? In Long Piddleton oder Northampton?»

Sie grinste. «Simon hatte überall ‹Freunde›, unterschiedlichen Geschlechts. Hannah nicht. Sie fährt zur Bücherei nach Northampton, um eine Ladung Bücher gegen die nächste zu tauschen. Oder zu einer der Buchhandlungen. Sie ist eine Leseratte. *Er* – so ist mir gerüchteweise zu Ohren gekommen – hatte was mit ein paar Frauen hier aus der Gegend. Die Sorte, die ich kaum kennen dürfte, aber ich habe ihn ein, zwei davon erwähnen hören. Es hat keinen Zweck –» Sie warf einen Blick auf Jurys kleines Notizbuch. «Ich habe nie richtig zugehört, wenn Simon den Mund aufmachte. Es sei denn, es ging um Geld. Da alles Geld, von dem die Rede war, entweder mir oder Hannah gehörte, mußte man Augen und Ohren offenhalten.»

«Hat Ihre Abneigung Ihrer Enkeltochter nicht das Leben schwergemacht?»

«Als sie ihn heiratete, wußte sie, daß wir beide dagegen waren. Obwohl Gerry sie nie enterbt hätte; er war nicht gemein, und melodramatisch auch nicht.»

Jury blickte zum See hinüber und sah die Gestalt einer Frau am Ufer stehen. Sie kehrte ihnen den Rücken zu. «Ist das Ihre Enkeltochter?»

Ihre Augen folgten seinem Blick, und schon wieder blinzelte sie. «Ja, ich glaube schon.» Sie schaute nicht einmal in die richtige Richtung.

Aber sie war zu eitel, als daß sie zugegeben hätte, daß sie nicht sehen konnte.

«Ich würde mich gern mit ihr unterhalten.» Jury stand auf.

«Sie hat ein stählernes Rückgrat, das Mädchen. Ist erst ein paar Stunden her, daß dieser Polizist hier war. Aber Hannah war schon immer ein Muster an Haltung. Spielen Sie Poker?» Wieder mischte sie geschickt die Karten.

«Nicht sehr gut.»

«Aber ich. Kommen Sie wieder, und bringen Sie Geld mit.»

10

Als Jury über den Rasen auf sie zuging, machte sie auf ihn den Eindruck eines gewöhnlichen Mädchens, das sich in Kleider kuschelt, die ihm zu groß sind, so als habe man es in die Sachen seiner Mutter gesteckt. Der übergroße Pullover mochte heutzutage als modisch salopp durchgehen. Sie machte jedoch nicht den Eindruck, als hätte sie mit Mode viel im Sinn. Knochige Handgelenke ragten aus Ärmeln hervor, die sie immer wieder hochschob und die sofort wieder zurückrutschten. Der Rock war zu lang, der Saum zipfelte, als säße das Taillenband schief. Ihr Körper war eckig und bewegte sich in den losen Kleidern wie ein Vogel im Käfig.

Doch der Eindruck von Gewöhnlichkeit verflog rasch, wenn man ihr direkt gegenüberstand. Ihr Teint war so makellos wie der einer Porzellanpuppe und ihr Ausdruck völlig unbewegt. Die Augenbrauen waren glatt und fein, wie getuscht, ihr Haar war sehr dunkel und ungleich geschnitten, als hätte sie es in einem Anflug von Zorn selbst mit der Schere bearbeitet. Leichte Wellen umrahmten ein ovales Gesicht, und der Pony fiel ihr unregelmäßig in die hohe Stirn. Als ein Windstoß ihr das Haar ins Gesicht blies, mußte sie sich die Strähnen aus den Augen schieben. Und die Augen, die auf dem Porträt eher grau gewirkt hatten, waren haselnußbraun, wechselten jedoch je nach dem Licht, das in sie hineinfiel, die Farbe – grün wie das Gras, blau wie ihr Pullover. Ohne Make-up und so ungeschickt angezogen, wie sie war, erweckte Hannah Lean den Eindruck, als wolle sie untertreiben, als schäme sie sich ihrer Schönheit.

«Tut mir schrecklich leid, das mit Ihrem Mann.»

Sie wandte den Kopf ab und blickte über den See hin. Sie antwortete nichts außer: «Möchten Sie am See spazierengehen? Ich muß einfach in Bewegung bleiben.» Jury nickte.

Sie durchquerten das Birkengehölz und schlugen einen schmalen Pfad am Seeufer ein. Auf dem Wasser lag ein Gespinst aus Licht, ein goldenes, von der Abendsonne ausgebreitetes Netz. Durch die Bäume konnte er nicht nur das Sommerhaus, sondern auch ein kleines Bootshaus sehen. Zwei Ruderboote, ein grünes und ein blaues, lagen dort vertäut und dümpelten im windgekräuselten Wasser. Jury konnte zwei Männer auf dem Anleger ausmachen, zwei weitere bogen um die Ecke des weißen Häuschens.

«Wann wir die wohl wieder los sind?» sagte sie mit sonderbar ausdrucksloser Stimme, als wäre die Polizei von Northants eine lästige Insektenart, die den Garten befallen hatte.

«Und jetzt auch noch ich.»

Hannah Lean drehte sich um und sah ihn zum erstenmal direkt an. «Ja. Jetzt auch noch

Sie.» Sie wandte den Blick wieder ab, sagte aber sonst nichts weiter.

Sie wirkte angespannt, hatte die Finger verschränkt und zerrte daran, als müsse sie damit etwas tun, irgendeine ihrer Situation angemessene Geste vollführen, um sich schlagen oder auf etwas losgehen. Hannah Lean wahrte eine bemerkenswerte Fassung. Dann sagte sie:

«Warum ist Tragisches so oft grotesk?»

Das war der Tod von Simon Lean mit Sicherheit. Was die Tragik anging, so war ihrer Stimme nichts davon anzumerken, und ihr Gesicht war durchaus keine tragische Maske. Ihm fiel ein, was Lady Summerston noch gesagt hatte: daß sie sich meisterhaft darauf verstehe, ihre wahren Gefühle zu verbergen.

Aber so viel Kälte angesichts des bizarren Todes ihres Mannes, das machte Jury schon zu schaffen. Es stand ihm nicht zu, so zu denken. Vielleicht lag es daran, daß sie ansonsten so wehrlos wirkte. Beinahe kindlich. Möglicherweise war es die Kleidung, das junge, klare Gesicht, was so gar nicht zu einer Frau von über dreißig passen wollte. Möglicherweise war ihr scheinbarer Abstand eine Form der Verleugnung, ein seelisches Betäubtsein.

«Sie wollen mir sicher die gleichen Fragen wie die Polizei von Northants stellen.»

«Vermutlich ja.»

«Warum?» fragte sie kurzangebunden.

Nicht: *Warum muß ich das alles noch einmal durchmachen?*

«Manchmal wird etwas übersehen.» Er lächelte, doch der frostige Ton in seiner Stimme war nicht zu überhören.

Sie saßen jetzt auf einer Steinbank. Sie beugte sich vor, die Ellbogen auf die Knie, das Gesicht in die Hände gestützt. Bei der Bewegung war ihr der übergroße Pullover von der Schulter gerutscht. Eine sinnliche Pose; er konnte sich unschwer den schlanken Leib unter den verhüllenden Kleidern vorstellen.

Sie protestierte nicht; sie antwortete nicht. Daß sie so gar nicht auf seine Anspielung, sie könne etwas verheimlichen, reagierte, machte ihn stutzig. Um das lange Schweigen zu brechen, faßte er nach unten und zupfte ein Vergißmeinnicht aus der Böschung. Gibt es wirklich Blumen von einem derart leuchtenden Blau? überlegte er und gab es ihr.

Sie spielte damit herum und sagte dann, ohne seine Fragen abzuwarten: «Ich bin wahrscheinlich die letzte, die Simon lebend gesehen hat. Gestern abend beim Essen. Er wollte nach London.»

«Warum sollte er so spät noch fahren wollen?»

«Um seine Freundin zu besuchen, glaube ich. Er war kein idealer Ehemann, wie Sie ohne Zweifel schon von Eleanor gehört haben. Es gab mehr als eine Frau, die ihm an den Kragen wollte, nachdem er sie hatte fallenlassen. Natürlich ich inbegriffen – meint die Polizei.» Sie wandte sich ihm mit einem verhaltenen Lächeln zu und zog den Pullover wieder über die Schulter. Dann blickte sie über den See, zuckte die Achseln und sagte mit trauriger Stimme: «Ich war daran gewöhnt.»

Jury beobachtete ihre langen Finger, wie sie die welkende Blume drehten. «Ich kann mir nicht vorstellen, daß sich eine Ehefrau daran gewöhnt, betrogen zu werden.»

Sie wandte ihm den bekümmerten Blick zu. «Sie hören sich schon genauso an wie Eleanor. ‹Betrügen› klingt heutzutage doch recht melodramatisch, finden Sie nicht?»

«Nein. Haben Sie gewußt, mit wem er sich treffen wollte?»

«Indirekt ja. Er hat mal einen Brief aus London bekommen. E eins oder E vierzehn. Der Stempel war verwischt. Kein Absender. Hellblaues Papier, leichter Moschusduft. Machen Frauen so was immer noch? Ich meine, ihre Briefe parfümieren? Und abgesehen von der könnte es auch noch jemanden hier aus dem Ort gegeben haben. Ich habe ihn mal in Sidbury in der ‹Glocke› gesehen, wo er mit einer Frau aus dem Dorf zusammensaß. Sie heißt... Demorney oder so ähnlich. Sieht sehr gut aus, alles *Haute* – na, Sie wissen schon: Couture, Coiffure, London-Lack.» Hannah Lean betrachtete ihre eigene Kostümierung und stellte im Geist wohl Vergleiche an.

«Und dieser Brief? Haben Sie den gelesen?»

«Nein. Das ist schon Monate her.» Sie deutete mit einem Kopfnicken zum Sommerhaus. «Er hat ihn verbrannt. Im Kamin.»

Sie war sich wohl nicht bewußt, daß ihr die Tränen in die Augen gestiegen waren und ihr still über die Wangen liefen. Keine Schluchzer, kein verzerrtes Gesicht, kein Versuch, sie abzuwischen. Jury reichte ihr sein Taschentuch, und sie tupfte sie so teilnahmslos ab, als gehörte das Gesicht einer Fremden.

«Haben Sie ihn wegfahren sehen? Wie kam es, daß sein Auto in der Parkbucht beim Sommerhaus abgestellt war?»

«Ich habe gehört, wie er weggefahren ist. Er hat sein Auto öfter dort abgestellt. Er – er hielt sich gern im Sommerhaus auf. Um etwas Distanz zu schaffen – zwischen uns, nehme ich an.» Der Blick, mit dem sie Jury ansah, war hart. «Mr. Jury, der springende Punkt ist, daß Simon sich nicht allzuviel herausnehmen durfte. Ich habe nämlich das Geld.»

«Sie wollen sagen, er würde seine Position bei Ihnen nicht gern aufs Spiel gesetzt haben.» Das klang nach einer Geschäftsbeziehung, nicht nach Ehe. «Aber warum haben Sie sich nur solch eine Behandlung gefallen lassen, Mrs. Lean?»

Sie lächelte. «Warum? Weil Lumpen so ungemein charmant sind. Ich habe ihn geliebt.» Sie reichte ihm das Taschentuch, einmal, zweimal gefaltet zurück. «Tatsache ist jedoch, daß ich diesmal wirklich genug hatte. Ich wollte mich scheiden lassen. Um das zu verhindern, wäre Simon zu allem fähig gewesen – einfach zu allem.» Aus dem gefaßten, elfenbeinfarbenen Gesicht blickten Jury die Augen einer Tigerin an. «Als ich ihm gesagt habe, daß ich mich scheiden lassen wollte, hätte er mich vor Wut am liebsten umgebracht.»

Durch zwei Rabatten mit schwarzen Tulpen in einem Teppich aus silberweißen, abgestorbenen Nesseln gelangte man zur Tür des Sommerhauses. Jury wandte sich um und blickte zum Haupthaus zurück. Von der Barockvilla war wenig zu sehen – nur der obere Teil, wo Lady Summerston auf dem Balkon gesessen hatte.

Die Polizei von Northants hatte das Häuschen und den Garten ringsum mit weißem Band abgesperrt und einen Wachtmeister auf einem Stuhl vor der Tür postiert. Sergeant Burn war in Uniform, von einschüchterndem Wuchs und hatte ein Gesicht aus Granit. Er quittierte Jurys Gruß, blickte Hannah Lean jedoch argwöhnisch an.

«Ihre Laborleute haben doch sicherlich schon jeden Quadratzentimeter unter die Lupe genommen, Sergeant. Ich würde mich gern etwas umsehen.»

Burn nickte und nahm wieder neben der Tür

Platz. Dann zog er eine neue Ausgabe von *Private Eye* aus seiner Gesäßtasche und griff zu seinem Becher mit Tee.

Das Sommerhaus war klein, fast winzig, gleichsam das Architektenmodell eines größeren Hauses. Am anderen Ende des im Landhausstil möblierten Wohnzimmers führten Terrassentüren auf den See. Zur Rechten konnte Jury durch die angelehnte Tür gerade noch das Ende eines Himmelbetts sehen, das allein schon den ganzen Platz in dem Zimmer zu beanspruchen schien. Die Küche war so beschaffen, daß sich zwei Personen ständig in die Quere kommen mußten. Dort hatte Sergeant Burn offenbar seinen Nachmittagstee zubereitet.

Auf einer Seite des Kamins mit dem Marmorsims stand ein Sofa, auf der anderen zwei dazu passende Klubsessel, alles mit einem verblichenen, geblümten Chintz bezogen. Pfingstrosen und Kapuzinerkresse rankten sich auf dem Stoff an einem hellblauen Spalier hoch. Neben der Terrassentür stand ein Tischchen, das fast von vier geschnitzten, antiken Mahagonistühlen mit hoher Lehne erdrückt wurde.

Zwei Menschen, denen es Spaß machte, in ständiger Tuchfühlung miteinander zu leben, mochte es hier gefallen – mit dem richtigen Partner, der richtigen Frau (dachte er) schien es herrlich gemütlich. Was er allerdings über Simon Lean gehört hatte, ließ daran zweifeln, daß diesem viel an Gemütlichkeit gelegen gewesen war, und die richtige Frau hatte er anscheinend auch nicht gefunden. Jury sah Hannah an und überlegte warum. Diese Mischung aus pubertärer Verträumtheit und Hartherzigkeit war sehr anziehend. Was für ein Wort. Hatte er seit Jahr und Tag nicht mehr gebraucht.

Hierher war Simon Lean also fünf Jahre lang gekommen, hatte wohl oder übel die Pracht des schloßartigen Hauses vor Augen gehabt, wie es da inmitten von vielen Morgen märchenhafter, romantischer Gärten und Teiche prangte, und hatte sich sicherlich gefragt, wann er als Herr dort residieren würde. Das hier taugte mehr für Übernachtungsgäste oder zum Alleinsein. Oder gab den vollendeten Rahmen für ein Tête-à-tête ab, und genau das hatte seine Frau wohl andeuten wollen. Die Terrassentür ging auf den Anleger, und der

See verlieh Raum und Panorama eine ungewöhnliche Weite.

Hannah stand ganz still da und fixierte die Ecke neben der Terrassentür, wo unübersehbar der *secrétaire* gestanden hatte. Der blutbefleckte Teppich wies noch die Eindrücke seiner Beine auf. Neben der leeren Stelle lagen zwei Bücherstapel. Jury ging in die Hocke, um sie anzusehen. Man hatte sie herausnehmen müssen, um Platz für die Leiche zu schaffen. Er blickte Hannah von unten an: das leere Geviert auf dem Teppich schien sie auf einmal mehr anzurühren als Gespräch und Spaziergang, denn sie erschauerte und verschränkte die Arme vor der Brust.

Jury sagte: «Mir scheint, Burn hat sich mit Tee bedient. Wie wäre es mit uns beiden?» Sie wandte sich zur Küche, drehte sich jedoch wieder zurück und lächelte unsicher. «Würde es Ihnen etwas ausmachen, ihn zu holen?» Sie wirkte hilflos. «Ach ja, Sie wissen nicht, wo die Sachen sind –»

«Sie vergessen, daß ich Kriminalbeamter bin.»

Das war ihr erstes spontanes Lächeln, und es war strahlend. Ihr Gesicht leuchtete auf wie ein See, wenn die Sonne hinter seinem Ufer versinkt und ihn in eine Fläche aus Feuer verwandelt.

Der Kessel stand auf der Kochplatte, wo ihn der Wachtmeister hatte stehenlassen, und Jury machte Wasser heiß. Becher fand er im letzten Schrank, den er aufmachte; Zucker und Tee hatte Burn nicht wieder weggestellt. Als das Wasser fertig war, wärmte er damit die Kanne an, schüttete es wieder aus und füllte Tee ein. Er ging ins Wohnzimmer zurück und fand sie vor einer Zeichnung auf dem Kaminsims, neben der zwei kleine Fotos standen, eins von ihrem Mann und eins von ihnen beiden.

Wieder diese nervöse Angewohnheit, die Pulloverärmel hochzuschieben. «Fast wäre ich, na ja, ein bißchen durchgedreht. In nur zwei Minuten.» Ihr Lachen klang gequält, als sie sich für den Becher Tee bedankte, den er ihr auf das Tischchen stellte.

Er blickte sie an, sagte aber ein Weilchen nichts und nahm dann die Zeichnung in die Hand. Es war eine Skizze, eine Art Vorzeichnung, wie sie Künstler für ein Porträt machen. «Das Gemälde oben an der Treppe?»

Sie nickte. «Ich mache mir nichts daraus.»

«Komisch. Ich finde es schön.»

«Dann ist es mir wohl nicht sehr ähnlich.» Eine kategorische Feststellung; es war nicht ihre Art, Komplimente herauszufordern. «Ich kann es einfach nicht fassen. Hat denn jemand gewußt, daß der Klappsekretär in Truebloods Geschäft gebracht werden sollte? Warum sollte ihn jemand ... da drin verstecken?»

«Möglich, daß der Mörder Mr. Trueblood in Teufels Küche bringen wollte.»

Sie ließ sich den Gedanken anscheinend durch den Kopf gehen. «Glauben Sie das im Ernst?»

«Könnte doch sein.»

Sie saß jetzt am Kamin und drehte ihm dabei den Rücken zu. Er konnte nicht sehen, was sie für ein Gesicht machte, und so ging er um sie herum und setzte sich ihr gegenüber aufs Sofa. «Haben Sie gewußt, wann der *secrétaire* abgeholt werden sollte?»

«Fragen Sie mich das, weil Sie mich dabei ertappen wollen, daß ich nicht zweimal dasselbe antworte?» Behutsam stellte sie den Becher hin. Jury sagte nichts. «Was hat Eleanor gesagt? Ihr Gedächtnis läßt sie nämlich manchmal im Stich.» Sie schwieg ein Weilchen. «Ja, ich habe gewußt, daß der *secrétaire* entweder heute oder morgen abgeholt werden sollte.»

Jury hielt seinen Becher mit beiden Händen, trank jedoch nicht, sondern beobachtete sie gespannt. «Sie haben gesagt, Ihr Mann fuhr nach London –»

«Das tat er oft», fiel sie rasch ein.

«– so gegen neun Uhr, ja?» Sie nickte wie eine Marionette. «Und haben Sie sich von ihm verabschiedet?»

Ihr Lächeln war so bitter, wie ein Lächeln nur sein kann. «Ihn ‹verabschiedet›? Was für ein hübsches Bild. Die treu ergebene Ehefrau, wie sie einen Kuß bekommt, ihm von der Schwelle aus nachwinkt –»

«Oh, Sie brauchen es nicht weiter auszuschmücken.» Jury lächelte nicht so frostig wie sie. «Ich meine ganz einfach, haben Sie ihn weggehen sehen? Aus der Tür? Über den Hof und die Auffahrt hinunter?»

«Ich habe gesehen, wie er aufbrach, ja. Ich saß noch am Eßtisch, da ging er in die Halle und holte sich Mantel und Handschuhe. Ja, er ging durch die Eingangstür hinaus. Als ich gerade meine zweite Tasse Kaffee trank, hörte ich das Auto die Auffahrt hinunterfahren. Wie ich

160

Ihnen bereits gesagt habe.» Ihre Augen blickten stählern.

«Wo war Crick?»

Das schien sie aus der Fassung zu bringen. Sie blickte sich verstört um. «Ich – also, er hat mir nicht den Kaffee serviert, falls Sie das meinen. Er war oben bei Eleanor. Servierte *ihr* den Kaffee.»

«War das üblich?»

Sie seufzte und lehnte sich zurück. «Alles, was hier geschieht, ist ‹üblich›. Sie bekommt ihr Essen um Viertel nach acht hochgebracht; ihren Kaffee um neun. Dann plaudern sie ein Weilchen; an dem Ablauf ändert sich nie etwas.» Abrupt stand sie auf, ging zum Kaminsims und öffnete eine silberne Zigarettendose. Leer.

Auch Jury stand auf und zog seine eigenen heraus. «Nehmen Sie eine von meinen.» Er stand auf und zündete erst ihre, dann seine an. «Sie mögen sie nicht, was? Lady Summerston?»

Sie schloß die Augen, stieß eine lange Rauchfahne aus, als hätte sie die ganze Zeit nur an eine Zigarette gedacht, und sagte dann: «Andersherum: sie mag *mich* nicht. Sie verübelt es mir, glaube ich, daß ich lebe und meine Mutter tot ist.»

Während sie die Zigarette mit hastigen Zügen rauchte, liefen ihr die Tränen einfach übers Gesicht, als stünde sie im Regen. Sie machte keinen Laut, keinen Versuch, sie abzuwischen oder zu verbergen.

Jury legte ihr die Hände auf die Schultern und drückte sie sanft wieder auf das Sofa. Er selbst blieb mit den Händen in den Hosentaschen stehen, nachdem er die Zigarette in den Kamin geworfen hatte. «Das entspricht ganz und gar nicht dem Eindruck, den mir Ihre Großmutter vermittelt hat. Höchstens –» Jury unterbrach sich. Er redete zuviel.

«Höchstens?»

Daß sie Sie beschützen wollte, dachte er. Was er aber sagte, war: «Nicht besonders nett von mir, Sie hierherzubringen. Ins Sommerhaus, meine ich, aber ich wollte offen gestanden sehen –»

«Wie ich reagiere.» Sie starrte auf den Becher mit dem kalten Tee und stand auf.

Er fühlte sich – ja, schuldbewußt, weil sie das so klar sah. Ob Hannah Lean diese Wirkung wohl auch auf ihre Bekannten ausübte?

Jäh ging ihm auf, daß es sich dabei um eine gefährliche Eigenschaft handelte. Sie brachte einen aus der Fassung; am liebsten hätte man, bildlich gesprochen, die Hände hochgeworfen und sie gewähren lassen. Er sagte: «Dann verstehen wir uns also.» Sein Lächeln war zwar echt gemeint, kam aber selbst ihm falsch vor.

«Nein. Nein, ich glaube nicht, daß wir uns verstehen. Ich dachte schon, das täten wir, aber jetzt nicht mehr.» Sie wollte zur Tür gehen, wo Sergeant Burn viel Wirbel mit seinem Stuhl machte, um den Besuchern das Gefühl zu geben, er sei völlig wach. Sie drehte sich jedoch noch einmal um und sagte: «Sie haben keinen Gedanken daran verschwendet, daß man heute morgen meinen Mann umgebracht hat. Die Polizei von Northants hat mich vernommen, und jetzt schleifen Sie mich hierher, weil Sie meine Reaktionen testen wollen. Reaktion Nummer eins: Die Polizei hat beschlossen, daß ich die Hauptverdächtige bin – als betrogene Ehefrau, glaube ich. Reaktion Nummer zwei: Beide, die Kriminalpolizei von Northants und die aus London, sind verdammte Sadisten.» Sie fegte die gerahmten Fotos mit dem Ärmel vom Kaminsims auf die Fliesen vor der Feuerstelle. Klirrend zerbarst das Glas, wie eine zerbrechende Windschutzscheibe. «Auf Wiedersehen, Superintendent.»

Er blickte von ihrem entschwindenden Rücken zu dem kleinen Foto. Hannah und Simon Lean mit einem erstarrten Lächeln, das nicht darauf schließen ließ, was sie füreinander empfanden. Warum hatte sie es zerbrochen? Wollte sie symbolisch andeuten, was man ihr mit dieser Vernehmung antat? Jedenfalls hatte er nicht gerade den Eindruck, daß es aus Zuneigung zu ihrem verstorbenen Mann geschehen war.

Er sammelte die Glassplitter auf und warf sie in den Mülleimer in der Küche. Die Fotos steckte er ein. Dann stand er da und starrte auf den kalten Kaminrost. Parfümiertes, blaues Papier.

Weshalb sollte Simon Lean gezögert haben, den Brief zu verbrennen?

«Sir!» sagte Sergeant Burn, sprang rasch auf, rollte *Private Eye* zusammen und verstaute die Illustrierte in der Gesäßtasche.

Jury lächelte. «Immer mit der Ruhe, Sergeant. Wo sind die Männer, die vor zwanzig

Minuten hier waren? Sind sie schon nach Northampton zurück?»

Burn deutete auf den Pfad, der geradeaus führte und weiter dem Fluß folgte. «Inspektor MacAllister und die beiden anderen haben gesagt, sie wollten sich noch mal die Stelle ansehen, wo das Auto geparkt war. Der Jaguar», setzte Burn hinzu, und seine Stimme hatte einen aufsässigen Unterton.

«Das da sind frische Spuren», sagte MacAllister in fast dem gleichen aufsässigen Ton zu Jury und klappte sein Notizbuch zu, als wollte ihm Jury über die Schulter schauen. Er informierte ihn ebenso schnippisch – und so dürftig wie möglich – und überlegte jede Antwort, die er auf Jurys Fragen gab, genau. «Neue Gürtelreifen, das Stück hundert Pfund, wetten? Wieso auch nicht, bei dem Geld, das diese Art Leute hat.» Als hätte er zuviel gesagt, verzog er das Gesicht und klappte den Mund zu wie vorher das Notizbuch.

«Dann sieht es also so aus, als ob Lean bei seiner Rückkehr von London das Auto hier geparkt hätte.»

MacAllister bemühte sich, die Nase hoch zu tragen; da Jury aber einsfünfundachtzig maß und der Inspektor einsachtundsechzig, war das ein rechnerisches Problem. «Natürlich. Sein Auto hat hier gestanden.» Nicht mal zwei und zwei zusammenzählen konnte Scotland Yard. «Der Boden ist ganz versaut von Reifenspuren. Eine stammt von Mrs. Leans Mini.»

«Tatsächlich?»

«Das sind alte. Ihr Auto hat hier eine Weile nicht mehr geparkt. Die meisten sind von dem Jaguar, und die anderen könnten von jedem x-beliebigen Wagen stammen. Falls Sie den Meilenzähler überprüfen wollen –» Jury war auf dem Weg zu dem Jaguar – «das habe ich schon besorgt. Er hat ein Fahrtenbuch geführt.»

Jury zweifelte nicht daran, daß es einen Eintrag gab. Das Heft, in dem Simon Lean den Meilenstand notiert hatte, steckte im Seitenfach der Fahrertür. Er holte eine kleine Taschenlampe hervor, stieg ein, schob den Sitz vom Steuerrad weg und ließ den Strahl der Lampe über das Buch gleiten. Die Meilenzahl stimmte mit der ungefähren Fahrtstrecke zwi-

schen Northampton und Victoria Street überein. Mit dem Zug waren es fünfundsiebzig Minuten bis zur Euston Station. Mit diesem Auto
sogar noch weniger, wenn man tüchtig aufs
Gas trat. Jury schlug noch etwas für dichten
Verkehr und die zusätzliche Entfernung zum
Postbezirk E-14 auf. Limehouse käme in Frage.
Die anderen Eintragungen für London zeigten
die gleiche Meilenzahl und tauchten in regel-
mäßigen Abständen auf.

«Etwas gefunden, was wir übersehen haben?» fragte MacAllister und blickte von dem
Gipsabdruck auf, den zwei Polizisten von
einer der Reifenspuren nahmen.

Jury lächelte. «Tja, ich weiß nicht so recht.
Wer hat denn den Jaguar die Straße raufgefah-
ren?» Jury deutete mit einem Kopfnicken zu
dem Auto, das etwa dreihundert Meter entfernt stand.

MacAllister blickte so mißtrauisch wie jemand, der eine Falle wittert. «Ich. Etwa was
dagegen? Der Wagen ist gründlich untersucht
worden, vor allem der Beifahrersitz, falls Sie
das denken sollten.»

«Warum sollte ich das wohl denken?»

«Warum? Wegen der Indizien, daß er eine

Frau dabeihatte. Wir haben Haare gefunden, Fasern, das Übliche, aber das Zeugs ist schon weg, im Labor.»

Jury steckte sich eine Zigarette an und bot MacAllister auch eine an. Der zögerte jedoch und schüttelte den Kopf; er wollte sich wohl nicht zu Dank verpflichtet fühlen. «Warum, glauben Sie, ließ Lean das Auto hier stehen? Ich meine, statt zum Haupthaus zu fahren.»

«Möglicherweise damit niemand von seiner Rückkehr Wind bekam. Oder einfach, weil er gern im Sommerhaus übernachtete. Seiner Frau zufolge hat er das häufig getan. Ging gern seiner eigenen Wege, sagt sie.» In Anbetracht der Tatsache, daß MacAllister für Jury nicht mit mehr als unbedingt nötig herausrückte, war dieser ganz überrascht, als der Inspektor hinzusetzte: «Wenn Sie mich fragen, die haben sich vor Liebe nicht gerade aufgefressen. Und die Gattin – die Witwe – kalt wie eine Hundeschnauze.»

Jury fragte: «Den Fahrersitz haben Sie nicht bewegt?»

Vielleicht hatte er wegen seiner Kleinwüchsigkeit Komplexe, und sein «Nein» fiel deshalb so scharf aus. Dann ging MacAllister wieder in die Hocke und sagte: «Klar, vermutlich hat sie ihn umgebracht, kein Wunder also, daß sie ihm keine Träne nachweint. Dabei sollte man meinen, sie würde wenigstens so tun als ob, oder?»

Die Stimme hätte der Marmorjungfrau im Brunnen gehören können. Sie sagte: «Es tut mir leid», als Jury gerade in sein Auto steigen wollte.

Hannah Lean kam durch einen schmalen Durchlaß in der hohen Eibenhecke und blickte sich auf ihre unschlüssige Art um, als hätte sie das nicht wirklich gesagt.

«Ich an Ihrer Stelle würde mich nicht zuviel mit Entschuldigungen aufhalten. Nicht unter diesen Umständen.»

Es war, als hätte er sie ihr um die Ohren geschlagen, die Entschuldigung. Ihre Miene gefror aufs neue zu Eis, wie er es schon öfter gesehen und was wahrscheinlich MacAllisters Urteil über sie beeinflußt hatte. «Meinen Sie, weil Sie alle beschlossen haben, daß ich Simons Mörderin bin? In solchen Fällen ist es gewöhnlich die Ehefrau oder der Ehemann, nicht wahr?»

Jury schlug die Autotür zu und lehnte sich dagegen. «Wissen Sie eigentlich, daß Sie und Ihre Großmutter sich geradezu um die Schuld reißen? Liegen Sie etwa in einem edlen Wettstreit miteinander, wer die Hauptverdächtige sein darf oder so etwas?»

Sie drehte sich um und blickte die Auffahrt entlang. «Wer sonst könnte es gewesen sein? Wer sonst hatte ein Motiv?»

Jury lachte. «Mein Gott, Sie haben viel Zutrauen zu unserem Arbeitstempo, wie? Es ist noch zu früh, als daß wir diese Frage schon beantworten könnten. Mit ein, zwei Verdächtigen kann ich allerdings aufwarten: den Frauen, die er kannte. Oder jemandem, der es auf beide, Ihren Mann und Marshall Trueblood, abgesehen hatte. *Oder* jemand, den wir bislang noch nicht kennen. Kommen wir aber auf die Frauen zurück. Das Sommerhaus ist jedermann zugänglich, oder? Eine enttäuschte Freundin – irgend jemand Enttäuschtes – könnte doch ungesehen über den Weg dort gekommen sein.»

«Aber wenn er in London war –»

Wenn er das war. Jury blickte sie an. Dem Arzt zufolge war der Tod wahrscheinlich zwischen halb zehn und Mitternacht eingetreten. Das gab Simon Lean nicht genügend Zeit für den Rückweg von East End. Kalkulierte man alle Faktoren ein, die Einfluß auf diese Zeitspanne haben konnten, so stand nicht einmal das ganz fest. Und es gab noch mehr einzukalkulieren: Der letzte, der den Jaguar gefahren hatte, war klein gewesen, möglicherweise eine Frau.

Während ihm das durch den Kopf schoß, hatte sie ihn nicht aus den Augen gelassen. «Sie denken, daß er vielleicht gar nicht in London war, oder? Simon hat ein Fahrtenbuch geführt... Jedenfalls glaube ich, er –»

«Ja. Das Auto hat die gleiche Strecke zurückgelegt wie zuvor. Wie auf seinen anderen Fahrten. Das Labor dürfte herausbekommen, ob jemand sich an dem Meilenzähler zu schaffen gemacht hat oder ob irgendeine Eintragung gefälscht ist.»

Sie hatten vor dem Springbrunnen gestanden, im Licht der Sonne und ihres Widerscheins auf dem Marmor und den italienischen Kacheln. Selbst die Farbe des reflektierten Lichts wich aus ihrem Gesicht, wieder erblaßte sie, als sie sagte: «Gefälscht? Sie glauben doch nicht im Ernst, daß das geht?»

Jury konnte ihre angstvolle Miene nicht ertragen; er sah an der Fassade des Hauses hoch, die im späten Licht des Nachmittags so golden wie Wein schimmerte. Eine Gardine fiel herab. Vermutlich Crick. Der hatte nichts Besseres zu tun, als aus dem Fenster zu spähen, sich in Ecken und an Türen herumzudrücken und so zu tun, als wollte er gerade anklopfen. Es war ja nichts Schlimmes dabei, nur stimmte es ihn traurig.

Wie kann man Hannah Lean bloß für marmorkalt halten, fragte er sich und beantwortete die Frage: «Wohl kaum, nein. Die Eintragungen sahen alle nach derselben Handschrift aus.»

Man sollte meinen, sie hat nichts mitbekommen, dachte er.

«Immer noch ich, wie? Mir müßte doch daran gelegen sein, daß die Polizei glaubt, er sei nach London gefahren.»

Einen Augenblick lang verstand er sie nicht. «Das wäre kein Alibi, zumindest keins, das Sie retten könnte. Falls Sie ihn umgebracht haben, Mrs. Lean, dann hätten Sie das auch bei seiner Rückkehr tun können.»

Als sie ihn von unten her anblickte, war ihr

Teint wieder so durchscheinend wie zuvor. Sie lächelte ein wenig, aber auf Jury hatte das eine magische Wirkung. «Wirklich sehr komisch, sich mit einer mutmaßlichen Mörderin zu unterhalten und sie ‹Mrs. Lean› zu titulieren. Ich meine, solch ein furchtbarer Verdacht berechtigt zumindest dazu, sich mit Vornamen anzureden. Ich heiße Hannah; wie Sie heißen, weiß ich nicht.»

Damit ließ sie ihn stehen, und als ihre Absätze sich eilig klappernd über die Fliesen entfernten, sah Jury, wie die Gardine schon wieder herabfiel.

Der trockene Springbrunnen, die prächtige, von der Sonne goldumsponnene Loggia, die blumengesäumten Pfade und die Windharfen, so viele Blumen, daß es aussah, als wären sie vom Himmel gefallen.

Und dennoch ein unsäglich einsames Fleckchen Erde. Jury gab Gas.

11

ALS DIANE DEMORNEY die Tür öffnete, wirkte sie eher gewickelt als gewandet.

Die frühere Besitzerin des Hauses, Lorraine Bicester-Strachan, hatte die Schwelle einst ebenso dekorativ geziert wie heute Diane Demorney. Die vormalige und die jetzige Hausherrin hatten sowieso vieles gemein: das dunkle Haar, die gute Figur, die hochmütige Haltung des Kopfes und die geradezu wölfische Gier, Jury ins Haus zu locken. Diesen Eindruck jedenfalls vermittelte Diane, als sie die Tür noch weiter aufriß, ehe er überhaupt seinen Dienstausweis zücken konnte.

Das Haus war völlig neu aufgedonnert worden (wie es seine Besitzerin vermutlich auch mit sich selbst hielt, mehrmals vom Aufgang der Sonne bis zu ihrem Untergang). Das Zimmer, in das sie ihn führte, war nun ein arktisches Gleißen, während früher darin jede Menge Pferdekram und Gemälde von Treibholz und sturmzerzausten Küstenlandschaften vorgeherrscht hatten. Und doch war der Eindruck damals genauso frostig gewesen wie jetzt, denn es gibt nun einmal Menschen, die allem die Wärme entziehen können. Hier wirkte nur *etwas* verwohnt, nämlich Diane Demorney.

Die Art, wie sie sich selbst in Szene setzte, fand er fast komisch: Frau und Zimmer wirkten, als ob eins ohne das andere nicht sein könnte, sie schienen zusammenzugehören wie Vorder- und Hintergrund. Alles war weiß – Teppiche, Sofa, Stühle – bis hin zu dem Bild an der Wand, das weiß in weiß gemalt war. Was nicht wie arktischer Schnee aussah, sah aus wie arktisches Eis; die paar Tische waren nämlich aus zart bläulich getöntem Glas. Auf einem warteten ein Martini-Krug und Gläser von der ungefähren Spannweite eines Regenschirms.

So bot denn der Vordergrund – Miss Demorney selbst – den einzigen Farbtupfer. Und einen recht kräftigen obendrein: das leuchtendrote Kleid war aus Georgette drapiert. Vom Oberteil mit den gepolsterten Schultern, die aussahen wie Messergriffe, floß der Stoff in Fältchen über den Busen und dann über eine nicht definierte Hüftlinie in immer engeren Falten bis zum Knie hinab. Es lief schmal zu wie eine Klinge, und vor den weißen Wänden wirkte es wie ein sichelförmiger, blutroter Schnitt, so als hätte jemand das Zimmer erdolcht.

Als sie einen kleinen Niagarafall Gin in den Krug goß, sagte Jury: «Pardon. Haben Sie Freunde erwartet?»

«Nur Sie, Superintendent.» Sie schenkte die Kappe der Wermutflasche voll, goß die Hälfte davon in die Flasche zurück und den verbleibenden Hauch von Wermut in den Gin. «Olive? Oder mit Pfiff? Ich für mein Teil reibe gern mit einer Knoblauchzehe über den Rand. Oder hätten Sie ihn lieber mit Wodka?»

«Auf der Suche nach dem vollkommenen Martini, was?»

«Der vollkommene Martini, Superintendent, ist ein tüchtiger Schluck Gin aus der Pulle; leider stehen einem dabei die guten Manieren im Wege.»

Als sie das zweite Glas einschenken wollte, sagte Jury: «Nicht für mich, danke.»

Diane warf ihm einen gequälten Blick zu. «Mein Gott, das darf doch nicht wahr sein, das mit dem Alkohol im Dienst? Ich dachte immer, das gibt es nur in diesen geisttötenden Krimis. ‹Vielen Dank, Lord Badluck, aber ich bin im

Dienst›, wie langweilig, obwohl Fielding sicher zugestimmt hätte, wenn sie damals ein Polyp gewesen wären.»

«Ich ziehe mit, wenn Sie einen Schluck Whisky haben. Stellen Sie sich vor, es wäre Wermut, und schenken Sie dementsprechend ein.»

Sie griff um den Beistelltisch herum zu einem Gebilde aus Glas und Spiegeltüren und holte eine Flasche Powers heraus. «Tut es ein irischer?»

«Bestens. Wenn Sie gewußt haben, daß ich komme, dann wußten Sie auch warum.»

«Simon Lean. Ich habe ihn gekannt.» Sie reichte Jury ein Glas von einem solchen Durchmesser, daß der Whiskypegel darin die reinste Augenwischerei war. Dann schlug sie die Beine übereinander, bis der Schlitz, den sie zum Gehen benötigte, ihm eine gefällige Aussicht auf die Landschaft oberhalb des Knies vermittelte. Sie schob eine Zigarette in eine lange, weiße, gerippte Zigarettenspitze, die wie zart bereift wirkte.

Eine ausnehmend eisige Lady, dachte Jury bei sich. Intelligent? Kann sein, kann auch nicht sein. Die Anspielung auf Henry Fielding und die Polypen gefiel ihm. Insgeheim kam sie sich wahrscheinlich sehr gebildet vor.

«Soviel ich weiß, haben Sie Mr. Lean recht gut gekannt.»

Wieder wölbte sich die schön geschwungene Braue. «Und wie wollen Sie das wissen? Genauer gesagt – woher?»

«Mrs. Lean glaubt, daß Sie sich mit ihm getroffen haben – ziemlich oft sogar. Ich glaube, sie sagte, sie habe Sie beide in der ‹Glocke› in Sidbury gesehen.»

«Das ist kaum ein Kunststück, wenn jemand in einem Erkerfenster zur Hauptstraße sitzt; das hat wohl nichts mit Heimlichtuerei zu tun, oder?» Sie beobachtete ihn über den Rand ihres großen Glases hinweg.

«Ich habe nicht behauptet, daß Sie heimlich dort waren. Sie hätten ein Verhältnis ohne alle Heimlichkeiten haben können.»

«Das hat sie Ihnen erzählt?» Sie wartete die Anwort nicht ab. «Attraktiv genug war Simon sicherlich, aber ewig pleite. Wenn ich mich recht entsinne, so mußte ich für die Drinks zahlen.»

«Was hat denn Geld damit zu tun?»

«Mein Gott, Superintendent, leben Sie auf

dem Mond? Was hat wohl *nicht* mit Geld zu tun?»

«Hatten Sie ein Verhältnis mit Simon Lean?»

Sie schürzte die Lippen, stieß eine spitze Rauchsäule aus und sah zu, wie sie fortschwebte und sich auflöste. «Es ist wohl besser, wenn ich Ihre Fragen nicht beantworte. Sollten Sie mich an dieser Stelle nicht über meine Rechte belehren, mich warnen oder so etwas?»

«Ja; hiermit warne ich Sie: Schluß mit dem Eiertanz, beantworten Sie meine Fragen.» Jury lächelte. «Lassen wir Simon Lean einen Augenblick beiseite –»

«Gern.»

«Es überrascht mich, daß jemand wie Sie ausgerechnet hier in Long Piddleton leben möchte.»

«‹Leben›? Ach, ich habe doch meine Wohnung in Hampstead behalten; was ‹Leben› angeht, so findet das in London statt. Aber ein Haus auf dem Land ist ein Muß. Für Wochenendparties und solche Sachen.» Sie schenkte sich noch einen Drink ein und zog den Rock mit einer beiläufigen Drehung der Hand noch ein paar Zentimeter höher.

«Tatsächlich? Geht man denn immer noch auf Parties?»

Gern hätte er über ihren jäh bestürzten Blick gelacht; sollte sie etwa den neuesten Trend verpaßt haben? Dann tat sie so, als hätte sie ihn falsch verstanden. «Vermutlich dürfte Polizisten die Zeit dazu fehlen, oder?»

«Dann gehen Sie also in London auf Parties, und hier hängen Sie mehr oder weniger durch, ist es das?»

Ihr Blick war so hart, daß er meinte, ihr Gesicht müsse zersplittern, doch das dauerte nur so lange, wie sie für die Überlegung brauchte, daß jedes Anzeichen von Zorn die sorgsam konstruierte Fassade blasierter Langeweile zerstören würde. Ein Quentchen Humor blitzte auf, wie die silbrig glänzenden Rippen auf der weiß emaillierten Zigarettenspitze.

Als keine Antwort kam, sagte Jury: «Simon Lean?»

Sie zuckte nicht mit der Wimper, als sie sagte: «Wir haben uns zwei-, dreimal in London getroffen. Nichts Ernstes.»

Jury lächelte. «Ihre Vorstellung von ‹ernst› muß meiner nicht unbedingt entsprechen. Hannah Leans wohl auch kaum.»

Sie hatte ihrem zweiten Martini schon tüchtig zugesprochen. In diesen Gläsern machte er gut und gern ihren dritten oder vierten aus. Jury stand auf und hob sein eigenes Glas. «Was dagegen? Nein, ich bediene mich schon selbst.» Er hatte nach dem ersten Schluck nichts mehr getrunken, dachte aber, daß sie vielleicht zugänglicher würde, wenn er seinen Whiskey etwas auffrischte (wozu er Sodawasser nahm).

Er ließ sich wieder auf dem kühlen weißen Sofa nieder, das wie Diane Demorney außerstande wirkte, Körperwärme zu speichern, und fragte: «Was ist also mit seiner Frau?»

Sie wandte sich mit einem Achselzucken ab. «Du liebe Zeit, Sie haben sie doch gesehen.»

Mit anderen Worten, man brauchte Hannah Lean nur einmal anzusehen, und schon wußte man, warum ihr Mann fremdging.

«Sie ist nett; sie ist attraktiv.»

Attraktiv? Ihr Glas verharrte auf halbem Weg in der Luft, dann schwenkte sie es leicht und tat die Bemerkung ab, als könnte einem Jury wegen seines Geschmacks in bezug auf Frauen leid tun. «Sie kauft ihre Kleider vermutlich bei Army and Navy.»

«Mmm.»

«Der *einzige* Grund, daß sie Simon gekriegt hat, war ihr Vermögen. Sie hat Geld wie Heu.»

Ob ihr nie der Gedanke gekommen war, daß auch sie ihn nur aus einem einzigen Grund gekriegt hatte, nämlich des Geldes wegen?

«Sie sind mir auch noch eine Erklärung schuldig. Was haben Sie vorhin eigentlich mit Heimlichkeiten gemeint?» Sie warf ihm einen bedächtigen Blick zu. «Ich hatte den Eindruck, daß Sie mich der Geheimniskrämerei bezichtigten, falls das Wort noch gängig sein sollte. Sind Sie verheiratet, Superintendent?»

«Würde es Sie stören, wenn Sie nicht die einzige Frau in seinem Leben gewesen wären? Abgesehen von seiner Frau, meine ich.» Bislang wußte Jury von drei Frauen in Simon Leans Leben. Zweifellos gab es mehr. Wie viele Frauen, überlegte er, braucht ein Mann? Alles was er wollte, war eine einzige.

«Er könnte etwas mit Joanna der Wahnsinnigen gehabt haben, was weiß ich.»

«Sie meinen Joanna Lewes? Wie kommt sie zu diesem eigenartigen Attribut?»

Man merkte, daß sie es unendlich genoß, diese bruchstückhaften Informationen preiszugeben: die Augenbrauen hochgezogen, verharrte sie mit dem Glas an ihren Lippen. «Natürlich wegen ihres Ex-Mannes, wegen Philipp. Philipp von Spanien. Haben Sie etwa noch nie von ihm gehört? Der trieb seine Königin Joanna in den Wahnsinn. Sie *selbst* hat sich so genannt.»

Man konnte fast glauben, sie hätte Geschichtsbücher gelesen, was Jury aber bezweifelte.

«Warum lächeln Sie, Superintendent? Und das auch noch strahlend, möchte ich hinzufügen. Dieses Lächeln muß doch die Frauen absolut verrückt machen. Eine Antwort habe ich auch noch nicht bekommen. Sind Sie nun verheiratet? Oder leben Sie nur mit jemandem zusammen?»

«Wie kommen Sie darauf?»

«Wären Sie es nicht, würde ich mich für meine Geschlechtsgenossinnen sehr schämen. Also, was Simon angeht – tja, da hätte ich Ihnen wohl lieber mit einem Taschentuch vor den Augen und im alten Bademantel die Tür aufmachen sollen – die Geliebte, die vor Gram von Sinnen ist, die man außen vor läßt, die ihren Kummer allein tragen muß. Verdammt und zugenäht, so sehr mochte ich den Typen auch wieder nicht. Und nein, es würde mir auch nichts ausmachen, wenn er tatsächlich andere gehabt hätte; die Virilität dazu hatte er weiß Gott. Ihr Blick gefällt mir nicht. Obwohl Ihr Anblick mir durchaus gefällt. Glauben Sie, daß ich lüge?»

«Wenn ja, dann kriegen Sie es bildschön hin.»

«Ah. Solange ich etwas bildschön hinkriege, ist mir ziemlich egal, was ich kriege.»

Jury beugte sich vor und drehte – liebkoste beinahe – den Krug. «Und Mord? Würden Sie den auch bildschön hinkriegen?»

Wenn sie die Luft anhielt, dann nicht etwa aus Angst, das wußte er, sondern weil ihr die Starrolle zusagte.

«Eins ist sicher, ich würde niemanden in einen Empire-Klappsekretär stopfen.»

«*Secrétaire à abattant.*»

«Wie?»

«Kein Klappsekretär.»

Das schien sie zu belustigen. «Ich verstehe durchaus etwas von Antiquitäten.»

«Ich auch.» Um Jurys Mundwinkel zuckte es. Vielleicht war sie seicht und dumm, aber er

184

entwickelte allmählich eine perverse Zuneigung zu Diane Demorney. «Wie würden Sie es also anstellen?»

«Das hängt ganz von den Umständen ab.» Sie zog die Zigarette aus der Spitze.

«Die Umstände sind vorgegeben.»

«Simon? Welches Motiv hätte ich wohl –»

«Die Rede ist nicht von Motiven, sondern nur davon, wie Sie es machen würden.»

«Belaste ich mich damit?»

Sollte er etwa sagen, ja, aber fahren Sie ruhig fort? «Nein. Ist doch nur ein Spiel.»

«Ha! Wenn Sie mich fragen, dann haben Sie zum letztenmal gespielt, als Sie fünf waren.» Sie lehnte sich zurück und blickte zur Decke, als sei sie tief in ihre Denksportaufgabe versunken. «Zunächst einmal müßte man Blutvergießen vermeiden. Allein die Vorstellung, Blut auf einem Seidenanzug von Armani –»

«Hat er den denn angehabt?»

Sie seufzte. «Glauben Sie im Ernst, daß Sie mich damit hereinlegen? Der Trick hat doch einen Bart. Simon hat nie etwas anderes als Armani getragen, einer seiner Anzüge ist aus sandfarbener Seide. Damit wollte ich dem Ganzen nur ein wenig Farbe geben.»

185

«Mmm. Weiter. Was also käme für Sie in Frage? Erwürgen? Vergiften?»

«Ersäufen. Ihn einfach betäuben und in einem der Ruderboote kentern lassen.» Sie beugte sich vor, das Kinn auf die geballte Faust gestützt. Der Martini wurde warm in dem Glas, das sie offenbar vergessen hatte. «Und eins können Sie mir glauben, ich würde nie etwas so total Abwegiges tun, wie die Leiche in ein Möbelstück zu verfrachten.»

«Aber wenn Sie sie verstecken wollten –»

«Also wirklich, Superintendent. Gleich hinter dem Häuschen gibt es einen absolut geeigneten See. Einfach rein damit. Ist schneller und simpler und sicherer. Ein Toter in einem *secrétaire* dürfte ein Zimmer binnen Tagen verpesten, oder? Obwohl ich mich mit Leichen nun wirklich nicht auskenne. Was die Methode angeht, wäre Erwürgen vermutlich das beste. Über die Einzelheiten müßte ich natürlich noch nachdenken. Ich skizziere das nur so in groben Umrissen.»

«Sagen Sie mir eines. Sie sind doch noch nie in Watermeadows gewesen. Woher wissen Sie dann, wo das Häuschen liegt?»

Sie blickte ihn an. «Sie versuchen die ganze

Zeit, mich hereinzulegen. Pfui über Sie, nachdem ich Ihnen schon die halbe Arbeit abgenommen habe. Simon hat mir das Haus natürlich *beschrieben*.»

«Bis hin zu den Ruderbooten?»

Sie seufzte. «Also gut. Ja, wir hatten ein paar heimliche Tête-à-têtes – die Wortwahl sagt Ihnen gewiß zu – in dem Sommerhaus da.»

«Was hat er Ihnen über seine Frau erzählt?»

«Dasselbe, was mir alle Männer erzählen. Ein kleiner Blaustrumpf, eine kleine Transuse, aber mit –» und hier blitzten ihre Zähne weiß auf – «recht viel Knete. Sieht so aus, als ob er sich lieber mit der Transusigkeit abgefunden hat, als die Moneten sausen zu lassen.» Sie starrte ihn an. «Mein Gott, Superintendent, Sie haben das Ladenmädchen in mir wieder zum Vorschein gebracht. Diese Ausdrücke habe ich ewig und drei Tage nicht mehr gebraucht.»

«Sie haben doch selbst recht viel Knete, Miss Demorney.» Er lächelte. «Für Sie hätte er doch sicherlich seine Frau sausenlassen.»

Es amüsierte ihn, daß sie diese Schmeichelei als ernsthaftes Kompliment nahm. Diane Demorney besaß nicht ganz soviel von alledem, wie sie sich einbildete – Geist, Geld, Schönheit. «Oh, danke. Ich wollte Simon allerdings gar nicht haben. Und von meiner Art Geld war sowieso nicht die Rede. Die Rede ist von richtigem Geld. Die Art Geld, das schon so lange vorhanden gewesen ist, daß es wie eigens für die Leans geschaffen scheint, maßgeschneidert wie eine neue Garderobe. *Geld*, Superintendent, falls Sie wissen, was ich meine.»

«Nicht bei meinem Gehalt.»

Sie beugte sich vor, damit er ihr die Zigarette anzünden und einen tieferen Einblick ins Dekolleté tun konnte. «Aber, aber, Superintendent, Ihnen steht der Sinn doch nicht etwa nach mehr?»

«Doch, er steht mir unentwegt.»

«*Das* muß aber anstrengend sein.»

Er war froh, daß Wiggins nicht dabei war und sich Notizen machte. «Hat er Ihnen erzählt, daß sich seine Frau scheiden lassen wollte?»

«Hannah? Sich von Simon scheiden lassen? Daß ich nicht lache. Wie kommen Sie eigentlich auf die Idee, daß ich als einzige aus dem Ort das Sommerhaus besucht habe?»

«Auf wen spielen Sie an?»

«Namen kriegen Sie aus mir nicht heraus, Superintendent.»

«Das ist Verdunklung.»

«Sagen Polizisten wirklich solche Sachen? Nun denn, wenn Sie so unheimlich scharf auf einen Mörder sind, dann spiele ich vielleicht mit, spaßeshalber. Aber wie gefällt Ihnen meine Theorie?»

«Scheint absolut plausibel zu sein, Miss Demorney.»

Sie drückte den Martini-Krug an den Busen, als wäre sie eine heiratsfähige Jungfrau und zur Salbung angetreten, und sagte: «Ach, nennen Sie mich doch Diane, ja? Eins steht jedenfalls fest, meine Theorie ist weitaus plausibler als das, was passiert ist.» Verärgert griff sie jetzt nach ihrem Glas, schüttete den Inhalt in den Kamin und schenkte sich aus dem Krug nach. «Nicht auszudenken, daß jemand zu so was fähig ist; damit hat er doch die Aufmerksamkeit geradezu auf sich gezogen. Man sollte meinen, jemandem war sehr daran gelegen, daß die Leiche gefunden wurde.»

«Ja, das sollte man wirklich.»

Constable Pluck hatte in seiner Rolle als Long Piddletons einziger Polizist und somit Lordschlüsselbewahrer von Truebloods Antiquitätengeschäft mehrere Zentimeter an Größe zugelegt (im Geist jedenfalls). Zwar hatte Superintendent Pratt Neigung gezeigt, sie zurückzugeben und Trueblood zu gestatten, den Laden aufzumachen, doch Pluck klammerte sich daran, solange es ging, und hatte sich den wuchtigen Ring durch eine Öse im Hosenbund seiner Uniformhose gezogen.

Im Augenblick klapperte er damit und wippte dazu auf zwei Beinen seines Stuhls. Die Füße hatte er ganz dicht neben Jurys gesenktem Gesicht auf seinem hölzernen Schreibtisch deponiert. «Schwer auszuklamüsern, was, Sir?»

Jury studierte gerade die Reste des blauen Papiers, die man in der Asche des Kamins im Sommerhaus gefunden hatte. Dem Experten für Urkunden war es im unweit von Northampton gelegenen Labor nicht gelungen, den Brief zu rekonstruieren. Er hatte den Umfang des verbrannten unteren Teils anhand des angesengten oberen berechnet, desgleichen auch noch den Abstand zwischen den Wörtern, wobei er die wenigen verbliebenen Buchstaben zu Hilfe genommen hatte. Die hatte er dahin gerückt, wo sie wahrscheinlich ursprünglich gestanden hatten – Buchstaben und Wörter in Reih und Glied. Das Wort *Pub* stand dort, gefolgt von einem *b*, dann folgte ein Brandloch, dann ein *d* und das Wort *Kirche*. «Wissen Sie, wo Mr. Plant ist?» fragte Jury, ohne den Kopf zu heben, während er die Wörter durch die Schutzfolie studierte. «Rufen Sie bitte in Ardry End an.»

Pluck gefiel es nicht, zum bloßen Sekretär degradiert zu werden, das wurde an seinem tiefen Seufzer deutlich und auch an der Unlust, mit der er den Hörer abnahm. Als er endlich Plants Butler Ruthven in der Leitung hatte, teilte der ihm mit, daß sich Plant in die Plague Alley begeben hätte.

Pluck legte den Hörer wieder auf und meinte weise: «Ich an Ihrer Stelle würde ihm das mal zeigen. Mr. Plant löst Kreuzworträtsel; der ist gut im Ausfüllen von leeren Stellen.»

Genau dieses wähnte Melrose gerade zu tun. Er saß da, lauschte seiner Tante und trank Tee, der todsicher schon seit dem frühen Morgen gezogen hatte.

«Siebenundzwanzigtausend Pfund!» Sie saß wieder auf demselben Stuhl und fuchtelte Melrose mit einem Zeitungsausschnitt vor dem Gericht herum.

«Was hat das mit mir zu tun?»

«Hast du denn nicht zugehört? Ist für einen *Titel* gezahlt worden, Plant. Und *du* bist weitaus mehr wert!»

«Soviel Gefühl hast du ja noch nie an den Tag gelegt. Ich bin gerührt.» Er prüfte den Bodensatz seines Tees.

«Doch nicht du! Deine Titel. Wenn Titel auf einer Auktion derart viel Geld bringen, nicht auszudenken, was du mit deinen hättest anfangen können!» Sie rückte ihre Halbbrille zurecht und rasselte Summen und Käufer herunter. Ein Ägypter hatte sich für sechzehntausendfünfhundert Pfund den Titel Lord of Mumsby und die Herrschaft über Thrysglwnyd Manor unter den Nagel gerissen. Und mit sechsunddreißigtausend hatte ein Amerikaner den Vogel für etwas abgeschossen, das entfernt mit

Abraham Lincoln zu tun hatte. «Und du hast deine einfach so *weggegeben*.» Sie funkelte ihn böse an.

«Nicht an einen Ägypter, wenn ich mich recht entsinne. Und ich habe sie auch nicht weggegeben. Ich habe sie *auf*gegeben. Das ist ein Unterschied.»

Der Unterschied kratzte sie nicht. «Du hättest *reich* sein können.»

Er gähnte. «Ich *bin* reich. Ich weiß nicht, aber die Vorstellung, meine Titel zu verauktionieren, kommt mir ein bißchen zu sehr vom Zeitgeist geprägt vor. Hast du mich deswegen herzitiert? Bei Ruthven hast du den Eindruck erweckt, du wärst schon wieder mit einem Schwein zusammengestoßen.»

«Na ja, es hat tatsächlich mit meinem Fall zu tun.» Sie beugte sich vor, um den Verband an ihrem Knöchel zurechtzurücken. «Ich dachte, du würdest vielleicht gern Angus Horndean zuziehen wollen –»

Von Horndean, Horndean und Finch, dieser ungemein korrekten und ungemein kostspieligen Anwaltssozietät, die seine Familie schon seit hundert Jahren betreute. Melrose lehnte sich zurück und betrachtete in Ruhe das Geiß-

blatt, welches die kleinen Fensterchen über-
wucherte. Dann fiel sein Blick auf die Decke
mit den niedrigen Balken, und er sah die
Spinnweben, die Mrs. Oilings nach dem Motto
‹Leben und leben lassen› tolerierte. Er mußte
sich eine vernünftige Antwort auf diesen albernen Vorschlag einfallen lassen. «Angus Horndean hat, was das Abfassen von Schriftsätzen
zur Strafverfolgung von Gipsschweinen angeht, nur mäßige Erfolge aufzuweisen, Agatha.»

«Als ob ich nicht gewußt hätte, daß du diesen Ton anschlagen würdest.»

Gerade als er sie zum x-tenmal daran erinnerte, daß es entweder überhaupt kein Fall
oder bestenfalls ein Bagatellfall war, klingelte
das Telefon. Er schoß beinahe hoch, um abzu-
nehmen, und zu seiner Erleichterung hörte er
Jurys Stimme. «Sofort», sagte Melrose und
hatte es so eilig, Spazierstock und Trenchcoat
einzusammeln, daß er fast den Hörer fallen
ließ.

«Pub bei einer Kirche», sagte Melrose. «Pub bei *der* Kirche.» Er und Constable Pluck beugten sich über den angesengten Brief. «Das grenzt es auf rund tausend Möglichkeiten ein.»

Jury beauftragte Pluck, ein Faksimile des Briefes aus Northampton zu holen, und sagte: «Vielleicht doch nicht. Entweder ist es E eins oder E vierzehn, das grenzt es auf Wapping, Stepney, Whitechapel und Limehouse ein.» Er legte den Brief beiseite und sagte zu Melrose: «Dieser neue Pub da, den Sie erwähnt haben. Knöpfen wir uns doch mal den Geschäftsführer vor, ja?»

12

DAS HINWEISSCHILD «Zum Blauen Papagei» dräute, einem Habicht gleich, über der Straße nach Northampton. Wer auf einer fröhlichen Zechtour war, mochte die Malerei für eine tanzende Zigeunerkapelle halten, die eine Karawane anführte. Kam man näher, wurden die Gestalten deutlicher und lebensechter. Ein riesiger, gen Osten gerichteter Pfeil wies den

Autofahrer auf eine morastige, zerfurchte Straße, die nicht sehr einladend wirkte, es sei denn für einen Bauern auf der Suche nach verirrten Kühen.

«Der ‹Blaue Papagei›. War das nicht Sidney Greenstreets Kneipe, die in *Casablanca*? Und der einzige Papagei, den ich ausmachen kann, der hockt da im Hintergrund jemandem auf dem Kopf», sagte Melrose.

«Wie macht er hier draußen bloß Geschäfte?» Jury musterte das riesige, bizarre Schild, das eins dieser verräucherten Cafés mit Perlenvorhängen, dürftig bekleideten Damen und dunkelhäutigen Männern mit Augenklappe oder Messer zwischen den Zähnen suggerieren sollte – eins, bei dem man an Tanger und die Kasba denken mußte und das es wahrscheinlich nie gegeben hatte.

Melrose gab Gas, und der Silver Ghost glitt so sanft über die aufgeweichte Straße, als wäre sie ein Stück Satin. «Er kommt ganz gut zurecht. Die ganze Jugend aus Dorking Dean und sogar noch aus Northampton ist felsenfest davon überzeugt, daß es sich um eine Opiumhöhle handelt. Nein, nein, er dealt nicht. Das ist lediglich Wunschdenken. Sie laufen ihm die

Bude ein, rauchen, was immer sie in die Finger kriegen, trinken sein Selbstgebrautes und glauben, sie sind in Kairo oder da, wo früher Peter Lorre mit dunkler Sonnenbrille auftauchte. Der Laden stand seit Jahr und Tag leer, war fast baufällig. Sly hat ihn für ein Butterbrot gekauft, ihn dann aufgemotzt und sich der Kampagne für echtes Ale angeschlossen.» Vor ihnen lag der Pub, ein leuchtend blau getünchtes, doch ansonsten nichtssagendes Gebäude, das sich im Schein der untergehenden Sonne inmitten golden leuchtender Stoppelfelder erhob. In dem eigenartigen Licht, ohne den Schutz der Bäume, aus dem sie gerade herausgefahren waren, schimmerte der «Blaue Papagei» wie eine Fata Morgana.

Plant hielt auf dem runden Hofplatz, der mit fast schon vom Erdboden verschluckten Backsteinen gepflastert war. In einem ausgetrockneten Wasserbecken nahmen Vögel ein Staubbad. Der Silberglanz des Rolls und ein Sonnenstrahl, der sein Dach flimmern ließ, trugen noch zu dem Fata-Morgana-Effekt bei. An dem dunklen Balken über der Tür hing noch ein Wirtshausschild, gottseidank kleiner, doch ebenso vielsagend. Es stellte eine verschleierte Dame mit juwelengeschmückter Stirn und einen Mann mit Turban und Pluderhosen dar, die gerade ein Lokal betreten wollten, das sicherlich als schwülduftende Lasterhöhle gedacht war. Wie im nachhinein hatte man auf einer Seite noch ein angepflocktes Kamel hinzugefügt, so als wäre es nur mal eben dort angebunden worden, derweil jemand einkaufen ging.

«Ist dieser Mr. Sly nun Araber oder Alexandriner?»

«Er ist aus Todcaster. Vor Jahren war das hier mal der Pub ‹Zum Schwein mit der Pfeife›. Er hat einfach das Schwein abgenommen und das Kamel aufgehängt. Er scheint eine Vorliebe für die Wüste zu haben.»

Eine schöne Untertreibung, dachte Jury. Er war fast bereit zu glauben, jeder käme hier auf dem Rücken eines Kamels angeritten. An der Decke des «Blauen Papagei» wühlten sich knarrende Ventilatoren durch das kühle Dunkel, falsche Palmen wedelten in verlassenen Ecken, und eine Kamelkarawane in Goldtönen zog über dem oberen Teil des langen Spiegels hinter der Bar ihres Wegs. Jeden der überall im Raum aufgestellten Tische aus Rohrgeflecht zierte ein kleines Plastikkamel, das in dem Häuschen auf seinem Rücken eine Streichholzschachtel barg. Zudem stand noch gleich hinter der Tür ein großes Papptier mit einem Höcker in Form einer Tafel, auf der das Tagesgericht notiert war. Verschaffte sich etwa Miss Crisp mit Gips- und Pappkreaturen einen flotten Nebenverdienst? Das einzige, was fehlte, war der blaue Papagei.

«Kann sein, daß er ihn zum Ausstopfen weggegeben hat», sagte Jury.

«Hauptsache, er ist nicht das Tagesgericht», sagte Melrose. «Sehen Sie sich das an –» Melrose tippte mit der Spitze seines Spazierstocks auf den mit Kreide beschrifteten Höcker. «Arabische Schrift – na ja, sagen wir, etwas, das entfernt den Eindruck von Arabisch macht.»

Jury kniff die Augen zusammen und versuchte sich an einer Übersetzung. «‹Kifta Mishwi›; was zum Teufel ist das?»

«Die Kamelcreme nehme ich aber», sagte Melrose und steuerte auf die Bar zu.

«‹Karamelcreme›», rief Jury ihm nach, stellte dann aber fest, daß es glücklicherweise auch Makkaroniauflauf gab, desgleichen ein paar Sandwiches. Er folgte Melrose.

Durch den Perlenvorhang am anderen Ende tauchte ein hochgewachsener Mensch auf. Nun, vielleicht eher ein langes Elend als hochgewachsen. Trevor Sly hatte sich offenbar zuviel mit Kamelen abgegeben, und nun glich sein Gesicht ein wenig dem des Dromedars an der Tür – lang, hohlwangig, dazu köterbraune Augen mit leichtem Silberblick, die den gespenstischen Eindruck erweckten, er könnte alles mit einem Blick erfassen. Von den Handgelenken schlackerten magere Hände, denn er ging mit etwas angehobenen Unterarmen, als schlafwandele er. Jury konnte ihn sich draußen auf dem Feld vorstellen, als Vogelscheuche nämlich, die abgeschlafft über ihren Morgen Land wachte. Doch sein Blick war so scharf, daß Jury argwöhnte, sein Kopf sei durchaus nicht mit Stroh gefüllt.

«Meine Herren, meine Herren. Freut mich, freut mich. Ah, Mr. Plant von Ardry End. Nein, diese Freude, diese Freude. Bekommen uns kaum zu Gesicht, was?» Sly konnte mit Wörtern genauso wackeln und knacken wie mit den langen Fingern.

«Nein», sagte Melrose.

«Und mit wem habe ich hier die Ehre?»

fragte Trevor Sly und streckte Jury eine kraftlose Hand Marke toter Fisch hin. «Mr. Jury», sagte Melrose und blickte Sly so fest ins Auge, als wollte er dessen Silberblick auf diese Weise korrigieren.

Jury lächelte. Anscheinend ließ sich Melrose die Worte so aus der Nase ziehen, weil er ein Gegengewicht zu Slys überschwenglichem Redefluß herstellen wollte. «Ich bin von Scotland Yard, Kriminalpolizei, Mr. Sly.» Er zeigte ihm seinen Dienstausweis.

Der Mann warf die mageren Hände hoch und sagte: «Guter Gott! Ist das nicht *entsetzlich*? Ein Mörder, hier, mitten unter uns?» Sein Ausdruck wurde der entsetzlichen Situation nicht gerecht. Er schien sich dabei ganz kregel zu fühlen.

«Nur ein paar Fragen», sagte Jury.

«Und zu essen», sagte Melrose. «Ich bin am Verhungern.»

«Gewiß, gewiß, die Herren. Also, mein Menüvorschlag für heute abend –»

«– ist etwas, wovon ich noch nie gehört habe.» Melrose studierte die Speisekarte an der Bar. «Ich nehme es. Und ein Old Peculier. Mr. Jury dürfte wahrscheinlich das Kibbi Bi-

Saniyyi zusagen.» Melrose schob die Speisekarte in den Spalt zwischen Senftopf und Serviettenhalter.

«Ein Roastbeef-Sandwich mit Meerrettichsoße», sagte Jury. «Und ein Glas von Ihrem Tanger-Bier.»

Melrose zog die Stirn kraus. «Dann bringen Sie mir beides.»

«Eine gute Wahl; ich habe etwas übrig für Abenteurer. Und wollen Sie nicht die Kairo-Flamme probieren, Mr. Plant?»

«Nein, danke. Das zählt zu den Abenteuern, die ich mir verkneifen kann.»

Trevor Sly genoß das Geplänkel ganz offensichtlich ebenso wie einen guten Schluck vom selbstgebrauten Bier. Nun konnte er seinen Gästen erzählen, daß Scotland Yard im Dienst mit den feinen Pinkeln aus der Gegend trank. «Dann hole ich Ihnen rasch das Essen», sagte er und zapfte ihnen das Bier mit einer flockigen Schaumkrone, während das leicht perlende Tanger-Bier potteben blieb.

Jury trank einen tüchtigen Schluck und fiel fast vom Hocker. «Nicht von Pappe.»

Während Melrose die Spiegelkamele betrachtete, wandte Jury seine Aufmerksamkeit der gegenüberliegenden Wand zu. Unter den Fotos war eins mit dem edlen Profil von Lawrence von Arabien dicht neben dem ebenso edlen von Peter O'Toole. Diese Fotomontage zeigte, wie er über einer schwarzen Linie von Eisenbahnwaggons vor einer endlosen Weite von Wüste und Himmel wanderte. Für Trevor Sly lag Arabien wohl gleich um die Ecke von Indien, denn das zweite Filmposter warb für die *Reise nach Indien* und zeigte eine lange Karawane mit Dame Peggy Ashcroft hoch zu Kamel, mit der ihr eigenen Aura von Einfühlsamkeit und Unbesiegbarkeit. Die Poster hingen Seite an Seite; seltsamerweise glich die Kamelkarawane der Linie der Güterwagen. Obwohl sich die dunkle Karawane und der Zug unausweichlich aufeinander zuzubewegen schienen, waren die Linien auf den Postern doch so angebracht, daß sich Peggy und Peter niemals treffen würden.

Jury fand das furchtbar traurig und drehte sich wieder zur Bar.

In diesem Augenblick kam Trevor Sly zurück, und statt auf einem Tablett balancierte er ihre Teller mit Essen und Gewürzen auf den Armen. Lang wie sie waren, hätten sie wahrscheinlich sechs Gedecken Platz geboten. Er setzte die Teller vor ihnen ab, desgleichen die in Servietten eingerollten Bestecke, und zapfte sich eine Kairo-Flamme. Als er dann auf dem hohen Hocker saß, konnte er seine Beine wie Seile ineinanderwinden. Sein Gezappel und Geschlängel erinnerte Jury an einen rastlos rührenden Löffel im Eintopf.

Melrose musterte stirnrunzelnd seinen Teller. «Das ist ja nur Rinderhack mit Pommes. Ißt man das etwa im Sudan? Und das da –» er stocherte lustlos auf dem zweiten Teller herum – «unterscheidet sich in nichts von dem da.» Er gab dem ersten Teller einen Stoß.

«Was die Grundzutaten betrifft, ja. Leider sind mir Weinblätter, Pita-Brot und Holzkohle ausgegangen.»

«Ich kann mir gar nicht vorstellen, wieso», sagte Melrose und entrollte sein Besteck.

«Haben Sie Simon Lean gekannt, Mr. Sly?» fragte Jury.

«Ja. Er ist mehrmals hiergewesen. Gibt dem Ganzen ein bißchen Schick, nicht wahr, so jemand von Watermeadows.»

«Allein?»

«Ja, zwei- oder dreimal. Und dann einmal

mit seiner Frau und einmal mit dieser Schreib-
tante, dieser Joanna Lewes.» Es war offensichtlich, daß er das für einen saftigen Bissen hielt.

Was es auch war. Melrose hörte auf, das
Hackfleisch auf dem Teller herumzuschieben,
und blickte Sly von unten her an. «Was? Sind
Sie ganz sicher, daß es sich tatsächlich um Miss
Lewes gehandelt hat?»

«Aber ja doch. Ich habe all ihre Bücher gelesen, und ihr Foto ist immer hinten drauf.» Sly
trank noch einen Schluck von seiner Kairo-
Flamme. «Gesichter vergesse ich nie; das gefällt den Gästen.» Er zog sich auf seinem
Hocker etwas näher heran und entringelte
sich. «Es war kurz nach drei und sonst keine
Menschenseele hier. Da drüben haben sie gesessen –» er deutete mit dem Kopf zu einem
Tisch in der Ecke neben einer der falschen Palmen – «und ich konnte nichts hören, aber ich
möchte behaupten, sie wirkte etwas unglücklich. Ja, ich würde sogar behaupten, daß sie
ganz und gar nicht glücklich wirkte. Ganz und
gar nicht.» Er verknotete die Finger, und seine
Stirn faltete sich wie ein Akkordeon, so mühte
er sich ab herauszufinden, warum die Lewes
unglücklich gewesen war. «Ich sage damit

nicht, daß ich etwas gehört habe. Nur wie sie aussah, wissen Sie; wie angespannt sie dahockte.»

«War es das einzige Mal?» fragte Jury.

«Ja. Ehrlich gesagt, es hat mich wirklich erstaunt. Ich meine, sie ist nicht gerade eine Augenweide, was? Schon ganz nett, aber er gehört doch zu der Sorte – na ja, man hört so manches, oder?»

«Und das wäre?» fragte Jury, während er Melroses scharf gewürztem Gericht den Garaus machte.

«Mr. Lean weiß Frauen zu schätzen, sagt man.» Sein Lächeln glich abgeknickten Zweigen, dünn und winzig um die Mundwinkel herum, ausgefasert in der Mitte.

«Irgendeine spezielle Vorliebe?» fragte Melrose, der sein kaum angerührtes Essen beiseite geschoben hatte.

«Mir ist zu Ohren gekommen, daß zwischen ihm und dieser Demorney was am Laufen sein sollte.»

«Kennen Sie sie?» fragte Jury.

«Vom Sehen. Ist ein-, zweimal allein hiergewesen. Aber nie mit ihm. Gräßlich kalt, wenn Sie mich fragen. Aber wer weiß, manche mögen's vielleicht so.» Jetzt fuhr er sich über sein schütteres Haar, brachte dabei die kunstvoll über einer kahlen Stelle angeordneten Strähnen durcheinander und machte mit Watermeadows weiter. «Da gibt es nämlich nur die drei. Kein richtiges Personal, und das bei so einem großen Haus. Bloß der alte Butler und der Gärtner, der ab und an kommt, wenn ihm danach ist. Wohnt hier an der Straße. Joe Bream, so heißt er. Seine Jewel hilft mir beim Kochen, wenn's hier heiß hergeht. Die geht viermal die Woche nach Watermeadows, und in der übrigen Zeit leben sie dort wohl von den Resten. Ein richtiges Spukhaus, sagt sie. Meistens sieht sie keine Menschenseele. Die Frau bleibt für sich und die alte Lady auch. Jewel hat mir erzählt, das erinnert sie an diesen Horrorfilm, wo jeder über Mutter redet, aber gar keine da ist. Da werden bloß die Seelen der Leute in dieses Zimmer gesaugt oder so. Richtig unheimlich ist das, sagt Jewel.»

Bei der Vorstellung, Lady Summerstons Zimmer könnten Menschen die Seele aussaugen, mußte Jury lächeln. «Erzählen Sie Mrs. Bream doch mal, daß es Lady Summerston wirklich gibt. Sie sagen, diese Jewel kocht für

Sie?» Jury schrieb etwas in sein kleines Notizbuch. Als Sly nickte, fragte er: «Dann hat also sie dieses köstliche Gericht zubereitet?» Er wies mit dem Kopf auf den Teller und steckte den Kugelschreiber wieder ein.

«Nein, das nun auch wieder nicht. Das Kibbi Bi-Saniyyi mache ich selbst, und wenn Sie mich fragen, besser kriegen Sie es nicht von hier bis zum Libanon.»

«Ich krieche auf den Knien hin», sagte Melrose.

Jury lächelte. «Es ist sehr gut, Mr. Sly. Sehr ... exotisch.»

Trevor Sly wand sich etwas bei dem Kompliment und ließ sich vom Hocker gleiten. «Es ist ein Vergnügen, es für jemanden zuzubereiten, der gutes Essen zu schätzen weiß, Mr. Jury. Die Briten hängen zu sehr an Roastbeef und Kartoffeln. Jetzt müssen Sie aber noch meine Kairo-Flamme probieren, nur einen kleinen Schluck.» Er hantierte an den Zapfhähnen.

«Er ist schon sternhagelvoll», sagte Melrose, zückte sein Zigarettenetui und reichte es herum.

«Leider reicht die Zeit auch nur für einen kleinen Schluck», sagte Jury. «Wir müssen uns auf den Weg machen.» Er griff nach seinem Notizbuch.

Vor ihm wurde ein eigentümlich sämiges Gebräu abgesetzt, und Jury trank den Schluck zu schnell. Ein Gefühl, wie es Sergeant Wiggins für einen Asthmaanfall beschrieb: Anstatt frei atmen zu können, schienen ihm zwei Bretter die Luftröhre immer enger zusammenzupressen. Er sagte mit belegter Stimme: «Ein wunderbares Getränk für Schwertschlucker, Mr. Sly.»

Trevor Sly strahlte und meinte: «Ich sag's ja, meine Kairo-Flamme übertrifft jede Medizin. Pustet die Stirnhöhle besser durch als extrascharfer Senf.» Er schnippte mit den Fingern.

«Mein Sergeant wäre davon sicher hin und weg», sagte Jury.

13

«Wrenns Büchernest» war der vergoldeten Kursivschrift unter dem Namen zufolge auf antiquarische Bücher und Buchbinderei spezialisiert. Es befand sich in einer ehemaligen

Autowerkstatt. Die Fassade jenes Geschäfts hatte früher aus einer grün-verblichenen und schmierigen Garagentür bestanden, die ständig offenstand. Dazu ein ewig schlafender Wachhund nebst Petunien in einem braunen Eimer, die stets kurz vor dem Vertrocknen waren. Der Eigentümer hatte sie dort hingestellt, um den Laden ein bißchen aufzupeppen – er hielt sich nämlich für ein As in Dekorationsfragen.

Aber Melrose hatte das weit mehr geschätzt als das aufgemotzte, weißgetünchte, mit schwarzen Balken verzierte Äußere von Theo Wrenn Brownes renoviertem Geschäft. Die Lage war für Theo Brownes Zwecke ideal, da sich sein Laden auf der High Street befand; gegenüber von Truebloods Antiquitäten (ebenso rundbogig, jedoch angenehm ausgereift und echt Tudor) und Wand an Wand mit Miss Crisps Trödelladen, den Browne zu gerne übernommen hätte. Zwei Häuser weiter auf der anderen Seite war die Schlachterei, deren kleine Problemchen Stadtgespräch gewesen waren, bis jetzt etwas viel Interessanteres sie abgelöst hatte.

Auf dem Weg zum Schaufenster hätte er bei-

nahe die große Schale mit Alpenveilchen um-
gestoßen. Nun starrten sie beide auf die Auslage. Jury meinte, der Antiquariatsbesitzer ver-
stünde etwas von Erstausgaben, aber ebenso
offensichtlich wüßte er, wo sein Weizen blühe.

«Der hat von nichts eine Ahnung», sagte
Melrose. «Ganz sicher nicht von Büchern, und
das ist auch einer der Gründe, warum er Marshall Trueblood nicht ausstehen kann.» Die
Auslage bestand aus Bestsellern, ein paar briti-
schen und ein paar amerikanischen Rennern
und ein, zwei «literarischen» Bänden, die für
den Booker-Preis nominiert waren; aber keine
Spur von Joanna Lewes. Der Stephen King sah
so dick aus, als könnte sich Agatha darüber
beide Knöchel brechen.

«Da ist eins von Polly», sagte Jury und deu-
tete mit dem Kopf auf die Auslage. «*Fünf falsche
Verteidiger*. Klingt, als sei es von Dorothy
Sayers.»

«Ist es aber nicht. Na ja, sicher soll es so klingen, aber in puncto Stil ist Polly nicht gerade
eine Kanone. Sie sagt, mit dem Buch da habe
sie sich völlig verausgabt. Ich habe ihr geraten,
Schluß zu machen mit dem hysterischen Getue
und sich eine neue Frisur zuzulegen. Da ist die

211

neue Elizabeth Onions.» Er zeigte auf ein paar Bücher, die so ausgestellt waren, daß man sowohl den Titel als auch Elizabeths verwegenes Gesicht sehen konnte, wobei ihr zurückgekämmtes Haar wesentlich fester gerafft war als ihre Romanhandlungen. Einst war er auf einer Party mehrere Tage in Durham eingeschneit gewesen, hatte dort Bekanntschaft mit ihren Büchern gemacht und diese hinreißend scheußlich gefunden. Sicherlich würde dieses hier ihn ebenfalls nicht enttäuschen. Da auch Polly Pread Krimis schrieb, fühlte er sich verpflichtet, die Schlechtesten dieser Gattung zu lesen, damit Pollys Bücher sie übertrumpfen konnten.

«Da ist er, Pech hoch zwei», sagte Melrose, als Theo Wrenn Browne aus dem Dämmer seiner Werkstatt auftauchte und sich so nahe am Fenster niederließ, als gehöre er zur Auslage.

Theo Wrenn Browne schien ganz außer sich vor Freude, daß Melrose Plant und ein Superintendent der Polizei ihm einen Besuch abstatteten.

Er hockte auf einer niedrigen Leiter und hatte sich mit italienischen Ledersandalen und einem seidigen Hemd im Patchworkmuster ausstaffiert. Rauch wölkte von seiner Zigarre hoch. «Melrose! Sie habe ich nicht mehr zu Gesicht gekriegt, seit ich *Lady Windermeres Fächer* gebunden habe.»

Melrose seufzte. Dieser Mensch datierte Ereignisse nicht nach Wochen- oder Feiertagen, sondern nach Erstausgaben und Vorsatzblättern. Er nickte und hätte beinahe gegähnt. Bei Theo Wrenn Brownes albernem Getue überkam ihn immer unwiderstehlich die Lust, im Stehen einzuschlafen. «Das ist Superintendent Jury. Er hätte sich gern mit Ihnen unterhalten.» Damit wanderte er zu den Büchern hinüber.

Es waren noch zwei weitere Kunden da; eine Frau, die aus einem hochglanzkaschierten Kochbuch ein Rezept abschrieb, und Miss Alice Broadstairs, welche die Gartenabteilung in ein Schlachtfeld verwandelte. Sie schaffte es, hier einer Seite ein Eselsohr beizubringen, dort einen Schutzumschlag einzureißen, als trüge sie dornenbesetzte Handschuhe.

Melrose stieß sich den Kopf an den malerischen, niedrigen Balken und das Schienbein an einem vorstehenden Metallregal für Taschenbücher, bis er endlich die Krimi-Abteilung erreicht hatte. Ecken und Winkel, eine knarrende Treppe und alles mit Postern und Schutzumschlägen dekoriert, das war Theo Wrenn Brownes Vorstellung von einer Buchhandlung. Melrose wäre die alte Garage lieber gewesen. Warum hatte er sie nicht selbst gekauft? Dann hätte er die Wände völlig nackt und kahl gehalten, nur funktionelle Regale aufstellen und das Ganze «Bücherschuppen» nennen können. Sogar Mindy hätte als Wachhund mitmachen können. Na ja, zu spät. Er nahm sich *Die Maibaummorde* von Elizabeth Onions, und schon im ersten Absatz starb ein Oberstleutnant Fisher von der Luftwaffe. Hatte sich was mit Karriere für den Oberstleutnant.

Melrose wanderte weiter zur hehren Literatur in Leder mit Goldprägung.

Theo Wrenn Browne war *am Boden zerstört*.

So ähnlich jedenfalls drückte er sich aus, als die Rede auf die *gräßliche* Entdeckung von Simon Leans Leiche kam. Daß sich der Leichnam auf Truebloods Grund und Boden gefunden hatte, schien ihn nicht mit ähnlichem Entsetzen zu erfüllen. «Pech für Marshall», sagte er höflich und hielt ein Stück Kalbsleder vors Licht, so wie ein Fotograf Negative prüft.

Theo erhob sich von seinem Leiterausguck, und Jury lehnte sich an den Ladentisch, der kaum größer als ein Lesepult war und neben der metallenen Wendeltreppe stand.

«Haben Sie ihn gut gekannt, Mr. Browne?» fragte Jury und spielte dabei mit einem hübsch gebundenen Exemplar von *Der Monddiamant*.

«Sie meinen Simon Lean? Nein. Ich meine, so gut wie gar nicht. Er war nicht gerade eine Leseratte. Ich könnte nicht behaupten, daß ich ihn gekannt habe, nein –»

«Aber gut genug, um zumindest seine Lesegewohnheiten zu kennen.» Jury lächelte und legte das Buch wieder auf den Ladentisch.

«Was? Oh, nicht wirklich –» Theos Gesichtsausdruck war nicht zu erkennen, weil er unter dem Ladentisch in Papieren herumkramte. Dann sah er zu Jury auf und sagte aalglatt: «Das hat mir, glaube ich, Trueblood erzählt. Die Sache ist die...» Ungeachtet seines eigenen Hinweisschildes zündete er sich schon wieder eine schwarze Zigarre an und beugte sich vor, bis er auf Tuchfühlung mit Jury war.

«Trueblood kauft nämlich alte Ausgaben auf – meistens Schund, aber man kann nicht erwarten, daß sich ein Antiquitätenhändler mit allem auskennt, nicht wahr? – und folglich ist er mehrere Male in Watermeadows gewesen, um sich die Bücherei anzusehen. Von mir darf ich wohl behaupten, daß ich prinzipiell niemandem auf die Pelle rücke. Lady Summerston hängt sehr an den Büchern ihres Mannes. Trueblood freilich ist ziemlich aufdringlich.» Er ließ etwas Asche zu Boden rieseln und fuhr fort: «Wie auch immer, ich habe mich jedenfalls mit Trueblood unterhalten und ihm gute Ratschläge hinsichtlich einer stockfleckigen Erstausgabe gegeben, und ganz zufällig hat er dabei erwähnt, daß Lean sehr wenig lesen würde, was ein Jammer sei bei der schönen Bibliothek. Die alte Dame kann wegen ihrer Augen nicht viel lesen –» Jury hörte, wie jetzt Erbitterung in seinem Ton mitschwang – «und was die Gattin angeht, so dürften Thriller wohl eher ihren Geschmack treffen. Ich für mein Teil kann dergleichen nicht ausstehen. Aber man muß sich nun mal nach seiner Kundschaft richten.»

«Dann kennen Sie also Mrs. Lean.»

«Nein, nur ihn. Simon.»

«Haben Sie ihn gut gekannt?»

«Nicht sehr gut.» Jetzt stieg er wieder auf seine Leiter, reckte den Hals und sah argwöhnisch in den hinteren Teil des Ladens. «Diese Broadstairs ist eine richtige Landplage. Kauft nie was, macht sich nur Notizen. Man könnte glauben, ich hätte eine Leihbücherei.»

«Soviel ich weiß, war Miss Demorney mit Mr. Lean befreundet. Die kennen Sie doch, oder?»

Ein Elektroschock. Theo erstarrte, und die Knöchel der Hand, die immer noch das Kalbsleder hielt, wurden weiß. «Wenn Sie etwa andeuten wollen, daß Simon und Diane... Vermutlich ist Ihnen Klatsch zu Ohren gekommen...»

«Polizisten hören nun mal auf dergleichen.» Jury lächelte. «Aber ich will gar nichts andeuten. Ich möchte mir nur über gewisse Beziehungen Klarheit verschaffen.» Und daß Theo Simon Lean beim Vornamen nannte, deutete darauf hin, daß hier eine engere Beziehung bestanden hatte, als er zugab – eine, die er verbergen wollte. «Es gibt in Long Piddleton doch eine Schriftstellerin. Joanna Lewes, nicht wahr? Ihre Bücher habe ich aber nicht im Schaufenster gesehen.»

Zu schön, wie Theos Gesicht zunächst zum Fenster schnellte und dann wieder zurück zu Jury. Der besah sich gerade die Porzellanrepliken von Beatrix-Potter-Figuren und die ausgestopften Schmuseversionen von Maurice Sendaks freundlich aussehenden Ungeheuern, die überall auf den Regalen die Eltern zum Kauf verlocken sollten. «Sie haben wirklich ein prachtvolles Geschäft, Mr. Browne. Long Pidd dürfte froh sein, daß es eine Buchhandlung hat. Ein Dienst an der Gemeinschaft gewissermaßen.» Jury sah zu einem Porzellankätzchen auf, und ihm war zum Schreien zumute, aber er lächelte tapfer.

Theo Wrenn Browne biß sofort an, und der aschfarbene Ausdruck von Ärger auf seinem Gesicht wandelte sich zu freudiger Überraschung. «Wenn Sie mich fragen, es hat dem Dorf etwas gebracht. Man muß nicht mehr nach Sidbury oder gar Northampton, obwohl ich Northampton vorziehe. Die Geschäfte in Sidbury scheinen sich eher nach dem Geschmack der Zeitungs-Glückwunschkarten-Illustrierten-Leser zu richten. Nach Leuten, die

in der Bahnhofsbuchhandlung in Zweierrei-
hen anstehen, um gratis einen Blick in *Private
Eye* zu werfen.» Seine Augen wanderten zu
Melrose Plant, der soeben gratis einen Blick in
eine ganz andere Lektüre warf.

Nur daß Melroses Gratislektüre weitaus inter-
essanter war als alles, was eine Bahnhofsbuchhandlung zu bieten hatte. Er betrachtete die
Matisse-Zeichnung, die florale Einfassung,
dann den neuen Einband, die schönen Vor-
satzblätter und schüttelte langsam und ver-
wundert den Kopf. Das mußte man dem Mann
lassen, Nerven hatte der, das Buch genau vor
der Nase der Polizei zu verstecken.

Die Zeichnungen waren Originale von Matisse. Sie allein machten das Buch ausgesprochen wertvoll.

Da eine der beiden Signaturen auf dem
Deckblatt die von Matisse war, war es gewiß
ein kleines Vermögen wert.

Die andere Signatur war von James Joyce.
Damit war es vermutlich unbezahlbar.

«Sie machen sich also nichts aus Joanna Lewes' Büchern?» fragte Jury.

Theo gab einen erstickten Laut von sich. «Diese Null-acht-fünfzehn-Romane könnten auch von Affen geschrieben werden, und nicht mal die würden lange dafür brauchen.»

«Aber sie wird sehr gern gelesen. Gerade haben Sie doch gesagt, daß man den verschiedenen Geschmäckern Rechnung tragen muß.»

«*Geschmäckern*, Sie sagen es. Das Zeug von Joanna der Wahnsinnigen ist absolut geschmacklos.» Seine Augen schienen sich an Jury festzusaugen, während er ihm dichter auf die Pelle rückte. «Wissen Sie, daß die Frau Verträge für vier, sage und schreibe vier Bücher pro Jahr hat?»

«Und da rackere ich mich für das Gehalt eines Polizisten ab.» Jury betrachtete Sendaks *Wo die Wilden Kerle wohnen*. «Ich weiß nicht recht, aber vor jemandem, der ein Buch zu Ende schreibt, ziehe ich den Hut. Das ist nicht einfach.»

Theos Lachen schrillte. «Wem sagen Sie das. Ich habe für einen einzigen Roman fünf Jahre gebraucht.»

«Nie etwas daraus geworden?» Jury wußte,

was man anstellen mußte, damit Theo Wrenn Browne ungefähr so grün anlief wie die ausgestopften Ungeheuer, die durch ihre Reißzähne lächelten wie ein Kind mit Überbiß. Wie schaffte es Sendak nur, daß sie trotzdem so freundlich wirkten?

Browne schien vor Jurys Augen in sich zusammenzufallen, sich zu verflüchtigen. «O doch, wenn Joanna den Anstand gehabt hätte, das Manuskript...» Er verstummte, holte noch eine Zigarre aus der Blechschachtel und zündete sie an.

«Was war mit dem Manuskript?»

Er fummelte mit zitternder Hand an seinem Feuerzeug herum und sagte: «Sie hat sich geweigert, es ihrem Verleger zuzuschicken. Bennick's. Der bringt eine billige Reihe Liebesromane heraus –»

«Was für ein Zufall. Simon Lean stand auch irgendwie in Verbindung mit Bennick's.»

«Mit Veröffentlichungen hatte er nichts zu tun – er war in der Buchhaltung oder so ähnlich.» Theo hohnlächelte. «Simon hätte nicht mal den *Kahlen Adler* herausgeben können, er war grenzenlos unsensibel, was Sprache angeht.»

Jury legte das Ungeheuer, das er in der Hand gedreht hatte, auf den Ladentisch und sagte: «Mir scheint, Sie kannten ihn besser als nur ganz flüchtig.»

Theo drückte seine kaum angerauchte Zigarre aus. «Entschuldigen Sie mich, Superintendent, ich muß schließen.»

In diesem Augenblick tauchte ein Kind auf, das ein großes Buch die Treppe herunterschleppte. Theo musterte es kalt. Es trug einen blauen Trägerrock und hatte stämmige Beinchen; die Füße steckten in schmutzigen Turnschuhen. Der Scheitel des kleinen Mädchens reichte gerade an die Nußbaumplatte des Ladentisches heran und war unendlich weit entfernt von dem Leitergipfel des Besitzers, der mit eisiger Miene herabblickte. «Ich wußte gar nicht, daß du da oben warst; ich dachte, du wärst schon vor Stunden gegangen. Das hier ist keine Bücherei.»

Sie sah ihn nicht an und sagte kein Wort, legte nur das große Buch auf den Ladentisch. Dann öffnete sie ein Plastikportemonnaie, aus dem sie eine Handvoll Kleingeld holte. Das Buch war von Maurice Sendak. Jury dachte zwar, alles von Sendak gelesen zu haben, doch das Buch mit dem kleinen Mädchen kannte er nicht. Das Titelblatt zeigte ein junges Mädchen; das blasse Gesicht, die flachsfarbenen Haare erinnerten ihn so sehr an Carrie Fleet, daß er sich einen Augenblick lang körperlich krank fühlte. Ein geöffnetes Fenster mit wehenden Vorhängen und ein gewickeltes Baby riefen auf dem Gesicht der Heldin einen Blick von tiefer Traurigkeit hervor.

Das kleine Mädchen jedoch schaute keinesfalls traurig, als es das Buch in die Hände nahm und sein Geld auf den Ladentisch legte.

Theo Wrenn Browne seufzte, machte sich an den Abstieg und ging dann übertrieben bemüht daran, die Zehn- und Zwanzig-Pence-Stücke zu zählen.

Jury sah, wie das kleine Mädchen ihn im Auge behielt, während er ihr Buch betrachtete, und dann schien es Zutrauen zu ihm zu fassen, nahm das Buch und schlug eine Seite in der Mitte auf, die seine Lieblingsseite sein mußte, sonst hätte es sie nicht so schnell gefunden. Kleine Wichtel waren darauf zu sehen mit grauen Kapuzen und schwarzen Flecken statt Gesichtern. Sie kamen aus einem Fenster und trugen ein Bündel, das sich auf der nächsten

Seite als Eisbaby herausstellte. Sie sagte kein Wort. «Ich glaube, das andere Baby wird zurückgebracht.» Jury lächelte.

Sie stand da so merkwürdig auf Zehenspitzen, als wollte sie zu jenem fernen Gipfel hinaufreichen, von dem aus die Erwachsenen Gunst und Strafe zuteilten. Sie runzelte die Stirn. Das Bild ließ sie vorübergehend unwirsch aussehen; hatten ihr doch die Kapuzenwesen gerade das Baby gestohlen.

«Vielleicht mußte es aus irgendeinem Grund weggebracht werden», sagte Jury.

Das Mädchen riß die Augen weit auf. Diesen Gedanken mußte sie erst anhand früherer Erfahrungen mit Wichtelmännern überprüfen. In ihrem Blick lag eine Mischung aus Verwunderung und Erwartung, die auf eine wolkenverhangene, winddurchtoste Phantasiewelt jenseits aller irdischen Regeln deutete.

Sie landete unsanft wieder auf der Erde, desgleichen in gewissem Sinne auch Jury, als Theo Wrenn Browne mit seiner schrillen Stimme verkündete, sie habe nicht genug Geld. «Es fehlt noch ein ganzes Pfund fünfzig. Lauf zu deiner Mama. Ich lege das Buch für dich zurück. Aber hol es gleich morgen früh ab, sonst muß ich es wieder ins Regal stellen.» Damit er es verkaufen konnte, das war klar. «Es ist das letzte», setzte er hinzu und machte damit alles noch schlimmer.

Es war, als sei durch das geöffnete Fenster auf dem Buchumschlag etwas aus dem Raum geflogen – ein Mahagoniglanz, oder schräge Lichtstrahlen –, irgend etwas.

Auf einmal war es Jury zumute, als ob er hier durch Eis fiele. Er war überzeugt – mochte der Gedanke noch so abwegig sein –, daß Theo Wrenn Browne jeden ermorden könnte, ohne auch nur mit der Wimper zu zucken. Er griff in seine Tasche und sagte: «Mamas sind ja nicht immer zu Hause, was?» und warf eine Pfundmünze auf den Ladentisch. Mehr Kleingeld fand er nicht und bat Melrose um eine Anleihe von fünfzig Pence.

Melrose stellte das Buch wieder ins Regal und zückte seine Börse. Er kam mit der neuen Onions zum Ladentisch und drückte Jury eine Fünfzig-Pfund-Note in die Hand.

«Fünfzig Pence, nicht Pfund.»

«Geben Sie mir den Rest zurück», sagte er, deutete mit dem Kopf auf die Banknote und widmete sich wieder seiner Lektüre von dem

Gärtner und dem Wachtmeister, welche alle Röslein in *Maibaummorde* brachen und damit jedes Fitzelchen Beweismaterial vernichteten. Ein Polizeiwachtmeister, der sich nicht sofort mit seinen Vorgesetzten in Verbindung setzte . . . ?

Anscheinend genoß das kleine Mädchen die Situation, da sie nun mehr oder weniger unter dem Schutz von Jury und Melrose stand. Sie blickte mit großen Augen von einem zum anderen und schwieg sich weiter aus.

Melroses Augen ließen von der Seite ab und richteten sich auf das Kind, und zu seiner Freude stellte er fest, daß es anständig (das heißt zum Schweigen) erzogen war. Bei solch einem goldenen Schweigen mußte er direkt lächeln. Und merkte natürlich, daß Theo Wrenn Browne sie allesamt am liebsten vor die Tür gesetzt hätte, doch das konnte er der Polizei oder dem Herrn von Ardry End mit dem dicken Portemonnaie wohl kaum antun.

«Ich glaube kaum, daß ich auf den Schein herausgeben kann, Mr. Plant», sagte Theo mit einem falschen Lächeln.

«Ach, dann eröffne ich bei Ihnen ein Kundenkonto», sagte Melrose strahlend.

«Ein Kundenkonto?»

«Die fünfzig Pence gehen einfach auf dieses Konto.» Melrose kehrte zu dem Rosenbeet zurück.

Theo Wrenn Brownes Mund zog sich stramm wie Heftpflaster. «Schon gut. Effie, du kannst mir den Rest später bringen.» Und er scheuchte sie mit der Hand hinaus.

«Das wäre also erledigt», sagte Melrose und überlegte, ob eine Fusion zwischen Austin-Rover und British Leyland auch so gedeichselt wurde.

Effie drückte das Buch an sich, lief zur Tür, drehte sich dabei einmal um sich selbst, winkte Jury zu und brachte im Hinausrennen die zarten Alpenveilchenblüten zum Erzittern.

«Ich glaube, ich nehme das hier», sagte Melrose matt. «Schon acht Tote, und offenbar gibt es ein Kopf-an-Kopf-Rennen, ob als neunter nun der Leser oder jemand aus dem Buch auf der Strecke bleibt.» Melrose klappte sein Scheckheft auf, und dann fiel sein Auge auf die Regale zu seiner Rechten. «Dazu noch so eine Beatrix-Potter-Figur.»

«Schweinchen Schwapp?»

«Ja. Die mit dem Fernrohr. Der entgeht bestimmt nichts, wetten? Was haben *Sie* denn gekauft?» fragte er Jury und griff nach dem Ungeheuer. «Du liebe Zeit.» Er machte sich daran, den Scheck auszuschreiben, während Theo das Schweinchen einwickelte und sich über diesen Fischzug in letzter Minute freute. «Darf ich mich nach Ihrer Tante erkundigen? Ich hoffe doch, daß sie sich auf dem Wege der Besserung befindet.»

Man kaufe Schweinchen Schwapp, und schwupp fällt einem Agatha ein, dachte Melrose bei sich. «Hmm. Auf dem Wege der Besserung, ja.»

«Ich hoffe nur, daß sie ihren Prozeß gewinnt. Offen gestanden, Jurvis hat mir mehr als einmal Unannehmlichkeiten bereitet. Wieso die High Street mit Schweinen und Nachttöpfen übersät werden muß, das geht über mein Begriffsvermögen.»

Die Nachttöpfe gehörten Miss Crisp von nebenan. Sie mußte eine recht umfangreiche Sendung erhalten haben. Katzen rollten sich zum Sonnen darin zusammen.

«Ja», sagte Melrose, riß den Scheck heraus und dachte an den Kübel mit Alpenveilchen, über den er beinahe zu Fall gekommen wäre.

Jury reichte Theo Wrenn Browne seine Karte. «Ich fahre heute abend nach London, Mr. Browne. Wenn ich zurückkomme, möchte ich Ihnen gern noch ein paar Fragen stellen.» Das würde ihm Zeit geben, seine Beziehung zu Simon Lean zu überdenken.

Übellaunig nahm Browne die Karte entgegen, um dann um so besser gelaunt die Tür hinter ihnen zuzumachen und abzuschließen.

«Müssen Sie eigentlich dieses Puppendings mit sich herumschleppen?» fragte Melrose. «Hätten Sie es sich nicht wenigstens einwickeln oder in eine Tüte stecken lassen können? Wieso haben Sie das überhaupt gekauft?»

«Weshalb sind Sie so brummig? Sie haben doch nur herumgelungert und den blöden Thriller da verschlungen.»

«Nicht im geringsten. Theo hat gerade ein ziemlich wertvolles Buch neu gebunden und damit, glaube ich, seinen Wert gemindert; andererseits gehört es wohl nicht zu denen, die er zu verkaufen gedenkt.»

Jury blieb stehen, das Ungeheuer mit den großen Hauern an die Brust gedrückt. Er runzelte die Stirn.

«Sie sehen absolut lächerlich aus; wenn Vivian Sie doch so sehen könnte. Oh, Sie wollen etwas über das Buch wissen?»

«Wenn es Ihnen nichts ausmacht, ja.»

«Es ist unvorstellbar wertvoll. *Ulysses.* Zeichnungen von Matisse, von beiden signiert. Von Matisse und Joyce, meine ich.»

«Mit anderen Worten, Truebloods.»

«Mir anderen Worten, Truebloods. Ja. Ich kann mir nicht denken, daß es zwei von der Sorte in Long Piddleton gibt.»

«Das Haus gehörte früher Darrington», sagte Melrose, als sie um die Ecke bogen. «Vielleicht geht Oliver ja als Geist dort um. Wenn man bedenkt, daß er sich nicht mal die Mühe machte, seine Bücher selbst zu schreiben. Das muß man Joanna lassen, die Wahnsinnige schreibt persönlich. Wie sie mal zu mir gesagt hat: ‹Stehlen? Von wem denn? Wer zum Teufel würde sonst noch so einen Stuß zusammenschreiben?›»

Jury mochte sie schon jetzt. «Aus welchem unerfindlichen Grund sollte sie sich im ‹Blauen Papagei› mit Simon Lean getroffen haben?»

Sie waren jetzt am Stadtrand angelangt –

falls man Long Piddleton dergleichen zugestehen konnte –, und Melrose sagte: «Etwas schneller. Plague Alley ist genau gegenüber.»

«Na und? Agatha liegt mit einer schlimmen Verstauchung danieder.»

«Selbst wenn sie das täte, was sie aber nicht tut, sie würde uns nachsetzen, bis sie sich die Hacken abgelaufen hätte.»

Vor ihnen erstreckte sich die Sidbury Road, schlängelte sich als helles Band durch die dunkler werdenden Felder, vorbei an einem heruntergekommenen Gasthof, der etwas abseits der Straße lag.

«Was ist eigentlich aus dem ‹Hahn mit der Flasche› geworden?» fragte Jury. Ein verwittertes Schild lehnte an einem verrosteten Pfahl.

«Nachdem man die Leiche an der Landstraße gefunden hatte, blieb die Kundschaft aus.»

«Das ist sechs Jahre her.»

«Die Leute haben ein langes Gedächtnis.» Sie gingen die schier endlos erscheinende Kiesauffahrt zu Joannas Haus entlang, während Melrose sich über die neuen Onions ausließ. «Der Mörder oder sonstwer mußte das

Zeug aus dem Schrankkoffer räumen – ein altes Hochzeitskleid und Seidenschals und was man sonst so in Schrankkoffern findet –, damit er die Leiche hineinstopfen konnte.» Endlich hatten sie die Haustür erreicht. Melrose griff nach dem riesigen Klopfer und ließ ihn fallen. «Ich mußte dabei an Truebloods *secrétaire à abattant* denken. Die Bücher müssen entweder in Stapeln auf dem Boden gelegen haben, oder aber der liebe Theo hat sie eigenhändig aufgestapelt. Wie auch immer, er war im Sommerhaus.»

14

JOANNA LEWES zog die Haustür auf. Unter den Arm hatte sie ein Manuskriptbündel und einen fetten Tausend-Seiten-Bestseller geklemmt, den Melrose schon im Schaufenster vom «Büchernest» gesehen hatte.

Sie blinzelte ihnen entgegen und versuchte, ihre getönte Brille wieder auf die Nase zu schieben, obwohl sie die Hände voll hatte. «Stelle gerade Vergleiche an», sagte sie.

Ob sie damit die beiden Bücher oder die beiden Besucher meinte, war Melrose nicht ganz klar. Ehe er vor einem Jahr ihre Bekanntschaft gemacht hatte, hatte er sich eine Autorin von Liebesromanen immer als eher mollige Matrone, als verblühende, einst hübsche Hausfrau vorgestellt. Joanna Lewes war jedoch dünn wie eine Bohnenstange und neigte eher zu grau als zu fett, obwohl sie die Fünfzig kaum überschritten haben konnte. Direkt unattraktiv war sie nun auch wieder nicht, nur ein wenig abgenutzt, wie eines von Theo Wrenn Brownes alten Büchern, das einen neuen Einband brauchte. Das meiste im Leben hielt sie für Quatsch, ihre Bücher inbegriffen, welche (wie sie oftmals sagte) der reinste Quatsch waren.

Das sagte sie auch jetzt auf Jurys Frage nach ihrer Schriftstellerei, und lang und breit erklärte sie es obendrein, während sie von der Haustür über die Diele und dann ins Arbeitszimmer gingen. Die Bibliothek, wie sie der frühere Besitzer gern genannt hatte; der einzige Unterschied bestand darin, daß sie jetzt benutzt aussah. An den Wänden lehnten Säulen aus Büchern, Illustrierten und bucklige Papierstapel, und der Schreibtisch bog sich unter Manuskripten und allem möglichen Schnickschnack, beispielsweise einem Küchenfrosch, der eigentlich einen Topfkratzer halten sollte, dessen gähnendes Maul jedoch als Aschenbecher diente. Eine fast leere Literflasche Johannisbeersaft tropfte in der Unordnung so klebrig vor sich hin wie eine Statue in einem unter Blättern erstickten Teich.

Sie hielt immer noch die Manuskriptseiten umklammert, als sie ihnen einen Platz anbot und sich selbst oben auf das Kamingitter hockte. Wenn Jury doch bloß damit aufhören wollte, sie nach ihrer Arbeit zu fragen, dachte Melrose, man könnte meinen, er will selbst zur Feder greifen. Da stand er, als ob Zeit für ihn keine Rolle spielte und als ob ihm Mord oder andere Scheußlichkeiten völlig fremd wären, und ließ sich über ihre augenfällige Produktivität aus.

Und er bekam, dachte Melrose, die Antwort, die er verdiente – eine, die von hier bis Victoria Street und zurück reichen dürfte. Für eine Frau, die ihre Undurchsichtigkeit pflegte, legte sie ganz schön los, wenn sie erst einmal in die Gänge kam.

«Natürlich habe ich Schwierigkeiten, meine Pseudonyme nicht durcheinanderzubringen. Ramona de la Mer steht für exotischere Milieus – Barbados, Montego Bay, Hongkong, der Himalaja –»

Melrose versuchte sich vorzustellen, wie sich das Pärchen auf dem Umschlag eines ihrer Bücher, zu dem er gegriffen hatte, auf der Suche nach einem Guru einen Weg durch eine Herde Bergziegen bahnte.

«– dann Robin Carnaby; bei der sind die Heldinnen Krankenschwestern oder tun Gutes im australischen Busch; oder sie sind Verkäuferinnen aus eigentlich gutem Hause, deren Familien durch irgendwas ruiniert worden sind. Die anderen beiden, Victoria Plum und Damson Duke, habe ich von Marmeladengläsern. Die passen gut zu englischen Milieus. Verfallene Schlösser, ländliche Herrenhäuser und so weiter. An so einem schreibe ich gerade: die Heldin Valerie ist eine unschuldige – und natürlich reiche – Amerikanerin, die im Flugzeug einen geheimnisvollen – und natürlich noch reicheren – Fremden kennenlernt. Ein Zusammenstoß, so könnte man sagen, zwischen zwei Kulturen. Obwohl ich so meine Zweifel habe, ob das Henry James' Beifall finden würde, sicherlich nicht, was Matt und Valerie angeht –»

Melrose wunderte sich, warum Jury nicht im Stehen der Schlag traf. Er selbst ließ sich tiefer in seinen Sitz rutschen.

«Wie schaffen Sie das alles? Haben Sie Ihre Pseudonyme schon mal durcheinandergebracht?»

«Natürlich. Einmal habe ich Robin Carnaby ein Krankenhaus-Exposé schreiben lassen, in dem eine tolle Ärztin mit nymphomanischen Neigungen – das war für den Verleger, der auf geile Weiber steht – sich in einen Patienten verliebte. Als ich fertig war, ging mir auf, daß es ein Ramona- und kein Robin-Buch war, und so habe ich den Patienten einfach zu einem gutaussehenden Mann aus Barbados gemacht, etwas Sand untergemischt, und das war's. Natürlich habe ich nicht die Zeit, irgendeinen der exotischen Orte aufzusuchen, über die ich schreibe, aber schließlich kann man sich einen langen weißen Strand ebenso leicht vorstellen wie einen langen weißen Flur. Im Augenblick arbeite ich an etwas ganz Neuem, der Heather-Quick-Serie – das ist der Name der Heldin. Ich habe nämlich gemerkt, wieviel weniger Arbeit ich habe, wenn ich die Heldin beibehalte und lediglich die Handlung verändere. Na ja, ein kleines bißchen. Meine Heldinnen sind zwar größtenteils austauschbar, aber so habe ich viel weniger Mühe mit dem ewigen Zurückblättern wegen Haarfarbe, Augenfarbe und so weiter. Eine neue Heldin bedeutet andere Bikinigrößen. Man braucht schon ein gutes Gedächtnis für nacktes Fleisch, aber ich habe ja meine Bedarfsliste, auf die ich im Zweifelsfall zurückgreifen kann. Und dann muß man sich auch noch jedesmal den ganzen langweiligen Background für sie ausdenken – Familie, Freunde, Herkunft, diesen ganzen Füllkram eben. Mit nur einer Heldin, die ich von Buch zu Buch beibehalte, muß ich mir bloß für jeden Roman irgendein furchtbares Problem ausdenken. Ich lasse sie in den Fens oder auf den Norfolk Broads oder in Romney Marsh wohnen – an irgendeinem Fleck jedenfalls, wo die Wahrscheinlichkeit, daß ein geheimnisvoller Fremder auftaucht, um das Zehnfache größer ist.» Sie starrte Jury über den Rand ihrer hellrot getönten Brille an und sagte: «Einer wie Sie, Superintendent. Ah! Wenn Sie nicht ein Held wie auf Bestellung sind! Warum setzen Sie sich nicht?»

Jury lächelte als Antwort, schob eine Navajo-Decke beiseite, die über der Lehne eines alten, ledernen Ohrensessels lag, warf das Kerngehäuse eines Apfels in den Kohlenkasten (der schon davon überquoll) und nahm Platz. Ehe der Redeschwall wieder über ihn hereinbrechen konnte, sagte er: «Was ist mit Simon Lean?»

Ein gespannter Flitzebogen hätte nicht rascher zurückschnellen können. Bei der Frage schwieg sie unvermittelt, schwiegen sie alle – Joanna, Ramona, Robin, Victoria, Damson und Heather, schwiegen wie ein Grab. «Oh. Oh», war alles, was sie herausbrachte, während sie sich unsicher im Zimmer umsah, das eben noch eine Pirandello-Besetzung beherbergt hatte und nun ungemütlich und leer wirkte. «Absolut furchtbar», fügte sie hinzu und schob eine lose Haarsträhne in den Knoten zurück.

«Haben Sie ihn gut gekannt?» fragte Jury und stützte sein Gesicht in die Hände. Er wirkte entspannt, beinahe schläfrig.

«Simon? Also, nein. Nein, natürlich nicht –»

«Jedoch gut genug, um ihn beim Vornamen zu nennen.» Jury lächelte, als wollte er sagen, nichts für ungut.

Jetzt nestelte sie schon wieder eifrig an ihren Haaren, und die Blätter auf ihrem Schoß rutschten zu Boden. Melrose griff zu und hob sie auf, und sie murmelte ein Dankeschön. «Na ja, das kommt wohl daher, daß jeder seinen Namen im Munde führt; ich meine, ich habe den Mann so gut wie gar nicht gekannt.»

Jury lächelte immer breiter. «Komisch, jeder mit dem ich gesprochen habe, hat ihn anscheinend nur ganz flüchtig gekannt. Außer Miss Demorney.»

Ihre Miene veränderte sich, doch sie sagte nichts. «Es liegt daran, daß Watermeadows nicht richtig zu Long Piddleton gehört. Aus welchem Grund sollten sie auch hierherkommen? Was mich betrifft, so bin ich an meine Schreibmaschine gekettet. Gelegentlich ein Drink in der ‹Hammerschmiede›, ansonsten komme ich nicht unter die Leute.» Bei der Erwähnung von Leuten und gesellschaftlichem Leben schien ihr etwas einzufallen, denn sie sagte: «Wir könnten wohl alle einen Sherry vertragen.» Ohne die Antwort abzuwarten, ging sie zu einer Vitrine hinüber und kam mit einer Karaffe und drei Gläsern zurück.

«Denken Sie sich etwas aus, Miss Lewes.»

Sie kräuselte die Stirn und blickte vom Einschenken auf. «Wie bitte?»

«Sie mit Ihrer ganzen Phantasie können doch einfach eine Geschichte erfinden, in der eine Leiche in einem Schrankkoffer oder einem Wandschrank oder, natürlich, in einem Klappsekretär gefunden wird.»

Das schien sie gegen ihren Willen zu faszinieren, denn sie stand da, die Karaffe in der Hand, und vergaß, die Gläser zu füllen. «Etwas von Ramona, Robin, Victoria oder Damson Duke?»

«Oh, mir wäre Heather Quick als Heldin am liebsten.»

«Heather, wie sie eine Leiche entdeckt.» Sie ließ sich in ihren Sessel fallen, balancierte die Karaffe auf einem Knie, das Glas auf dem anderen. «Sie könnte übers Moor gehen –»

«Über die Fens von East Anglia», sagte Melrose.

«Oder über die Broads von Norfolk. Oder durch die Marsch. Die kommt wohl am ehesten hin. Ich bin noch nie im Leben in Norfolk gewesen, von East Anglia ganz zu schweigen, aber ist ja auch egal. Sie könnte quatsch, quatsch durch –»

«Hmm. Nein, erzählen Sie es so, als ob Sie es *schreiben* würden. Nicht mit ‹sie›, sondern mit ‹Heather›.» Jury bot Zigaretten an. Da merkte sie, daß sie noch nicht eingeschenkt hatte, und holte es recht geschickt, immer noch Karaffe und Gläser balancierend, nach. So jongliert sie wahrscheinlich auch mit ihren verschiedenen Pseudonymen, dachte Melrose und nahm seinen Sherry entgegen.

Joanna ließ sich Heathers Problem offenbar durch den Kopf gehen, während sie ihr Glas Sherry mit einem Zug kippte, sich erneut einschenkte und dann mit der Karaffe in der Hand aufstand.

«Nun denn: ‹Heather zog sich die Gummistiefel aus; der Weg durch die Marsch war scheußlich gewesen. Sie sah sich in dem Häuschen um, dem schönen, alten Häuschen hier draußen am Ende der Welt, und blickte auf die Uhr. Zehn. Hatte David nicht zehn Uhr gesagt? Sie war verärgert – nein, sie war richtig wütend. Wann war jemals Verlaß auf ihn gewesen?›» Joanna nahm wieder Platz auf dem Kamingitter und fuhr mit geschlossenen Augen fort: «‹Schon rannen ihr die Tränen aus den meergrünen Augen. Nur das nicht, dachte sie und wischte sie fort, musterte die Portwein-flasche und goß sich einen Schluck ein. Ein Gläschen konnte sicherlich nicht schaden...›» Offenbar freute sich Joanna, daß ihr zu der Handlung etwas Neues eingefallen war, denn sie lächelte, stand auf und schwang die Karaffe, um damit ihre Gedankengänge zu unter-streichen. «‹Dieser verfluchte David!›... Nein, nennen wir ihn lieber Jasper –»

Bloß nicht Melrose, dachte Melrose, und streckte sein Glas der hin und her schwingen-den Karaffe entgegen. Du meine Güte, wie konnte Jury bloß so fasziniert dreinschauen?

«‹Dieser verfluchte Jasper! Wie lange sollte ihr Verhältnis noch weitergehen? Wie lange wollte sie sich noch von ihm ausnutzen lassen? Die Versprechungen, die er ihr gemacht hatte... Gewöhnlich betrachtete Heather die Welt mit Augen, so ruhig und kühl wie der schiefergraue Ozean –›»

«Meergrün.»

«Was?» Sie tauchte gerade lange genug aus ihrer Trance auf, um Melrose anzublinzeln.

«Vorhin haben Sie gesagt, daß sie meer-grüne Augen hat.» Melrose hegte den Ver-dacht, sie würde seine eigenen Augen als ‹smaragden funkelnd› bezeichnen. Er lächelte, vermied jedoch Jurys finsteren Blick.

Joanna lachte. «Ach ja, mit Augen, Haaren und dergleichen Äußerlichkeiten tue ich mich schwer.»

«Mr. Plant ist sich wohl nicht bewußt, daß derlei ablenkende Bemerkungen den Kreativitätsfluß stark hemmen können», sagte Jury.

Melrose sah, wie Jury Joanna mit wahrhaft schiefergrauen Augen anblickte, einem sehr wandelbaren Grau jedoch. Im Augenblick sahen sie gewittergrau aus.

«Oh, aber Sie scheinen das zu wissen, Mr. Jury.»

«Gewiß. Ich gedenke, meine Memoiren zu schreiben.» Joannas Kinnlade klappte herunter, und schon wollte sie sich dazu äußern, doch er hob die Hand. «Darüber können wir uns ein andermal unterhalten. Kehren wir zu Heather zurück.»

«Heather. Na gut, sie trinkt ihren Portwein, ist wütend auf David ... Jasper ...»

Melrose biß sich auf die Zunge. Ob Polly Praed auch so arbeitete?

«‹Heather war das Herumsitzen und Warten leid. Sollte er doch denken, daß sie einfach nicht gekommen war. Sie zog sich die Gummistiefel an und band den Gürtel ihres Burberry zu.›»

Gottseidank, sie macht sich auf die Socken; wir hoffentlich auch bald.

«‹Sie würde einfach querfeldein durch die scheußliche Marsch zum Pub zurückgehen... dem Gasthof, in dem sie sich ein Zimmer genommen hatte, denn insgeheim hatte sie die ganze Zeit damit gerechnet, daß Jasper nicht kommen würde. Der Gasthof hatte ihr von Anfang an nicht gefallen; der Wirt schien ein elendiges Klatschmaul zu sein und würde sicher alles über sie ausposaunen –›»

Wer weiß, wer weiß, dachte Melrose bei sich.

«‹Und in diesem Moment sah sie den Fleck auf dem Teppich. Als sie ihn genauer untersuchte, merkte sie, daß es ein Rinnsal war, das von dem... Schrank herkam.› Nein... ‹Als sie die Gummistiefel anzog, sah sie, daß vom Schrank her ein dunkles Rinnsal über den Läufer floß. *Blut.* Entsetzt flogen ihre schmalen Hände zum Mund. Sie hatte den Eindruck, daß die Tür, welche etwas angelehnt gewesen war, *aufging!*›»

Melrose rutschte unwillkürlich vor und hörte zu seinem größten Erstaunen, wie Jury ruhig fragte:

«Haben Sie Simon Lean geliebt, Miss Lewes?»

Der Läufer zu ihren Füßen war so dick, daß die Karaffe nicht zerbrach, als sie Joannas Griff entglitt. Sie rollte noch ein wenig, blieb dann aber liegen. Ein dünnes Sherry-Rinnsal lief über den Vorleger. Blind starrte sie darauf und dann von Jury zu Melrose und wieder zurück.

Als sie nicht antwortete, sagte Jury: «Ich frage mich nämlich, wie viele Male er nicht gekommen ist. Und wie oft Sie in jenes Sommerhaus gegangen sind.»

«Aber *so* sollte die Frage doch gar nicht lauten!» sagte Melrose auf dem Rückweg zur High Street. Joanna hatte sich schlicht geweigert, etwas zu sagen, und so hatte Jury erklärt, er würde wiederkommen, wie ein mitfühlender Arzt zu einem störrischen Patienten spricht. «Die Frage sollte lauten: ‹Hat Simon Lean Sie erpreßt?› Oder so um den Dreh.»

«Warum?» Jury blickte zu dem allmählich dunkler werdenden Himmel auf, zu den Sternen, die dort wie hinter Nebelschleiern leuchteten.

«Der Zufall mit dem Verlag. Erpressung oder Rache. Vielleicht hat Simon Lean vor langer Zeit mal eins ihrer Bücher abgeschmettert –»

«Lean hat im kaufmännischen Bereich gearbeitet, Buchhaltung. Wo das Geld ist.»

«Es will mir einfach nicht in den Kopf, wie Sie das alles aus der Geschichte von Heather und Jasper gefolgert haben.»

«Ein Schuß ins Blaue. Wenn sie erst mal ins Reden kommt, vergißt sie sich offenbar.» Jury hob die Schultern. «Also dachte ich, wenn sie eine Geschichte erzählt, läßt sie sich vielleicht noch weiter hinreißen. Sie konnte nicht anders. Sie ließ sogar ihre Heldin in einem Gasthof am Ende der Welt absteigen.»

«Wie der ‹Blaue Papagei›. Heiliger Bimbam. Ich mag die alte Joanna einfach. Will mir gar nicht gefallen, daß sie unter Verdacht steht.»

Jury lächelte im Dunkeln und nahm das ausgestopfte Ungeheuer unter den anderen Arm. «Nur keine Bange, wir haben jede Menge Verdächtige.» Sie näherten sich jetzt der «Hammerschmiede». «Und ich habe den Verdacht, daß ich in London noch mehr auftreibe. Beispielsweise Simon Leans Geliebte. Wenn ich sie tatsächlich finde.»

«Sie fahren doch nicht im Ernst schon heute abend?»

«Doch.»

Da standen sie nun und blickten durch die bernsteinfarbenen Scheiben der «Hammerschmiede», wo Marshall Trueblood und Vivian Rivington ins Gespräch vertieft saßen. «Er wollte nur das Geld», sagte Jury fast geistesabwesend.

«Joannas, meinen Sie?»

«Ich dachte dabei eher an seine Frau.»

«Was halten Sie von ihr? Ist sie die Hauptverdächtige? Im Normalfall ist das doch so?»

«Ist es wohl», sagte Jury und sah zu, wie Trueblood die Gläser nahm und den Tisch verließ. Vivian blickte zum Fenster, vor dem sie beide im Dunkeln standen, und sie blickte durch sie hindurch.

«Na, dann will ich mal. Wahrscheinlich bin ich morgen zurück. Falls ich nicht eine Panne auf dem M-1 habe.»

Melrose sah ihm nach, als er auf der dämmrigen Straße davonging, das Ungeheuer unter
dem Arm.

ZWEITER TEIL

WILLST DU MICH PRELLEN?
KLINGT'S VON ST. HELEN

15

Tommy stand mit seinem Koffer auf dem Gehsteig, so wie er damit schon auf dem Dock von Gravesend gestanden hatte. Die kunstvolle schmiedeeiserne Straßenlampe, die eine alte Gaslaterne vortäuschen sollte, hüllte ihn in ihren Lichtkegel. Das schmale Haus mit dem flachen Dach war ansatzweise im Stil Edwards VII. hergerichtet worden; dagegen wirkten die Häuser zu beiden Seiten mit ihren zerbrochenen und vernagelten Fenstern wie Krüppel. Das erste in der Reihe lehnte sich an einen schwarzen Speicher, auf dessen dicker Brettertür die Graffiti allmählich verblaßten. Wie Pockennarben sprenkelten diese Türen Limehouse Causeway und Narrow Street.

Die Adresse, die er suchte, war in der Narrow Street. Die Tür hatte einen Messingklopfer in Form eines Schoners. Das Haus war zu verkaufen, doch das Schild hatte Schlagseite, denn es hatte anscheinend schon eine ganze Weile dort gestanden. Kein Wunder, dachte

Tommy. Allein an Pacht um die zweihunderttausend. Sadie lebte in einer Souterrainwohnung. Was sie wohl an Miete zahlte; er hatte gedacht, sie würde eher in so einer Sozialwohnung wie auf der anderen Straßenseite wohnen. Er schob die Mütze zurecht, öffnete das Pförtchen in dem schwarzen Eisengeländer und ging die vier Stufen zu Sadies Wohnung hinunter, wo hinter Rüschenvorhängen mattes, rosafarbenes Licht schimmerte.

Er verstand nicht, wieso sie nicht zu Hause war; sie wußte doch, daß er spät ankommen würde, und sie hatte gesagt, er würde bis zu ihrer Wohnung nur fünfzehn bis zwanzig Minuten brauchen. Nimm dir ein Taxi, hatte sie gesagt; aber er hatte geantwortet, er käme lieber mit dem Bus oder der U-Bahn. Darüber hatte sie lachen müssen. So nimm dir doch mal im Leben ein Taxi. Aber er hatte das Geld, das sie ihm geschickt hatte, nicht für einen Luxus wie Taxis ausgeben wollen – und dann mußte man immer noch ein Trinkgeld drauflegen, und er wußte nicht wieviel.

Und jetzt war die Tür verschlossen, doch da das matte Licht durch die Popelinvorhänge schien, nahm er an, daß sie nur eben vor die

Tür gegangen war, vielleicht in den Pub. Er zündete sich eine Zigarette aus der Zehnerpakkung Players an, die er gekauft hatte, und inhalierte tief. Tommy verheimlichte, daß er rauchte, auch wenn es nicht viel war. Tante Glad hatte ihm strikt untersagt, vor seinem achtzehnten Geburtstag zu rauchen. Wie er seine Lunge ausgerechnet zwischen seinem fünfzehnten und achtzehnten Lebensjahr ruinieren könnte, ging über sein Begriffsvermögen. Deine Lunge, deine Lunge, ewig motzte sie herum. Falls sie ihn mal erwischen würde, wie er Seite an Seite mit Sid arbeitete und ihnen dabei die Zigarette im Mundwinkel baumelte, würde sie ihn wahrscheinlich umbringen.

Wieder zog er die Armbanduhr mit dem kaputten Band aus der Tasche, schüttelte sie für den Fall, daß sie stehengeblieben war, und zog sie unnützerweise noch einmal auf. Genau vierunddreißig Minuten hatte er nun hier auf den Steinstufen gehockt und bei jedem Klappern von Absätzen prüfend aufgeblickt, doch es klapperte selten. Noch eine gute Stunde, bis die Pubs zumachten; hoffentlich begoß sie sich nicht die Nase und vergaß, daß er zu Besuch kam. Er lehnte den Kopf gegen das Mauerwerk; seine Zigarette glühte auf, als er daran zog. Plötzlich drückte er sie aus, griff nach seinem Koffer und ging die Stufen hoch. Er klopfte oben und wartete, klopfte und wartete. Wohl niemand zu Hause. Nur die Straßenlaternen und Sadies Lampe leuchteten.

Etwas weiter die Straße runter, wo Narrow Street auf den Limehouse Causeway mündete, sah er ganz oben in einem Haus ein gelbliches Licht aufflackern; das mußte so ein Loft sein, wie ihn sich die Reichen ausbauten. Wahrscheinlich jemand, der schon im Bett gelegen hatte und wieder aufgestanden war. Tommy packte den Koffer und machte sich auf zu dem Speicher. An dem Licht, das sich von Fenster zu Fenster bewegte, als schwebte ein gefangener Mond dahin, konnte er den Menschen dort auf seiner Wanderung verfolgen. Er klopfte. Im Haus wurde es einen Augenblick lang dunkel, bis durch das Buntglasfenster des Oberlichts ein Regenbogenmuster auf die Treppe fiel, wo er stand.

Sie hatte eine Taschenlampe in der Hand; das war das gespenstische, sich von Fenster zu Fenster bewegende Licht gewesen. Noch nie hatte Tommy eine so gut aussehende Frau gesehen, und ganz gewiß keine, die dabei so alt war wie sie: sie mußte mindestens dreißig sein. Nicht mal Sadie war so hübsch. Die hier war groß und was man gertenschlank nannte und hatte (mehr war in dem dämmrigen Licht nicht zu erkennen) langes Haar, so golden wie Altman's Ale, Sids Lieblingsgetränk. Rauchig, ja, so konnte man ihre Augen wohl nennen, doch so richtig war die Farbe nicht auszumachen.

Als sie fragte, was er wollte, runzelte sie ein wenig die Stirn.

«'tschuldigung, Miss, aber das Haus dahinten – meine Schwester wohnt da im Souterrain.» Er verstummte, denn es war ihm peinlich, daß er sie herausgeklopft hatte.

Die Ungeduld war ihr anzumerken, denn es schien, als ob nicht mehr aus ihm herauszubekommen sei. «Und?» hakte sie nach.

In seiner Nervosität begann er, seine Mütze zu zerknautschen, als spielte er Akkordeon. Zusammendrücken, auseinanderziehen, zusammendrücken, auseinanderziehen. «Meine Schwester ist nicht da, und sonst iss – ist – niemand weiter zu Hause. Die Sache ist die, meine Schwester –»

«Wie *heißt* denn deine Schwester?» Die Tür

255

wurde ein wenig weiter geöffnet; sie stand mit der Schulter an den Türrahmen gelehnt und wirkte gelangweilt.

«Sadie, Sadie Diver. Die Sache ist die, sie wollte zu Hause sein, wenn ich ankomme, und ich bin schon über eine halbe Stunde hier, und es war sonst niemand da, den ich fragen konnte. Ich bin ihr Bruder.»

«Dachte ich mir schon», sagte sie und blickte auf ihre kleine Armbanduhr. «Sie sitzt wahrscheinlich in den ‹Fünf Glocken›. Ist ja noch nicht mal elf.»

Jetzt runzelte auch Tommy die Stirn. Für ihn war zehn spät; er stand immer schon mit den Hühnern auf. Er trat unruhig auf dem kalten Linoleum hin und her. «Ja, aber...» Er wußte nicht, was er sagen, was er fragen sollte. «Kennen Sie sie denn?»

«Nicht mit Namen. Kann sein, daß ich sie mal gesehen hab.» Sie gähnte und fuhr sich mit den Händen durch das altgoldene Haar, blickte ihn an und kniff die Augen zusammen, die personifizierte Langeweile.

«Sie meinen also, ich sollte mal hingehen in die –?»

«‹Fünf Glocken›? Aber das ist nicht der ein-

zige Pub...» Sie verstummte, hatte kein Interesse.

«Komisch.»

«Wieso komisch?»

Tommy dachte ein wenig nach. «Ja, wirklich
komisch.»

«Also, *wieso* ist das... ach, zum Teufel, du
kannst ebensogut reinkommen. Kannst du Sicherungen reparieren? Ich habe kein Licht,
bloß dieses blöde Ding hier.» Sie hielt die
Lampe hoch. «Der Strom ist schon eine ganze
Weile weg. Anscheinend nicht in der ganzen
Straße, denn die Straßenlaterne da brennt ja
noch.» In ihrer Stimme schwang kindlicher
Groll mit. «Kannst du nun eine Sicherung reparieren?»

Tommy blickte sie nur an. Klar, wer so
hübsch war, mußte wohl dumm sein. Er runzelte die Stirn. «Sie meinen, ob ich eine auswechseln kann. Sicherungen ‹repariert› man
eigentlich nicht. Man dreht sie raus und dreht
rumsbums eine neue –»

«Von mir aus kann rumbumsen wer will,
Hauptsache, du sorgst dafür, daß ich endlich
wieder Licht habe.»

Wieso ist die eigentlich so sauer, dachte

Tommy. Schließlich kam er doch ihr zu Hilfe, und sie machte ihrerseits nicht gerade den Eindruck, als würde sie sich seinetwegen ein Bein ausreißen. Er schob seine Mütze in die Tasche und den Koffer über die Schwelle und sagte: «Jeder Mann kann eine Sicherung auswechseln», nur damit sie wußte, daß es doch noch Unterschiede zwischen Männern und Frauen gab.

Mit dem, was sich «Emanzipation» nannte, hatte er nicht viel im Sinn. Ihm war noch kein Mädchen untergekommen, das eine Sicherung auswechseln konnte.

Sie führte ihn durch ein Zimmer von der Größe eines Sees. Die riesigen Fenster, die auf den Fluß gingen, warfen das Licht ihrer Taschenlampe zurück und vermittelten ihm den gespenstischen Eindruck, als wollte ihn jemand von draußen aufs Korn nehmen. Für Notfälle trug Tommy immer eine kleine Taschenlampe am Gürtel. In dem Haus in Gravesend gab es ein Unglück nach dem anderen – Glühbirnen platzten, als ob jemand sie zerschossen hätte, Kühlschrank und Herd gingen entzwei, Rollos schnellten hoch, wie von unsichtbaren Händen gezogen. Der Lichtstrahl war dünn, aber hell, und tanzte auf dem Emaille und Chrom in der Küche.

Der Sicherungskasten war in der Speisekammer, die von der Küche abging. Er ließ den Lichtkegel über die obere Kante gleiten; da lagen mindestens ein gutes Dutzend Sicherungen herum, verschiedene Stärken, verschiedenfarbige Spitzen, wahrscheinlich nicht zu gebrauchen. Im Dunkeln war das schwer auszumachen.

«Und was haben wir hier?» fragte er, holte eine herunter und prüfte die gläserne Spitze. Sie richtete die Taschenlampe auf den Kasten.

«Sicherungen. Sehen mir verrostet aus. Waren schon da, als ich eingezogen bin.» Ihr Licht fuhr ungeduldig hin und her. «Ich hab gedacht, ach was soll's, und bin einfach ins Bett.»

Tommy schüttelte den Kopf. Einfach ins Bett. Die dachte wohl, des Nachts kommen Heinzelmännchen, sehen die Sicherungen durch und drehen neue rein. Bei dem Geld, das die anscheinend für die Wohnung geblecht hatte, wieso hatte sie da nicht wenigstens einen Stromunterbrecher? Er fragte sie.

«Einen was? Hör mal, mach bloß nicht so ein Gesicht. Wie komm ich denn dazu, die ganze

Nacht hier rumzuhocken und sie alle der Reihe nach auszuprobieren? Und die Taschenlampe müßte ich schließlich auch noch halten.»

«Sie haben zwei Hände.» Die schien tatsächlich darauf gewartet zu haben, daß jemand vorbeikam ... Bei all dem Hin und Her hatte er fast vergessen, warum er vorbeigekommen war. «Wie spät ist es jetzt?»

Sie seufzte, als ob er stundenweise bezahlt kriegte. Dann richtete sie die Taschenlampe auf ihre Armbanduhr. «Fünf vor. Wenn deine Schwester in den Pub gegangen ist, trudelt sie demnächst ein. Kannst du nicht schneller machen? Mir ist kalt.»

Wieder einmal wunderte er sich, wie total unfähig Frauen doch waren, wenn es galt, die einfachsten Dinge zu richten. Selbst bei den leichtesten mechanischen Arbeiten wie eine Sicherung oder einen Reifen wechseln oder ein Segel hochziehen hatten sie zwei linke Hände. Tante Glad war genauso. Sie brachte alles, vom Kochen bis zum Nähen von Schonbezügen, aber wenn sie ihn nicht hätte, Tante Glad würde im Dunkeln inmitten kaputter Haushaltsgeräte hocken (genau wie die hier).

«Die Sache ist die», sagte Tommy, «ich

komme nämlich ganz von Gravesend.» Er kniff die Augen zusammen und musterte den winzigen Glasring; also, diese hier war noch heil, wenigstens sah sie so aus. «Und es will mir nicht in den Kopf, daß Sadie in den Pub gegangen sein soll, wo sie doch wußte, um welche Uhrzeit ich –» Überall flammten die Lampen auf, es war wie Weihnachten, wenn ganz London auf den Lichtschalter drückt.

Sie blickte sich um, staunend über den jähen Lichterglanz. «Junge, bist du aber schlau!»

Schlau. Tommy kniff angewidert die Augen zusammen. Manchmal dachte er, Sadie wäre das einzige vernünftige Mädchen, das er kannte. Wahrscheinlich weil sie schon so lange auf eigenen Füßen stand. Sadie war die Schlaue, mit Abstand.

«Ich sollte dir wenigstens was Warmes zu trinken machen.» Sie ging wieder in die Küche mit dem groben Naturholz und der großen weißen Arbeitsfläche und klapperte mit den Töpfen.

«Altman's oder so etwas haben Sie wohl nicht im Haus?» Das mußte man ihr lassen, sie schluckte es spielend; sie warf ihm keinen Blick zu, ob er auch alt genug wäre. Wenn er mit Sid im «Delphin» saß, sie rauchten und Altman's tranken, dann fühlte er sich richtig wohl. Anders war es, wenn er allein in einen Pub ging wie vorhin in die Bahnhofskneipe. Mann, hatte der Typ ihn unter die Lupe genommen. Und dabei hatte sich Tommy eingebildet, in London nähmen sie es nicht so genau.

Altman's hatte sie nicht, aber Bass. Er saß auf dem hohen Hocker und dankte mit einem weltläufigen Kopfnicken. Sid war cool, gelassen. Einmal hatte Tommy erlebt, wie er aus der Bar des «Delphin» Sägemehl gemacht hatte, ohne auch nur mit der Wimper zu zucken. Andererseits sagte man von Tommy immer, er sähe aus wie ein Unschuldsengel mit seiner klaren Haut und den strahlenden Augen, die richtig aufflackern konnten wie ein Licht, das plötzlich angeknipst wird.

Sie machte sich daran, die beiden Bass zu öffnen, und setzte sich auf den zweiten hohen Hocker an der Küchenbar. «Tja, deine Schwester kenne ich nicht – wie sagst du noch, heißt sie?»

«Sadie, Sadie Diver.»

«Und du?»

«Tommy.»

«Du bist ihr Bruder.»

Tommy biß sich auf die Zunge und sah zu dem großen Kalender hoch. Wenn man den IQ von der hier da oben festmachen wollte, würde er vielleicht gerade ein Kästchen füllen. Aber wer so hübsch war, konnte wohl nur dumm sein. Er nickte, trank sein Ale und bemühte sich, sie nicht anzuschauen. Nun, sie sah nicht wie ein Ausbund an Unschuld aus (so wie er), aber wie sollte sie auch mit diesem Schlafzimmerblick, dem metallfarbenen Haar und dazu noch mit dreißig.

«Was ich nicht verstehe ist, wieso sie mir keine Nachricht dagelassen hat. Das paßt gar nicht zu Sadie.»

Sie holte eine Packung Zigaretten von der Fensterbank, nahm sich eine und schob sie ihm über die Bar zu. Gar nicht so unnett, dachte Tommy; es war sicher besser, hier als auf einer kalten Steinstufe zu hocken. Obwohl seine Tante und sein Onkel darüber wahrscheinlich anders dachten.

«Hat sie Telefon, deine Schwester?»

Tommy sprach um die Zigarette herum, die ihm im Mundwinkel hing. «Wartet noch auf ihren Anschluß. Sie kennen ja Telecom», setzte er altklug hinzu, denn ihm war eingefallen, wie sein Onkel sich darüber beschwert hatte, daß die immer so lange brauchten.

«Und ob! Vier, geschlagene vier Monate hat es gedauert, bis ich meinen hatte.» Sie nahm einen Schluck Ale und schien nachzudenken.

Es gefiel ihm, daß sie einfach aus der Flasche trank. Vielleicht war sie doch nicht so dumm, wie er zuerst gedacht hatte. Und als sie wieder den Mund aufmachte, da war sonnenklar, daß sie nicht dumm war.

Sie rutschte vom Hocker und sagte: «Na, dann komm. Wir müssen wohl einbrechen.»

Tommy machte große Augen. «Wie meinen Sie das?»

Sie nahm bereits einen schwarzen Trenchcoat vom Haken und steckte die Taschenlampe ein. «Genau wie ich gesagt habe. Anscheinend hast du es nicht mal bei den Fenstern probiert. Und wenn das nicht funktioniert, nehmen wir eine Kreditkarte. Hast du eine? Ich habe keine Lust, nach meiner zu suchen.»

Eine *Kredit*karte? Wollte sie ihn auf den Arm nehmen? «Ich zahle bar.»

«Sehr klug.» Sie ließ die Zigarette in einen

metallenen Abfalleimer fallen und ging vor ihm her durch das große, glänzend gewachste Zimmer, wo sie eine rostrote Tasche von einem hochlehnigen Stuhl hob, in ihr herumkramte und dabei Papiertücher, Zigaretten, zerknitterte Rechnungen und Lippenstifte zutage förderte.

«Also, ich weiß nicht», sagte Tommy, immer noch um seine Zigarette herum. «Ich meine, das mit dem Einbrechen in die Wohnung meiner Schwester –»

Im Strudel des ganzen Klimbims aus ihrer Tasche hatte sie eine Puderdose aus Plastik aufgetrieben und so ganz nebenbei ihr Haar überprüft und sich auf die Lippen gebissen. Schätzungsweise lassen Frauen keine Gelegenheit aus, dachte Tommy. «Würdest du lieber in eine einbrechen, die nicht deiner Schwester gehört?» Sie klappte die Puderdose zu, warf sie auf den Haufen mit dem übrigen Krempel und suchte weiter.

Manchmal wußte er nicht, was er sagen sollte. «Natürlich nicht; ich bin noch nie in eine Wohnung eingebrochen. Aber Sie offenbar.»

«Klar, ist doch mein Beruf.»

Mit offenem Mund ließ er sich auf eine Reihe

Lederstreifen fallen, die wohl ein Stuhl sein sollten. Er war ungefähr so bequem wie die Steinstufe; alle Möbel – von denen es so wenig gab, daß sie kaum sein eigenes Zimmer zu Hause gefüllt hätten, geschweige denn dieses hier – hatten spindeldürre Beine und geschwungene Chromlehnen und sahen aus, als stammten sie aus der Requisitenkammer von *Star Trek*.

Sie seufzte ungeduldig und durchblätterte eine abgenutzte Brieftasche. «Ich mache doch nur Spaß. Du siehst aus, als würdest du erwarten, gleich einen großen Koffer mit der Aufschrift ‹Diebesgut› zu entdecken. Da ist sie ja!» Triumphierend hielt sie die Plastikkarte hoch.

Im Hinausgehen sagte er: «Wo haben Sie bloß die ganzen komischen Möbel her?»

«Die ganzen komischen Möbel sind zufällig Bonoldo. Du hast auf einem Fünfhundert-Pfund-Stuhl gesessen, falls du es nicht bemerkt haben solltest.»

Nein, hatte er nicht. Es war sicherlich super, auf Möbeln von ihrem Freund rumzuhocken, aber dafür ging ihm wohl das Gespür ab.

Das Haus lag völlig im Dunkeln, und im Keller leuchtete immer noch das rosafarbene Licht. Nur zwei schmale Fenster gingen auf die Straße, und die waren mit Eisengittern gesichert, die so kräftig aussahen wie ein Spitzenstoff. Das mußte er Sadie unbedingt sagen. Im schlimmsten Fall könnte er das Gitter abnehmen und das Fenster eindrücken, doch das wollte er nicht. Da man weder von der Seite noch von hinten eindringen konnte, gab es nur einen Weg, nämlich das Schloß zu überlisten. Er blickte sich um und sah, daß sie im Lichtkegel der Straßenlaterne Ausschau hielt und den Gehsteig nach beiden Richtungen absuchte. Das mattgoldene Haar hatte sie in den Kragen des schwarzen Regenmantels gestopft, und das, zusammen mit den schwarzen Stiefeln, die sie anhatte, machte, daß sie geheimnisvoll, ja, sogar gefährlich aussah. Sie hatte die Hände in den Taschen vergraben.

Tommy pfiff, und sie kam herüber, ging die vier Stufen herunter und zog keine Pistole, sondern ihre Plastikkarte hervor. Es war kein Sicherheitsschloß, denn nach wenigen Augenblicken flutschte die Plastikkarte hinein, und er hörte den Bolzen im Schloß klicken.

Doch als sie die Tür aufmachte, hatte er auf einmal Angst. Zum erstenmal hatte er das Gefühl, daß da wirklich etwas nicht stimmte, und wußte nicht, was sie in der Wohnung vorfinden würden.

Nichts. Er atmete auf. Die Wohnung sah aus, als ob jemand für ein Weilchen ausgegangen war: Illustrierte aufgeschlagen auf dem Sofa, Becher mit kaltem Tee auf dem Beistelltisch. Tommy sah gleich, daß es ein brandneues Schlafsofa war. Alles hier wirkte, als käme es direkt aus dem Schaufenster. Er sah, wie *sie* das alles betrachtete und auf den Lippen kaute, und sah es mit ihren Augen. Auch wenn ihre abartigen Möbel sich hart anfühlten und asketisch aussahen, so war Tommy doch klar, daß Sadies im Vergleich dazu einen ziemlich billigen Eindruck machten.

Aber sie sagte kein Wort, setzte sich bloß auf den rosafarbenen Stuhl neben der rosa Lampe und kramte ihre Zigaretten heraus. Eine Kukkucksuhr an der Wand jagte ihm einen Schrekken ein; aus der dunkelgrünen Tür des unechten Nußbaumgehäuses sprang ein bemalter Vogel heraus und verkündete, daß es halb zwölf war.

Er saß auf der Sofakante. Das noppige Material kratzte ihn am Hintern. «Was kann da wohl passiert sein?»

Sie warf ihm die Zigarettenpackung zu und blickte sich im Zimmer um. Dann stand sie auf, wanderte umher, besah die Bücherregale und runzelte die Stirn. «Wie sieht sie denn aus, deine Schwester?»

Tommy holte einen Schnappschuß hervor, den Sadie ihm vor über einem Jahr geschickt hatte. Sie trug das Haar auf dem Kopf hochgetürmt und hatte etwas an, das nach einem Abendkleid aus Samt aussah. Um den Hals lag eine Perlenkette.

Sie stand auf, ließ ihre Zigarette, nur halb aufgeraucht wie die anderen, in den sauberen Aschenbecher fallen und sagte nur: «Na ja, wenigstens bist du jetzt drin; du hast also ein Dach über dem Kopf.»

«Also, ich weiß nicht recht, ob ich hierbleiben möchte – allein, meine ich. Ich meine, Angst habe ich nicht direkt...» Aber er hatte welche.

«Ich habe einen Freund. Soll ich den anrufen?» Er folgte ihr die wenigen Schritte zur Tür. «Wer ist es denn?»

Ihre Antwort war indirekt. «Er könnte etwas wissen.»

Sie musterte ihn nachdenklich, mit etwas schief gelegtem Kopf und halbgeschlossenen Augen, und Tommy merkte, daß sie ihre Gedanken vor ihm verbergen wollte. So hatte ihn Sid auch immer angesehen, wenn er sagte, er wolle nach London.

Es stand ihr übers ganze Gesicht geschrieben, daß Sadie wirklich verschwunden war.

16

UM SECHS UHR MORGENS wurde Tommy durch ein Klopfen an Sadies Wohnungstür jäh aus einem Traum gerissen. Um bis an die Bewußtseinsschwelle vorzudringen, hatte er das Gefühl, sich gegen einen starken Druck zur Wasseroberfläche hochkämpfen zu müssen.

Und der Traum, den er langsam abstreifte, hatte von Wasser gehandelt. Ein großer Strom, der Traumbilder mit sich führte: Sadie und er, wie sie durch eine wäßrige Scheibe in ein Haus blickten, das er nicht kannte, während sie und das Haus von einer Flutwelle mitgerissen wurden; sie beide, wie sie in einem kleinen Boot auf kurzen, harten Wellen dümpelten und vergebens ruderten, bis die Strömung sie forttrug. Der Traum war farblos gewesen, schwarzweiß. Dunkelgraues Wasser, bleiches Haus und ihre noch bleichere Haut, die vor dem düsteren Hintergrund wie mondbeschienen leuchtete. In der Ferne tutete ein Nebelhorn.

Und so ruderte Tommy beim Erwachen mit den Armen immer noch im Wasserdunkel, und das Nebelhorn, so ging ihm auf, mußte das Klopfen an der Tür gewesen sein. Er blickte sich um, blinzelte durch einen Schleier aus trübem, grauem Licht, das eher verwirrte als erhellte. Der Raum sah aus, als wäre er voller schwebender, schwankender Dinge, die Möbel waren so verschwommen wie die Vorhänge der Küchennische. Ein Raum, den er wie das Haus im Traum nicht kannte. Er wußte nicht, wo er war.

Als er begriffen hatte, daß da geklopft wurde, wollte er aufmachen und stolperte in seiner Eile über den kleinen Schemel, und erst im letzten Augenblick fiel ihm ein, daß Sadie wohl kaum an ihre eigene Tür klopfen würde –

Tommy blinzelte die beiden Männer an, die da am Fuß der Backsteinstufen standen. In ihrer unbeweglichen Schattenhaftigkeit hätten sie aus seinem Traum sein können, trotzdem sahen sie eindeutig aus wie Verfolger. Doch dann riß er die Augen auf. Selbst er erkannte einen Polizisten, wenn er ihn sah. Und tauchten sie nicht immer pärchenweise auf? Er kam sich schutzlos vor, mit seinen nackten Füßen und nur mit seinem alten Flanellnachthemd bekleidet. Die beiden wirkten so total angezogen und unverwundbar wie Ritter in schimmernder Rüstung.

Sie zeigten ihm ihren Ausweis. Sergeant Roy Marsh von der Themse-Division und Constable Ballinger von der Limehouse-Wache. «Dürfen wir reinkommen?» fragte der Wachtmeister mit dem Versuch eines verlegenen und sparsamen Lächelns.

«Sie haben sie also gefunden? Sadie?» Er dachte, wenn er ihnen den Eintritt verwehrte, würde er auch alles abwehren können, was er in seinem tiefsten Innern bereits wußte.

«Wenn wir mal reinkommen dürften?»

Die Frage kam von Sergeant Marsh. Tommy war zwar mager, aber er schien den ganzen

Türrahmen auszufüllen. «Was ist passiert?» fragte er.

«Bist du mit Sarah Diver verwandt, Junge?»

Tommy nickte. «Ich bin ihr Bruder.»

«Es hat leider einen . . . Unfall gegeben.»

Tot. Tommys Hand fiel vom Türrahmen herunter, dann trat er zurück. Tot. Das bedeutete «Unfall» immer in der Flimmerkiste, aber er hätte nicht gedacht, daß die Polizei so was im wirklichen Leben tatsächlich sagen würde. Mit dem Wort füllten die beiden das Zimmer aus wie riesige Schatten in einem Zeichentrickfilm, die an den Wänden hochhüpfen und sie halb bedecken. Tommy war zumute wie in seinem Traum, als würde er unaufhaltsam von einer Strömung mitgerissen, zusammen mit seltsamen Bildern und Hausrat: umgedrehten Tischen, zerbrochenen Stühlen. Nichts ergab einen Sinn.

Der von der Flußpolizei, dieser Roy Marsh, sagte: «Ich bin derjenige, der sie gefunden hat. Tut mir leid.»

Marsh war ein muskulöser Mann mit kantigem Gesicht, doch seine Stimme überraschte Tommy, denn sie klang leise und sanft. Tommy mußte dabei an samtige Katzenpfoten denken. Eine kleine, rasiermesserdünne Narbe zog einen seiner Mundwinkel ein wenig hoch und gab seiner Miene etwas Ironisches. Er war für den kleinen Stuhl, auf dem er saß, zu schwer und betonte im Sitzen nur noch, wie verspielt und feminin dieser war. Da blieb Ballinger lieber stehen, an eine Vitrine gelehnt, in der sich ein paar Nippessachen, Zeitschriften und Bücher befanden.

Marsh zog jetzt eine kleine Handtasche aus einer braunen Einkaufstüte, eins von diesen Dingern, die Frauen «Unterarmtasche» nennen. Er reichte sie Tommy, und der nahm sie und spürte, wie klamm und feucht sie war. Er runzelte die Stirn. Wollten sie damit etwa andeuten, daß nicht mehr von Sadie übriggeblieben war? Hielten sie das für einen Talisman oder ein Amulett? Sie war weinfarben und hatte einen Einsatz aus Schlangenleder. Was sollte er wohl ihrer Meinung nach damit anstellen?

Schon wieder zogen sie etwas aus dieser unpassenden Tüte, als kämen sie von einem Einkaufsbummel: eine Puderdose aus demselben Schlangenleder wie die Handtasche, eine kleine Haarbürste, einen Kamm, einen Lippenstift ohne Hülse. Sergeant Marsh reihte alles sorgfältig auf dem Tisch auf, wo sie wie antike, von Wasser zerstörte Artefakte aussahen.

Strandgut nach einer Flutwelle, dachte Tommy, hob jedes Stück auf und legte es wieder hin. Er kniff die Augen zusammen. Wenn er sie schloß und schnell den Kopf schüttelte, dann würden sie verschwinden – Handtasche, Lippenstift, Polizei. Doch sie schienen zum Bleiben entschlossen. «Woher wissen Sie, daß dieses Zeug da Sadie gehört?» fragte er dumpf.

«Daher.» Roy Marsh ließ ein kleines Plastiketui auf den Tisch fallen, wie eine Trumpfkarte. «Daher. Leihzettel aus der Bücherei, eine Kreditkarte –»

Tommy runzelte die Stirn und stupste sie mit dem Finger an. «Sie hat nie eine Kreditkarte gehabt. Einmal hat sie irgendwas auf Raten gekauft. Kreditkarten haben doch nur die feinen Pinkel.»

Roy Marsh lächelte. «Die hat heute fast jeder, Tommy.» Und er fuhr mit dieser gelassenen, sanften Stimme fort: «Jemand muß sie identifizieren.»

«Ich dachte, das hätten Sie schon –» Tommy deutete mit dem Kopf auf die Sachen auf dem Tisch «– mit Hilfe dieser Sachen.»

Der Sergeant beugte sich weiter vor. «Eine amtliche Identifizierung. Tut mir leid. In der Regel macht das die Familie. Ehemann, Eltern ...»

«Gibt es nicht. Nur Tante und Onkel. Sie heißen Mulholland», setzte er hinzu, als er sah, wie das Notizbuch gezückt wurde. «Wir wohnen in Gravesend.» Böse starrte er Roy Marsh an. «Bisher haben Sie mir noch nicht gesagt, was passiert ist.» Es wollte ihm nicht in den Kopf, daß Sadie etwas zugestoßen sein sollte, aber es war wohl besser, er spielte mit. Schließlich hatte er noch vor einer Woche mit ihr gesprochen, oder? Tommy schnappte sich seine Jeans vom Schlafsofa und zog seine Stiefel unter dem Sofa hervor.

Roy Marsh blieb einen Augenblick stumm. «Man hat die Leiche auf einer Slipanlage bei Wapping Old Stairs gefunden. Aber es steht noch nicht fest, ob es sich um deine Schwester handelt», setzte er rasch hinzu.

«Ertrunken?»

Wieder zögerte Roy. «Nein.» Er zögerte

noch einmal und blickte Ballinger an. «Ersto-chen.»

Tommy ließ den Stiefel fallen, den er gerade hatte anziehen wollen.

«Wir haben sie vor zwei Stunden gefun-den.»

«Dann ist es also letzte Nacht passiert?»

Roy Marsh schüttelte den Kopf. «Vorletzte Nacht.»

«Da haben Sie aber lange gebraucht.» Er mußte sich gegen das rauhe Gefühl in seiner Kehle wehren, das nur Tränen bedeuten konnte, da kam ihm der Zorn gerade recht.

Constable Ballinger fragte: «Hast du ein Foto von ihr dabei, Junge? Einen Schnappschuß oder so etwas?»

Wortlos holte Tommy seine Brieftasche her-aus und zeigte ihnen das kleine, recht billige Porträtfoto von Sadie in einem tief ausge-schnittenen Kleid und mit hochgestecktem Haar.

«Sieht ein bißchen anders aus, Sir», sagte Constable Ballinger.

Tommy stand auf. Eine Welle der Erleichte-rung durchflutete ihn. *Vielleicht ist es gar nicht Sadie.*

Auf der gegenüberliegenden Straßenseite war eine Traube Neugieriger zusammengelaufen, die wohl das Polizeiauto begafften und den Transporter mit dem Emblem der Metropolitan Police, aus dem mehrere Männer mit technischem Gerät kletterten. Wahrscheinlich hatten die Passanten gehofft, die BBC würde eine Sondersendung über Limehouse drehen. Abgesehen von dieser Geschäftigkeit wirkte die Straße verlassen und bedrückend mit ihren Speichern, großen Brettertüren und dazwischen kleinen Eigentumswohnungen mit Blick aufs Wasser und aufgerissenes Erdreich. Astronomisch teuer, und doch sahen die Häuser immer noch unbewohnt und ungepflegt aus, so als ob der Geist des alten Limehouse am Ende doch die Oberhand behalten hätte. Die schmiedeeisernen Straßenlaternen wirkten fehl am Platz.

Sergeant Roy Marsh erteilte der eben angekommenen Mannschaft Befehle, und Constable Ballinger schob Tommy in das Auto.

Und dann sah Tommy sie, wie sie im Trenchcoat vor ihrem Haus stand. Über der Panik und dem Schock der letzten Stunde hatte er sie ganz vergessen. Als sie auf ihn zukam, die riesige, sackartige Handtasche über die Schulter geschlungen, da durchflutete ihn die gleiche Welle der Erleichterung wie gerade zuvor, als er gedacht hatte, der Sergeant habe alles in den falschen Hals bekommen und nicht Sadie wäre tot, sondern jemand anders.

Sie legte ihm die Hand auf die Schulter und blickte an Tommy vorbei Marsh an. «Hallo, Roy.»

Ihr Anblick schien den Sergeant nicht sehr froh zu stimmen. «Ruby.»

«Besser, ich komme mit. Besser, ich fahre mit.»

«Das geht dich nichts an, oder?» Sein verkniffenes Lächeln wurde durch die Narbe nicht freundlicher.

«Ich glaube doch. Ich glaube, du kannst jede Hilfe brauchen.» Und als bemerkte sie nicht, daß er für einen Augenblick schmerzlich das Gesicht verzog, setzte sie hinzu: «Schließlich mußt du doch die Nachbarn befragen. Warum nicht mich? Warum nicht gleich?»

Roy Marsh stand neben der offenen Fondtür. «Hast wohl das zweite Gesicht, was, Ruby?» Er bemühte sich vergebens um einen schneidenden Ton.

«Ich kann hellsehen. Man nehme eine vermißte Frau, ein Polizeiauto und ihren Bruder,
den man aus dem Haus führt, zähle zwei und
zwei zusammen, und schon kommt man
drauf, daß du vielleicht aufs Revier fährst.»

Ballinger auf dem Vordersitz schaffte es hervorragend, so zu tun, als ob er nichts davon
hörte, als ob er nicht sähe, daß eine fremde
Frau einfach die Tür zum Rücksitz aufhielt, die
der Sergeant hatte schließen wollen, und sich
auch noch hineinquetschte.

Daß Ruby mit starr geradeaus gerichtetem
Blick jetzt neben ihm saß und daß dann die Tür
zugeknallt wurde, verwunderte auch Tommy.

Das Haar war braun, das Gesicht ohne jedes
Make-up, nichtssagend wie Asche, trocken
wie Sand. Er hatte den Kopf schütteln wollen –
nein, das ist nicht Sadie –, doch ein Erinnerungs-
funken, der wie ein Kügelchen in seinem leeren Kopf herumrollte, ließ ihn nicken. Es war
ein Bild aus alten Zeiten von Sadies Gesicht,
gleich nach einem heftigen Regenschauer, als
sie total durchnäßt gewesen war und ihr Gesicht frisch gewaschen und blaß ausgesehen
hatte. Aber das war schon Jahre her. Das Bild

flammte auf wie ein Streichholz und verlosch wieder.

Es war zu lange her. Sie sah aus wie Sadie – das weiße, ernste Gesicht wie mit Eis überkrustet. Und dennoch war es das Gesicht einer völlig Fremden, die er nie gekannt und die ihm nie etwas bedeutet hatte.

Er wandte sich ab. Roy Marsh hatte ihm die Hand auf die Schulter gelegt und schien ihn zu drängen, noch einmal hinzuschauen.

Doch er wollte nicht. «Das ist nicht Sadie.»

Marsh nickte dem Angestellten des Leichenschauhauses zu, und der ließ das Tuch zurückfallen.

Tommy machte sich von dem Sergeant los, ging aus der Tür und den Flur entlang zu Ruby, die dort saß und wartete. Er ließ sich auf die Holzbank fallen, verschränkte die Arme vor der Brust und starrte die Wand an, die so unerbittlich polizeiwachenockergelb getüncht war. Welche Erleichterung, daß Ruby nichts fragte, nichts sagte, bis Roy Marsh herauskam.

«Wie gut hast du sie gekannt?»

«Ich weiß nicht, ob ich sie überhaupt gekannt habe. Ich habe eine Frau, auf die die Beschreibung paßt, ein paarmal in den ‹Fünf

Glocken› und in der ‹Traube› gesehen und auch auf der Narrow Street. Aber in letzter Zeit nicht mehr. Was weiß ich.» Ruby stand auf. «Bringen wir's also hinter uns, ja?»

Erst als sie zurückkam, ihn anblickte und sagte: «Ich weiß es einfach nicht, Tommy», da fragte er sich, ob er sich etwas vorgemacht hatte. Er sah den Schnappschuß an, den er vorsichtshalber in der hohlen Hand verbarg aus Angst, der Sergeant oder sonst jemand könnte ihn ihm wegnehmen. Er hatte auf irgendeine Bestätigung durch die Welt außerhalb der Glasglocke gewartet, in der er zu schweben schien. Doch damit war jetzt Schluß; sie zersprang.

17

FIONA CLINGMORE SASS mit einer Schönheitsmaske aus brauner Pampe, die lediglich Augen und Lippen freiließ, an ihrem Schreibtisch und blätterte mit angefeuchtetem Finger durch die Seiten von *Harrods*.

«Tagchen, Fiona, Sie wären eine wundervolle zweite Besetzung für Al Jolson», sagte Jury. Fiona fuhr zusammen, klappte das Magazin zu und funkelte Jury böse an, denn schließlich tauchte er unerwartet und grundlos in Racers Büro im New Scotland Yard auf. Der böse Blick war wirkungsvoll, was an dem Kontrast zwischen der dunkelgrünen Iris, den weißen Augäpfeln und dem übrigen Gesicht lag. Ein grünes Band hielt das frischgeschnittene und silbrig gesträhnte Haar zurück und verwandelte ihre sonst so leuchtendblonde Lockenpracht in goldene und silbrige Stacheln.

Jury setzte sich und erwiderte den bösen Blick mit einem strahlenden Lächeln. «Na, vielleicht nicht Jolson. Aber zu Silvester würden Sie damit in Picadilly Station alles schlagen.»

Nach ihrem anfänglichen Schrecken war Fiona so cool wie immer, zog gelassen eine Zigarette aus der Packung auf ihrem Schreibtisch und lehnte sich auf ihrem Sekretärinnenstuhl zurück. Jede andere wäre wie eine Wilde zur Toilette gerast und hätte sich das Zeug abgewischt, aber nicht Fiona.

Kater Cyril, welcher am Topf mit der

Schlamm-Maske herumschnupperte, funkelte Jury genauso böse an wie Fiona. Anscheinend verübelte er es ihm, daß er ihn daran hinderte, einen ganz neuen und faszinierenden Einblick in die Welt der Kosmetik zu tun. Was Körperpflege anging, so war auch Cyril alles andere als nachlässig. Vom unentwegten Putzen glänzte sein Fell wie Kupfer; hier und da wies es weiße Stellen auf, die in der Morgensonne silbrig schimmerten. Er schien eine eigenartige Nachahmung von Fionas Frisur. Seit dem Tag, als jemand Cyril auf leisen Pfoten durch die Flure von New Scotland Yard hatte streichen sehen und ihn Fiona Clingmore übergeben hatte, war dieser zu Chief Superintendent Racers Nemesis geworden. Welch abwegige Todesarten für Katzen sich der Chief auch immer ausdachte, Cyril entwischte ihm, unterlief und überlistete ihn und war bereits mehr als ein Maskottchen; er war schick geworden, war in Mode als eine Art platonische Idee einer Katze.

«Und was, wenn man fragen darf, ist aus Ihrem Urlaub geworden?» Fiona blies eine dünne Rauchwolke aus; sie war jetzt die Selbstbeherrschung persönlich, so als merke sie nicht, daß die Schlamm-Maske beim Reden

Risse bekam. «Darf man fragen, was Sie hier treiben?» Kein einziger Finger verirrte sich zu dem grünen Haarband, das immer höher rutschte und die Stacheln noch spitzer aussehen ließ.

«Man darf. In Northants hat es etwas Ärger gegeben.» Jury nickte in Richtung von Racers Tür. «Er kann so früh doch noch nicht im Klub sein; es ist ja noch nicht mal zehn.»

Fiona streckte die Hand aus und bewunderte ihre kunstvoll lackierten Nägel. Ein winziger, unechter Smaragd glitzerte im Sonnenschein. «Der? Der ist weg zu einem Fall. Hat sogar Al mitgenommen.»

Jury lächelte. «Armer Wiggins.»

Fiona bemühte sich, gelangweilt auszusehen – was unter den gegebenen Umständen nicht einfach war; also schlug sie die Beine übereinander und wieder auseinander, damit Jury die Straßsteine, die in ihre schwarze Strumpfhose eingewirkt waren, gut sehen konnte. Da sie wußte, daß sie Jury wohl kaum mit einer Schlamm-Maske verführen konnte, brachte sie alle übrigen körperlichen Reize ins Spiel, die sie aufbieten konnte: Rock übers Knie rutschen lassen, einen Arm über die

Stuhllehne legen, daß die schwarzen Ebenholzknöpfe ihrer Bluse schier erdrosselt wurden.

«Wozu diese ganzen Anstrengungen, Fiona? Geht Racer in den Ruhestand oder so?»

«Eine wichtige Verabredung.» Sie zwinkerte.

«Als ob ich's nicht geahnt hätte. Wirklich schade, ich hatte gehofft, Sie würden auf einen Drink mit in die ‹Feder› kommen.» Pfui über ihn, schließlich wußte er, daß sie wahrscheinlich gar nicht verabredet war. Dabei hatte er ihr nur etwas Nettes sagen wollen. Jetzt hatte er sie um ihre Chance bei ihm gebracht. Ihre Enttäuschung war deutlich zu spüren. Rasch sagte er: «Lassen Sie ihn doch warten. Kommen Sie, bloß ein Drink...»

Schritte trampelten den Flur entlang; alle drei blickten zur Tür des Vorzimmers. Cyril hatte die Ohren angelegt, also konnte es sich nur um Racer handeln.

«Los, tippen Sie», sagte Jury und vergaß dabei, daß sie damit wohl kaum von dem lehmverkleisterten Gesicht ablenken konnte. «Ich warte drinnen, mit gequälter Miene.»

Als Jury die Tür zu Racers Heiligtum öffnete, witschte ihm Cyril zwischen den Beinen durch, schob sich wie eine Schlange über den Teppich, der die Farbe seines Fells hatte, und erklomm den Bücherschrank an der Wand neben Racers großem Schreibtisch. Seine Krallen gruben sich in die gerichtsmedizinische Wissenschaft, den Jahresbericht des Commissioners an die Queen und andere verstaubte Wälzer. Oben auf dem Bücherschrank balancierte das amtliche Porträt der Queen, weil der Nagel aus der Wand gefallen war. Dahinter, in dem dunklen Schatten zwischen Wand und Bild, hockte jetzt Cyril und wartete.

«Was machen denn Sie hier?» fragte Chief Superintendent Racer, legte das Leinenjackett ab und machte es sich in seinem ledernen Drehstuhl bequem. «Sind Sie nicht im Urlaub? Davon bekommen wir weiß Gott viel zuwenig!» Ein schwerer Seufzer deutete an, daß Racer schon seit Jahr und Tag an seinen Schreibtisch gekettet war, eine Tatsache, die durch die Antigua-Bräune auf seinen rotgeäderten Wangen Lügen gestraft wurde. In diesem Jahr hatte er bereits dreimal die sonnigen Gefilde jenseits von Victoria Street aufgesucht, und nach dem Umschlag von British Airways zu schließen, der unter seiner Schreibunterlage hervorlugte, schien der Rückflug fällig. Anscheinend benutzte Racer sein Büro lediglich als VIP Lounge zwischen zwei Flügen.

«Wollen Sie wieder fort? In die Karibik?» Jury streckte die Beine aus und gestand ihm einen fünfzehnminütigen Aufklärungsvortrag zu.

«Was? Woher wissen Sie? Hat Kleopatra da draußen wieder gequatscht?»

«Natürlich nicht», sagte Jury, der die meisten Informationen von Fiona bekam, denn mit dem Mundwerk war sie flinker als mit der Schreibmaschine. Er deutete mit dem Kopf zu dem Umschlag. «Das da.»

Racer schnappte ihn, stopfte ihn in seine Schreibtischschublade und sagte: «Als Kriminalbeamter sind Sie wirklich ein As, wie?»

«Wirklich ein As.» Jury unterdrückte ein Gähnen, als Racer zum rituellen Vortrag über das dornenvolle Leben des Polizisten anhob...

Er warf einen Blick auf das Porträt der Queen. Der Rahmen bewegte sich. Jury sah, wie Cyrils schimmernder Kopf vorsichtig hinter dem Bild hervorlugte und Racers Platte von oben musterte. Dann zog er Kopf und Vorderpfoten zurück, streckte sie wieder heraus und zog sie wieder zurück. Er sah aus, als würde er sich vor dem herumwandernden Racer zwischen den Rockfalten Ihrer Majestät verstecken. Als er sicher war, daß Ihre Majestät ihm *carte blanche*, diplomatische Immunität oder was auch immer gewährte, legte er sich flach hin, ließ die Pfoten über die Kante des Bücherschranks baumeln und wartete, der Teufelsbraten.

«...und hören Sie auf, Ihre Nase in Dinge zu stecken, die nur die County-Polizei angehen, Jury!»

«Die Leiche ist fast auf mich draufgefallen», sagte Jury ruhig, während er sich gleichzeitig mit einer Havanna-Zigarre bediente, die Racer aus Antigua geschmuggelt hatte.

«Beim nächstenmal lehnen Sie sie wieder an und machen sich aus dem Staub! Sicher haben Sie auch diesen verdammten Grafen oder Herzog, oder was er ist, wieder zugezogen – wohnt er nicht in dem Kaff? –, damit er Ihnen die Laufarbeit abnimmt. Ein Polizist hat es schon schwer genug, auch ohne daß er einen Laien als Partner benutzt.»

«Mein Partner ist Sergeant Wiggins; und den wollte ich holen.» Er blickte zum Bücherschrank auf. Cyril ruckte mit dem Kopf zur Seite, und Jury wußte, daß er niesen mußte. Als es passierte, raschelte Jury mit der Zellophanhülle der Zigarre.

Racers Kopf fuhr hoch. «Was war das?»

«Entschuldigung.» Jury warf die Hülle in den Aschenbecher.

Aber Racer hatte schon zu lange mit Cyril Krieg geführt, als daß er auf den Zellophantrick hereingefallen wäre. «Er ist hier drin. Das hat sich eindeutig nach Katze angehört.»

Jury suchte den Fußboden ab. «Nein, ist er nicht, Sir.»

«Stellen Sie sich nicht so dämlich an; so blöd ist er nun auch wieder nicht.» Racer suchte jetzt mit zusammengekniffenen Augen die ganze Decke ab, stand dann auf und blickte aus dem Fenster.

«Da draußen kann er ja wohl nicht gut sein.»

«Verdammt und zugenäht, und ob er kann. Das ist doch eine kätzische Fliege.» Racer setzte sich wieder, aber ihm war mulmig zumute, denn er ließ den Blick über die Oberkante des Bücherschranks schweifen, von wo ihm aber nur die Queen vornehm zulächelte. Jury konnte fast ihre Krone glitzern sehen.

Racer war wohl immer noch mulmig zumute, denn er blickte sich schon wieder um. Dann sagte er: «Halten Sie mir bloß Ihren Freund vom Hals. In Hampshire damals hat er einen schönen Schlamassel angerichtet.»

Der «Schlamassel» bezog sich auf die Tatsache, daß Plant damals Jury das Leben gerettet hatte. «Er ist ein Einsiedler», sagte Jury, drehte die Zigarre im Mund und berauschte sich an ihrem Aroma. «Verläßt nie das Haus.»

Racer patrouillierte schon wieder im Zimmer auf und ab. «Superintendent Pratt hat mir erzählt, daß man die Leiche in eine Kommode gesteckt hat, die gerade von dem dortigen Antiquitätenhändler abgeholt werden sollte. Du liebe Zeit, viel Mühe hat sich der Mörder ja nicht gerade mit dem Verstecken gegeben, was?» Racer warf einen Blick in den Papierkorb und raschelte im Abfall herum. Er seufzte, ließ den Blick wieder über die nahe, scharfe Kante des Wassers schweifen, wie der Kapitän eines

U-Bootes, der feststellen will, ob Torpedos unterwegs sind. Der Torpedo oben auf dem Bücherschrank zog rasch den Kopf ein.

Jury runzelte die Stirn. «Nein, nicht wenn er oder sie wußte, daß der *secrétaire* abgeholt werden sollte.»

«Wetten wir um Ihre Pension, falls Sie eine bekommen, daß es die Ehefrau war? Die dürfte davon gewußt haben, was?» Racer zog jetzt Bücher aus den Regalen und warf Blicke dahinter.

Ein leises Zischeln, so als hätte die Queen mit den Röcken geraschelt. Der Rahmen bewegte sich etwas, gerade ehe Racer herumfuhr. «Ich wußte es doch; er ist hier drin!» Er ging zu seinem Schreibtisch und schlug mit der Hand auf die Sprechanlage. «Würde sich die Königin vom Nil verdammt noch mal hierherbemühen und das räudige Katzenvieh entfernen! Und das für alle Zeiten!»

Auftritt Fiona mit perlmuttfarbenem und scheinbar porenfreiem Teint. Racer befahl ihr, den gottverdammten Tierschutz anzurufen und dort auszurichten, sie könnten ihren Laden dichtmachen, wenn sie ohne Käfig auftauchten.

Jury blickte auf und sah, daß Cyril einen Buckel machte und zitterte wie ein Turmspringer vor dem Absprung. Er hatte nur darauf gewartet, ungeschoren hinausgelangen zu können.

«Aber die kommen sicher nicht wieder, oder?» sagte Fiona.

Einmal waren sie schon dagewesen, drei Männer in Weltraumanzügen, die auf eine tollwütige Katze gefaßt waren. Furcht und Schrecken mußte bei ihnen geherrscht haben – Scotland Yard, der Katzenfänger herbeirufen mußte. Cyril war natürlich verschwunden gewesen, so wie das nur Katzen schafften, und wieder einmal hatte man das Rätsel des verschlossenen Zimmers nicht zu lösen vermocht. Später hatte Fiona ihn gesehen, draußen mit dem Fensterputzer auf einer der Laufplanken, und sein Gesicht an der Fensterscheibe hatte ein plattgedrücktes Grinsen getragen.

Cyril sprang geradewegs auf Racers Schreibtisch, flitzte über die Platte, daß die Papiere hinter ihm aufspritzten wie bei einem Sprung ins Wasser, tauchte dann zu Boden und sauste aus dem Zimmer. Eine einzige Bewegung vom Bücherschrank zur Türschwelle, mehr war nicht nötig.

Jury schoß durch den Kopf, daß sein Manöver eine komische, irre und surrealistische Version von Simon Lean war, wie er aus dem Sekretär fiel. Simon Lean, gebeugt und sprungbereit.

18

Humor musste man schon in einem ganz speziellen Sinn verstehen, wollte man den Begriff auf Detective Sergeant Alfred Wiggins anwenden, der in Jurys Büro saß und genauso tiefschürfend über aufgereihten Medizinfläschchen brütete wie Fiona über ihren Lehmtöpfchen und ihrer Fingernagelkunst.

Jury begrüßte ihn und feuerte sein Jackett in die ungefähre Richtung des Mantelständers, wo es sich verfing und schlaff herunterhing wie Wiggins' Kopf. «Sie sehen aus wie ein Mann, dem seine Fisherman's Friend ausgegangen sind.» Die gelbe Schachtel mit den Halstabletten thronte inmitten der Fläschchen.

Und Wiggins sah aus wie die personifizierte Epidemie.

Wiggins stieß einen tiefen Seufzer aus und wählte eine zweifarbige Kapsel, die er mit dunklem Tee hinunterspülte. Der Sergeant hatte sich Fläschchen um Fläschchen, Lutschtablette um Lutschtablette in Jurys Büro breitgemacht. Wiggins' frühere Kollegen waren Kettenraucher gewesen und hatten gequalmt, bis ihr Büro aussah, als hüllte es sich in gelbliche, viktorianische Nebel: geduckte Gestalten, unvermutete Bewegungen, Gesichter, die im Lichtkegel der Schreibtischlampen auftauchten. Jury hatte mitangesehen, wie Wiggins' Gesichtsfarbe allmählich von Grau zu Modriggrün wechselte, und hatte ihm angeboten, das Büro mit ihm zu teilen. Jury rauchte auch, respektierte jedoch Wiggins' Nichtraucherbereich.

«Ich habe die Liste da, Sir. Es sind ungefähr fünfzehn Pubs. Ich habe die angekreuzt, die am ehesten in Frage kommen.» Er reichte ihm das Klemmbrett über den Schreibtisch.

«Danke», sagte Jury durch den Pullover hindurch, den er sich vom Leibe riß, denn er mußte sich Wiggins' Dauertemperatur von siebenundzwanzig Grad anpassen. Binnen fünfzehn

Minuten würde er im Unterhemd dasitzen. «Ist Ihnen nicht zu warm?» Er blätterte ein gutes Dutzend Zettel mit telefonischen Nachrichten durch. Zwei waren von Carole-anne; drei von Susan Bredon-Hunt. Was für eine verdrehte Welt: Je seltener er sie im letzten Jahr zu sehen bekommen hatte, desto öfter hatte sie ihn angerufen.

Wiggins saß da und schien sich in seinem Kammgarnanzug und dem adrett gebundenen Schlips ganz wohl zu fühlen. «Ich drehe gern das Heizungsgebläse ab, Sir.» Märtyrertum paßte Wiggins so angegossen wie eine Mönchskutte.

«Lassen Sie nur.» Er deutete mit dem Kopf auf Wiggins' Liste. «Welche kommen am ehesten in Frage?»

«Das ‹Goldene Herz› in der Commercial Street, dicht bei Christchurch Spitalfields –»

«E eins?»

«Jawohl, Sir. Dann ‹Jack the Ripper›, auch dicht bei Christchurch.»

Jury warf Carole-annes Nachrichten in den Papierkorb und sagte: «Bloß nicht. Dem bin ich, glaube ich, nicht gewachsen. Was sonst noch?»

«In E vierzehn haben wir ‹Zu den fünf Glok-
ken und dem Schulterblatt› –»

Jury blickte auf. «E vierzehn ist Limehouse.
Und die Kirche?»

«St. Anne's. Aber ich habe noch etwas, das
Sie vielleicht interessieren –»

Als Wiggins Jury einen Schnellhefter über
den Schreibtisch reichen wollte, klingelte das
Telefon. Wiggins nahm ab, drückte den Hörer
an die Brust und sagte sorgenvoll: «Carole-
anne, Sir. Ich glaube, sie weint.»

Was Jury nicht gerade tief rührte. Unter den
besonderen Umständen seines Kurzurlaubs
würde sie natürlich einen Ersatzpolizisten als
Gesprächspartner brauchen. Carol-anne konnte diese romantische Gelegenheit, nur zwei
Etagen über einem Superintendent zu wohnen, einfach nicht fassen. Insbesondere seine
Größe von einsfünfundachtzig und sein «über-
irdisches» Lächeln (wie sie es ausdrückte, und
sie mußte es wissen), ein Lächeln, das bei ihr
blieb, selbst wenn er schon gegangen war. Mit
anderen Worten (hatte er ihr geantwortet), Sie
sind auf der Suche nach einem einsfünfundachtzig großen Siamkater.

Aus dem anderen Ende der Leitung kam ein

Wasserfall von Einzelheiten auf ihn herabge-
prasselt, Weissagungen von künftigen, gräßlichen Ereignissen, nachdem Carole-anne mitbekommen hatte, daß er tatsächlich selbst im
Büro weilte. Sie erzählte ihm, während «Stars
fell on Alabama» auf dem alten Plattenspieler
des «Starrdust» vor sich hinkratzte, daß der
Gehängte mindestens schon ein halbes Dutzend Mal in ihren Karten aufgetaucht sei und
sie fast alle Hoffnung aufgegeben habe, jemals
wieder mit Jury auf der Angel Street bummeln
zu gehen. Wen genau der Gehängte im Visier
hatte – Jury, Carole-anne oder das Islington
Monument –, war nicht herauszubekommen.
Warum war es nur so schwer, Carol-anne davon zu überzeugen, daß *sein* Mord (wie sie es
ausdrückte), der real hier auf der Erde in der
Nacht vom ersten oder in den frühen Morgen-
stunden das zweiten Mai geschehen war – ein
Ereignis, das durch die Einheit von Zeit und
Raum, Schwerkraft, Logik und Mitteleuropäi-
scher Zeit (also meßbaren Größen) abgesichert
war –, wieso sollte *sein* Mord unsicherer sein
als der Mord an ihr, der noch nicht einmal geschehen war. Jedoch in nächster Zukunft (so
behauptete sie) erfolgen würde. (Einer Zu-

kunft, die in den Sternen stand, an einer Zwischenstation im Universum, an irgendeinem planetarischen Außenposten, der weder den Gesetzen der Physik noch der forensischen Medizin unterlag.) Die Leiche hatte sie in einer Vision, einem Traum oder ihren Tarotkarten gesehen, und nicht in einer schäbigen Londoner Hintergasse.

«Der Gehängte», erinnerte Jury sie, «bedeutet nicht Tod, sondern Leben in Gefahr.» Er ließ den Blick über Wiggins' Klemmbrett wandern und runzelte die Stirn.

«Na gut, wenn es Ihnen egal ist, mich irgendwann in so einer Schublade im Leichenschauhaus zu finden, ein Schildchen am Zeh...!»

«Natürlich ist es mir nicht egal, Madame Zostra, aber das maßgebliche Wort hier ist *irgendwann*. Ich beschäftige mich gerade mit einem anderen Mord, der zweifelsfrei schon verübt worden *ist*, und zwar in der Nacht vom 1. auf den 2. Juni. Der Mord an Ihnen dagegen ist bislang noch nicht aktenkundig, und für eine Beweisaufnahme reicht es nicht ganz, es sei denn, Pluto träte –»

Er konnte den Bericht ohne Mühe lesen,

während sie ihm die Ohren vollplärrte, daß gewöhnliche Polizisten wohl nicht genügend Phantasie besäßen, um den Mord an ihr aufzuklären. Es klang wie aus einer Kubla Khanesken Vision, oh, wie sehr wünschte sich Jury, daß dieser Gentleman aus Porlock, der Coleridges Gedicht ruiniert hatte, jetzt in Covent Garden auftauchen und an die Tür des «Starrdust» klopfen würde. Unglücklicherweise waren jedoch Gentlemen aus Porlock genauso wie Polizisten nie zur Stelle, wenn man sie brauchte. Sie bemühte sich nach Kräften um eine tränenerstickte Stimme, als müsse sie mit Dinah Shores Honigstimme wetteifern. Dinah und Carol-anne durchlebten in diesem Augenblick ihr kleines Drama. Jury lächelte und wünschte, ein ganzer Eimer voller Sterne würde geradewegs auf den rotgelockten Kopf von Carole-anne Palutski herabregnen. «Venus! Sie hören mir überhaupt nicht *zu*!»

«Aber ja doch.» Jury hielt Wiggins einen Schnellhefter hin. Der Sergeant hatte die ganze Zeit verzückt dagesessen. Anscheinend konnte Carole-anne Männer mittels Fernsteuerung in ihren Bann schlagen. Seit sie den

Job im «Starrdust» hatte, war sie felsenfest von ihrer günstigen Startposition zum Kosmos überzeugt. Ihre Tête-à-têtes mit dem Schicksal verdrängten beinahe alles andere aus ihrem Terminkalender – wieso auch nicht, wenn sie nur aufhören würde, dergleichen auch für Jury zu arrangieren. Zahnärzte, praktische Ärzte und sogar die Nagelpflege waren dort schon seit langem gestrichen; Carole-annes Zukunft war sozusagen voll ausgebucht. Wenn sie in ebenso vielen Bühnenstücken gespielt hätte, wie sie Verabredungen mit den Sternen hatte, dann würde sie auf der Bühne gleich neben der Dame Peggy Ashcroft stehen.

«Das Dumme bei Ihnen ist, daß Sie nicht an die Präsenz des Unsichtbaren glauben.»

«So ist es. Ich habe schon genug mit dem Sichtbaren zu tun.»

Während im Hintergrund «Moonlight Serenade» dahinschmalzte, schnitt Jury ihren Protest dadurch ab, daß er ihr schonend beibrachte, daß ihn die Gegenwart im Augenblick voll und ganz fordere und er deshalb auflegen müsse.

Was er auch tat; dann wandte er sich an Wiggins. «Der Pub ‹Stadt Ramsgate› ist einer von den Pubs auf Ihrer Liste. Was haben wir sonst noch über den Mord an Sarah Diver?»

«Mehr nicht. Die Themse-Division bearbeitet den Fall. Man hat sie auf der Slipanlage zwischen den Stufen und dem unteren Ende der Pubmauer gefunden. Frühmorgens, gegen fünf. Muß scheußlich feucht gewesen sein, ich meine, so direkt an der Themse.»

«Das dürfte sie nicht gemerkt haben, Wiggins. Gehen wir.» Jury stand auf, um sich sein Jackett zu holen, und sah aus dem Augenwinkel, wie Wiggins Notizbuch, Kapseln und eine Packung bedenklich aussehender Kekse einsteckte.

19

«Es heisst, sie sähe aus wie ein Schiff mit einem hohen Segel, das geradewegs auf einen zukommt», sagte Wiggins. Er und Jury blieben einen Augenblick stehen, um St. Anne's Limehouse zu bewundern. Das Auto hatten sie in der Three Colt Street abgestellt. Wiggins nieste, schneuzte sich und fuhr fort: «Zwei-hundert Jahre lang hat man an den Kirchen von Hawksmoor herumgenörgelt, vor allem an dieser. Dabei war er nur seiner Zeit voraus.» Wiggins hielt die Hand hoch und spreizte Daumen und Zeigefinger im rechten Winkel, wie ein Maler auf Motivsuche. «Ein bißchen wie Jugendstil, finden Sie nicht?»

Jury wußte nicht, was er finden sollte. Sein Sergeant versetzte ihn immer wieder in Erstaunen; wo er nur immer so obskure Dinge ausgrub. «Ich weiß nicht, ich finde sie einfach schön.»

«Besser als Christopher Wren», sagte Wiggins und nieste schon wieder. Und nach diesem abschließenden Urteil über die Kirchenarchitektur des achtzehnten Jahrhunderts befand er, es begänne zu regnen, und marschierte weiter.

Genau in diesem Augenblick ertönten zwölf dröhnende Glockenschläge, aber vielleicht jubelten die Glocken auch nur, weil sie mitbekommen hatten, daß jemand die Kirche nach zwei Jahrhunderten Warterei endlich zu schätzen wußte.

Hinter der Bar der «Fünf Glocken und dem Schulterblatt» stand ein Mann mittleren Alters mit Pausbäckchen und einem Kußmundlächeln, der mehr Ähnlichkeit mit einem Engel oder Priester als mit einem Wirt hatte. Und das, so erzählte er Jury, war er auch nicht. Er stellte einem Gast ein Lager auf die Theke; jener bezahlte wortlos und ging gähnend zum hinteren Teil der Kneipe in eine Nische. Die Wände und Decke waren mit uralten Teepackungen dekoriert. Die Kundschaft bestand aus einem guten Dutzend Gäste. An der Bar hockte ein Mann, der in die Ferne blickte, rauchte und so tat, als spitze er nicht die Ohren.

«Nein, ich bin nicht der Wirt», sagte der Barockengel, der Bernard Molloy hieß. «Hab einen Laden in Derry, ja, ja. Vertrete bloß den Wirt, der es ein wenig an der Leber hat.»

Gerade wollte Wiggins den Mund aufmachen und Rat und Hilfe anbieten, da zückte Jury auch schon das Foto von Simon Lean. «Wenn Sie noch nicht lange hier sind, dann kennen Sie diesen Mann vielleicht gar nicht.»

Doch Bernard Molloy rückte bereits seine Brille zurecht. Er schien kein Mensch zu sein, der sich Entscheidungen leicht machte, denn er betrachtete das Bild von allen Seiten, als ob das Gesicht dieses Mannes mittels Hin- und Herwenden vertrauter würde. «Also, er hat so was, ich meine fast, ich hätte ihn schon mal gesehen.»

Der Mann an der Bar warf einen raschen Blick auf das Foto und sagte: «Den da hamse noch nie gesehn, Molloy; sind doch erst 'ne Woche hier, und der Kerl da hat sich seit zwei Monaten nich mehr blicken lassen.»

Wiggins, das Notizbuch griffbereit, wandte den Blick von einem dicken Deckenbalken und fragte ihn erst einmal nach seinem Namen.

«Jack Krael.»

«Wann haben Sie ihn das letzte Mal gesehen, Mr. Krael?»

«Wie ich gesacht hab. Is an die zwei Monate her.» Sein Blick traf Wiggins wie eine Gewehrkugel.

«Ist er oft hier gewesen?»

«Kann sein, ich hab ihn so an die drei-, viermal gesehn.» Er hob die Schultern und klopfte die Asche von seiner Zigarette gemächlich in den Zinnaschenbecher. «Würd mich auch nich an den erinnern, wenn er nich mit Ruby gekommen wär.»

«Ruby?» sagte Jury.

«Ruby Firth.»

Der Mann rechts von ihm mit der karierten Mütze sagte: «Wohnt die nich inner Limehouse Road, Jack? Da is doch die Polizei schon 'n ganzen Morgen rumgekrochen, was, Jack?»

Anscheinend hatte man Jack Krael zum Sprecher der «Fünf Glocken» erkoren. Er nickte und kippte seinen Whisky hinunter. «Genau wie Sadie.» Er sah Jury mit seinen korinthenartigen Augen an, deren Iris schwarz und stechend war. «Sie sind hier drinne schon der fünfte oder sechste.» Er blickte in sein leeres Glas. «Komisch, daß die beide nur so ums Eck gewohnt ham.»

Jury legte Geld auf die Theke und bedeutete Molloy, Kraels Glas aufzufüllen.

«Bushmill's, Molloy. Den Black Bush gleich da drüben.» Schließlich mußte er nicht dafür zahlen. «Das arme Meechen.» Krael seufzte und meinte wohl, sich mit diesem Gefühlsausbruch genug für den Bushmill's bedankt zu haben.

Die Erwähnung des «armen Meechens» Sadie lockte noch ein paar Leute an die Bar. Nun hob ein wetteiferndes Vergleichen und Überarbeiten der unterschiedlichen Versionen dessen an, was die Polizei wen gefragt hatte. Daß es vielleicht nicht bei einer Tragödie bleiben würde, schien die Laune zu heben.

Eine Frau um die Sechzig oder Achtzig kam zur Tür hereingelatscht und gesellte sich zu der Runde. Sie trug einen flachen schwarzen Hut mit zwei Gänseblümchen aus Plastik im ausgefransten Hutband. Dazu war sie in so viele Lagen Stoff vermummt, daß es schien, als lege sie die alten Kleider nie ab, ehe sie sich mit neuen schmückte. Sie kramte in ihren diversen Rökken, zog ein schmutziges Bündel Flugblätter hervor, das von einem Bindfaden zusammengehalten wurde, und machte sich ans Verteilen.

«'ne Schraube locker, bei der da», flüsterte ein bleichgesichtiger Mann, der Alf gerufen wurde, «verbreitet überall im Itchy Gerüchte, die da. Schlimm genug, daß ich nicht nach Hongkong zurück kann von wegen die Gerüchte. Die wissen über mir Bescheid. Singapore Airlines, wo schuld an allem sind...» Er wanderte zu seinem Platz in dem mit Teepäckchen gepflasterten Alkoven ab. Doch über die Schulter rief er zurück: «Schon wieder am Rumtratschen, Kath?»

Sie knallte ihr Glas hin, daß die Gänseblümchen hüpften. «Is mir doch egal, was du gemacht hast oder nich, Alf. Hab was Besseres zu tun, als über dich zu quatschen. Nich, wo Nachwahlen ins Haus stehen.» Ihre Stimme klang schrill und erinnerte Jury an ein kaputtes Radlager.

Er bemerkte, daß Wiggins aufgeschreckt war, als Itchy Park erwähnt wurde. So jedenfalls hatte er früher im Volksmund geheißen, und so wurde er wohl auch heute noch genannt. Es handelte sich um einen öffentlichen Park, der an Christ Church grenzte und sich großer Beliebtheit bei Obdachlosen erfreute, die dort unter Zeitungszelten schliefen mit ihren Packpapiertüten voller Flaschen im Arm und sich von ihnen bewachen ließen.

«Diesmal gewinnste sicher, Kath», sagte Jack Krael.

Ein Blick von Krael, und Bernard Molloy verbiß sich das Lachen.

«Wie lange hat Sarah Diver in der Limehouse Road gewohnt?» fragte Jury.

«Narrow Street. Weiter runter, bei der ‹Traube›. Hat gesagt, früher hättse so 'ne Sozialwohnung gehabt –»

Kath fiel ihm ins Wort. «Das is ja haarscharf mein Programm. Diese Baulöwen da, die wolln doch nur das Hafenbecken auffüllen und alles plattwalzen, was sich nich bewegt und vielleicht auch dies und das, wo sich noch bewegt.» Sie schob Molloy ihr Glas hin und gab Jury zehn weitere Flugblätter, als er ihr ein Lager spendierte.

Jack sagte: «Da hatse recht. Ham Se die Häuser da auf Blythe's Wharf gesehn? 'ne halbe Million Pfund, man bloß für eins. Schmale Dinger, alle aneinandergeklatscht. Und die Leute bezahln das, bloß weilse auf die Themse glotzen wolln.» Er schüttelte den Kopf und starrte auf die Wand. «Hätt ich in zehn Leben nie nich verdienen könn'n, auch wenn ich noch den Job von früher hätt.»

«Und was war das, Jack?» fragte Jury und bedeutete Molloy, ihm das Glas noch einmal zu füllen. Wiggins starrte schon wieder zu dem Balken hoch. Kath wischte sich mit der Faust den Mund ab und sagte: «Das da is das Schulterblatt, falls Sie's nich wissen sollten... Ham hier unten mal Schweine und so was geschlachtet.» Sie stampfte auf den Eichenfußboden und wies auf eine Tafel am Eingang.

«Gleich da drüben steht die Geschichte.» Dann latschte sie zur weiteren Verteilung von Flugblättern davon.

«Fährmann», sagte Jack Krael. «Auf den Schleppkähnen draußen vor der Isle of Dogs. Von der Sorte gibt's nich mehr viele, nee. Die Arbeit ham, mein ich. Die Schiffe kommen nich mehr, da reißense die Speicher ab, reißen einfach alles ab und verkaufen's scheibchenweise an die reichen Pinkel oder was so 'n Kettenhotel is. St. Katherine's Dock, nich zum Aushalten. Großes Hotel und 'n Jachthafen. Die mach'n aus den Speichern ‹Lofts›, damit die Leute aus'm Fenster glotzen und auf'n Pool sehn könn'n. Aber die sehn nie nich, was ich gesehn hab – die ganzen Schiffe da. Indien, China, die hohen, roten Segel, wie's nach Koschenille gerochen hat – nee, das sehn die nie nich wieder. Gemeinsamer Markt.» Er blickte Jury an. «Ein Gemeinsamer Scheiß-Markt is das doch. Da hocken sie rum mit ihren fetten Zigarren und brenn'n Löcher inne Geschichte.» Sein Blick schweifte in die Ferne. «Auf der Isle of Dogs bauen sie jetzt ein zwanzigstöckiges Hochhaus. Wahrscheinlich für'n Hilton und 'n Dutzend Boutiquen.»

«Dann ist Sarah Diver wohl zu Geld gekommen, was?»

«Muß woll.» Jury merkte, daß Jack Krael einsilbig wurde, und bedeutete Molloy, ihm das Glas aufzufüllen.

Krael nickte zum Dank und sagte: «Hier heißtse Sadie, aber seit zwei Monaten hab ich se nich gesehn. Tut mir leid.»

«Muß es nicht; Sie haben uns mehr geholfen, als Sie denken.»

Wiggins war zurück, nachdem er die Tafel an der Wand gelesen hatte. «Hier ist für die Schiffsmannschaften geschlachtet worden», sagte er und blickte zu dem Balken hoch, von dem das Schulterblatt an dünnen Ketten herabhing. Er wußte noch mehr gräßliche Einzelheiten zu berichten, so wie jemand, dem beim Anblick einer Massenkarambolage schlecht wird und der doch stets das Tempo verlangsamt, um nur ja alles mitzubekommen. Der Sergeant verstummte mitten in seiner bluttriefenden Abhandlung, um aus einem Glas ein suppenartiges Gebräu zu trinken, dessen dunkle Sämigkeit das Ergebnis zerbröselter Kekse zu sein schien.

«Sobald Sie Ihre Gedanken von dem

Schlachthaus losreißen können, bemühen Sie sich freundlicherweise zur Hauptwache von Wapping und unterhalten sich mit dem Zuständigen im Fall Diver. Ich werde Ruby Firth auftreiben.» Bei der Erwähnung von einem Meer, einem Fluß oder einer Senkgrube machte Wiggins unweigerlich ein Märtyrergesicht. «Sie müssen ja nicht hinschwimmen, Wiggins.» Jury wollte es sich eigentlich verkneifen, aber dann fragte er doch. «Was ist das bloß für ein Zeug, das Sie da trinken?»

«Gut gegen alles mögliche, Sir. Zerkrümelte Kohlekekse. Dann glauben Sie also, daß zwischen diesen beiden Morden ein Zusammenhang besteht?»

«Wäre schon verdammt merkwürdig, wenn nicht.» Jury schob die Tür auf.

«Man hat schon Pferde vor der Apotheke kotzen sehen.»

«Aber nicht viele», sagte Jury, als sie in einen feinen Nieselregen hinaustraten.

20

Sie hatte das Haar in den hochgeschlagenen Kragen ihres Trenchcoats gestopft und hatte sogar im Regen noch die Sonnenbrille auf. Ihre Bewegungen waren bestimmt – wie sie die Tür des Cortina, Polizei-Version, zuschlug; wie sie den Fahrer ignorierte; wie sie einfach davonging.

Als Jury den alten schmalen Limehouse Crossway überquerte, sah er ganz deutlich den Jungen, der ausstieg und ihr folgte. Fünfzehn, vielleicht sechzehn, mager und eher feingliedrig, noch hübsch. Eine Bö fuhr ihm ins braune Haar, und als er es zurückstrich, da wollte er Jury bekannt vorkommen. Wo hatte er den Jungen schon einmal gesehen?

Das Auto fuhr gerade an, als Jury es erreichte. «Ich interessiere mich für den Fall Diver. Und ich suche eine Frau, eine gewisse Ruby Firth. Das ist sie nicht zufällig gewesen, oder?» Der Fahrer in der Uniform der Flußpolizei musterte ihn feindselig und antwortete nicht.

«Tut mir leid», sagte Jury und zog seinen Ausweis hervor. «Ich würde mich gern mit Ihnen unterhalten.»

Die Miene des Fahrers veränderte sich, jedoch nicht zum Besseren. Anstelle der früheren Feindseligkeit trat eine andere, und die wurde dem Anlaß eher gerecht. Die Flußpolizei mochte es nämlich nicht, wenn ein Krimineller vom Präsidium die Nase in ihre Angelegenheiten steckte.

«Klettern Sie rein.» Er stellte sich als Roy Marsh und den Wachtmeister als Ballinger von der Limehouse-Wache vor. Mit halb abgewandtem Gesicht und dem Hauch eines Lächelns fragte Marsh: «Sollten wir Ihre Hilfe brauchen?»

Jury betrachtete das Profil und die fadendünne Narbe am Mundwinkel. Marsh wandte sich nach vorn und musterte Jury im Rückspiegel. Seine Augen brannten wie Jodtinktur.

«Nein. Aber ich brauche Ihre.» Jury holte eine neue Zigarettenschachtel hervor und bot sie an. Marsh schüttelte den Kopf; Ballinger bediente sich.

«Was interessiert Sie eigentlich an Ruby Firth?» fragte Marsh und trommelte mit den Fingern auf dem Lenkrad herum.

«Mit was für Männern sie zusammen ist.»

Das Getrommel hörte jäh auf. Marsh drehte

sich auf dem Sitz um und fragte: «Was soll das heißen?»

«In Northants ist ein Mord passiert. Ein gewisser Simon Lean.»

Roy Marshs Miene veränderte sich. Jury spürte seine Anspannung.

«Und wer soll das sein?»

«Sie stellen mehr Fragen, als Sie beantworten, Roy. War das Ruby Firth, die gerade aus Ihrem Auto gestiegen ist?»

Nach der Miene, die Roy Marsh jetzt machte, war sich Jury ganz sicher. Roy Marshs Interesse an der Frau ging über die Formalitäten einer amtlichen Untersuchung hinaus. «Ja», war seine knappe Antwort.

«Wer ist der Junge bei ihr?»

Marsh antwortete nicht gleich.

Constable Ballinger schien die Spannung zwischen Marsh und Jury zu spüren und mischte sich ein. «Tommy Diver, Sir. Sarah Divers Bruder. Ist gerade auf Besuch gekommen und dann...» Ballinger deutete mit dem Kopf in Richtung Narrow Street, wo Jury so gerade noch eine Traube Polizisten ausmachen konnte. «Der Junge war heute morgen da, als wir hinkamen und uns das Haus ansehen wollten. Vor den Jungs vom Erkennungsdienst. Die Diver wollte ihn eigentlich gestern abend zu Hause erwarten, aber sie ist nicht aufgetaucht. Jetzt wissen wir ja auch warum. Pech für den Jungen, daß er gerade da war und die Leiche identifizieren mußte.» Hier warf Ballinger Roy Marsh rasch einen Blick zu. Marsh sagte nichts, und so fuhr Ballinger fort: «Der Bruder hat gesagt, sie ist es nicht, jedenfalls ist sie nicht so, wie er sie in Erinnerung hat. Die da wäre dünner, ihr Haar nicht so rötlich, kein Make-up, brave Kleider. Aber er hat sie schon lange nicht mehr gesehen.» Ballinger hob die Schultern. «Seine Verwandten kommen aus Gravesend, um ihn abzuholen und –»

Roy Marsh hatte sich zu Jury umgedreht und Ballinger das Wort abgeschnitten. Seine Stimme war sanft, aber von einer gefährlichen Sanftheit, wie der Klang von gedämpften Schritten. «Wir haben die Leiche heute morgen um vier Uhr dreißig in einem alten Boot gefunden, unter einer Persenning. Auf der Slipanlage bei Wapping Old Stairs. Wir wollten überprüfen, wem das Boot gehört. Jemand hatte die Tote darin abgeladen; die Flut hat sie zwischendurch überspült.» Er wandte das Gesicht wieder zur Windschutzscheibe.

Eine lange Rede für Roy Marsh, der jetzt den Zündschlüssel im Schloß drehte. Ballinger sah ängstlich aus. Einen Superintendenten von der Kripo ließ man nicht einfach so abblitzen.

Jury hatte sowieso gehen wollen. Schlimm genug, daß sich Roy Marsh nicht gern von Scotland Yard die Butter vom Brot nehmen ließ, schlimmer, daß er wahrscheinlich auch unter besseren Bedingungen nicht sehr kommunikativ war, und schlimmer noch, daß er privat drinzuhängen schien.

Über den Lärm des Motors hinweg sagte Marsh: «Sie haben anfangs nach Ruby gefragt; ich dachte, Sie wären wegen Sadie Diver hier.»

«Bin ich jetzt auch.»

Jury knallte die Tür zu und sah dem Auto nach, das mit quietschenden Reifen in die West India Dock Road einbog und davonraste.

«Miss Firth?»

Sie blickte vom Dienstausweis zu Jurys Gesicht hoch und wieder zurück. «Es will kein Ende nehmen», sagte Ruby Firth. «Und wozu gehören Sie? Limehouse? Themse-Division? Londoner Hafenbehörde?»

«Scotland Yard.» Er lächelte. «Die haben Ihnen wohl tüchtig zugesetzt?»

Ein gelangweilter Blick – einer, den Jury ihr unter den gegebenen Umständen nicht abnahm –, und sie gab die Schwelle frei. Den Trenchcoat hatte sie schon abgelegt, darunter trug sie ein schlichtes, durchgeknöpftes Baumwollkleid, dessen Saum bis auf den Rand ihrer modischen Stiefel reichte. Zunächst hielt er es für formlos; dann fiel ihm der Schnitt ins Auge. Teuer. Sie war ein wenig zu mager, ein wenig zu groß, der Mund ein wenig zu breit, aber eine Frau, die man nicht vergaß. Ihr Haar war dunkelgolden, und ihre Augen von einem rauchigen Karneolbraun. Sie schienen ihn wie durch einen Nebelschleier anzusehen.

Der Raum, in dem sie standen, war riesengroß, einer von diesen umfunktionierten Lofts, über die sich Krael ausgelassen hatte, der Fußboden blank gewachst und scheinbar endlos wie ein Schiffsdeck. Er endete jedoch vor einem Panoramafenster, das der Bewohnerin einen unbezahlbaren Blick auf die Themse gewährte. Mattes Licht fiel auf alten Lack, als sie zwei schwarze, nadeldünne Wandleuchten anknipste, um die sich flache grüne Lichtbänder zogen wie Ringe um Planeten. Der Kamin wiederum war aus massivem, grüngesprenkeltem Marmor und sehr schlicht, der Sims ganz ohne Schnickschnack, sogar ohne die landläufige Vase mit Blumen. An Möbeln gab es nur ein Sofa aus Rosenholz, auf dem sie jetzt saß, und diesem gegenüber zwei moderne, italienisch aussehende Stühle, dazwischen ein kleiner See aus Rauchglas. Von irgendwoher kam noch mehr weiches Licht, dessen Ursprung Jury jedoch nicht ausmachen konnte, und verschmolz mit den Schatten. Indirekte Beleuchtung hinter dem Deckenfries, nahm er an. Sie knipste eine Lampe mit Seidenschirm neben dem Sofa an. Das verstärkte noch das marmorierende Spiel von Licht und Schatten auf den schneeweißen Wänden. Jury kam sich vor wie in einer unheimlichen Dalí-Landschaft, deren Mittelpunkt sie war, der Inbegriff von Widerspruch und verzerrter Wirklichkeit.

Desinteressiert wartete sie, daß er anfing, es hinter sich brachte, fortging. Das war das Bild, welches sie ihm vermitteln wollte.

«Es geht um Simon Lean.»

Er hatte sie aus dieser gelangweilten Pose aufschrecken wollen. Aber ihre immer noch verschleierten Augen ließen ihn keinen Augenblick los. Sie öffnete lediglich einen Nähkorb und fragte ihn, ob er Tee oder einen Drink haben wollte. Als er ablehnte, zog sie ein ungesäumtes Stück Moiréseide aus dem Korb und fragte: «Was ist mit Simon?»

«Er wurde ermordet», sagte Jury brüsk und wunderte sich, daß die Frau nicht mit der Wimper zuckte, sondern dasaß, Stecknadeln in den Stoff steckte und kein Wort sagte. Sie griff nach einer Porzellanschale, nahm zwei Schildpattkämme heraus und steckte sich ihr Haar zurück. Wohl um Zeit zu gewinnen: sicher hatte sie gedacht, er wäre wegen Sadie Diver gekommen; daß er Simon Lean ins Spiel brachte, damit dürfte sie nicht gerechnet haben. Zumindest hatte Jury das angenommen. «Sie haben ihn gekannt.»

«Ja, das habe ich.» Endlich ließ sie die Hände sinken und lehnte sich zurück.

Jury war etwas erstaunt über die Verwandlung. Jetzt sah sie nicht mehr wie ein schlankes und rankes Mädchen vom Lande aus, sondern wie eine Lady aus der Zeit Edwards VII., die

gerade Korb und Blumenschere zusammen-
sucht, um auf ein Stündchen in den Garten zu
gehen. Wie ärgerlich, daß er an dem ernst-
haften Blick, den sie jetzt auf ihn richtete,
nicht ablesen konnte, ob er echt war oder nur
gespielt ernsthaft. Er bekam einfach nicht heraus, ob sie sich Simon Leans Tod zu Herzen
nahm. Sie gab sich auch nicht die Mühe, aus
ihrem reichlichen Repertoire von Blicken
einen zu dieser Gelegenheit passenden her-
auszusuchen. «Wie gut haben Sie ihn gekannt?»

«Recht gut. Aber das ist passé», sagte sie.
Von irgendwoher, jenseits des runden Türbo-
gens, erklang Musik. Eine Mundharmonika,
ja, das muß es sein, dachte Jury. Plötzlich verließ sie ihren Platz und verschwand durch den
Türbogen in noch tiefere Schatten.

Jury trat an das breite Fenster. Noch nicht
einmal zwei Uhr und schon Zwielicht. Unter
ihm schwang sich der dunkle Bogen der
Themse vorbei an Wapping und den Docks
von London, und dahinter konnte er Tower
Bridge erkennen. Es stimmte, der Blick auf
Fluß und Stadt war einmalig. Und doch
konnte er sich, wie Jack Krael, nicht des Ge-

fühls erwehren, daß etwas verloren, der Fluß seines Sinns beraubt worden war, seitdem Ausflugsdampfer die großen Schiffe ersetzten. Das Rennboot da draußen jagte trotz des Regens durchs Wasser. Regen schlug von allen Seiten gegen die Scheibe, als hätte er die Richtung verloren. Frühsommer, aber durch das Fenster wirkte er wie Spätherbst. Auf einem zeitlosen Schauplatz in Jurys Kopf fiel Schnee. ·Wie der Regen wußte auch er nicht, welche Richtung er einschlagen sollte.

Dann war sie wieder da. «Hab eben mal nach Tommy gesehen. Er ist ganz weg von seiner Mundharmonika. Was gar nicht so schlimm wäre, wenn er etwas mehr auf Lager hätte als bloß die ‹Waltzing Matilda›. Wenn Sie sich da draußen mit der Themsepolizei unterhalten haben, dann wissen Sie offenbar über seine Schwester Bescheid.» Sie fädelte eine Nadel ein und biß den Faden ab.

«Ja. Mich macht nur die Verbindung stutzig.»

«Die Verbindung?»

«Ich bitte Sie, Miss Firth.» Auch wenn Simon Lean nach Auskunft seiner Familie ein Schwerenöter gewesen war, so verdiente der

Mann doch wohl, daß man ihn ein klein wenig betrauerte, und wenn es nur gespielt war. Er zündete sich eine Zigarette an und warf das Streichholz in einen zierlichen Aschenbecher. «Man hat Simon Leans Leiche gestern mittag in einem Dorf in der Nähe des Summerston-Landsitzes gefunden. Sadie Divers Leiche wurde heute morgen gegen fünf Uhr bei Wapping Old Stairs gefunden. Aber offenbar wurden beide binnen weniger Stunden ermordet. Sie wohnte in der Narrow Street, wurde im selben Pub gesehen, den auch Sie frequentieren. Sie sind gerade zurückgekommen, sind bei der Identifizierung der Leiche behilflich gewesen, ja?» Eine rhetorische Frage. «Ich müßte schon ziemlich beschränkt sein, wenn ich keine Verbindung zwischen diesen beiden Morden herstellen würde.»

Ruby legte den Kopf etwas schief, schien sich sein Gesicht einprägen zu wollen. «Sie machen durchaus keinen beschränkten Eindruck, Superintendent. Aber ich bin nicht die Verbindung.»

«Was haben Sie vorgestern abend gemacht?»

Sie blickte sich im Loft um, als suchte sie

einen Merkzettel an der Wand. «Ich war aus. Ein kleiner Kneipenbummel auf eigene Faust.»

«Und wohin sind Sie gebummelt?»

Wieder diese Pause. «‹Zur schönen Aussicht von Whitby› beispielsweise.»

Schweigen. Jury sagte: «‹Zur schönen Aussicht von Whitby› ist doch dicht bei Wapping Old Stairs. Wohin sonst noch?»

Ruby stellte den schwarzen Obelisken wieder hin, das Tischfeuerzeug, mit dem sie sich rasch eine Zigarette angezündet hatte. Eine lange Rauchwolke, über die sie Jury einen langen Blick zuwarf. «‹Stadt Ramsgate›.»

Wieder Schweigen. «Noch dichter dran, finden Sie nicht auch?»

Sie schien nichts zu finden.

«Und Sie waren allein?»

Sie antwortete nicht.

«Bringt Sie etwas in Schwierigkeiten, was?»

Als sie nicht reagierte, fragte Jury: «Wann haben Sie Simon Lean zum letztenmal gesehen?»

Sie hob die Schultern. «Vor ungefähr zwei Monaten.»

«Wo?»

Pause. Sie runzelte ein wenig die Stirn. «In

den ‹Fünf Glocken›, glaube ich. Das ist in der Three Colt –»

«Ich bin dagewesen. Wie haben Sie sich kennengelernt?»

«In meinem Geschäft. Ich habe in South Kensington ein Geschäft für Inneneinrichtung, im Souterrain. Aber ich habe einen guten Ruf. Ich gelte als die verstädterte Laura Ashley.» Sie lächelte boshaft und hielt die Seide hoch. «Inneneinrichtung ist mein wirkliches Talent. Die Wohnung hier ist von mir.» Ihr Blick war humorvoll. «Sie mögen sie nicht.» Sie betrachtete ihn mit schief gelegtem Kopf. «Ganz sicher ist Ihr eigenes Häuschen recht hübsch. Der übliche Vorort. Amersham, Chalfont St. Giles. Chintz und riesige Blattpflanzen. Alles Holz pastellfarben gestrichen und geblümte Tapeten. Tipptopp in Ordnung.»

«Ich lebe in einer Mietwohnung, und es sieht furchtbar bei mir aus. Wie oft haben Sie sich mit ihm getroffen?»

«Hmm. Einmal die Woche vielleicht. Immer wenn er in London war.» Ihre Stimme war flach, ausdruckslos.

«Kaum zu glauben, daß Sie ihn geliebt haben. Sein Tod scheint Sie gänzlich kaltzulassen.»

«Ich habe ihn auch nicht geliebt. Und in den letzten vierundzwanzig Stunden sind meine Nerven so strapaziert worden, daß ich mir selbst schon wie tot vorkomme.»

«Hat Simon Lean Sadie Diver gekannt?»

«Woher soll ich das wissen?»

«Könnten sie sich kennengelernt haben? Vielleicht in den ‹Fünf Glocken›? Möglich wäre es doch.»

Sie hob die Schultern. «Nicht daß ich wüßte. Ich habe Ihnen doch schon gesagt –»

«Und was ist mit Roy Marsh?»

Das brachte sie tatsächlich aus der Fassung, jedenfalls so weit, daß sie vom Sofa aufstand, sich am Barschrank zu schaffen machte und mit Flaschen klapperte. Hinter seinem Rücken sagte ihre Stimme: «Ich könnte einen gebrauchen. Wollen Sie mir wirklich keine Gesellschaft leisten, Superintendent?»

«Nein.»

Mit der gewohnten Fassung und mit einem Schluck Brandy in einem Cognacschwenker nahm sie wieder Platz. «Sie sprachen gerade über den Sergeant?»

«Über ihn und mit ihm. Ich habe das Gefühl, daß Sie ihn gut kennen.»

«Ja. Auf dem Limehouse Causeway liegt nämlich nicht alle Tage eine Leiche herum. Oder in Wapping, um genauer zu sein.»

«Und hat Sergeant Marsh Simon Lean gekannt?»

Sie kippte den Brandy in einem Zug. «Ja.»

Jury lächelte. Sie nicht. In dem Blick, den sie ihm zuwarf, lag der bislang erste echte Schimmer von Gefühl.

«Wie lange hatte Sadie diese Wohnung schon?»

«Keine Ahnung. Ich habe sie nicht gekannt, außer vom Sehen – wie sollte ich auch.»

«Warum hat Sergeant Marsh Sie dann gebeten, bei der Identifizierung behilflich zu sein? Wo Sie Sadie doch nicht gekannt haben.»

«Er hat mich nicht gebeten. Ich dachte nur, man sollte Tommy nicht allein lassen.»

«Was wissen Sie über Mrs. Lean? Ich meine, was hat er Ihnen erzählt?»

«Sehr wenig; ich mag es nicht, wenn Männer über ihre Frauen reden. Simon dachte da anscheinend anders. Hat Ihnen seine Frau von mir erzählt?»

«Nicht direkt.» Jury zog den angesengten Brief aus der Tasche. «Das hat mich hergeführt, jedenfalls das, was noch davon übrig ist.»

Ruby warf einen Blick auf die Schnipsel. «Ich habe Simon keine Briefe geschrieben.»

«Mrs. Lean wußte noch, daß der Poststempel E eins oder E vierzehn gewesen war.»

Ihr Ton war trocken, doch ihre Miene entspannte sich, als sie sagte: «Na, wenn das nicht interessant ist. Ist sie in Autonummern auch so gut?» Sie gab Jury den Brief zurück.

«Erzählen Sie mir von dem Bruder.»

«Er wollte sie gerade besuchen. Ihre Wohnung war abgeschlossen, und das war komisch, schließlich erwartete sie ihn. Also habe ich ihm geholfen reinzukommen.»

In der Ferne hörte Jury Schritte. «Wie haben Sie denn das geschafft?»

«Mit einer Kreditkarte.»

Er grinste breit. «Au Backe.» Dann blickte er auf und sah den Jungen im dämmrigen Türbogen stehen.

Seine Augen hatten den Braunton der Teepak-kungen aus dem Hinterzimmer der «Fünf Glocken»; sie sahen im Augenblick genauso alt und verbraucht aus. Seine Lider waren geschwollen. Das glanzlose, braune Haar war ungekämmt, sein Hemd zerknittert und nachlässig in die Jeans gestopft. Alles was Ruby Firth an Trauer vermissen ließ, bei Tommy Diver war es vorhanden.

Ruby bat ihn hereinzukommen. Sie machte ihn mit Jury bekannt, nahm ihren Nähkorb und verließ das Zimmer. Tommys Gesicht, das unentschlossen und gealtert wirkte wie das eines alten, verunsicherten Menschen, der nicht weiß, ob er willkommen ist, wurde für einen Augenblick lebendig; es war trotz allem ein hübsches Gesicht. Und es spiegelte selbst jetzt noch jene kindliche Erregung, die Jury früher schon an Kindern bemerkt hatte, denen Scotland Yard Beachtung schenkte. Vielleicht konnten Mama und Papa keine Zeit für sie erübrigen, aber die Leute von Scotland Yard, die lehnten sich tatsächlich zurück und unterhielten sich mit ihnen.

Als Jury aufstand und ihm die Hand schüttelte, suchte Tommy offenbar nach einer weltläufigeren Reaktion als dem «Hallo», welches er schließlich zuwege brachte. Er geriet ins Stolpern, als er sich rückwärts auf einen der stromlinienförmigen Stühle zubewegte.

«Heute morgen, das muß schlimm gewesen sein», sagte Jury.

Die Antwort darauf war undurchsichtig und abweisend. «Na hören Sie, ich sollte doch wohl meine eigene Schwester kennen. Wer vergißt schon seine Schwester?» Er zog die Mundharmonika aus der Tasche und begann an ihr herumzufummeln. Anscheinend war ihm seine Antwort auf eine nicht gestellte Frage peinlich. «Die Polizei hat gesagt, daß Tante Glad und Onkel John aus Gravesend kommen. Jetzt kriege ich aber mein Fett ab.»

«Tanten sind nicht gut im Zuhören. Ich hatte auch eine.» Es stimmte; sie war auch nicht von der Sorte gewesen, zu der man mit seinen Sorgen kommen konnte, und das meinte Tommy Diver. «Ich kann ja wiederkommen; wir können uns ein andermal unterhalten. Spielst du?» Jury deutete mit dem Kopf auf die Mundharmonika.

Tommys Augen begannen zu strahlen. Jetzt sahen sie nicht mehr so stumpf aus, sondern hatten die Patina von altem Messing. «Ruby sagt, zuviel. Soll ich Ihnen was vorspielen?»

Wieder verspürte Jury dieses eigenartige Gefühl von déjà vu. Diesen Jungen hatte er schon einmal gesehen. «Klar doch. So etwas habe ich seit Jahr und Tag nicht mehr gehört.»

Tommy blies einen Durchzieher; das Instrument war alt und nur noch wenig nuanciert; dann spielte er «Waltzing Matilda» als Klagelied. Es war wunderschön.

Er redete nicht nur über seine Schwester, er redete wie ein Buch, hatte nur auf jemanden gewartet, mit dem er reden konnte, seit Marsh und Ballinger ihn diesen Morgen abgeholt hatten. Ruby? Ach, Ruby war schon in Ordnung, aber das war schließlich etwas anderes, oder?

Insgeheim mußte Jury lächeln, denn er war sich nicht sicher, wieso gerade er Tommys Ansprüchen gerecht wurde, die Ruby nicht erfüllte. Aber er war bereit, sich für mehr als eine halbe Stunde anzuhören, was Tommy von Sadie erzählte. Sie hätten sehr aneinander gehangen, sagte der Junge. Das war es, was Jury stutzig machte. «Du hast sie doch fünf Jahre lang nicht gesehen, Tommy. Wieso nicht?»

Tommy schwieg ein Weilchen und beobachtete die bemalten Kohlen im Kamin und die Flammen, die an den falschen Holzscheiten hochzüngelten. Er seufzte. «Wegen Onkel John. Der hat Sadie nie gemocht, hielt sie für schlecht, und als sie einfach ihre Koffer packte und ging, tat er, als hätte sie sich dem Teufel verschrieben oder so. Ab nach London ist sie. Die waren doch schon sauer, wenn sie mich anrief.» Er deutete mit dem Kopf zu dem Zigarettenpäckchen und sagte: «Was dagegen?»

Jury nahm selbst eine und legte die Packung neben Tommys Stuhl auf den Tisch. «Hast du niemals versucht, mit ihm über sie zu sprechen?»

«Nein. War bei ihm sowieso nicht drin.» Tommy blickte Jury düster an. «Wenn man elf ist, stellt man nicht sehr viele Fragen. Nicht, wenn man sonst nirgendwohin kann.»

«Kenn ich», sagte Jury.

Tommy Diver sah ihn mit einem zaghaften Lächeln an. «Klingt ganz danach, als ob Sie auch einen Onkel hatten.»

«Aber keine Schwester...» Er hätte sich am liebsten auf die Zunge gebissen, denn jetzt war das Lächeln verschwunden. Jury fragte rasch:

«Wieso haben sie dich dann nach London gelassen?»

«Haben sie ja nicht. Ich hab ihnen erzählt, daß ich für ein paar Nächte bei einem Freund übernachte, bei Sid. Er arbeitet auf einem Schlepper. Sid ist echt in Ordnung. Sadie hat mir Geld geschickt. Hat gesagt, ich sollte mir einen schönen Anzug für die Sonntagsmesse oder sonstwas kaufen. Na ja, für Sonntagskleider habe ich nicht viel Verwendung; da habe ich mir das hier gekauft.» Er strich über die Lederjacke, die er anhatte, ganz zart, als wäre sie aus Blattgold. «So eine wollte ich schon immer.»

«Wie schön, daß du jetzt eine hast. Deine Schwester muß ziemlich gut bei Kasse gewesen sein, daß sie dir soviel schicken konnte.»

«Erst seit ein paar Monaten. Da ist sie zu Geld gekommen. Ein Lottogewinn, hat sie gesagt.» Er räusperte sich, neigte den Kopf zur Seite und strich mit der Wange über seine Jacke wie eine Frau über den Kragen ihres Hermelinmantels. Natürlich glaubte auch er nicht, daß seine Schwester im Lotto gewonnen hatte. «Weiter.»

«Ich sollte irgendwann nach London kom-

333

men. Raus aus Gravesend und mir hier in London auf eigene Faust was suchen. Ich habe gesagt: ‹Warum nicht jetzt?› und sie hat gesagt, nein, ich soll erst kommen, wenn sie eine größere Wohnung gefunden hat. Hat gesagt, es liefe alles sehr gut –» Er verstummte und fuhr mit der Hand über die Jacke; so wie sie duftete und sich anfühlte, schien sie ihm Sadie ein wenig zurückzubringen.

Doch für Sadie war es ganz und gar nicht gut gelaufen. «Und du bist trotzdem gekommen?»

Er nickte. «Aber bloß für zwei Tage. Und gut zureden mußte ich ihr auch noch.» Wieder dieses aufflackernde Lächeln. «Ich konnte Sadie immer rumkriegen. Auch wenn sie ein ganzes Stück schlauer war als ich.»

«Und sie hat gesagt, sie würde in ihrer Wohnung auf dich warten.»

«Genau.» Er ließ sich plötzlich zurückfallen, als ob ihn der Tod mit knöchernem Finger angestupst hätte.

Jury stand auf, ließ die Zigaretten auf dem Tisch neben Tommy liegen und sagte: «Wir unterhalten uns später noch mal.» Es ging ihm zwar gegen den Strich, aber er mußte es sagen: «Ein Mensch kann sich in fünf Jahren ziemlich verändern, Tommy.»

Eine lange Pause. Tommy rutschte unbehaglich hin und her, runzelte die Stirn, hob die Schultern und schüttelte ein wenig den Kopf, als könnte er mittels dieser jähen, fahrigen Bewegungen in den Griff bekommen, wonach er suchte. «Sadie hat sich immer mächtig aufgedonnert, den alten Mantel da hätte sie ums Verrecken nicht –»

Er ließ den Kopf hängen und schob schuldbewußt die neue Jacke von der Schulter, so als hätte jemand an seiner Stelle sehr teuer dafür bezahlen müssen.

«Das darfst du nicht mal im Traum denken», sagte Jury so hart er konnte.

21

WAPPING OLD STAIRS war eine doppelte Stufenreihe, die alte kaum mehr als eine Schräge aus Steinen, die mit grünen Flechten und Moos bedeckt waren, so daß man die nach unten führenden Stufen darunter kaum noch ausmachen konnte. Die andere Reihe war neuer und begehbar. Die Slipanlage befand sich in einer Art abschüssigem Schacht, der von zwei hohen Mauern gebildet wurde. Eine davon gehörte zu dem direkt am Wasser gelegenen Pub «Stadt Ramsgate». Der Geschäftsführer konnte sich gar nicht dafür begeistern, daß die Polizei die Straßen abgesperrt hatte; wobei ihn der Mord selbst vermutlich eher begeisterte, denn drinnen würde man im Stehen nicht mehr umfallen können, wenn die Neugierigen, erst einmal durchgelassen, sich an der Bar drängeln und Fragen stellen würden.

Unglücklicherweise konnten nur wenige Fragen beantwortet werden, da der Pub um elf Uhr zugemacht und kein Mensch etwas gesehen oder gehört hatte, was der Themse-Polizei weitergeholfen hätte, von der jetzt gut ein Dutzend Mann die Wapping High Street in allen Richtungen abklapperte. Ein paar Stunden zuvor waren es mehrere Dutzend gewesen.

Wiggins musterte die Wassermarken an der Pubmauer. Er stellte Roy Marsh eine Frage über die Gezeiten. Jury stand neben Marsh, und beide hatten sie Mühe, auf der abschüssigen Slipanlage zwischen den Treppen und der hoch aufragenden Mauer der «Stadt Ramsgate» das Gleichgewicht zu wahren. Viel Platz war da nicht, kaum genug für das Dinghi, in dem man die Leiche gefunden hatte.

«Wenn es nicht vertäut gewesen wäre, die Flut hätte es mitgenommen.»

Wiggins blickte angsterfüllt auf das Wasser, denn es war so nahe, daß er beinahe nasse Füße bekam. Er machte drei Schritte zurück, die Stufen hoch.

«Woher stammt das Boot?»

«Keine Ahnung. Es ist in schlechtem Zustand; man hatte es wohl einfach hiergelassen, um es loszuwerden. Es liegt jetzt bei der Hauptwache vertäut. Wir überprüfen das, aber ich habe es im Gefühl, daß wir damit nicht weit kommen. Sie lag unter einer Persenning. Die Stichverletzungen waren tödlich.»

Jury kauerte über dem mit Kreide aufgezeichneten Umriß des Bootes; doch die Kreide war teilweise schon wieder fortgewaschen, und die Feuchtigkeit hatte das Tau schon etwas gelockert.

Roy Marsh blickte die schmale Treppe zur Straße hinauf. «Bei Stockfinsternis und nach der Sperrstunde dürfte das ein verlassenes

Fleckchen sein, was? Wenn sie dort oben lang-
gegangen ist –» er deutete mit dem Kopf in
Richtung Straße – «jeder beliebige hätte sie die
Stufen hier runterzerren können.»

«Glauben Sie wirklich, es war jemand, den
sie nicht kannte?» Jury blickte über die
Themse, er sah ein Schnellboot vorbeirasen,
und ein langsameres Boot dümpelte in seinem
Kielwasser. Leute standen im Freien und genossen die milde Witterung nach dem Regen.
Das Wasser war getüpfelt von kleinen Vergnü-
gungsbooten. Wieder dachte er, wie es wohl
einst gewesen sein mochte – die schwarzen
Schiffsrümpfe, die rostroten Segel blockierten
fast die Sicht auf Southwark. Jetzt zeichneten
sich auf der anderen Seite des Flusses die Sur-
rey Docks dunkel vor einem orangefarben ge-
streiften Himmel ab.

«Warum sollte es kein Fremder gewesen
sein? Das scheint doch offensichtlich.»

Jury vernahm den angriffslustigen Ton, er
spürte, wie die Augen des Sergeant ihn durch-
bohrten. Seine Antwort war undurchsichtig:
«So wie man die Leiche liegengelassen hat –
warum in einem vertäuten Boot? Warum hat
man sie nicht einfach ins Wasser geschoben?»

Marsh wollte gerade den Mund aufmachen – vermutlich um die Theorie, daß Sadie Diver von jemandem umgebracht worden war, der sie kannte, zu entkräften –, doch Jury fuhr fort: «Vielleicht hatte jemand sie hierherbestellt, eine halbe Stunde zu Fuß von Limehouse –»

«Zwanzig Minuten. Sie glauben also, man wollte sie aus ihrem Viertel weglocken, weil sie dann nicht so leicht mit der Wohnung in Limehouse in Verbindung zu bringen sein würde?»

Wiggins kam von seinem Standort oben auf den Stufen dazwischen. «Mit ihrem Ausweis in der Tasche?» Anscheinend hatte er zugehört, statt einfach nur die Stufen auf ungesunden Schmutz zu überprüfen. Und zu Jury sagte er: «Beides geht nun mal nicht, Sir.»

Im sterilen Glanz des weißgekachelten Raumes zog der Wärter das Tuch von der Toten.

Jury stand da und blickte so lange auf das stille, statuenhafte Gesicht hinunter, daß Wiggins schon die Stirn runzelte und sagte: «Ist was, Sir?»

Jury sah Wiggins an, dann den Wärter, als wollte er sich beide Gesichter einprägen. Ihm war zumute wie damals als Junge, wenn das Karussell sich schneller und schneller drehte und Formen und Gesichter zusammenflossen und man nur noch mit Mühe eines davon ausmachen konnte. Am Ende war dann der ganze Kreis aus Gesichtern wie ein einziges.

Eine gute Minute herrschte Totenstille, der Wärter wußte nicht so recht, was er tun sollte, und Wiggins nahm das kleine Foto, das Jury ihm reichte und musterte es einen Augenblick. «Simon Lean, nicht wahr?»

Jury nickte.

Stirnrunzelnd betrachtete Wiggins es aufs neue, dann wieder die Tote auf dem Tisch des Leichenschauhauses. «Und die?» Wieder runzelte er die Stirn. «Sadie Diver?»

«Hannah Lean. Seine Frau. Doch die scheint daheim in Northants zu sein, Wiggins, quicklebendig.» Jury bedeutete dem Wärter, daß er die Tote wieder zudecken könne.

«Da komme ich nicht mit, Sir.»

«Ich auch nicht.» Wieder blickte er den Schnappschuß an, den er auf Watermeadows mitgenommen hatte. «Und da frage ich mich noch, warum mir Tommy Diver so bekannt vorkommt.»

Er brauchte einen Ort zum Nachdenken.

Warum eigentlich keine Kirche, dachte Jury, als er von der Commercial Road in die Three Colt Street abbog, wo die «Fünf Glocken» so fest verschlossen waren, so blind aussahen, wie nur Pubs in den wenigen Stunden zwischen nachmittäglicher und abendlicher Öffnungszeit aussehen können. Er parkte das Auto neben St. Anne und stieg aus.

Straße und Friedhof lagen verlassen da. Er umrundete die Westseite, stieg mehrere Fluchten einer fächerförmigen Treppe empor, durchquerte die Vorhalle und trat durch das Portal ein. Das Kirchenschiff war ein Rechteck, die angrenzenden Seitenkapellen wiederum Rechtecke innerhalb des größeren. Die ionischen Säulen und die Emporen um das Kirchenschiff herum beeindruckten durch ihre Schlichtheit. Er dachte daran, daß die Bauten dieses Architekten bei seinen Zeitgenossen als «falsch» gegolten hatten. Schlichtheit, wo man Überladenheit erwartete. Jury kannte sich mit Kirchenarchitektur nicht aus. Er wußte nur, daß er ein wenig Schlichtheit gut gebrauchen konnte.

In dem Augenblick, als die Tür dumpf hinter

ihm ins Schloß fiel, umgab ihn die Leere. Nicht die von St. Anne, sondern seine eigene. Das war der Grund, weswegen er Kirchen im allgemeinen mied. Er setzte sich hinten in eine Bank, nahm ein Meßbuch aus dem Ständer, schlug es auf, klappte es wieder zu und stellte es zurück. Die junge Frau in Watermeadows wollte ihm nicht aus dem Kopf. Nur daß ihr Gesicht jetzt von dem im Leichenschauhaus überlagert war.

Er blickte durch das Kirchenschiff zum Altar hin und verspürte so etwas wie Angst, die ihm hochkam wie Galle. Diese Angstwelle, die ihn überflutete, schien weniger mit einer möglichen Gefahr in Watermeadows, sondern eher mit der Tatsache zu tun zu haben, daß es jemand wagte, eine solche Täuschung in die Tat umzusetzen, und daß ihm das so gut, so überzeugend gelang. Er blickte durch das Kirchenschiff hin zu dem Schattenmeer rings um den Altar.

In seinem Job durfte er sich das nicht so zu Herzen nehmen, aber er konnte es nicht ändern. Man hatte ihn hereingelegt. Vielleicht rührte seine besondere Bitterkeit ja daher, daß es als eine Art Säuretest gelten konnte, wenn jemand es schaffte, einen Superintendent von Scotland Yard hinters Licht zu führen. Und dabei gab es keinen, auch nicht den geringsten Grund, daß ihm der Verdacht von heute schon gestern auf Watermeadows hätte kommen müssen.

Das Double, der Doppelgänger; nur handelte es sich in diesem Fall nicht um Erscheinungen von Toten, welche die Lebenden heimsuchten. Er befürchtete, daß es auf gespenstische Weise andersherum war.

22

Er notierte sich den Namen des Maklers von dem Schild, welches das Haus zum Verkauf anbot. Wahrscheinlich wurde das Haus als äußerst reizvoll am Wasser gelegen angepriesen; dabei war Sadie Divers Wohnung nichts weiter als eine bessere Einzimmerwohnung, deren Prächtigkeit einzig daher rührte, daß sie über so etwas wie eine Küche verfügte. In diesem Fall war es eher eine Kochnische hinter einem schweren Vorhang anstelle einer

Tür. Ein schmales Fensterchen ging auf rissig-trockene Erde und Baugrundstücke. Die Themse lag in einiger Entfernung, und nirgendwo gab es einen Weg, der dorthin geführt hätte. Die Anzeige enthält vermutlich die üblichen Übertreibungen, dachte Jury – «bezaubernder Blick auf die Themse», «kürzlich renoviert» und so weiter.

Kühlschrank, Kochplatte, weißer Emailleausguß und Ablaufbrett, das war die ganze Kücheneinrichtung. Über dem Ausguß hing ein Geschirrständer mit drei Tellern unterschiedlicher Größe, zwei Tassen, drei Gläsern und etwas Besteck. Der Erkennungsdienst hatte die Wohnung zwar auseinandergenommen, aber Jury sah sich trotzdem vor, daß er nicht mehr anfaßte, als unbedingt nötig war. Er machte die Tür des Küchenschranks auf, indem er sein Taschenmesser unter den Chromknopf schob und zog. Spärlich, was da im Regal stand: noch ein paar Teller, Tassen und Gläser. In einer Ecke ein paar zusammenpassende Teller, alle mit schmalem Goldrand. Das gute Geschirr, vermutlich für Gäste.

Jury ging durchs Wohnzimmer, wo nur das ausgezogene Bettsofa mit dem zerwühlten

Bettzeug unordentlich wirkte, und ins Badezimmer. Es war klein, jedoch recht modern gelb und weiß gekachelt, die Monotonie wurde von einzelnen Kacheln mit aufgemalten Vögeln unterbrochen. Gelbe Armaturen, niedriges WC, Dusche. Es gab sogar eine abgetrennte Nische zum Wäschetrocknen. Auch das Arzneischränkchen über dem Waschbekken öffnete er mit dem Messer und fand ein paar Fläschchen, die ordentlich aufgereiht auf dem Glasbord standen. Er untersuchte den Ausguß in der Küche, dann den in der Dusche. Letzterer war mit einer beweglichen Aluminiumabdeckung versehen, die zum Auffangen der Haare diente. Vorsichtig nahm er sie mit der Kuppe von Daumen und Zeigefinger auf, musterte den Ausfluß eingehend und legte sie wieder an Ort und Stelle. Er schüttelte den Kopf.

Im Wohnzimmer blickte er sich lange um: zerwühltes Bettzeug und Kissen auf dem Boden neben Tommys kleinem Koffer. Gegenüber vom Sofa stand an der Wand ein Bücherregal. Bei den wenigen Büchern handelte es sich um Thriller und Bildbände über London. Auf einem anderen Bord lagen säuberlich gestapelt ein paar Illustrierte. Die beiden Ausgaben von *Country Life* waren Monate alt und Staubfänger in dem sonst makellos sauberen Zimmer.

Am anderen Ende des Zimmers stand eine Vitrine für Raritäten. Sie enthielt einen Vogel aus blauem Kristall, eine indisch aussehende Messingdose und einen Beduinenkrieger mit weißem Burnus auf einem sich bäumenden Pferd. Er schwenkte das Gewehr mit dem aufgesetzten Bajonett und war eine vollendete Miniatur aus Zinn. Jury öffnete die Glastür, griff hinein und zog die Hand zurück. In der Küche hatte er verschließbare Plastiktüten gesehen. Er holte sie und nahm das Pferd heraus, indem er sein Messer zwischen dessen Beine schob. Dann ließ er es in eine Plastiktüte fallen, drückte sie oben zusammen und steckte sie in die Tasche. Er zog noch eine Tüte aus der Packung und tat den Kristallvogel hinein.

Jury rief die Hauptwache in Wapping an und ließ den Mann vom Erkennungsdienst, der die Fingerabdrücke bearbeitete, an den Apparat holen. Ja, sie hatten Fingerabdrücke des Opfers auf dem Geschirr gefunden, ein paar auch auf dem Holz. Einige Fingerabdrücke mußte man ausscheiden –

«Wessen?»

«Vom Botenjungen, von einem Nachbarn aus der Straße, vom Bruder.» Andere hatten sie nicht identifizieren können, eine ganze Menge sogar. Schwache, partielle –

«Haben Sie auch das Zeug aus der Vitrine eingestaubt? Ein arabischer Krieger hoch zu Roß und ein paar Exemplare von *Country Life*?»

«Araber, Araber», murmelte der Mann vom Erkennungsdienst, dann sagte er: «Zwei partielle, nicht vom Opfer. Illustrierte ... mehrere. Nicht vom Opfer.»

Schweigen. Jury sagte: «Wie viele vom Opfer haben Sie denn überhaupt gefunden?»

«Ist noch nicht genau raus. Aber soviel ich weiß, verflucht wenig. Wenn Sie mich fragen, in der Wohnung hat anscheinend niemand gewohnt.»

«Der Gedanke ist mir auch schon gekommen. Haben Sie auch die Fläschchen im Arzneischrank untersucht? Und dann war da noch ein kleiner Stapel Teller mit Goldrand im Küchenschrank. Reichten die partiellen für eine Rekonstruktion des ganzen Abdrucks?»

«Jein.»

«Das heißt?» Jury konnte sich unschwer vorstellen, wie der Mann grinste und seinen kleinen Witz genoß.

«Gar nichts. Ist es nicht immer jein?»

Jury legte auf, aber vorher sagte er dem Mann vom Erkennungsdienst noch, daß der Erkennungsdienst sich die Wohnung erneut vornehmen müsse.

Er setzte sich einen Augenblick auf die Bettkante, öffnete sein Notizbuch und schloß es wieder. Sadie Diver erschien in seinem Blickfeld wie eine Gestalt am Ende eines langen Tunnels, wie jemand, der jählings aus dem Nichts auftaucht und wieder im Nichts verschwindet. Die Vorstellung ist absurd, versuchte er sich zuzureden. Sie hatte doch eine Geschichte: einen Bruder, Tante und Onkel, eine Wohnung, einen Job. Er sah noch einmal in seinem Notizbuch nach. Ein Salon namens «Strähnchen» in der Tottenham Court Road.

Er zog das Päckchen aus der Tasche, hielt es gegen das Licht und betrachtete die Figur im Burnus, das sich aufbäumende Pferd. Hannah Leans Lieblingsfigur. So etwas hatte jedenfalls Lady Summerston gesagt.

23

«Und ich dachte, Sie arbeiten immer paar-
weise», sagte Ruby Firth, als sie ihm zum zwei-
tenmal an diesem Tag die Tür aufmachte. «Die
Polizei verhält sich polizeiwidrig», setzte sie
trocken hinzu und nahm wieder die gleiche
Pose auf dem Sofa ein, wo sie im matten Licht
der Tischlampe gearbeitet haben mußte. Der
Loft war in der Abenddämmerung noch ver-
schatteter. Die grünumringten Wandleuchter
spendeten ihr unirdisches Licht. Neben dem
Korb mit Materialien, Stoffproben, Bändern
und Borten lag ihre überdimensionale Horn-
brille.

Zog man das Samtkleid und die sieben Zentimeter hohen Hacken in Betracht, konnte man
sich schwerlich vorstellen, daß die verstädterte
Laura Ashley wirklich die Nadel betätigt haben
sollte, als er geklopft hatte. «Dann sind Sie also
an die Polizei gewöhnt?»

Ruby besserte gerade einen kleinen seide-
nen Lampenschirm aus. Sie verzog keine
Miene, als sie ihn über den Rand ihrer Horn-
brille anblickte. Im Augenblick wirkte sie wie
eine wißbegierige Lehrerin. «Mir ist, als

könnte die Frage doppeldeutig gemeint sein.»
Sie griff zu einem Stück aprikosenfarbener
Borte. «Die Polizei beehrt mich zum Früh-
stück, zum Lunch und jetzt anscheinend auch
noch zum Abendessen. Tut mir leid, aber ich
muß in eine Galerie, zu einer Vernissage.
Champagner und Häppchen. Wie gut die Bilder sind, weiß ich nicht, aber die Ausstattung
ist gut. Die ist nämlich von mir.»

«Es tut mir leid. Es muß sein. Wo ist
Tommy?»

«In Pennyfields, beim Chinesen. Ich dachte
mir, er muß mal raus hier, das wird ihm gut-
tun; ehrlich gesagt, wenn ich die Mundharmonika noch länger hätte anhören müssen,
hätte ich Schreikrämpfe bekommen. Muß er
die ganze Zeit solch eine Klagemusik spielen?»

«Man hat gerade seine Schwester umgebracht, da dürfte ihm wohl kläglich zumute
sein.»

Dazu sagte sie weiter nichts als: «Na ja, wenigstens habe ich vor der ‹Waltzing Matilda›
ein Weilchen Ruhe. Die steht mir inzwischen
bis hier.» Ihr Blick war von der gewohnten
unnachgiebigen Härte. «Die Polizei übrigens

auch. Ich habe alles, was ich weiß, schon zweimal gesagt.»

Jury hob die Schultern. «Das glauben Sie,
aber manchmal vergißt man doch etwas. Beim
erstenmal fallen einem schwerlich alle Einzelheiten ein. Und mit Tommy möchte ich auch
reden.»

«Sie können ihn durchaus noch einholen.
Ich habe ihm Geld gegeben und ihn zum ‹Rubinroten Drachen› geschickt. Da geht es leb-
hafter zu als bei den meisten.» Ihre Augen
waren immer noch auf den Lampenschirm geheftet, während sie die Borte etwas einkräu-
selte, damit Falten entstanden. Jury hätte nicht
genau sagen können, was ihm an Ruby Firth
mißfiel. Gewiß, sie hatte Tommy Diver hilf-
reich bei der Hand genommen, aber er fragte
sich, wie lange es wohl dauern würde, bis sie
diese losließ und nach etwas griff, wonach ihr
im Moment mehr der Sinn stand, wie jetzt
nach dem Gin Tonic. Trug sie nun eine ironi-
sche Maske, oder würde sie diese fallen lassen
wie vorher ihre Hand und würde dann darunter nur eine neue Maske zum Vorschein
kommen? Er spürte Kälte, einen Schatten, der
sich schon in der Kirche über ihn gelegt hatte.

Ob Ruby Firth zu einer echten Bindung fähig war? Wie kam es, daß sie so obenhin auf Simon Leans Tod reagierte? Schwer zu sagen, ob das gespielt war. Roy Marsh andererseits gelang es nicht, seine Gefühle für sie zu verbergen. Jetzt hielt sie den Lampenschirm auf Armeslänge von sich und betrachtete das Werk ihrer Hände, als wäre er Luft für sie.

In dem Blick, mit dem sie ihn ansah, als der Name Roy Marsh fiel, lag Abwehr. Ungeduldig sagte sie: «Ich kenne ihn seit Jahren. Was um alles in der Welt hat das mit dem Fall zu tun?»

Als käme Marsh, weil sie ihn jahrelang kannte, als Mann nicht mehr in Betracht. «Hat er Sadie Diver gekannt?»

«Durchaus möglich.» Sie hob die Schultern. «Fragen Sie ihn doch.»

«Ich frage Sie. Ich glaube, Sie wissen es.»

Sie hatte sich ein längliches Stück rotbraunen Satin aus dem Nähkorb geholt. Jury bezweifelte, daß diese Handarbeit ausgerechnet jetzt und hier gemacht werden mußte. Ruby Firth mußte wirklich eine kalte Frau sein, wenn ein Fetzen Satin und Borte sie von einem Mord abzulenken vermochten, einem Mord, in den

zwei Männer verwickelt waren, mit denen sie
intim gewesen war. «Vom Sehen sicherlich.
Schließlich ist Narrow Street nur um die Ecke.
Und in die ‹Fünf Glocken› sind wir auch gegangen.»

«Anscheinend war sie bei Männern beliebt.
Diesen Eindruck hatte ich jedenfalls im Pub.»

Ihre Augen blickten auf und trafen sich mit
seinen; ihre wirkten leicht belustigt. «Falls Sie
damit andeuten wollen, daß er mir ihretwegen
den Laufpaß gegeben hat, also, normalerweise
passiert mir so etwas nicht, Superintendent.»
Das wurde noch durch das Geräusch reißenden
Satins betont. Und doch schwang in dieser trot-
zigen Bemerkung etwas anderes mit, etwas Ge-
reiztes, als risse ein Geduldsfaden, wie eben
das Stück Stoff, das nun gefaltet im Nähkorb
lag.

«Ich muß zu der Vernissage.» Sie schob den
Korb beiseite und stand auf. In dem streng ge-
schnittenen schwarzgrünen Kleid wirkte sie genauso schmal wie der Wandleuchter, vor dem
sie stand.

So naiv war sie doch wohl nicht, daß sie
glaubte, sie könnte ihn so barsch abwimmeln
wie vorher seine Fragen über Roy Marsh? Doch

Jury ließ es durchgehen, ließ sie selber gehen. «Tut mir leid, wenn ich Sie aufgehalten habe. Sie stehen natürlich weiterhin zu unserer Verfügung. Die Polizei von Wapping hat sicher noch ein paar Fragen an Sie.» Er stand auf und wollte gehen. «Wo ist nun dieses Restaurant?»

«In Pennyfields. Rechts um die Ecke, und dann ist es gleich ... Superintendent?»

Jury hatte die Hand bereits auf dem Türknauf. «Ja?»

«Fährt er heute abend nach Gravesend zurück? Oder morgen?»

«Tommy? Wahrscheinlich werden ihn Onkel und Tante recht bald abholen. Wann genau, weiß ich nicht. Können Sie nicht –» Jetzt spürte Jury ihr Unbehagen; die Pose, die sie vor der schmalen Stehlampe eingenommen hatte, drohte zu zerbrechen. Der Rest seiner Frage – *nur noch eine Nacht länger durchhalten?* – blieb ihm im Halse stecken, und sein Zorn begann zu verrauchen. Er brachte ein Lächeln zuwege, nach dem ihm nicht zumute war. «*Das letzte Ufer*», sagte er. Sie blickte ihn erstaunt an. «‹Waltzing Matilda› war die Titelmelodie. Vielleicht kommt es Ihnen deswegen so traurig vor.» Offenbar begriff sie nicht. «Aber Sie sind noch zu jung, Sie können sich nicht daran erinnern. Muß so vor dreißig Jahren gewesen sein. Ava Gardner hat mitgespielt.» Jury wußte nicht, warum er noch immer auf der Schwelle stand und über alte Filme quasselte, aber er spürte, daß sie eine Stütze brauchte. Und sie schien seine Gedanken gelesen zu haben, schien sie wortwörtlich zu nehmen, denn sie schwankte leicht, unsicher, als sei sie mit den hohen Hacken ihrer Schuhe in einem unsichtbaren Läufer hängengeblieben.

Er redete weiter, denn er wußte, daß der Klang seiner Stimme ihr Halt gab. «Die Atomwolke hatte Australien noch nicht erreicht. Es war der letzte sichere Ort auf der ganzen Welt – für ein Weilchen.» Er konnte ihren Zwiespalt spüren. Wenn er sie weiter mit Fragen über Roy Marsh bedrängte, würde sich die Spannung vielleicht lösen, und er würde die gewünschte Antwort erhalten. Es konnte aber auch ganz anders ausgehen; möglicherweise verspielte er jede Chance, irgendwann ihr Vertrauen zu gewinnen. Obwohl sie beide auf den festen, gewachsten Dielen standen, kam es ihm vor, als wären sie Seereisende auf einem wild tanzenden Schiff.

«Ich habe immer gefunden, daß es ein schrecklich trauriges Lied ist, weil sie am Ende doch alle sterben müssen. Gute Nacht, Ruby.»

Als er im Hinausgehen noch einen Blick durch die Tür warf, sah er, daß sie sich nicht vom Fleck gerührt hatte. Da stand sie, so steif, elegant und dunkel wie die trübe Lampe, die einen leicht grünlichen Schimmer auf ihr Haar warf.

Jury entdeckte ihn hinter einem Berg von Nasi Goreng mit Huhn.

In Pennyfields reihte sich ein chinesisches Restaurant ans andere, genauso wie fast überall in Limehouse. Die meisten waren sehr gut, keins davon schick. Der «Rubinrote Drache» wirkte da noch besonders aufgedonnert. Von der Decke hingen ein paar rot- und goldgeränderte Papierschlösser und Pagoden und drehten sich bei der Tür sacht im Luftzug; ein Wandbild zeigte einen schlitzäugigen und eigenartigerweise bärtigen roten Drachen, dessen Farbe Jury an getrocknetes Blut denken ließ; es gab Trennwände aus Reispapier und schwarzlackierte Wandschirme. Wie die anderen Restaurants in Limehouse, so erkannte Jury am Publikum, war aber auch der «Rubinrote Drache» ein Familienrestaurant. Die Speisekarte solide, die Bedienung bierernst, das Essen gut.

Tommy hatte sich schon durch eine Phalanx von Vorspeisen gefuttert; er saß vor den Resten von Frühlingsrollen, Wan-Tan-Suppe und Garnelenbällchen. Jury bestellte Tee.

«Da, probieren Sie mal», sagte Tommy und schob ihm den Teller hin.

«Nein, danke.» Jury mußte lächeln, als Tommy sein Festmahl mit einem verstohlenen, ziemlich schuldbewußten Blick musterte. «Wo wir wohnen, gibt es keinen Chinesen, nicht einmal einen Imbiß.» Er schob den Reis bekümmert auf dem Teller herum. «Sie sind sicher hergekommen, weil Sie mich zurückbringen wollen.»

«Zurückbringen? Das hört sich an, als wärst du ein Ausreißer. Nein, ich wollte mich nur noch ein bißchen mit dir unterhalten. Ruby hat mir gesagt, wo ich dich finden kann.»

«Sie hat mir das Geld gegeben. Nett von ihr; sie war es wohl leid, daß ich so bei ihr rumhing.» Kleinlaut faßte er nach seiner Mundhar-

monika, die aus seiner Jackentasche hervor-
schaute. «Ich kenne eben nicht so viele Lieder.
Meine Lieblingslieder sind ‹Waltzing Matilda›
und eins, das ich selber gemacht habe. Das
geht den Leuten auf den Geist.» Er seufzte.
Dann lächelte er. «Geht sicher auch Sid auf den
Geist. Er redet immer auf mich ein, daß ich im
Maschinenraum spielen soll.» Sein Kopf ruhte
jetzt auf einer zur Faust geballten Hand, die
andere hantierte mit der Gabel herum, das sel-
tene chinesische Festmahl schien vergessen.
«Aber – also Tante Glad und Onkel John, die
sagen, ich muß wenigstens die mittlere Reife
machen. Wozu soll das gut sein, wenn man
doch bloß auf Schiffen arbeiten will? Immer reden sie auf mich ein, daß Sadie eine richtig gute
Ausbildung bei den Barmherzigen Schwestern
gekriegt hat; als ob ihr das was genützt hätte –»
Erschrocken blickte er Jury an. Ihm war wohl
jäh eingefallen, daß man ihm die gute Ausbildung seiner Schwester nie wieder unter die
Nase reiben würde.

Er hatte sie seit ihrer Zeit im Kloster nicht mehr
gesehen. «Zum Schieflachen, Sadie, wie sie
den Kopf ganz in so einen schwarzen Schal ge-

wickelt hatte. Sie haben sie rasiert. Die Haare, meine ich. Sind doch kahl, die Nonnen. Scheußlich.» In dem Blick, den er Jury zuwarf, lag etwas Trotziges, so als wollte er hierüber Streit anfangen.

«Glaube ich nicht. Ich meine, daß sie kahl sind. Und wenn deine Schwester Novizin war, dann haben sie ihr Haar in Ruhe gelassen. Es vielleicht ein wenig kürzer geschnitten.» Roy Marsh hatte ihm alle Informationen gegeben, die die Themse-Polizei zusammengetragen hatte. Daß das Mädchen in ein Kloster eingetreten war, wollte für Jury überhaupt nicht ins Bild passen. Er stellte sie sich als ziemlich rotzig, sogar aufdringlich und nicht unselbstsüchtig vor.

«Kommt mir trotzdem falsch vor. Vieles an der Kirche kommt einem doch falsch vor.» Er musterte Jury, wollte sehen, wie der diese zunehmend ketzerischen Urteile aufnahm. Als Jury nicht anbiß, wirkte er erleichtert und verlor auf der Stelle das Interesse daran.

Der bierernste Kellner setzte eine Platte mit einem Berg süßsaurem Schweinefleisch unter einem Überzug aus leuchtendroter Orangensoße vor ihm ab, und Tommy erzählte aus seiner Kindheit – sie schien weit zurückzuliegen –, als Sadie noch seine beste und manchmal auch seine einzige Spielgefährtin gewesen war. Da hatte es alles gegeben: ein Kinderhaus im Garten, heimliche Picknicks, dunkle Höhlen, Schuleschwänzen... eben alles, was man in den idyllischen Beschreibungen liest oder im Fernsehen sieht – die Art Kindheit, die niemand wirklich gehabt hat, die aber, wenn man sich daran erinnert, im Dunst eines ewigen Sommers verschwimmt.

Jury meinte zu verstehen, warum Tommy so schnell gesagt hatte, die Tote sei nicht seine Schwester: sie hatten nie so aneinander gehangen, wie er jetzt vorgab. Der Altersunterschied hatte dabei gewiß eine Rolle gespielt. Vorstellbar war es schon, daß sich eine Siebzehnjährige so um ihren kleinen Bruder kümmerte, wie Tommy es sich einredete, doch er bezweifelte, daß Sadie Diver der Typ dafür gewesen war. Monate, Jahre hatte sie verstreichen lassen, ohne den Versuch zu machen, ihn zu sehen (sie hatte ihm nur einen Schnappschuß geschickt). Daß sie ihn dann doch kommen ließ (wahrscheinlich bedauerte sie es), hatte vermutlich nur den Zweck gehabt, den Mulhollands die Botschaft zu übermitteln, daß es ihr besser ging, als es ihnen jemals gehen würde.

«Dann war Sadie wohl nicht recht zur Nonne geeignet, was, Tommy? Das ruhige und kontemplative Leben war nichts für sie, hmm?»

Tommy hatte sich schon halbwegs durch seinen Reisberg gearbeitet und schaufelte nun Schweinefleisch und Ananas oben drauf. «Die? Da kann ich nur lachen. Sadie ruhig und ... dingsda ...»

«Wieso hatte sie denn dann auf einmal religiöse Anwandlungen?»

«Die haben Tante Glad und Onkel John ihr eingeredet. Sie fanden, sie wäre ... na ja, ein bißchen wild. War doch nur für ein Jahr.»

«Um da hineinzukommen, muß man ganz schön schlau sein. Und Prüfungen muß man auch machen. Das ist nichts für jemanden, der wild ist.»

Tommy lächelte über seine Teetasse hinweg. «Sadie konnte einfach alles. Wenn Sie mich fragen, sie hat's nur gemacht, weil sie kein gutes Haar an ihr gelassen haben. An dem jedenfalls, was noch davon da war», setzte er dunkel hinzu.

Die Patina von guter Erziehung, die Reserviertheit, die nonnenhafte Ruhe, all das konnte sich Sadie Diver angeeignet haben. Es hörte sich so an, als sei sie gewitzt gewesen und nicht totzukriegen. Roy Marsh zufolge waren auch die Mulhollands ziemlich widerstandsfähig. *Hart wie Stahl*, war sein Eindruck. Er hatte gesagt, der Junge habe auch nicht allzu glücklich gewirkt, nachdem er mit ihnen telefoniert hatte.

Während Tommy weiter sein Garn über Sadie spann, wie sie vier Hunde und drei Katzen gepflegt hat, formte sich in Jurys Kopf ein Plan. Da auch Tommy sich, genau wie Ruby Firth, «zur Verfügung halten» mußte... wieso eigentlich nicht? Der Junge hatte seinen Besuch in London durch eine rosarote Brille gesehen, die lag nun zerbrochen am Boden, weil die junge Frau, um die er so viele Träume gesponnen hatte, ermordet worden war. Warum sollte er zu allem Überfluß auch noch gleich nach Haus zurück, wo es weder Tee noch Gemütlichkeit gab. Im «Rubinroten Drachen» gab es wenigstens Tee. Jury sah die Mundharmonika aus Tommys Jackentasche hervorlugen, denn die Jacke hing dem Jungen auf den schmalen Schultern wie ein altes Leben, das er nicht abstreifen konnte.

Jury blickte auf seine Uhr und zückte ein paar Geldscheine. «Also los, wenn du fertig bist; ich nehme dich mit in den Pub. Ich muß mich dort mit meinem Sergeant treffen.»

«Mich, Sir? Aber die lassen mich, glaube ich, nicht rein. Ich bin noch nicht volljährig.»

«Das deichseln wir schon.» Das blasse Gesicht leuchtete auf und erinnerte Jury an die Trennwände aus Reispapier. Das Licht hinter ihnen verwandelte die Umrisse auf magische Weise. Er nickte. Jury setzte hinzu: «Da du dich der Polizei zur Verfügung halten mußt, kam mir der Gedanke, du solltest zumindest heute nacht noch in London bleiben. Vielleicht brauche ich dich auch noch für eine Fahrt nach Northamptonshire.» Northants oder China, Tommy Diver war alles recht. Hauptsache, es war nicht Gravesend. «Jawohl, *Sir*. Sie meinen, ich soll bei Ruby bleiben?»

«Nein, ich hatte etwas anderes im Sinn, wo es dir vielleicht besser gefällt. Ich kenne da jemanden mit einer Wohnung.»

«Ist es ein Polizist?»

«Das bildet sie sich sicherlich ein.»

24

Molloy polierte Gläser und blickte Tommy Diver mißtrauisch an.

«Er ist älter, als er aussieht, Molloy», sagte Jury und hielt Ausschau nach Wiggins.

Tommy steckte sich einen Kaugummi in den Mund, bestellte einen Zitronensaft und starrte nun seinerseits Molloy an.

Jack Krael war an seinem gewohnten Platz an der Bar und fixierte seinen Fixpunkt im All; Wiggins saß in dem mit Teepäckchen dekorierten Alkoven. Er kam zur Bar und sah von Tommy zu Jury, so als hätte hier jemand das Jugendschutzgesetz nicht im Kopf.

«Ich glaube, Marsh war nicht allzu glücklich, daß Sie solchen Dampf wegen der Autopsie machen. Die haben sich doch schon mit den Fotos kein Bein ausgerissen. Sergeant Marsh hat gesagt, er bringe sie höchstpersönlich vorbei. Ich glaube, er mag mich nicht; konnte nur recht und schlecht eine Tasse Tee aus ihm herausschlagen. Ist das ein Wind, da vom Fluß her. Nicht die leiseste Ahnung, wieso sich jemand freiwillig zur Flußpolizei meldet. Man muß ein sehr guter Schwimmer sein.» Wiggins erschauerte, griff sich an den Hals und verkündete, der Aufenthalt auf den Wapping Old Stairs habe ihm wohl eine Halsentzündung eingetragen. Er nahm die Tasse, die Molloy vor ihm absetzte, und griff zu seiner Packung Kohlekekse.

Tommy sah zu, wie er einen davon ins Wasser bröselte und meinte: «Verkokelter Toast tut's doch auch.» Dazu blubberte er geräuschvoll mit seinem Strohhalm.

Die Tasse verharrte auf halbem Wege in der Luft, während Wiggins auf Tommy herunterstarrte. «Was?»

«Würde Sie auch keine achtzig Pence kosten, wie das Zeugs da.» Tommy stupste die Zellophanpackung an. «Sie halten das Brot einfach ins Feuer und lassen es verkokeln. Ist genau dasselbe. Was nehmen Sie denn so gegen Halsschmerzen?»

Wiggins legte Geld für einen weiteren Zitronensaft auf die Theke und sagte: «Kampferöl. Einen schönen, heißen Umschlag.»

Tommy zuckte die Achseln. «Versuchen Sie's mal mit einer alten Socke. Hauptsache, sie ist voller Fußschweiß – richtig schön schmutzig. Die Socke hilft allemal. Danke schön.» Er nahm seinen Saft in Empfang.

Wiggins, der eine unerwartete Quelle aufgetan hatte, zog Tommy beiseite, weil es ihm einfach nicht in den Kopf wollte, daß eine bakterienverseuchte Socke Heilkräfte besitzen könnte.

Jury nutzte die Gelegenheit, um Jack Krael in seinen Meditationen zu stören. «Sehen Sie sich das bitte mal an.» Und er zeigte ihm das Foto von Simon und Hannah Lean.

«Derselbe Typ wie auf'm anderen Foto», sagte Krael achselzuckend.

«Und die Frau?»

Jack Krael blickte jetzt genauer hin, nahm das Foto in die knotigen Finger und runzelte die Stirn. «Sieht aus wie Sadie Diver. Bloß, wenn ich die gesehn hab, war se immer aufgeputzt wie 'n Weihnachtsbaum. Was hatse denn bei dem da verlorn?»

«Meinen Sie eher so?» Jury legte Tommys Schnappschuß von Sadie Diver neben das andere Foto. Bunt, auffallend und herausfordernd. Genug Rouge und blauer Lidschatten für sämtliche Streifen am Abendhimmel. Haare wie dunkle, hochgetürmte Wolken.

Jack Krael überlegte. «Das is sie; das is Sadie. Komisch, wie 'ne Frisur und das ganze Zeugs, wo sich die Weiber ins Gesicht schmiern, den Menschen verändern kann. Die da sieht dünner aus.» Er schnippte mit dem Daumennagel nach Hannahs Bild. Dann betrachtete er Tommy. «Ihr Bruder, wa? Hab mich schon gefragt, wieso er mir so bekannt vorkommt. Schlimm für den Jungen, wa?»

«Ganz schön schlimm, ja. Er fährt bald nach Haus.»

Jack Krael fing Tommys Blick auf. «Du bist also nich von hier, Junge, wa?»

«Nein, von Gravesend.»

Krael lächelte, wie er es nur alle Jubeljahre zustande brachte. «Gravesend, ach nee. Hab da früher mal 'nen Schlepper gefahren. Verstehste was von Schiffe?»

Tommy schaffte es, ganz wichtig zu tun, was schwierig ist, wenn man gerade Zitronensaft durch einen Strohhalm trinkt. «Könnte man so sagen.»

«Dann hock dich her –» Und Krael klatschte auf den Barstuhl neben sich.

Jury reichte Wiggins das Foto von den Leans und das von Sadie Diver und bedeutete ihm, damit bei den Stammgästen die Runde zu machen.

Wiggins betrachtete das Bild stirnrunzelnd. «Aber Sir, Sie haben doch gesagt, die ist in Northants.»

«*Jemand* ist in Northants. Aber nicht unbedingt Hannah Lean.»

Menschen kamen herein, holten sich Drinks von der Bar und machten es sich gemütlich, um den Tag, der gerade vergangen war, noch einmal an sich vorbeiziehen zu lassen. Zumindest stellte sich Jury das so vor, während er zusah, wie ein dürrer Mann Münzen in die Jukebox warf und ein paar Tasten drückte. Hier im «Engel» betrachtete Jury zuweilen die Gesichter, die er schon unzählige Male gesehen hatte, und konnte sich des Eindrucks nicht erwehren, daß zwischen den Pubbesuchen die Zeit einfach stehenblieb. Die Leute verschwanden, kehrten zurück und verschwanden aufs neue.

Roy Marsh kam mit einem braunen Umschlag unter dem Arm herein und erweckte den Eindruck, daß die Welt nicht ein Quentchen schlechter dran wäre, wenn alle hier auf Nimmerwiedersehen verschwänden.

«Was ist los, Jury? Was tut der Junge hier?» Er deutete mit dem Kopf nach hinten ins Lokal.

Seine sanfte Stimme klang so scharf, daß sie sogar den dröhnenden «Mackie Messer» aus der Jukebox übertönte.

«Dem geht's gut», sagte Jury friedlich.

«Ich habe ganz und gar nicht gefragt, ob es ihm gutgeht. Ich bin bei Ruby vorbeigegangen, aber da war kein Mensch zu Hause. Ich bin für ihn verantwortlich, Jury. Seine Verwandten warten darauf, daß sie ihn nach Gravesend mitnehmen können.»

Molloy schob Jurys Bier über den Tresen, blickte Roy Marsh fragend an, bekam als Antwort einen sengenden Blick und wieselte eiligst davon.

«Die können warten. Ist das für mich?» Jury öffnete den Briefumschlag und zog die Fotos des Polizeifotografen heraus.

Roy rückte etwas heran, Jury auf die Pelle. Seine Stimme war leise und schwer wie der Zementsack, der in Bobbys Lied versank. «Ihr Sergeant hat gesagt, Sie wollen bei der Autopsie dabeisein. Und nicht nur das, sie soll auch noch heute abend stattfinden. Sie wollen einen Zahnbefund von früher haben, Sie wollen dies, Sie wollen das. Jury, das ist nicht Ihr Fall; dafür ist die Themse-Division zuständig.

Ein glasklarer Fall von Mord, und ich glaube, wir kommen damit allein zu Rande.»

Jury musterte ein Foto von der Toten. «Ich hatte mir eingebildet, der Fall läge auf der Straße; Sie und Ballinger schienen sich nicht schlüssig zu sein, ob er nun in die Zuständigkeit der Flußpolizei, der Mordkommission oder der Hafenbehörde fällt. Und von glasklar kann gar keine Rede sein.» Jury deutete mit einem Kopfnicken zur Jukebox. «Wie der Zementsack, der da versinkt.»

Marsh runzelte die Stirn. «Was zum Teufel meinen Sie?»

Jury schob die Fotos zurück in den Umschlag und kniffte die Klappe zu. «Hören Sie, Roy. Normalerweise lassen Mörder Leichen nicht auf Slipanlagen herumliegen, wo sie mit Sicherheit gefunden werden – und diese ist, nicht zu vergessen, direkt bei einem Pub. Sie werfen sie schlicht in den Fluß, wo die Flut sie mitnimmt –»

«Leichen kommen wieder hoch.»

«Man kann sie beschweren. Und wenn der Mörder noch so in Eile war, was hat er schon davon, daß er sie auf der Slipanlage liegenläßt.» Jury blickte Marsh an. «Meiner Meinung nach wollte der Mörder, daß sie gefunden wird. Hätte er sie in den Fluß geworfen, wäre er nicht sicher gewesen, ob und in welchem Zustand sie wieder herausgezogen worden wäre.»

«Wie bitte?»

«Er wollte sichergehen, daß die Frau als tot galt. Zum Beispiel, weil sie reich war. Zum Beispiel, um ein Vermögen in die Finger zu kriegen.»

«Das Beispiel sagt mir einen Scheißdreck.»

«Tut mir leid. Ich würde es Ihnen ja erklären, aber ich bin mir meiner Sache noch nicht sicher. Ich weiß nicht, ob meine Vermutungen zutreffen.» Er verschwieg, daß er es nicht erklären wollte, weil er sich auch über Marshs Rolle noch nicht sicher war.

«Sie machen aus einer Mücke einen – he, Kath, verschwinde.»

Kath hatte sich zwischen sie gedrängelt. «So 'ne wie du, die wer'n gefeuert, wenn ich erst mal in 'nen Gemeinderat bin.»

«Dich bring ich eines Tages noch wegen Ruhestörung hinter Gitter, Kath.»

«Ha! Hört ihr das, hört ihr das? Du mich hinter Gitter bringen? Halt lieber die Schnauze, ich weiß nämlich 'ne Menge über dich – Mol-*loy*.» Sie schnappte sich das Glas, das er ihr hinschob, zwinkerte Jury zu und sagte: «Frag'n Se den doch mal, was er 'n ganzen Tag auf'm Limehouse Causeway in sei'm Auto zu suchen hat? Da, Jungchen, und das Wähln nich vergessn.» Sie schob Roy einige Flugblätter hin, doch der ließ sie zu Boden flattern.

Jury musterte ihn und suchte den Raum nach einem Tisch ab. «Setzen wir uns doch für einen Augenblick.»

«Ich habe noch zu tun.»

«Einen Augenblick.»

Sie fanden einen Tisch in einer Ecke bei der Jukebox. Der Pub war nur halb voll, und daher war es relativ ruhig.

«Ist nie ein großes Geheimnis gewesen, Sie und Ruby, was?» Roy schwieg hartnäckig und schaffte es, im Sitzen immer noch so auszusehen, als stünde er. Jury sagte: «Den hier haben Sie doch sicher nicht leiden können, was?» Er schob ihm das Foto von Hannah und Simon Lean hin.

Daß eine so leise Stimme so scharf klingen konnte! «Wehe, Sie ziehen sie da mit rein.» Eine Mischung aus Zischen und Flüstern.

«Wird sich wohl kaum vermeiden lassen.»

«Ich wäre nie drauf gekommen. Ich stehe der Polizei jederzeit für Fragen zur Verfügung.» Er betrachtete das Foto noch einmal. «Woher hat er denn Sadie Diver gekannt?»

«Das ist der Punkt, Roy. Die Frau da ist nicht Sadie Diver. Es ist seine Frau Hannah.» Jury steckte das Foto wieder ein, trank einen Schluck Bier und sah, wie Roys Miene von Zorn zu Ungläubigkeit wechselte und dann wieder zu der steinernen Maske, hinter der er gewöhnlich seine Gefühle verbarg.

Der Sergeant stand auf und sagte: «Die Autopsie ist für heute abend zehn Uhr angesetzt.»

Jury blieb noch einen Augenblick in der Ecke sitzen, die Musik aus der Jukebox bekam er nur von weitem mit. Die warme Stimme von Linda Ronstadt hatte die austauschbaren Dröhngruppen ersetzt. Er blickte durch den Rauchschleier zu dem Alkoven hin, wo Tommy jetzt mit den Kartenspielern am Tisch stand, und fragte sich, ob der Junge wirklich an den Tod seiner Schwester glaubte. Ein Teil seines Verstandes mochte ihn akzeptieren, der andere jedoch nicht. Als er Tommy im «Rubinroten

Drachen» zugehört hatte, da war er überzeugt gewesen, daß Tommy seine Schwester nicht wiedererkannt hätte, nicht etwa, weil er sie die ganzen letzten Jahre nicht gesehen, sondern weil er sie nicht richtig gekannt hatte. Ob seine Schwester und Simon Lean wohl damit gerechnet hatten, falls eine solche Frage jemals gestellt würde...

Das war es, was Jury keine Ruhe ließ. Daß Simon Lean gründlich vorgegangen war, daß er damit gerechnet hatte, jemand könnte ihnen auf die Schliche kommen. Lean hatte Vorkehrungen getroffen für den Fall, daß der Mord an Sadie Diver auch seine Vernehmung durch die Polizei nach sich ziehen würde...

Aber natürlich hätte die Frau auf Watermeadows ihm ein Alibi verschafft. Hannah Lean. Er zündete sich eine Zigarette an, ließ aber das Streichholz bis auf die Fingerspitzen herunterbrennen, so zornig war er auf einmal. Dann warf er es in den Zinnaschenbecher und wandte seine Aufmerksamkeit der jetzt seelenvollen Musik zu. Die Sängerin erging sich in wehmütigen Erinnerungen an Fischerboote auf dem Bayou. Er versuchte, Tommy durch die Nebelwand aus Rauch auszumachen. Sieben Uhr, sie mußten los. Der Kopf tat ihm höllisch weh, und er überlegte, ob Wiggins wohl ein Aspirin hatte.

«...*spare Pfennige, spare Groschen*...»

Jury preßte seine Handballen an die Schläfen und dachte, daß sich Sadie Diver nun nicht mehr ums Sparen sorgen mußte. Als er aufblickte, sah er Alf zur Tür staksen; Wiggins folgte ihm auf dem Fuß, hielt ihn am Jackenärmel fest und sagte höflich: «Bleiben Sie bitte noch ein bißchen, Sir.»

Ganz außer sich blickte Alf von Jury zu Wiggins und dann zur Tür, durch die Roy Marsh verschwunden war. «Hat mich verpfiffen, was? Der Bulle da, was? Hat rumgetratscht? Als ob ich nich gesehn hätte, wie ihr beide den Kopf zusammengesteckt habt. Hab nichts damit zu tun, liegt doch alles Jahre zurück. Da mach ich den ganzen Weg von Australien, und der ganze Tratsch immer hinterher –»

Tommy Diver hatte sich zu ihnen gesellt. «Sie sind aus Australien? Dann hören Sie mal zu.» Worauf er rasch die Mundharmonika aus der Tasche zog und die klagende Stimme von Linda Ronstadt mit seinem noch traurigeren «Waltzing Matilda» zu übertönen begann.

25

Auch ohne die Gegend zu kennen hätte Jury auf Anhieb gewußt, daß sie in der Nähe der Blumenhalle waren, weil nämlich Wiggins anfing zu niesen. Er hatte seinen Bericht über Jack Krael unterbrochen, um die Nase in einem Taschentuch zu vergraben. Glücklicherweise saß Jury am Steuer, sonst hätte noch einer der Dienstmänner von Covent Garden mit seinem Handwagen dran glauben müssen. Wiggins fuhr mit seiner Litanei über gute alte Zeiten fort. «Ich weiß, wie ihm zumute ist, Sir; alles dahin; man kann einfach alles abschreiben. Nicht auszudenken, wie es hier früher mal ausgesehen hat, als es im Dockland noch so quirlig wie im Bienenkorb zuging.»

Er sprach über die Zeit, als läge sie schon Jahrhunderte zurück, nicht Jahrzehnte. «Ich erinnere mich noch», sagte Jury.

«So alt sind Sie nun auch wieder nicht, Sir. Jetzt gibt es bloß noch diese schicken kleinen Läden.» Wiggins griff zu seinem Inhalator – er hätte schwören können, daß es bald wieder mit seinem Asthma losgehen würde – und haderte weiter mit dem Schicksal. «Aprikosen aus Südafrika, Feigen aus Italien…» Er seufzte. «Nicht auszudenken, diese Erbsenenthülser damals.»

Jury mußte lächeln, als er Wiggins die gute alte Zeit preisen hörte, wo ihn damals doch schon ein einziger Tag vollkommen ausgelaugt hätte. Wie farbenprächtig sie auch immer gewesen sein mochte, es gab Dreck und Schmutz, und Kohlekekse gab es auch noch nicht als Massenware. «Sie sind doch allergisch gegen Feigen, Wiggins», sagte er, während er im Halteverbot einparkte.

«Wirklich, Sir?» Stirnrunzelnd verstaute Wiggins das Taschentuch.

Jury hatte keine Ahnung. «Und Raver hätte es nicht versäumt, Ihnen unter die Nase zu reiben, daß das Leben eines Erbsenenthülsers dornenvoll ist.» Er lächelte. Parken im Halteverbot war in seinem Beruf das Salz in der Suppe. Er hatte ein kindisches Vergnügen an den verdutzten, leicht erstaunten Gesichtern der Fußgänger, wenn er lässig ausstieg und davonspazierte. Jury schreckte Wiggins aus seinen Niesanfällen hoch, indem er sich zu ihm hinüberbeugte und sagte: «Kommen Sie mit?»

Sofort sprang Wiggins aus dem Auto. Er hatte eine Vorliebe für das «Starrdust». Und ob er mitkam.

Das «Starrdust» hatte so wenig Ähnlichkeit mit einer schicken Boutique, daß man sich in einer anderen Galaxie wähnte. Jury war schon ein paarmal dort gewesen, aber an das Dunkel hatte er sich immer noch nicht gewöhnt. Was es drinnen an Licht gab, strömte sanft aus einem falschen Planetarium an der Decke, wo ein güldener Schein hinter ausgeschnittenen Sternen und Planeten mit einem silberblauen hinter einem Viertelmond verschmolz. Und weil die Lampen dahinter immer wieder aufblinkten und verglühten, Mars und Venus gleichsam auftauchten und wieder verschwanden, wirkte es, als ob sich das Ganze langsam drehte. Die Lichter warfen eine Art goldenes Hephaistosnetz über Bar, Besucher und das gesamte Inventar.

Stets drehten sich auf Andrew Starrs altem Grammophon verkratzte Aufnahmen, die zum Ambiente paßten. Hoagy, Dinah, Glenn Miller. Heute sang Dinah das Lied, welches Jury schon durchs Telefon im Hintergrund ge-

hört hatte. Sterne fielen auf Alabama und Covent Garden. Denn bei ihrem Eintreten hockte
eine von Andrews Verkäuferinnen oben auf
einer hohen Leiter und montierte etwas, das
wie ein silberner Kübel aussah, mit Bindfaden
an den Türrahmen. Winzige Gold- und Silber-
sterne rieselten auf Tommys, Jurys und Wiggins' Haar herab.

Sie quietschte wie eine Maus und kam von
der Leiter heruntergekraxelt.

Und als sie sah, wer da war, quietschte sie
gleich noch einmal und schlug sich dabei die
Hand vor den Mund, als könnte der kleine
Kiekser außer Kontrolle geraten. Das lockte ihr
Gegenstück – kein Zwilling, sondern ein Gegenstück – aus dem Büro; sie mußte doch
nachsehen, was da los war. Eine davon ist
Meg, die andere Joy, dachte Jury. Beide hatten
sie Haar wie gesponnenes Gold, das Kämme
mit Straßsternen zurückhielten. Ihre Augen
zeigten denselben Sternenglanz, doch das
machte vielleicht die Dunkelheit. Sie waren in
silberne Blusen und schwarze Cordjeans mit
goldenen Hosenträgern gekleidet. Mit dem
schimmernden Kübel zwischen sich wirkten
sie wie zwei außerirdische Milchmädchen.

«Entschuldigung. Entschuldigung», zirpten sie im Chor, und dazu drehte sich Dinah auf dem Grammophon.

«Wir hatten die Uhr an der Tür aber auf Lunchpause gestellt –»

«Aber die haben Sie wohl übersehen», hakte Joy rasch ein. Sie wollte nicht, daß es so klang, als hielte Meg Jury und Wiggins für Analphabeten.

«Keine Ursache», sagte Wiggins, «ein Sternenregen ist besser als ein Eimer Wasser.» Er zupfte sich einen Stern aus der Augenbraue und lächelte zufrieden. Im «Starrdust» schien er sich zu Hause zu fühlen. Dessen überirdische Unempfindlichkeit gegen irdische Krankheiten und Abgründe der Verzweiflung schien ihm gutzutun.

Starr selbst war in der astrologischen Zunft (wenn man sie als solche bezeichnen konnte) kein Unbekannter, und der Laden führte ganz unterschiedliche Bücher zu diesem Thema. Einige davon waren sehr selten, andere neueren Datums. Andrews Kundschaft war bemerkenswert breit gefächert, von radfahrenden Kindern bis hin zu Adel und Geld. Für alle aber waren seine Horoskope das, was für andere

die *Times* war – ein Evangelium. Eigenartigerweise waren sie das auch für Andrew Starr.
Wie sonst wäre er wohl auf dieses kleine Heiligtum mitten im Getriebe von Covent Garden
verfallen?

Wiggins, dessen Niesattacke aufgehört
hatte, kaum daß er über die Schwelle getreten
war, zeigte Tommy die kleine Bude, die Starr
für Kinder gebaut hatte, die hereinschneiten.
Horrorskop stand in neonblauer Kursivschrift
über der Tür geschrieben, und auf den Wänden prangten Halbmonde und Sterne. Zwischen der Bude und der Neuerwerbung des
Geschäfts direkt gegenüber konnte man sich
kaum noch hindurchquetschen. Dabei handelte es sich um ein gazeartiges Zelt, groß wie
ein Himmelbett, dessen silbrige Falten sich
über einem runden Drahtgestell bauschten.
Hier hatte Madame Zostra ihr Reich.

Es war bestimmt ihre Stimme gewesen, die
mit Dinah hinten in der Kochnische gesungen
hatte. Der Laden war sehr schmal und lang, so
daß die Leute irgendwie aus dem Dunkel aufzutauchen schienen. Als «Alabama» schließlich auf dem Plattenspieler von «Heaven» ersetzt wurde, blickte sich einer der Zwillinge

um und sagte: «Sie wollen wohl zu Carole-anne? Die macht gerade Tee, und Andrew holt was Tolles zu essen. Tut er immer, wenn keine Zeit für einen richtigen Lunch war. Es ist Juni, und der Touristenauftrieb ist die reinste Hölle.»

«Hölle ist noch untertrieben», sagte Meg mit einem raschen Nicken des platinfarbenen Kopfes.

Das Wort verblüffte Jury, es wirkte hier so fehl am Platz. Und die schwarzgekleidete Gestalt, die aus dem Dunkel geschwebt kam und dabei eine Gabel in ein Stück Kuchen stach, sah auch nicht gerade nach Hölle aus. Mit vollem Mund sagte sie: «Sie haben aber lange gebraucht, was?» Und zu den Zwillingen sagte sie: «Andrew ist wieder da, er hat diese Schwarzwälder Kirschtorte mitgebracht, auf die ihr so steht.»

Die Zwillinge traten aus der Haustür und bückten sich lachend, um unter dem Neonschild hindurchzukriechen. Mit Wiggins und Tommy im Schlepptau machten sie sich davon.

«Wer ist denn das?» Carole-anne fuhr herum und sah hinter dem Neuankömmling her, der auf dem schmalen Gang entschwand.

«Ein Freund von mir.»

Sie wirkte mißtrauisch. «*Ich* habe ihn noch nicht kennengelernt», sagte sie. Jemand, der noch nicht ihre Billigung gefunden hatte, konnte schwerlich ein Freund von Jury sein.

«Sie werden ihn kennenlernen. Und warum ich so lange gebraucht habe: ich bin ohnehin nur einen Tag fortgewesen –»

«Einen und einen halben Tag. Haben Sie schon Tee getrunken?»

Jury schüttelte den Kopf. «Ich dachte, Sie wollten abnehmen?»

«Wenn man weiß, daß man sterben muß, kriegt man einen Heißhunger auf Süßes.»

Jury zuckte zusammen. «Carole-anne, ich habe so etwas wie einen Doppelmord am Hals. Da muß ich mit meiner Zeit haushalten, Herz-chen.»

«Was müssen Sie? Mann, nur einen einzigen Tag mit einem Grafen, und Sie reden vielleicht geschwollen daher. Da, Kuchen.» Sie streckte ihm eine vollbeladene Gabel hin.

«Nein danke, ich will abnehmen. Worum ging es denn bei diesen hysterischen Anru-fen?»

Sie deutete mit dem Kopf zum Zelt. Alle

wichtigen Geschäfte – also alles, was Carole-anne anging – mußten in seinem unergründlichen Dunkel getätigt werden. Es war, als würde er eine kleinere Höhle betreten, nachdem er den Vorraum zur größeren verlassen hatte. Drinnen stand ein niedriger runder Tisch mit den vertrauten Sternbildern auf dunkelblauem Filz. Auf dem Tisch lag zwischen zwei goldenen Kugeln ein Kristall auf schwarzem Samt. Die Kugeln warfen einen gelblichen Schein, als hielten sich spielende Kinder Butterblumen unters Kinn. Davor lag ein Kartenspiel. Tarot.

Carole-anne hatte ihren Kuchen hingestellt und ihren Hut aufgesetzt – einen von vielen, Carole-anne besaß nämlich jede Menge Hüte. Dieser war ein kunstvolles, turbanähnliches Gebilde aus Silberlamé, um das sich Perlen und zarte Goldketten schlangen (wahrscheinlich von einem Faschingsfest übriggeblieben). Sie hockte sich wie ein Swami auf eines der Kissen, die um den Tisch lagen, die Beine gekreuzt, die Hände gefaltet, und starrte in die Kristallkugel.

Jury seufzte. Sie versuchte doch nur, sich flink eine glaubhafte Geschichte über den

Mord an Madame Zostra auszudenken. Nach zwei Minuten auf diesem Kissen, das wußte Jury, würde ihn sein Rücken schier umbringen. «Wenn sich da binnen zehn Sekunden nichts tut, gehe ich, Herzchen.» Er wäre sowieso nicht hergekommen, wenn es nicht wegen Tommy gewesen wäre.

Rasch verdeckte sie die Augen mit den beringten Fingern. Lapislazuliringe, die auf die neuen Kunden vom «Starrdust» hinweisen. Andrew Starr hatte einen Haufen Geld für Madame Zostras diverse Requisiten springen lassen. Er war ein Träumer, aber kein Trottel; wahrscheinlich hatte er die Ladenkasse klingeln hören, als er Carole-anne zum erstenmal erblickte. Obwohl Jury ziemlich überzeugt davon war, daß erst sie ihm das ganze Brimborium aufgeschwatzt hatte.

«Die Aura ist einfach nicht richtig. Sie bringen sie mit Ihren Zweifeln durcheinander.» Anscheinend klang das selbst für ihre Ohren wenig überzeugend, denn sie ließ die Hände wieder sinken, griff nach den Tarotkarten und mischte.

Jury machte Stielaugen. «Tarot? Carole-anne, diese Karten mischt man doch nicht!»

Sie hob die Schultern und begann, sie aufzu-
decken und auf den Tisch zu klatschen. Was
sollte das nun werden – Mord, seine Zukunft
oder Blackjack? Natürlich tauchte der Gehängte auf, und sie schob ihn ihm zu und
sagte: «Er ist –» (sie versuchte, sich an die An-
zahl der Morde zu erinnern) – «zweimal dagewesen.» Und schon hatte sie die Karten wieder
zusammengeschoben.

«Nachdem wir das nun geklärt haben,
möchte ich, daß Sie sich um Tommy kümmern.
Wenn der Laden hier zumacht, nehmen Sie
ihn mit nach Hause.»

«War er das?» Blitzschnell war sie hoch und
hatte die Gaze beiseite geschoben. Immer hinein Neuling, den sie vielleicht in die Finger bekommen könnte.

Die anderen kamen unter Gelächter und Ge-
kicher den schmalen Gang entlang. Die abend-
liche Pause war vorüber, und Jury konnte vor
der Tür eine kleine Traube von Kunden sehen,
welche langsam die Ungeduld packte.

Jury begrüßte Andrew Starr, einen netten,
gutaussehenden, jungen Mann, der aus seiner
Wahrsagerei viel Geld schlug. Ehe er noch
Tommy vorstellen konnte – dem bei Carole-

annes Anblick das Kinn herunterfiel –, sagte sie: «Dir wird es hier gut gefallen.» Und schon hatte sie ihn ins Gazezelt entführt.

Andrew Starr ging nach vorn, schloß die Tür auf, ließ sie hinaus und die Kunden herein.

Jury überquerte die Straße, auf den Fersen einen widerstrebenden Wiggins, der einen wehmütigen Blick über die Schulter zurückwarf und vermutlich glaubte, seine Zukunft bliebe dort zurück, als Geisel im *Horrorskop* gefangen, bis jemand mit größerer Weisheit als Scotland Yard sie daraus befreite.

Wiggins nieste.

26

Der Tod von Tommys Schwester hatte mit dem Willen Gottes ebensowenig zu tun wie die Regierung des Haushalts der Mulhollands. In Jurys Augen lag die eindeutig bei John Mulholland und wurde mit eisernem Willen und eiserner Faust von diesem kurzgeratenen und untersetzten Mann geführt, der unentwegt seine Mütze zerknautschte. Die Frau war dünner und größer – eine Sitzriesin – und hatte ein ausdrucksloses Gesicht, so als hätte man ihr gerade einen Gipsverband abgenommen.

Vielleicht schien das Jury aber auch nur so, denn er war gerade aus dem dunklen Ambiente von Andrews Geschäft in den Vernehmungsraum in Wapping gekommen und hatte sich an dessen grelles Licht noch nicht gewöhnt.

Mulholland wollte sich nicht setzen, und die schonende und freundliche Begrüßung des Superintendent wollte er auch nicht erwidern. Er kam ohne großes Trara, ohne Trauer oder gar Gewissensbisse zur Sache, ja, er bemühte sich nicht einmal um die üblichen Platitüden, die von dem offenkundigen Mangel an Gefühl

abgelenkt hätten. Er hatte die Fragen der Polizei von Wapping beantwortet; er hatte die Leiche seiner Nichte gesehen; er wollte lediglich
seinen Neffen abholen – auf den er offensichtlich wütend war, weil er die Familie gefoppt
hatte – und dann nach Gravesend zurück.

«Tut mir leid, wenn wir Ihnen Umstände
machen, aber ich möchte Tommy noch für ein,
zwei Tage hierbehalten, in London. Er ist hier
gut aufgehoben.»

«Dabehalten? Wir wollen ihn mitnehmen
und damit basta.»

«Nicht ganz so basta. Wir brauchen ihn noch
für unsere Ermittlungen.»

Mulholland stieg das Blut ins kantige Gesicht; er kniff den Mund zusammen, bis seine
Lippen vor Zorn bläulich anliefen. «Der weiß
doch nichts, was wir Ihnen nicht auch sagen
könnten.»

«Vielleicht doch. Er kam kurz nach dem
Mord an Sarah hier an. Und er hat sie gut gekannt. Wirklich, Mr. Mulholland, der Junge
wird ja hier nicht mit glühenden Eisen ge-
zwackt. Wir wollen uns darüber nicht streiten.
Ich würde sowieso gewinnen.» Jury lächelte.
«Bitte, nehmen Sie doch Platz.»

Falls Mulholland sich weigerte (was er tat), konnte Jury ihn wenigstens dadurch aus dem Konzept bringen, daß er sich selbst einen Stuhl heranzog. Wiggins tat es ihm nach und holte sein Notizbuch und ein frisches Taschentuch hervor, als hätten sie Zeit in Hülle und Fülle.

«Es tut mir sehr leid, das mit Ihrer Nichte», sagte Jury und blickte von einem zum anderen. Der Onkel funkelte ihn böse an. Die Tante blickte weg. Möglicherweise hatte der Sergeant mit seinem Taschentuch etwas bei ihr ausgelöst, jedenfalls zog sie auch eins aus der Tasche. Es war, als hätte ihr jemand anders die Erlaubnis erteilt, Gefühle zu zeigen, die sie für gewöhnlich unterdrücken mußte, wenn ihr Mann zugegen war.

Gladys Mulholland konnte einem leid tun, wie sie das Taschentuch rasch wieder vom Mund nahm, als ihr Mann ihr einen finsteren Blick zuwarf. Und Tommy Diver konnte einem noch mehr leid tun. Wie gut, daß er heil und sicher im «Starrdust» war. Jury brauchte nicht besonders viel Phantasie, um sich vorzustellen, was ihn bei der Rückkehr nach Gravesend erwartete; ihm genügte die Erinnerung daran, was er selbst im gleichen Alter erlebt hatte.

Nur hatte er mit seinen Verwandten mehr Glück gehabt; sie waren richtig nett gewesen, bis der Onkel starb und sich die Tante gezwungen sah, ihn wegen ihrer finanziellen Notlage in ein Waisenhaus zu geben.

«Sind Sie sicher, daß es sich bei der Toten um Ihre Nichte handelt?»

«Ob ich sicher bin? Mann, ich sollte doch wohl meine eigene Nichte kennen.» John Mulholland gehörte nicht zu der Sorte, die viel Umschweife machte, nicht einmal dann, wenn Umschweife geboten schienen. Als Zeuge völlig unbrauchbar, dachte Jury. Einer von den Menschen, denen ihr Ego oder Stolz bei jeder Identifizierung im Wege steht. Die Art Zeuge, die möglicherweise den Falschen auf die Anklagebank schickten.

Gladys Mulholland jedoch beugte sich verdutzt vor. «Glauben Sie etwa, sie ist es nicht? Nicht unsere Sarah?»

Bei «unsere Sarah» schnaubte Mulholland.

Jury beantwortete die Frage mit einer anderen. «Was war sie für ein Mensch, Mrs. Mulholland?»

Daß er eine so harmlose Frage stellte und sich überhaupt für ihre Nichte und ihre Meinung über ihre Nichte interessierte, das stimmte sie unsicher und froh zugleich. Die Spannung löste sich. Die Arme, gespannt wie ein Draht, lockerten sich; die zusammengepreßten Beine öffneten sich ein wenig. Sie erinnerte Jury an eine Marionette, deren Fäden jemand losgelassen hatte.

Es war ihr Mann, der hatte loslassen müssen. Der wandte das Gesicht jetzt brüsk dem Fenster zu, das auf die Themse ging. Eine Frage, die nicht an ihn gerichtet war, lohnte sowieso die Antwort nicht. Jury hatte vor, ihn zumindest für kurze Zeit auszuschalten. Mrs. Mulhollands Bericht würde sonst immer wieder unterbrochen werden.

Als sie erzählte, was für ein liebes Mädchen Sarah doch gewesen sei, stand Jury von seinem Stuhl auf und bedeutete Wiggins mit einem Kopfnicken, mit der Befragung weiterzumachen. Jury selbst stellte sich neben den Mann; er zündete sich eine Zigarette an und bot Mulholland die Zigarre an, die er Racers Humidor entnommen hatte. Der Mann blickte mißtrauisch, doch der Wunsch nach einer Zigarre siegte über den Wunsch, der Polizei einen Korb zu geben. Er nahm sie und be-

dankte sich widerwillig. Es war schwer, feindselig und unbeugsam zu bleiben, wenn man
mit einem Kerl rumstand und sozusagen die
Friedenspfeife mit ihm rauchte. Indem er
einem Sergeant die Befragung überließ, si-
gnalisierte Jury, daß der Tod seiner Nichte als
nicht so brisanter Fall angesehen wurde. Von
einem Superintendent waren Zeugen leicht
eingeschüchtert. Das hatte Jury nur zu oft feststellen müssen.

Mrs. Mulholland sprach jetzt über die Zeit,
ehe Sarah «auf die schiefe Bahn» geriet.

«Wie meinen Sie das?» fragte Wiggins.

«Oh, sie war wild und viel zu klug, genau
wie ihre Mutter. Also Bessie Mulholland. Mein
Mädchenname ist Case.» Sie pochte auf Wiggins' Notizbuch und deutete mit dem Kopf zu
ihrem Mann hin. «*Seine* Schwester.» Der Sergeant sollte ruhig wissen, daß die Familie Case
nichts damit zu tun hatte.

Mulholland hatte dem Fenster den Rücken
zugekehrt und nahm den Fehdehandschuh
auf. «Die war nicht wie wir übrigen. Ein
schwarzes Schaf, die Bessie. Und was deinen
Bruder –»

Wiggins fuhr ihm aalglatt dazwischen. «Ich

weiß, was Sie meinen. Ich habe selbst eine Schwester.» Dann fuhr er fort: «Wie ‹schief› war die ‹schiefe Bahn› denn im Fall Ihrer Sadie?»

«Sarah», sagte die Tante. «Den Namen hat sie aus der Bibel nach –»

«Rauschgift? Männer?»

Offenbar fand Mulholland, daß er nun lange genug außen vor gewesen war. «Sie hatte schon alles mögliche angestellt, da war sie noch nicht mal so alt wie Tommy jetzt. Ich glaube, sie hatte soviel Gewissen wie eine Katze. Meiner Lebtage habe ich keinen Menschen gekannt, der einen so an der Nase herumführen konnte wie Sarah. Stand da und log einem die Hucke voll und sah dabei so unschuldig aus wie –»

«Das muß sie auch. Ich meine, unschuldig ausgesehen haben. Schließlich ist sie bei den Barmherzigen Schwestern untergekommen. Eine Äbtissin führt man nicht so leicht hinters Licht.»

Verlegenes Schweigen auf der ganzen Linie. Die Mulhollands sahen sich nicht an – er wandte sich wieder zum Fenster; sie fixierte ihre verschränkten Finger.

«Komisch, daß Ihre Nichte auf ein Kloster verfallen ist, ausgerechnet ein junges Mädchen wie sie.»

Mulholland wandte Jury das große, kantige Gesicht zu. «Das war eine Abmachung; sie hatte da wenigstens ein Jahr zu bleiben. Entweder das, oder wir hätten sie vor die Tür gesetzt.»

Seine Frau wand sich auf ihrem Stuhl. «So schlimm hat es noch keine Case getrieben.»

«Natürlich nicht», sagte ihr Mann. «Wer zum Teufel wäre wohl so scharf auf eine Case gewesen, daß er ihren Schlüpfer –»

Woraufhin Gladys einen weinerlichen Schrei ausstieß, den Kopf auf die Hände fallen ließ und ihr kleines Taschentuch zu einem winzigen Ball zerweinte. Wiggins bot ihr seins an.

«Das heißt also, daß Sadie – pardon, Sarah – die Wahl hatte, entweder bei den Barmherzigen Schwestern zu landen oder in der Gosse», sagte Jury.

«Ganz recht, verdammt noch mal. Und was soll daran falsch sein?» Ein Bulle, der mit den Hufen Sand aufwirbelte, hätte nicht streitbarer aussehen können.

Er tat Jury irgendwie leid. Weil er für das

Kind seiner Schwester hatte sorgen müssen und sich dieses Kind dann als schwierig erwiesen hatte. Das hatte er vermutlich nur schwer verkraftet, konnte man doch daran ablesen, ob er fähig war, Kinder zu anständigen Menschen zu erziehen.

«Gar nichts. Ich mache Ihnen keinen Vorwurf. Ich an Ihrer Stelle hätte wahrscheinlich genauso gehandelt.» Jury nahm keine Notiz von Wiggins' starrem Blick.

Keine Reaktion; beide wirkten sie erleichtert, daß er genauso gehandelt hätte.

Ganz entschieden einer von Hamlets Totengräbern, dachte Jury. Willie Cooper machte auf Jury immer den Eindruck eines Arztes, der beim Anblick einer Leiche seine Schadenfreude kaum unterdrücken konnte, vor allem dann, wenn Scotland Yard bei der Leichenöffnung dabei war und besonders dann, wenn es Jury war. Vielmehr «R. J.», wie Cooper ihn mit Vorliebe nannte. Jury hatte zugesehen, wie Cooper seine sorgfältigen Abmessungen vornahm, jede Prellung, jeden Kratzer, jeden Fleck verzeichnete, vornehmlich aber die Abschürfungen auf dem Rücken des Opfers. Es gab zwei oberflächliche Messerwunden; der tödliche Stich hatte die Lungenspitze durchbohrt. Gut ein Liter Blut war in den Brustraum gesickert. «Eine Schneide», sagte Cooper.

Für Jury klang das nur allzu vertraut.

Cooper fuhr fort: «Sie könnte auf den glitschigen Stufen ausgerutscht sein, ausgerutscht oder gestoßen worden sein, wegen der Abschürfungen auf dem Rücken. Die Kleider waren zerrissen.»

«Heißt das, jemand hat sie festgehalten?»

Cooper sah ihn von unten an. Trotz seiner Munterkeit blickten seine Augen so tot, als spiegelten sie die Augen aller Toten wider, die er je gesehen hatte. «Ich habe mit mir selbst geredet.» Er steckte sich zwei Kaugummis in den Mund, nahm dann eine Haarprobe und tütete sie ein. Er trug klinisches Weiß, hatte eine Gummihaube übers Haar und Chirurgenhandschuhe über die Hände gezogen. Er stemmte die Arme in die Hüften. «Nicht schlecht, R. J. In recht gutem Zustand, wenn man bedenkt, daß der Kadaver an die dreißig Stunden sozusagen Spielball des grausamen Meeres war.»

«Flusses. Und der Kadaver wurde von der Flut überspült, mehr nicht. Das ist also Ihre genaueste Schätzung, dreißig Stunden?»

Willie Cooper suchte sich eine Säge vom Tablett, schüttelte den Kopf und legte sie zurück. Sein Kaugummi war gut in Fahrt, und dazu lächelte er unentwegt. «Aber nicht doch, R.J., Sie wissen doch, daß ich nicht schätze.» Er verstummte und legte den Kopf schief wie ein Zimmermann, der Maß nimmt. «Mir ist noch nicht nach der Schädelarbeit. Ich werde sie zur Einstimmung erst mal aufschlitzen.» Jury reagierte nicht, also fuhr Cooper fort: «Was ist los mit Ihnen heute abend? Haben Sie ein Schwert verschluckt?» Dann sagte er: «Du blöder Idiot, bring mir sofort noch so ein Scheiß-Tonband rüber. Das hier ist abgelaufen.»

Diese Aufforderung galt nicht Jury, sondern einem pakistanischen Assistenten. Trotz der Wortwahl war Coopers Ton absolut freundlich. Zwei Schritte, und der Assistent stand mit einem neuen Tonband am Tisch.

Cooper nahm ein Instrument von seinem Tablett und zog rasch eine Linie vom Brustbein zum Schambein. Er klappte das Fleisch zur Seite und betrachtete die Organe mit der ganzen Begeisterung eines Kauflustigen, der sich nicht entscheiden kann, weil das Angebot zu verlockend ist. Dann entfernte er der Reihe nach Leber, Bauchspeicheldrüse und Nieren. Den jeweiligen Befund sprach er aufs Tonband. «Starke Raucherin. Lunge sieht nach einem Emphysem aus, aber noch im frühen Stadium. Leber: leichte Gelbsucht, keine Verwachsungen.» Jedes Organ wurde für sich eingetütet und vom Helfer sorgfältig beschriftet. Das war einer der Gründe, warum Jury Coopers Arbeit so schätzte; er schickte der Polizeidirektion keinen Abfalleimer mit Organen. Manche Ärzte taten das.

Je weiter die Arbeit fortschritt, desto heftiger kaute Cooper. «Bring mir den Bericht da, Ivor.» So nannte er alle seine Assistenten. Schon war der Pakistani weg und dann mit einem Blatt Papier wieder zur Stelle. «Also, eine elliptische Stichwunde von eineinviertel Zentimetern Länge. Haben Sie nicht gesagt, daß man das Opfer in Northants mit einer Art Schwert umgebracht hat?»

«Stockdegen.»

Willie Cooper stopfte Eingeweide und das, was er gern als «Abfallorgane» bezeichnete, wieder in die Leiche hinein. «Tja, diese Wunden stammen jedenfalls nicht davon. Möglicherweise war es mehr als nur ein Messer.» Er wies auf eine elliptische Wunde. «Die da könnte sogar von einem zweischneidigen Messer sein. Diese hier ist glatter, schmaler.» Er verstummte und zündete sich eine Zigarette an. «Schnappmesser, wenn Sie mich fragen. Vielleicht ein Messerkampf.» Er rauchte so hingebungsvoll, wie er kaute, mit schnellen, kleinen Zügen. «Da staunen Sie, was? Und das soll nun eine exakte Wissenschaft sein. Was wir so alles nicht wissen! Nehmen wir nur die Totenstarre. Alles hängt davon ab, was wir über die Umstände herauskriegen. In ihrem Fall –» er musterte den Leichnam – «kennen wir die so ziemlich, und darum habe ich gesagt, dreißig Stunden, vielleicht eine mehr oder weniger.»

Jury lächelte. «Pathologen schätzen also doch.»

«Genau wie Sie, R. J.» Er hatte seine Zigarette ausgedrückt und zu einer feinen Säge gegriffen. «Ich kann das Geräusch einfach nicht ab. Ganz egal, wie viele ich schon aufgesägt habe. Ich kann mich einfach nicht an das Knirschen gewöhnen.» Und zu dem Assistenten sagte er: «In ein paar Minuten kannst du zunähen. Ich brauche eine Pause.»

Willie Cooper hievte sich neben der Leiche auf den Tisch in eine halb stehende, halb sitzende Stellung. Jury staunte über die kleine Szene. So sanft, wie er ihre Hand nahm, hätte Cooper ein geistesabwesender Liebhaber sein können, in Gedanken versunken, welche die Schlafende auf dem Bett nicht teilen konnte. «Sehen Sie das hier?» Er zog die Finger auseinander. «Die Schnittwunden an Zeigefinger und Daumen zeigen, daß sie einen Angriff abgewehrt hat. Und was ist mit Ihrem mausetoten Typen in Northants?»

«Der wurde dem dortigen Gerichtsmediziner zufolge zwischen einundzwanzig Uhr und Mitternacht ermordet. Wobei ich mich allerdings frage: Könnte es auch bei ihm eine Stunde mehr oder weniger gewesen sein?»

«Das hängt einzig und allein von den Umständen ab, wie Sie verdammt gut wissen, R. J. Also raus mit den Einzelheiten.»

Jury erzählte ihm von dem *secrétaire*, der Ablieferung im Antiquitätengeschäft, der Entdeckung der Leiche.

Willie Cooper blickte die Tote auf dem Tisch an, lachte ein wenig und schüttelte den Kopf, als freuten sie sich beide über einen Witz, den der Superintendent nicht mitgekriegt hatte. «Sie wollen doch darauf hinaus, ob die gleiche Person den Typen in Northants und mein Mädchen hier um die Ecke gebracht haben könnte. Klar doch.»

«Sie haben mich nicht ganz verstanden: Könnte sie *vor* ihm umgebracht worden sein?»

Cooper blickte zweifelnd auf das starre Gesicht auf dem Tisch, wiegte den Kopf, als wolle er den Lichteinfall für eine Kameraeinstellung ausrichten, und sagte: «Dann hätte Sadie also früher dran glauben müssen und Ihr Typ später. Hmm. Sie wollen auf Teufel komm raus gegen das Beweismaterial an, R. J. Die Luftzirkulation in dem Schreibdingsbums dürfte die Totenstarre bei ihm beschleunigt, das kalte Flußwasser sie bei ihr verlangsamt haben.» Er deutete mit dem Kopf auf die Leiche. «Ist aber egal, das können wir einkalkulieren.» Seine Augen glänzten wie Glassplitter. Er musterte Jury mit zusammengekniffenen Augen. Willie Cooper machte es nichts aus, gegen Beweismaterial anzugehen, weil sich Beweismaterial schon häufig als nicht schlüssig erwiesen hatte. «Ebensoviel Kunst wie Wissenschaft, was?» Er hielt die Säge hoch. «Mehr haben wir immer noch nicht, um an das Gehirn ranzukommen. Mit welcher Theorie spielen Sie, R. J.? Glauben Sie, jemand brachte erst unsere Sadie hier um und *dann* ihn?»

«Sagen wir, es wäre durchaus möglich.»

«Aber warum?»

«Weil es vielleicht gar nicht Sadie ist.»

Jury schloß das Auto ab und blickte quer durch den kleinen Park in Islington zu dem Haus hinüber, in dem er wohnte. Die anderen Häuser in der Zeile waren dunkel, abgesehen vom bläulichen Licht der Flimmerkisten hier und da, das Schatten an die Wände warf wie in Platons Höhle.

Doch nicht in seinem Haus; nein, dort war anscheinend Karneval. Alles hell erleuchtet (seine eigene Wohnung inbegriffen, obwohl er gar nicht da war). Eigentlich lebten dort überhaupt nur drei Menschen. Da einer von ihnen allerdings Carole-anne war, fügte Jury im Geist noch ein Dutzend hinzu. Was auch die Musik, das Singen und Stampfen erklärte.

Erst als er seine eigene Tür öffnete – Schlüssel nicht erforderlich; Carole-anne war schon vor ihm dagewesen und hatte seine Stereo-Anlage abtransportiert –, merkte er, daß sich das Hippodrom direkt über seinem Kopf befand, in der leeren Wohnung.

Ein Nachbar schien seine Heimkehr abgepaßt zu haben, denn das Telefon läutete schon, noch ehe er seine Schlüssel auf den Schreibtisch werfen konnte. Ach ja, Mrs. Burgess von nebenan. Da er bei der Polizei war, stellte er die Klagemauer für die ganze Umgegend. Und wenn es gar um Krach aus seinem eigenen Haus ging, dann machte man tüchtig Gebrauch von ihr. Er hörte einen Moment zu und brummelte etwas, während er sich einen ordentlichen Whisky einschenkte. Dann setzte er sich aufs Sofa, legte den Hörer hin und schloß die Augen. Und die ganze Zeit über zirpte Mrs. Burgess' Stimme aus der Ferne. Gelegentlich nahm er den Hörer vom Sofakissen und sprach ihr sein Mitgefühl aus. Nachdem sich die Stimme der Burgess eine Viertelstunde lang durch den Krach von oben gequält hatte, sagte Jury ihr (zum zwölftenmal), wie schwer sie es doch habe, und erklärte, es wimmle hier von Polizisten, was auch den Lärm erkläre. Die machten eine Razzia auf Rauschgift, nur hätten sie das falsche Haus erwischt, wie gut, daß sie noch auf sei, denn gleich kämen sie rüber –

Klick machte es am anderen Ende. Er schob sein Telefon unters Sofa wie einen unartigen Hund und streckte sich dann darauf aus; gottseidank war es lang genug. Stand da oben etwa ein Klavier? Da spielte doch jemand auf Teufel komm raus. Der Fußboden oben war aus Holz und hatte keine Teppiche. Die Stimmen wurden lauter. Eine Woge von Patriotismus schwappte über, wie man sie selten erlebte. Soweit es an dem Haufen da lag, war England noch lange nicht verloren.

Mrs. Wassermann, Carole-anne und Tommy. Drei Leutchen, die sich wie drei Dutzend anhörten.

Er lag vollkommen entspannt da, balancierte seinen Drink auf den Knien und genoß das Ganze, im Gegensatz zu seiner Nachbarin, in vollen Zügen. Verglichen damit erschien Schlafen langweilig, beinahe ungesund. Immer wieder wollte er aufstehen, nach oben gehen und mitmachen, doch Watermeadows lastete ihm wie ein Alpdruck auf der Seele.

Der Tod von Hannah Lean dürfte Sadie Diver aus der ärmlichen Limehouse-Welt in ein Gartenparadies katapultieren, wo nur eins zwischen ihr und dem Geld stand, mit dem sie die halbe Grafschaft aufkaufen konnte, nämlich Lady Summerston.

Er spürte, wie er sich schon wieder verspannte, trank einen tüchtigen Schluck und versuchte, den Kopf freizubekommen.

Wie gut, daß der Ragtime oben schleppender wurde. Schweigen, und in das Schweigen fiel eine klagende Mundharmonika ein. Füße scharrten über den Fußboden, langsam tanzte man zu «Waltzing Matilda».

Jury schlief.

27

DIE «STRÄHNCHEN» waren ein Friseursalon unweit der Tottenham Court Road, mit einer Glastür mit riesigem Chromknauf unter einer Markise aus falschem Chrom und einem La-

denschild, von dem Silbersträhnchen flatterten. Jury überlegte, ob es absolut unumgäng-
lich war, aus dem Salon mit vielfarbigem Haar
herauszukommen.

«Hallöchen», flötete die junge Frau hinter
dem nierenförmigen Chromtresen. Ihr henna-
rotes Haar züngelte aufwärts, sie hatte bläu-
liche Strähnchen hineingefärbt, als wollte sie
das Fegefeuer karikieren. Sie musterte Jury
von Kopf bis Fuß, dann meinte sie, er könne
noch vor ihrer nächsten Kundin drankommen,
die habe einen Termin um zehn, verspäte sich
aber regelmäßig. Ja, sie könnte ihn sogar selber
schneiden.

Jury lächelte, sagte, er sei nicht deshalb gekommen, und zeigte seinen Ausweis. «Ich
möchte mich nach einer Ihrer Angestellten erkundigen. Sie heißt Sarah oder Sadie Diver.»

«Ach, sollte ich die kennen?» Sie lächelte, als
wäre die Sache damit erledigt, und schmiegte
ihr herzförmiges Gesicht in die Hand. «Eine
Spur Feuerbrand, keine Bange, nur eine Spü-
lung, und Sie würden einfach umwerfend aussehen.»

«Ist das das, was Sie da drauf haben?»

«Das da? Ach, das ist nicht mehr frisch;

dürfte schon zwei Wochen alt sein. Nein, Feuerbrand geht mehr ins Bräunliche.»

«Mein Haar ist doch braun.»

«Glanzlichter, mein Lieber, Glanzlichter.» Sie weidete ihn von oben bis unten mit den Augen ab.

«Werd ich mir merken. Trotzdem möchte ich gern den Geschäftsführer sprechen.»

«Also Carlos», erwiderte sie schmollend. Sie zeigte auf einen ziemlich jungen Mann, der vor einem der Spiegel auf einem pflaumenfarbenen Stuhl saß. «Jeannine schneidet ihm gerade die Haare nach.»

«Geben Sie ihm meine Karte.»

Mit einem Seufzer ließ sie sich von ihrem Chromhocker gleiten und machte sich in den hinteren Teil des Salons auf. Überall Chrom, pflaumenfarbene Polster und Spiegel. Mitten im Raum war ein runder Spiegel in den Fußboden eingelassen, umgeben von großen, glänzenden Pflanzen. Jury kam an einer Reihe von Weltraumhauben vorbei; unter zweien davon saßen mittelalte Matronen, auf deren Kopf grüne und rosa Wickler sprossen. Ihre Augen verschlangen die Modezeitsschriften.

Jeannine war eine engelsgesichtige Blodine

und sah Jury mit einem himmelblauen Blick von kosmischer Leere an. Die kuriose Frisur im Vierziger-Jahre-Look: Blonde Locken kräuselten sich über ihrer Stirn, das längere Haar wurde von zwei Kämmen zurückgehalten. Sie trug ein weißes Trikot und einen kurzen, pflaumenfarbenen Faltenrock.

Auch Carlos trug Weiß, dazu einen pflaumenfarbenen Pullunder unter einem losen Mantel à la *Miami Vice*. Sie wirkten eher wie Schlittschuhläufer, nicht wie Friseure; jeden Augenblick konnten sie zu einem Wettkampf auf den Spiegelsee hinausgleiten. Carlos nickte Jury durchaus freundlich zu. «Momentito. Mein Gott, haben Sie schönes Haar; genau diese Nuance Kastanienbraun habe ich schon seit Jahren nicht mehr gesehen.»

Jeannine schnippelte und plapperte. «Also, wenn du mich fragst, man sollte es ihnen ruhig sagen, finde ich, wenn sie eine Frisur haben wollen, die nur jemandem in meinem Alter steht.» Hier drehte sie sich zu Jury um und blickte ihn mit einem leeren Lächeln an, das aus einer fernen Vergangenheit zu kommen schien. Nie zuvor hatte er eine so eintönige Stimme gehört. Sie sprach, als würde sie von einer Stichwortliste ablesen. «Also hab ich zu ihr gesagt, sie täte gut daran, lieber Maggies Frisur zu kopieren statt Fergies.» Ein Stirnrunzeln huschte über ihr samtenes Antlitz.

Carlos lachte und drehte und wendete sein gebräuntes Gesicht, schien sich an seinem Spiegelbild nicht satt sehen zu können. «Das reicht. Und nicht vergessen, Mrs. Durbin bekommt eine heiße Ölpackung. Ihr Haar steht ab, als hätte sie die Finger in der Steckdose. Pardon, Superintendent. Donna hat mir gesagt, Sie möchten sich nach einer Betty Sowieso erkundigen.»

«Sadie, Sadie Diver.»

«Ach ja. Da war Donna noch nicht bei uns; sie dürfte sie nicht kennen. Sadie hat uns vor ungefähr zwei Monaten verlassen.»

«Aus welchem Grund?»

Carlos hob die Schultern. «Das hat sie nicht gesagt. Nur daß es aus persönlichen Gründen wäre.»

Jury zeigte ihm die Fotos von Sadie Diver und von Hannah und Simon Lean. «Ist sie das?»

Carlos musterte beide. «Das ist sie.» Er hielt Sadies Foto hoch. «Furchtbarer Schnitt. Sieht wie eine Pilzkolonie aus.» Dann musterte er das Foto von Hannah. «Hmm.» Er verdeckte ihr Haar, so gut es mit der Hand ging. «Also, ich bin mir nicht sicher... Momentito.» Er wirbelte auf dem Fußballen herum und umrundete das schimmernde Eiland.

Im Nu war er mit einem dicken Album wieder da. «Die hebe ich auf, um meinen Kundinnen vorzuführen, welche Wunder ich allein schon mit einem anständigen Schnitt bewirken kann.» Er zog ein Foto heraus, eine kleine Schere aus der Jackentasche und schnippelte geschickt um das Gesicht auf dem Bild herum. Dann legte er den schulterlangen Messerschnitt auf das Foto – eine geometrische und kantige Frisur, deren Pony wie von der Guillotine geschnitten wirkte. «Das ist sie.» Er zeigte Jury, wie sich Hannah Leans Aussehen verändert hatte. «Etwas Kohlstift und Rouge würden natürlich noch mehr bringen.» Dann sagte er stirnrunzelnd: «Warum fragen Sie?»

«Routine.»

Carlos wölbte die Brauen; Jury lächelte. «Wo hat sie gelernt? Sie muß doch Zeugnisse, eine Bewerbung und so weiter gehabt haben.»

«Heiliger Bimbam.» Das kam mit einem Seufzer heraus. Carlos' Stimme wurde eine Idee tiefer. «Ich sag's Ihnen frei heraus, Superintendent, und kann nur hoffen, daß Sie mir keinen Strick daraus drehen. Also, ich war in der Ferienzeit in furchtbaren Schwulitäten; und als dann Sadie eines Tages hereinspaziert kam und ein erstaunliches Können bewies, da habe ich sie vom Fleck weg eingestellt.» Er blickte Jury ängstlich an.

«Keine Bange. Wo hat sie ihre Schecks eingelöst?»

«Schecks? Die Mädchen kriegen es von mir in bar, wann immer es sich machen läßt.»

Jury steckte sein Notizbuch wieder weg. «Sagen Sie, hatten Sie den Eindruck, daß Sadie Diver klug war? Intelligent?»

Er schwieg. «Eher wie ein Schwamm. Sie hat kaum über sich geredet, sich nie auf diese Art Tête-à-tête eingelassen wie Jeannine da drüben mit ihren Kundinnen. Sie war beliebt, sie konnte nämlich wunderbar zuhören.»

«Könnten Sie mir eine Aufstellung ihrer Kundinnen geben?»

«Donna kann eine zusammenstellen. Sie hatte acht, neun Stammkundinnen. Aber ich glaube nicht, daß die irgend etwas wissen. Was ist denn bloß passiert?»

«Sagen wir, ein Unfall.»

Eine lange Pause. «Heiliger Bimbam.»

«Ja», sagte Jury.

Carlos blickte ihn immer noch starr an und fragte schließlich: «Und wer schneidet Ihnen die Haare?»

DRITTER TEIL

SO GIB SIE MIR DENN,
KLINGT'S VON ST. ANNE

28

«Da haben Sie doch diesen Prozeß wahrhaftig angesetzt», sagte Dick Scroggs, ohne den Blick vom *Kahlen Adler* zu heben.

«Was?» Melrose tauchte aus Pollys Thriller auf, der an den neuesten Gewinner des Booker-Preises gelehnt stand, den er gerade in «Wrenns Büchernest» erstanden hatte. Zunächst hatte er angenommen, Theo Wrenn Browne, der ihn mit bleichem Gesicht und zusammengekniffenem Mund anstarrte, würde sich grundsätzlich weigern, ihm das Buch zu verkaufen. Doch Theo war kein Prinzipienreiter, wenn es um Geld ging. Er nahm die Zehn-Pfund-Note entgegen, doch nicht das Konversationsangebot, das Melrose ihm machte. Er weigerte sich, den Mund zu öffnen, und gab Melrose so zu verstehen, wie man im «Büchernest» mit Verrätern verfuhr.

«Das Schwein, M'lord. Ihre Tante und dieser arme, arme Jurvis von gegenüber.» Es war völlig klar, wo Scroggs' Sympathien lagen.

«Betty Ball war so schlau, sich aus allem rauszuhalten. Wenn sie's schafft, meine ich. Wird wahrscheinlich als Zeugin gerichtlich verladen.»

«Gerichtlich vorgeladen?» Scroggs würde sich in Pollys neuem Buch gut machen, dachte Melrose. Hätte Dorothy L. Sayers so wenig vom Glockenläuten verstanden wie Polly vom Rechtssystem, ihr Glockenturm wäre ein akustischer Greuel. Pollys Gerichtssaal jedenfalls war ein Greuel. Die Anwälte darin brüllten vor Gericht unentwegt: «M'lud! Mein gelehrter Freund hier...» und gaben einen Stuß von sich, der nicht mal einen Pferdedieb an den Galgen gebracht hätte.

Scroggs klatschte seine Zeitung auf den Tresen und machte sich Luft: «Aber natürlich gibt es immer welche, die können sich einen gewieften Anwalt leisten, der sie rauspaukt.»

«Das ist doch nur ein Bagatellfall, Dick.»

Scroggs raschelte mit dem *Kahlen Adler* und verschwand wieder hinter der Zeitung. «Hier steht, daß Major Eustace-Hobson den Vorsitz führt.»

«Dieser Idiot?» Major Eustace-Hobson

würde sich in den *Fünf falschen Verteidigern* sofort heimisch fühlen.

«Nur ein Idiot hätte diesen Fall übernommen, wenn Sie mich fragen.»

«Aber klar doch, ja.»

«Nichts für ungut, M'lord. So was kommt in den besten Familien vor.»

Melrose hielt sich das Buch vors Gesicht.

«Dem Himmel sei Dank, wenigstens ist der Superintendent wieder da.»

Melrose ließ das Buch sinken. «Tatsächlich? Wo haben Sie ihn denn gesichtet?»

«Drüben in der Villa Pluck.» So hieß sie stets, wenn die Dorfbewohner auf die Wache zu sprechen kamen. Es klang eher nach einer Pension oder einem Gästehaus. Und Pluck führte auch ein offenes Haus. Die Leute kamen zum Tee vorbei, baten ihn um Rat und brachten ihm Kekse und Kuchen. Wenn an der Tür nicht das blauweiße Schild gewesen wäre, Melrose hätte die Wache für eine Teestube gehalten. «Auf der Wache ist er. Ich habe seinen Rover gesehen, gleich hinter dem von Superintendent Pratt. Die Polizei aus der halben Grafschaft ist da.» Scroggs hatte die Bar verlassen und stand am Fenster, das auf die High Street ging.

«Geben Sie mir bitte Bescheid, wenn er herauskommt.»

Da Augen und Ohren von Long Piddleton sich mit einem verstauchten Knöchel «auf dem Wege der Besserung» befanden, mußte nun jemand anders über alles auf dem laufenden sein. Scroggs wirkte überaus zufrieden, daß er in Agathas Fußstapfen treten durfte. Er lehnte sich an den Fensterrahmen und starrte in den grüngoldenen Maimorgen hinaus, bunt gefleckt wie das Glas, auf dem «Hardies Krone» zu lesen stand.

Superintendent Charles Pratt blickte Richard Jury mit großen Augen an. Die Arme, die er protestierend hochgeworfen hatte, sanken matt zu beiden Seiten von Constable Plucks Drehstuhl herab, dann lehnte er sich zurück und deponierte die Füße auf dem Schreibtisch. Er schüttelte den Kopf.

Sein Detective Inspector, John MacAllister, äußerte den Protest indes laut. Wenn man das höhnische Lachen als solchen bezeichnen konnte. Pratt schoß ihm einen warnenden Blick zu.

Jury selbst lehnte an der Fensterbank. Das Schweigen, welches seinen Ausführungen folgte, wurde erst gebrochen, als MacAllister sagte: «Das ist verrückt.»

«John!» Pratt schwang die Beine vom Schreibtisch.

John MacAllister hob lediglich die Schultern und blätterte weiter in einem braunen Schnellhefter.

Bei einem Polizisten war Arroganz ein gefährlicher Charakterfehler, außer er war obendrein ein Genie wie Jurys Freund Macalvie (der dieser Theorie sofort zugestimmt hätte).

«Sagen wir», meinte Pratt und legte das Kinn auf die verschränkten Finger, «es klingt höchst unwahrscheinlich. Ehrlich gesagt –»

Jury lächelte. «Es klingt unmöglich.»

Da Jury damit MacAllisters Meinung Ausdruck verliehen hatte, sagte der Inspektor: «Endlich haben Sie recht, verdammt noch mal.»

Pratt war wie Jury ein umgänglicher Mann, doch seine Geduld kannte Grenzen – die MacAllister nicht zu kennen schien, denn einen Kriminalen von Scotland Yard beleidigte man nicht. «John, nehmen Sie Pluck oder Greene, und sehen Sie zu, ob Sie aus Browne noch mehr rausholen. Wird's bald, John.»

Im Hinausgehen warf John MacAllister Jury einen grimmigen Blick zu.

«Was hat er bislang gesagt? Ich meine, Theo Browne?»

«Nichts. Behauptet, das Buch gehöre ihm; Trueblood behauptet, Browne habe es in Watermeadows mitgehen lassen. Ich habe Trueblood gefragt, wieso er das Buch nicht mitgenommen hat, wenn es so ‹unbezahlbar, unbezahlbar› ist, wie er rumjammert –»

Jury lächelte. «Und was hat er gesagt?»

«Daß Lady Summerston darauf bestand, es zu behalten, bis er für den ganzen Kram bezahlt hatte. Sie wollte es gut wegschließen lassen, was es auch war, nur daß Crick es zusammen mit den anderen Büchern in diesen Schreibschrank oder *secrétaire* getan hat.»

«Lady Summerston gibt sich gern den Anschein, daß sie zäh im Feilschen ist und gute Geschäfte macht, so wie es auch ihr Mann gehalten hätte. Sie muß wohl gedacht haben, wenn das Buch all die Jahre offen herumgelegen hat, dann ist es in dem abgeschlossenen *secrétaire* gut aufgehoben», sagte Jury.

«Und sie kann nicht mal mit Sicherheit sagen, ob es sich überhaupt um ihr Buch handelt, nachdem Browne es neu gebunden hat. Die Chance, daß zwei von der Sorte in einem Dorf auftauchen, dürfte allerdings gleich Null sein.»

«So null und nichtig wie meine Theorie?» Jury lächelte.

Pratt sah sich noch einmal die Fotos an. «Ich muß zugeben, die Ähnlichkeit ist frappierend.» Er schüttelte den Kopf. «Wie kann sie nur glauben, sie könnte damit durchkommen –»

«Sie beide.»

«Ja. Na gut, aber er ist tot. Und ich habe mir eingebildet, allein damit hätte ich schon genug am Hals.»

Jury reichte Pratt ein Blatt Papier aus der Akte. «Kopien von den Karten aus Sadie Divers Handtasche.»

Pratt musterte die Abbildungen. «NatWest Bankcard, Barclaycard – und das da?»

«Büchereileihzettel. Wenn Sie ein Buch ausleihen wollen, geben Sie die ab und bekommen sie wieder, wenn Sie das Buch zurückgeben.»

«Auch wenn es nicht so aussieht, Richard,

selbst ich stecke manchmal die Nase in ein Buch. Und habe sogar schon mal eine Bücherei von innen gesehen.» Er hielt das Blatt prüfend vor die Augen. «Viel gelesen hat sie aber nicht, wenn sie die Karten hatte und nicht die Bücher.»

«Ich möchte bezweifeln, daß sie dazu gedacht waren. Sie könnten doch einfach dazu dienen, die Identität der Ermordeten abzusichern. Wie die Kreditkarten. Sadie hat ihrem Bruder Tommy zufolge immer bar bezahlt. Die Karten hier sind alle aus den letzten zwei Monaten, Charles.»

Pratt schaute auf die Kopie, welche die Rückseiten der Karten zeigte. «Nicht unterschrieben. Aber es müßte bei den Banken Unterschriftsproben für Schriftvergleiche geben, oder?»

«Kann sein. Das wird, glaube ich, bei Kreditkarten ziemlich lax gehandhabt. Man unterschreibt etwas und schickt ihnen das Formular zurück. Jeder könnte unterschreiben.»

«Also ist die Unterschrift möglicherweise weder von Sadie Diver *noch* von Hannah Lean.»

Jury verließ das Fenster und nahm Platz auf

dem bequemen Stuhl, den Pluck für seine Besucher bereithielt. «Schriftexperten können Ähnlichkeiten und Unterschiede ausfindig machen. Dann haben wir ein subjektives Urteil. Ich kenne einen, der ausgezeichnet ist. Und auch der ist sich manchmal nicht sicher.» Jury mußte daran denken, was Willie Cooper über Kunst und Wissenschaft gesagt hatte.

Pratt seufzte. «Wer kann bei Fingerabdrücken, Schriftproben oder Reifenprofilen schon mit einem genauen Pendant rechnen. Man kann nur hoffen, daß es genug sind. Daß bei einem Fingerabdruck sieben von zwölf Punkten übereinstimmen.» Er klappte den Schnellhefter zu, als ärgerte ihn der Inhalt. «Und wer ist der Polizist, der die Leiche gefunden hat?»

«Roy Marsh, ein Freund der Frau, die ich erwähnt habe – Ruby Firth.»

Pratt blickte ihn an und lächelte düster. «Stört Sie diese Verbindung? Was hat das mit der Diver zu tun?»

«Die Nähe. Und möglicherweise nimmt er auch Miss Firth in Schutz.»

«Hier London, da Long Pidd, davon kann einem glatt der Kopf platzen.» Er fluchte leise.

«Mir ist, als sähen wir zu, wie ein paar Katzen mit einem Bindfaden spielen.»

«Tut mir leid, das mit Ihren Kopfschmerzen.» Jury lehnte sich zurück, denn er war selbst hundemüde. Aber er hatte wenigstens keinen so langen Weg wie Pratt, bis er in der Falle lag. «Wenn wir den Faden fest genug knüpfen, könnte vielleicht ein Netz daraus werden.»

Pratt blickte ihn an und lächelte ein wenig. «Ja, inzwischen glaube ich auch, es *könnte* gehen. Identitätsnachweis… Die Gerichtsmedizin wird sicher genug rausfinden, auch wenn Zeugen – sogar Familie, Freunde – sich nicht schlüssig sind. Lieber Himmel, man kann auf dieser Welt doch kaum einen Schritt tun, ohne sich auszuweisen.»

«Wenn Ihnen jemand Ihre Identität wegnehmen wollte, es wäre machbar. Ein Leben auszuradieren.»

Pratts Auflachen klang bestürzt. «Na hören Sie, wenn die Frau auf Watermeadows wirklich die Diver ist und die Tote tatsächlich Hannah Lean, dann müßten deren Fingerabdrücke doch wohl auf Watermeadows zu finden sein, oder?»

«Und Sie brauchten dort nur noch mit jemandem vom Erkennungsdienst aufzutauchen und die Lampen einzustauben, glauben Sie. Ich aber nicht. Wenn nämlich Simon Lean sich bemüht hat, Dinge, die seiner Frau gehören, in Sadies Wohnung zu bringen, dann hat er sich todsicher die größte Mühe gegeben, ihre Abdrücke zumindest von den naheliegendsten Stellen in Watermeadows zu entfernen. Sadie selbst hätte alle Sachen in Hannahs Schlafzimmer abwischen können, um nur ein Beispiel zu erwähnen. Und was machen Sie, wenn Ihr Mann mit den naheliegendsten Stellen durch ist und kein Pendant zu den Abdrücken der Toten gefunden hat? Wollen Sie etwa das ganze Anwesen einstäuben? Glauben Sie, Ihr Chief Constable würde jede Menge Zeit und Leute für ein derartiges Unternehmen abstellen? Und wozu auch? Ist jemand auf Watermeadows des Mordes angeklagt?»

Pratt legte den Kopf in die Hände. «Zahnbefunde, Handschrift – Herrgott noch mal, diese Art Beweise kann man doch nicht samt und sonders austauschen.»

«Nicht unbedingt austauschen. Sich ihrer

auf die eine oder andere Weise annehmen. Tut mir leid. Hannah Lean war Ihre Hauptverdächtige, was, Charles?»

Mürrisch machte sich Pratt daran, Papiere in seine Aktentasche zu stopfen. «In neun von zehn Fällen, das wissen Sie genausogut wie ich, ist es ein Familienmitglied. Ein eifersüchtiger Ehemann, eine habgierige Ehefrau und so weiter. Oder umgekehrt, wie in diesem Fall. Und sie war zu Hause, oder? Hat nicht die Spur von einem Alibi und, finde ich, jede Menge Motive –»

«Möglich.»

Pratt hohnlachte. «Möglich! Herrgott, der Typ hat doch keine Gelegenheit ausgelassen, sie zu demütigen. War hinter jedem Rock her, sogar hinter Miss Lewes. Und die macht nun wirklich nicht viel her –»

«War aber gut für ein bißchen Kleingeld hier und da.»

«Beträchtlich mehr als ein bißchen Kleingeld.» Pratt ließ den Stuhl mit einem Krach auf die Vorderbeine zurückfallen, denn wenn er an die Papiere herankommen wollte, mußte er sich vorbeugen. «Einige tausend. Hier und da, hin und wieder.»

«Und ist sie nun an dem Abend ins Sommerhaus gegangen?»

«Wir haben Abdrücke von mindestens vier verschiedenen Stiefelsohlen. Natürlich möchte sie gar nicht gern zugeben, daß einer davon ihr gehört.»

Jury zog sich seine letzte Zigarette heraus, zerknüllte die leere Packung und sah zu, wie Pratt die Schnellhefter in die Tasche stopfte. «Trotz allem wollen Sie sich nicht davon abbringen lassen, daß Hannah Lean ihren Mann umgebracht hat. Erheben Sie doch Anklage gegen sie. Dann kommen Sie auch zu Ihren Fingerabdrücken.»

Pratts Blick war sarkastisch. «Danke für den guten Rat. Und wenn *Sie* recht haben, kann ich gleich in Pension gehen. Nichts für ungut, aber Sie scheinen mir wild entschlossen, eine Frau in Schutz zu nehmen, die Sie Ihren eigenen Gedankengängen zufolge nie kennengelernt haben.» Er zog die Tasche zu.

Jury schlug vor seinem stechenden Blick die Augen nieder. «Falls sie tot ist und niemand davon weiß, dann sollte man sie auch in Schutz nehmen, nicht wahr? Bis später, Charles.»

«Hier herrscht ja ein irrer Betrieb, Dick. Demnächst werden Sie noch Klappstühle rausstellen müssen. Du liebe Zeit, da scheint sich doch selbst der alte Jurvis auf ein Bier blicken zu lassen.»

Melrose wandte dem Fenster den Rücken zu, während Dick den Schaum von Vivians morgendlichem Guinness abstreifte. Und sogar Vivian ist da, dachte er, und wird mit jedem Tag blasser, mit dem die Besuchermeute aus Italien näher rückt. «Ich glaube nicht, daß ich Miss Demorney hier schon mal gesehen habe; anscheinend sagt ihr Sidbury mehr zu.»

«Das macht mein Donnerschlag. Lockt sie an wie die Fliegen, ehrlich.»

Haut sie um wie die Fliegen, dürfte eher zutreffen, dachte Melrose. Mrs. Withersby, die Hauptabnehmerin des neuen Produkts, hatte Eimer und Besen beiseite gestellt und näherte sich bedrohlich Melroses bislang so behaglichem Plätzchen. In ihren Augen schien er für sämtliche Plagen verantwortlich, die das Dorf befallen hatten, denn schließlich war er der Feudalherr und hatte sich um seine leidenden Untertanen zu kümmern. «Es gibt welche, die halt'n zu ihre Verwandtschaft, was auch im-

mer los iss, und welche, die zieh'n gleich
Leine, wenn's Schicksal zuhaut. Die Withersbys sind nich so, die ham keine Angst nich zu-
zugeb'n, wenn einer von sie was falsch gemacht hat. Nee, die nich. Iss ja wohl nich drin,
daß welche, die nich im Schweiße ihres Angesichts ihr Brot verdienen, da mithalt'n könn'n!
Und nu seh'n Se sich das Schlamassel an, wo
Long Pidd jetzt drin iss, M'lord.»

Mittlerweile verstand sich Melrose recht gut
darauf, Mrs. Withersbys Botschaften zu de-
chiffrieren, die so allgemein gehalten waren,
daß sie alle Eventualitäten abdeckten. Dieses
Mal konnte sowohl der gerade verübte Mord
als auch das Schwein-Fahrrad-Debakel gemeint sein. Falls es letzteres war, dann wollte
sie obendrein damit sagen, daß beide recht hatten, Lady Ardry und auch der Schlachter Jurvis. Melrose aber hatte auf jeden Fall unrecht.
Alles klang geheimnisvoll und wurde im dro-
henden Tonfall vorgebracht, mit dem Zweck
natürlich, Melrose ein Bier abzuwingen. Hatte
sie doch lange genug unter seiner Feudalherr-
schaft und dem völligen Mangel an Fürsorge
für seine Untertanen leiden müssen. Sie hatte
es sich also redlich verdient.

«Einen Donnerschlag für Mrs. Withersby, Dick, sind Sie so nett?» Dick schien es nichts auszumachen, daß die Aufwartung im Dienst trank, solange jemand dafür bezahlte; vor allem dann, wenn es sich dabei um sein sagenhaftes Gebräu handelte. Als sie ihr Quantum erhalten hatte, verzog sich Mrs. Withersby, und Melrose atmete auf.

An einem Tisch saßen Diane Demorney und Theo Wrenn Browne. Seine Haut spannte sich über seinen feinen Gesichtsknochen wie bei einem Brandopfer. Macht ihm wohl Mut, dachte Melrose bei sich. Sogar Marshall Trueblood, sonst eher ein Hasenfuß, blickte der Gefahr weitaus gefaßter ins Auge als Browne.

Trueblood wiederum wollte Browne nicht ins Auge blicken *(dieser kleine Widerling)*, denn er hatte sich auf die andere Seite des Tisches begeben und kehrte dem Pärchen ostentativ den Rücken zu.

Vor zwanzig Minuten war Joanna Lewes hereingekommen und hatte sich einen doppelten Brandy bestellt, den sie zu einem Tisch in der Ecke mitgenommen und in zwei Schlucken gekippt hatte. Melrose ging hinüber. «Darf ich mich einen Augenblick zu Ihnen setzen?»

«Und mich in Widersprüche verwickeln», sagte sie, blätterte in den Seiten eines Manuskripts herum und bearbeitete sie mit dem Bleistift. «Wollen Sie das nächste Kapitel der Heather-Quick-Geschichte hören?»

Melrose wollte schon den Mund aufmachen und eine Art Entschuldigung vorbringen, doch sie fuhr fort:

«Immer noch angenehmer, als von der Northants-Polizei in die Mangel genommen zu werden. Nicht etwa, daß die mehr herausgefunden hätten als Ihr Superintendent. Aber ich will mich nicht beklagen; ich habe daraus gut ein Drittel eines Buches geschlagen. Unser kleines Tête-à-tête vor zwei Tagen hat mir sozusagen das Rohmaterial geliefert.» Heftiges Blättern. «Nicht etwa, daß ich eine Überarbeitung vornehme, aber in diesem Fall frage ich mich doch, wie nahe Heather wohl der Anklagebank kommt?» Sie knallte den Bleistift hin. «Wenn Heather sich lächerlich machen kann, dann sollte auch ihre Erfinderin dieses Privileg genießen. Und da sogar Theo Wrenn Browne im Sommerhaus war wie ein mieser kleiner Dieb, erbaue ich mich an dem Ganzen, soweit das unter diesen Umständen möglich ist.

Sehen Sie doch nur, wie er sich an *ihrer* Schulter ausweint. Ein schöner Trost bei einer so kalten Schulter... Und welche Rolle spielt sie eigentlich, möchte ich wissen?» Joanna seufzte. «Wenn die Polizei die Sache doch endlich auf die Reihe bekommen würde. Mein Abgabetermin rückt näher.»

Melrose überlegte, ob sie deswegen so auf das Ende der Untersuchung brannte, weil ihr soviel Zeit gestohlen wurde, oder weil sie das Ende nicht kannte und deshalb ihrer Heather-Quick-Geschichte nicht den letzten Schliff geben konnte.

Vivian sagte zu Trueblood, er solle froh sein, daß Theo Wrenn Browne die Aufmerksamkeit auf sich gelenkt und damit von ihm, Marshall, abgezogen habe. «Habe ich nicht recht, Melrose? Obwohl ich mir, ehrlich gesagt, nicht vorstellen kann, daß Theo Wrenn Browne –»

«Ha! Wer es schafft, eine signierte Ausgabe zu stibitzen und neu zu binden, der ist zu allem fähig, zu Mord oder zum nachträglichen Kolorieren von *Casablanca*.» Er war fast wieder der alte und wie aus dem Ei gepellt, trug ein erlesen geschnittenes, loses Jackett in bräunlichem Orange und hatte einen regenbogenfarbenen Schal um den Hals geschlungen. Ein wenig übertrieben vielleicht für einen normalen Maitag, aber durchaus angemessen, wenn es etwas zu feiern gab. «Anscheinend hat sich Superintendent Pratt Joanna die Wahnsinnige schon vorgenommen. Mein Mitgefühl hat sie – aber ich kann mir, offen gestanden, nicht vorstellen, daß sie es mit Simon Lean, diesem Schwerenöter, allzu arg getrieben hat.» Als er das Bein überschlug, zeigte er einen mit lavendelfarbener Seide bekleideten Knöchel über einem Gucci-Schuh. Auch er schien sich schon für Italien in Schale geworfen zu haben. «Da hocken wir nun alle herum, sehen entsetzlich besorgt aus, drehen an den Perlenketten und zupfen am Schnurrbart wie in einem schlechten Salonstück, in dem der Kriminalbeamte uns mit dem Beweismaterial konfrontiert und alles aufklärt. Wo steckt übrigens unser Freund, Superintendent Richard Jury? Gewißlich dräut die große Enthüllungsszene.»

Jurys Eintreten zeitigte die gegenteilige Wirkung. Binnen zwei Minuten hatte sich die «Hammerschmiede» geleert, geblieben waren nur Melrose, Trueblood und Vivian.

«Seit Gary Cooper in *Zwölf Uhr mittags* die Straße hinunterging, haben sich nie wieder so viele Leute so schnell dünngemacht», sagte Melrose.

«Hallo, Vivian», sagte Jury. «Bereit für den großen Tag?» Sie ordnete das Seidentuch um ihren Hals und lächelte unsicher. «Großer Tag?» wiederholte sie in fragendem Ton.

Worauf Marshall sagte: «Erdrosseln Sie sich bloß nicht, Vivilein.» Und zu Jury gewandt: «Und, haben Sie Theo Wrenn Browne schon dingfest gemacht? Auf was warten Sie noch?»

«Er liegt immer noch im Rennen. Aber Sie wissen ja, wir können ihm einfach nicht nachweisen, daß es das Summerston-Buch ist.»

«Sie meinen, das Trueblood-Buch.» Er seufzte. «Kommen Sie, Viv, wir lunchen bei Jean-Michael und lassen die beiden allein weiterwursteln. Ich bin eine Viertelstunde lang berühmt gewesen; wenn in Begleitung der Frau Mama und der lieben Schwestern erst der liebe Graf D. aufkreuzt, sind Sie an der Reihe –»

«Franco!» fuhr sie ihn an. «Und er kommt allein.»

Jury konnte sie im Hinausgehen murmeln hören: «Das möchte ich ihm jedenfalls geraten haben.»

Melrose saß da und betrachtete die Fotos. Die Geschichte, die Jury zuvor Pratt erzählt hatte, kannte er inzwischen auch.

Er schüttelte den Kopf. «Wollen Sie mir etwa weismachen, daß wir es nicht nur mit einem Doppelmord zu tun haben, sondern daß die Frau auf Watermeadows zu allem Überfluß *nicht* Hannah Lean ist?»

«Von ‹Überfluß› kann keine Rede sein. Darum haben sich Simon Lean und Sadie Diver schließlich zum Mord an seiner Frau zusammengetan.»

«Und etwas ist schiefgelaufen.»

«Das kann man wohl sagen. Die Wohnung in London wurde von jemandem bewohnt, der entweder zwanghaft ordentlich und sauber war, oder von jemandem, der keine Fingerabdrücke hinterlassen wollte.»

Melrose dachte einen Augenblick darüber nach. «Sie meinen also, es hängt alles davon ab, daß wir die Identität feststellen. Und die Zeugen widersprechen sich.»

«Tommy Diver sagt, die Frau in Wapping ist nicht seine Schwester; der Onkel sagt, sie ist es. Keiner ist sich sicher.» Er deutete mit dem Kopf auf die Fotos. «Sehen Sie selbst. Übrigens kommt Wiggins heute nachmittag mit Tommy hierher. Ich möchte, daß er Watermeadows besucht.» Und Jury setzte grimmig hinzu: «Würde es Ihnen etwas ausmachen, ihn über Nacht aufzunehmen?»

«Natürlich nicht», sagte Melrose geistesabwesend. Dann schlug er sich mit der Hand an die Stirn. «Einfach nicht zu fassen.»

«Was?»

«Wir haben vielleicht unsere *eigene* Zeugin. Ich werde verrückt. Agatha. Erinnern Sie sich nicht? Sie hat doch gesagt, daß sie ‹fast mit Hannah Lean geluncht› hätte. Hat sie zufällig in Northampton getroffen, sagt sie. Großer Gott.» Mit einem Lächeln reichte Jury Melrose die Fotos von Hannah Lean und Sadie Diver. «Sie ist *Ihre* Zeugin. Machen Sie sich an sie ran. Und auch an Diane Demorney. Vielleicht bekommen Sie aus der etwas heraus.»

«Wie schön für mich. Weshalb sollte Hannah Lean eigentlich an jenem Abend nach London gefahren sein?»

«Vielleicht hatte ihr Mann sie unter irgendeinem Vorwand dorthin gelockt.» Jury überlegte einen Augenblick. «Ruby Firth war an jenem Abend im ‹Stadt Ramsgate›. Dabei fällt mir ein: der letzte Fahrer des Jaguars war höchstwahrscheinlich eine Frau. Auf alle Fälle jemand, der nicht im entferntesten so groß war wie Simon Lean.»

«Und der war absolut nicht in der Verfassung zu fahren», sagte Melrose trocken.

29

JURY GING durch Eibenhecken auf das Sommerhaus zu. Das Auto hatte er in der Parkbucht abgestellt, die für jedermann so leicht zugänglich war, der zu dem Grundstück wollte. Es war der naheliegende und direkte Zugang zum Sommerhaus, wenn einem die Binsen und Pfützen auf dem Weg nichts ausmachten, denn das Häuschen lag gut hundert Meter von der Straße entfernt.

Auf einer Steinbank dicht beim Sommerhaus saß ein Wachtmeister von der Northants-Polizei und war so in die Skandale und Skandälchen von *Private Eye* vertieft, daß er Jury fast nicht bemerkte. Dann fuhr er auf und sagte sehr autoritär: «Tut mir leid, Sir, aber hier darf niemand rein. Ihren Namen würde ich mir auch gern notieren.» Und schon hatte er ein kleines Spiralheft aus seiner Brusttasche gezogen.

Jury zeigte ihm seinen Dienstausweis, und ehe sich der Mann überschwenglich entschuldigen konnte, sagte er: «Ich wollte nur mal einen Blick in das Sommerhaus werfen. Alles ruhig?»

«Eine Grabesruhe, Sir.»

Was hatte er hier nur finden wollen?

Alles war unverändert, abgesehen von einer weißen Katze, die von dem kleinen Bootsanleger hinter den Terrassentüren anspaziert kam. Auf dem See dümpelten das blaue und das grüne Boot. Die weiße Katze strich um die Möbel, sie fühlte sich hier offenbar zu Hause und ignorierte Jury, als wäre er nur ein weiterer Lehnstuhl; dann setzte sie sich mitten ins Zimmer und putzte sich.

Hatte er etwa damit gerechnet, in der Skizze, die am Kaminsims lehnte, Züge der Frau wiederzuerkennen, mit der er gestern gesprochen hatte? Spuren einer jüngeren Hannah Lean? Er setzte sich auf das Sofa und sah sie an, beobachtete sie fast, als könne er sie dazu bringen, daß sie mit der Wimper, mit dem Mundwinkel zuckte. Sie tat es nicht. Er zog die Fotos, die der Polizeiarzt von der Toten gemacht hatte, aus dem braunen Umschlag, obwohl er wußte, daß sie ihm nicht weiterhelfen würden. Die Gesichter von Toten sehen genauso unfertig aus wie zaghafte Porträtskizzen.

Jury steckte die Fotos wieder in den Umschlag und stand auf. Schnurrend strich ihm die weiße Katze um die Beine.

Sie folgte ihm den Pfad entlang und über die kleine Brücke; vielleicht fand sie ja Gefallen an dieser Änderung ihrer täglichen Runde.

Nach London brauchte Jury Hecken, Gärten, Luft, die frisch nach Regen duftete, und das klar fließende Flüßchen hier. Er genoß den Spaziergang zum Haupthaus.

Und doch ertappte er sich dabei, daß er die Gärten absuchte, die Wege vorsichtig, beinahe verstohlen überquerte und fast erschrocken stehenblieb, als er Schritte auf dem breiteren Gartenweg knirschen hörte. Er drückte sich in eine schmale Lücke zwischen Eibenhecken. Ein Mann, von Arthritis gezeichnet, humpelte schwerfällig vorbei, der alte Gärtner mit seiner Gartenschere.

Die Katze schoß ihm zwischen den Beinen durch und stürzte sich auf die kupferfarbenen Bodenbedecker. Sie jagte etwas Flüchtigem nach, das für Jury unsichtbar war.

Das machte ihm zu schaffen: Woher kam dieser Impuls, Umwege zu gehen, ihr nicht von Angesicht zu Angesicht zu begegnen? Er setzte sich auf eine der grob gezimmerten Bänke, die man längs der Pergola aufgestellt hatte. Das Boskett wirkte wie ein geheimer Garten, auf einer Seite von einer langen Eibenhecke abgeschlossen, auf der anderen von Bäumen und Büschen, Glyzinien und anderen Blumen mit duftigen, malvenfarbenen Blüten. Hier wuchsen sicherlich ein Dutzend rosa, kupferfarbene und violette Blumenarten, deren Namen Jury nicht kannte. Von der Pergola regnete es Rosen.

Die weiße Katze tauchte in einer Wolke von

winzigen weißen Blüten unter. Am anderen Ende des Gartens stand vor der Hecke die Steinfigur einer Frau mit einer Schale oder einem Korb im Arm, dessen Vertiefung als Vogelbad diente. Ein Fink zwitscherte, und schon schoß die Katze aus ihrer Deckung auf die Steinfigur zu.

Er zog den Beduinen und den Kristallvogel aus der Tasche. Ein leichtes, diese Gegenstände von Watermeadows in die Narrow Street zu bringen, damit die Fingerabdrücke auch ja übereinstimmten. Wie vorausschauend von Simon Lean. Pratt konnte natürlich recht haben; verschiedene Mörder, verschiedene Motive. Man konnte sich indes Diane Demorney nur schwerlich so tobend vor Eifersucht oder so wahrhaft liebend vorstellen, daß sie einen Menschen umbrachte. Theo Wrenn Browne? Der Diebstahl des Buches diente ihm vielleicht, wie die weißen Blumen der weißen Katze, als Tarnung für Mord. Und die Waffe war zur Hand gewesen. Andererseits hätte es Willie Cooper zufolge Sadie Diver so gerade schaffen können, beide umzubringen. Wenn sie jetzt Mrs. Leans Identität übernommen hatte, konnte sie auch das Vermögen übernehmen, das dazugehörte. Weitaus mehr Geld und weitaus weniger Gefahr. Simon Lean hatte wenig Skrupel gekannt, wenn es darum ging, sich eine Ehefrau vom Hals zu schaffen. Welche Ironie: Lean arbeitet den Plan bis in alle Einzelheiten aus, und Sadie macht ihn sich zunutze.

Aber es wäre der blanke Wahnsinn gewesen, wenn Sadie Diver in jener Nacht im Sommerhaus Simon Lean ermordet hätte. Damit lud sie sich doch im Nu die Polizei auf den Hals. Warum also nicht ein wenig warten, bis sein Tod wie ein Unfall aussah oder, besser noch, sie behaupten konnte, er hätte sich einfach abgesetzt. Womöglich mit einem Teil des Lean-Vermögens. Niemand wäre überrascht gewesen, wenn Simon Lean etwas getan hätte, was ins Charakterbild paßte. Gründe für sein Verschwinden hätte sie reichlich vorbringen können, denn Simon wäre ja nicht dagewesen, um zu widersprechen...

Er beobachtete die weiße Katze, die auf eine neue Chance wartete, den Vogel zu fangen, und so reglos dasaß wie eine Statue. Er wünschte sich auch soviel Geduld, damit er die erste flüchtige Bewegung, die auf des Rätsels

Lösung hinweisen würde, erkennen konnte. Seine Theorie, daß Sadie Simon Lean umgebracht hatte, war entweder völlig daneben, oder irgend etwas war furchtbar schiefgegangen.

Die weiße Katze straffte sich und machte einen Satz auf die Steinschüssel zu. Vorbei. Der Vogel flog davon.

Crick öffnete ihm die Tür und legte die magere Hand hinters Ohr, als Jury ihn etwas fragte. Nein, Miss Hannah habe er heute überhaupt noch nicht gesehen, in den letzten Tagen sowieso nicht viel. Und wenn, dann nur aus der Ferne. Miss Hannah sorge doch selbst für sich.

Diese Fragen beantwortete Crick in seiner eigenartig geschwätzigen Weise, während er sich mit Jury im Gefolge auf die Kraxeltour begab.

Nichts hatte sich verändert. Der gleiche Gedanke war ihm auch schon im Sommerhaus gekommen. Im Geist näherte er sich Watermeadows über eine Distanz von vielen Jahren, so wie er sich über die weitläufigen Rasenflächen genähert hatte. Ein Ort, den er nicht vor zwei Tagen, sondern vor zwei Jahrzehnten gesehen hatte. Und in dieser Zeit war die Hausherrin grau, ein Mädchen erwachsen, ein Butler taub geworden. Und eine weitere Erkenntnis verstörte ihn: die Hauptfigur auf Watermeadows war eine Betrügerin. Er hatte die Orientierung verloren; die Zeit verschwamm. Es war, als hätte er sie alle früher schon gekannt und würde nun Vergleiche anstellen. Und das war auch der wahre Grund, weshalb es ihm im Garten kalt den Rücken heruntergelaufen war: die Frau von gestern hatte sich ihm tief eingeprägt. Immer wieder mußte er sich ins Gedächtnis rufen, daß er Hannah Lean womöglich noch nie gesehen hatte.

Der Umschlag wurde feucht, als er danach tastete. Oben an der Treppe blieb Jury stehen und betrachtete Hannahs Porträt. Man hätte es nicht abnehmen können, ohne daß es jemandem aufgefallen wäre. Nur dieses Bild und die Skizze im Sommerhaus und vielleicht ein paar Schnappschüsse in Eleanor Summerstons Fotoalben blieben übrig, falls man Vergleiche ziehen wollte. Crick, der hinter ihm stand, verstärkte noch Jurys mulmige Gefühle, als er sagte: «Wird ihr nicht sehr gerecht, finden Sie nicht auch, Sir? Oh, nichts gegen den Künstler, aber ich habe ihn immer etwas modisch gefunden. Mr. Sargent dagegen habe ich schon immer gemocht. Nein, er hat Miss Hannah wirklich nicht ganz getroffen.»

In der Bewegung glitten Lichtspuren über das Bild, die Ölfarbe kräuselte sich, und Jury meinte, ein Gesicht unter Wasser zu sehen.

Sie saß an ihrem Tisch auf dem Balkon und sagte, ohne sich umzublicken: «Da sind Sie ja wieder. Na ja, besser Sie als dieser gräßliche Mensch aus Northampton. Irgend so ein schottischer Name. Das ist alles, Crick.»

Damit war Crick wie gewohnt entlassen, er verbeugte sich hinter Lady Summerstons Rükken und ging. Jury war überzeugt, daß beide Gewinn aus dieser Förmlichkeit zogen; sie schien ein Bollwerk gegen die dahinschwindenden Jahre, gegen Alter und Tod, und gewährleistete, daß ihre Beziehung nicht auf das Niveau maroder Stillosigkeit herabsank.

«Sie meinen MacAllister», sagte Jury und nahm auf dem gleichen unnachgiebigen Stuhl Platz, auf dem er schon einmal gesessen hatte.

Ihre Faust fiel dröhnend auf eine Briefmarke nieder, dann klappte sie das Album zu. Natürlich hatte sie ihre Brille vorn in einem Kleidungsstück vergraben, das wie ein Sari aus leuchtendem Türkis aussah, über den sie eine Steppjacke und denselben schönen Schal wie neulich geworfen hatte.

«London bekommt Ihnen nicht, Superintendent. Sie sehen blaß aus. Haben Sie schon geluncht?» Obwohl Jury nickte, ging sie trotzdem die Liste möglicher Erfrischungen durch. Sie entschieden sich für Tee. Das gefiel ihr, denn es hieß, daß Crick die Treppe noch einmal mit dem Silberservice erklimmen durfte. Sie posaunte ihre Wünsche in eine altmodische Sprechmuschel und meinte, da der Butler die Bergtour sowieso mache, könne er auch gleich Brot mit Butter bringen, sehr dünn gestrichen, dazu noch Zitronenkuchen.

«Sie auch, Lady Summerston. Ich meine, Sie sehen blaß aus.»

«Ich bin sehr durcheinander, auch wenn ich es gut kaschiere – nicht wahr? –, und schuld daran ist *Ihr* MacAllister.»

«Nicht *mein* MacAllister, Lady Summerston.» Jury lächelte.

«Ich möchte nicht behaupten, daß Sie beide vom gleichen Stamme sind, aber was mich betrifft, so ist Polizei Polizei. Ich mache da keinen Unterschied. Meinetwegen –» sie legte den Kopf schief und lächelte honigsüß – «können Sie alle zur Hölle fahren.» Sie holte die Karten aus dem Elfenbeinkästchen.

«Bitte verzeihen Sie. Was hat er denn gesagt?»

«Gesagt? Er hatte die Frechheit, von mir so etwas wie ein *Alibi* zu fordern.» Das Wort war ihr eindeutig zuwider. Sie nahm einen Schluck Wasser, als müsse sie den schlechten Geschmack wegspülen.

«Und haben Sie ihm eins gegeben?»

Jede Hand umklammerte einen Teil des Kartenspiels; erstaunt blickte sie ihn an. «*Et tu, Brute?*»

Jury hätte gern gelacht. «Ich bin, wie Sie sagten, auch bloß ein Polizist. Konnten Sie Rechenschaft über Ihre Zeit geben?»

Sie stach die Karten mit geübten Daumen, schob sie zusammen und teilte sie aufs neue. «Zeit? Zeit bedeutet mir nichts. Die überlasse ich Crick. Sie wissen ganz genau, daß ich meine Räume nicht verlasse, wenn es nicht unbedingt sein muß. Gelegentlich ein Dinner, aber das kommt nur ein-, zweimal im Jahr vor.»

«Wann war das letzte, Lady Summerston?»

«Wann? Du liebe Zeit, woher soll ich das wissen? Fragen Sie Crick.»

«Wer war eingeladen?»

Ungeduldig sagte sie: «Ach, die üblichen.»

«Ich weiß nicht so recht, wer die üblichen sind.»

«Burnett-Hills, Chiddingtons, ein paar andere. Gerrys Freunde; an denen hänge ich vermutlich wie an Gerrys Medaillen.»

«Crick dürfte natürlich die vollständige Gästeliste haben.»

Sie blickte von ihrer Patience auf. «Natürlich. Aber was um Himmels willen soll das Ganze? Glauben Sie etwa, daß sich alle im Sommerhaus versammelt und ihn aufgespießt haben, wie im Orient Express? Wenn Sie mich fragen, eine phantastische Idee.»

«Ich nehme an, sie kannten Simon Lean. Und Hannah.»

«Und ob. Wollen Sie alle gerichtlich vorladen lassen?»

«Nein. Ich glaube nicht, daß das nötig sein

wird.» Sie griff sich die Karten, mischte sie und warf sie nun auf den Tisch, wie sie vorher die Briefmarken und die Schnappschüsse ins Album geklatscht hatte – widerspenstige Dinger, denen man eine Lektion erteilen mußte.

Jury griff nach dem Fotoalbum, das auf einem Roman von Henry James lag, *Die goldene Schale*. Ein kleines Foto ihres Mannes lehnte an einem Band von Herman Melville. Er fragte sich, ob die Bücher hauptsächlich zum Beschweren und Abstützen dienten. «Mögen Sie ihn?» Er deutete mit dem Kopf auf *Die goldene Schale*.

«Ich? Lieber Himmel, nein. Aber das Buch ist ziemlich schwer. Ich nehme es zum Pressen, Briefmarken und so weiter. Lesen *Sie*?»

Jury unterdrückte ein Lächeln und schlug das Fotoalbum auf. «Diesen Roman habe ich gelesen, zweimal.»

«Sie leiden wohl gern, wie? Hannahs Lieblingsbuch. Erst gestern hat sie es wieder zur Hand genommen.»

«Tatsächlich?» Er blätterte in dem Album. «Ich habe es zweimal gelesen, weil ich es beim erstenmal nicht verstanden habe. Eigentlich immer noch nicht.»

«Dann fragen Sie doch Hannah.»

«O ja, das werde ich auch.» Sein Kopf war immer noch über das Album gebeugt, als er sagte: «Sie haben hier die Zeit eingefangen, Lady Summerston, Jahr für Jahr.» Er blätterte um: Fotos von Hannah Lean als Baby, Fotos vom Schulkind, Fotos vom Teenager. Daß er in diesen jüngeren Gesichtern Züge der Frau wiederfand, die er kennengelernt hatte, war nicht verwunderlich. Zwei größere Bilder waren herausgelöst worden. Er klappte das Album zu, stellte es sich hochkant auf die Knie, legte die Hände auf den Rand und stützte sein Kinn darauf.

Als man an der Tür ein Geräusch hörte, sagte sie: «Dem Himmel sei Dank, da kommt unser Tee. Sie haben ihn nötig, das steht fest.»

Crick hatte ein Tischtuch mitgebracht, räumte den Tisch ab, damit er es auflegen konnte, und deckte ihn mit der silbernen Teekanne, appetitlichen Sandwiches und Kuchen. «Ausgezeichnet, Crick», sagte sie und nahm sich ein Sandwich mit Brunnenkresse. «Mr. Jury hätte gern die Gästeliste von dem Dinner, das wir –» sie machte eine Armbewegung, daß die gefältelte Seide ihrer Kleidung wogte – «letzten Monat gegeben haben. Oder wann auch immer.»

«Eher vor sechs Monaten, Mylady. Die Zeit fliegt nur so vorüber.»

«An mir nicht, soviel steht fest. Wer war da?»

Crick rasselte Namen herunter, und Jury notierte sie. Adressen? Die könnte er sicherlich dem Buch im Anrichteraum entnehmen. «Mrs. Geeson allerdings ist, wenn ich mich recht entsinne, nach Henley-on-Thames verzogen –»

«Na und? Meinetwegen können sie sich alle zum Mars verziehen; weg mit Schaden. Zum Abendessen hätte ich gern Dickmilch, Crick. Mit Vanille.»

«Sehr wohl.» Crick verbeugte sich und ging.

Sie warf einen Blick über die Schulter, um sicherzugehen, daß er fort war, dann faßte sie in die voluminöse Tasche zu ihren Füßen und zog eine Halbliterflasche Rum heraus. «Hilft dem Tee auf.» Sie goß Jury einen Schluck in die Tasse.

«Sagen Sie, haben Sie die letzten beiden Tage Ihre Enkeltochter viel zu Gesicht bekommen?»

Sie runzelte die Stirn. «Ich bekomme sie auch sonst nicht viel zu Gesicht. Gestern haben wir eine Partie Rommé gespielt, und abends hat sie mir meine Tasse Horlick hochgebracht. Warum?»

Jury blickte auf den braunen Umschlag, der ungeöffnet am Tischbein lehnte. Die Frage bot sich jetzt an: «Ich hätte gern gewußt, ob sie Ihnen sehr verändert vorkam, Lady Summerston.»

«Verändert? Natürlich war sie verändert! Wenn man bedenkt, daß gerade jemand ihren Mann erdolcht hat – da kann man wohl kaum erwarten, daß sie quietschfidel ist.»

Er lächelte ein wenig. «War sie doch sonst auch nicht, oder?»

«Nein.» Beim Stichwort Erdolchen war ihr wohl der Kuchen eingefallen, denn sie stach mit den Zinken der Gabel zu und plazierte das Stück auf ihrem Teller. «Hannah ist in den letzten Jahren außerordentlich still gewesen. Seit sie diesen Menschen geheiratet hat. Viel hat sie ja nie geredet. Aber wem sage ich das. Sie haben sie doch *vernommen*.» Jury entging die Betonung nicht.

Und dabei war es so ganz anders gewesen.

Sie hatte eine Menge geredet – eigentlich mehr, als er gefragt hatte. Das stimmte ihn nachdenklich. «Wann haben Sie, abgesehen von gestern, das letzte Mal mit ihr Karten gespielt?» Jury nahm sich ein kleines Sandwich, doch er legte es unlustig auf seinen Teller.

«Wann, wann, wann... Wie ermüdend. Vor einer Woche, möglicherweise zwei. Crick dürfte das wissen.»

Crick war anscheinend das Familiengedächtnis, das Hausarchiv. Crick mit seinem unerschöpflichen Erinnerungsvermögen und der akribischen Genauigkeit gehörte zum Stamme der Wiggins. Jury hätte die beiden gern zusammen erlebt: wer von beiden konnte wohl schneller reden und Notizen machen? Ihm fiel ein, daß sein Sergeant schon bald mit Tommy Diver auftauchen würde.

«Haben Sie gestern gespielt wie sonst auch?»

Jetzt hatte sie das Teeservice beiseite geschoben und Platz für ihre Karten gemacht. «Natürlich. Nein.»

Er sah, wie sie die Karten ansah. «Nein?»

Eleanor Summerston hob die Schultern. «Sie hat gewonnen. Damit meine ich, Hannah verliert immer. Zunächst habe ich gedacht, sie täte es diesem alten Klappergestell hier zuliebe. Dann habe ich gemerkt, sie kann einfach nicht Karten spielen. Gestern hätte man meinen können, sie hätte Unterricht genommen.»

Lady Summerston runzelte die Stirn, als Jury ins Wohnzimmer ging. «Sind Sie aber heute langweilig. Ich weiß gar nicht, wie es Ihnen gelingt, überhaupt etwas aus den Leuten herauszuholen.» Er stand wieder vor den Zinnsoldaten. «Sie haben gesagt, sie mochte diese Figuren, vor allem die Beduinen.»

Ein langer Seufzer. «Muß die Polizei immer so von einem Thema zum anderen springen. Keine Ahnung, was ich gesagt habe.»

«Einer fehlt. Schauen Sie sich das an.»

«Erwarten Sie etwa, daß ich meinen Lieblingsplatz verlasse...? Ach, na gut.»

Unter Ächzen und Stöhnen kam sie ihm nach, und zwar überraschend behende. Sie kniff die Augen zusammen und nahm schließlich doch Zuflucht zu ihrer Brille. «Tatsächlich. Den dürfte Crick genommen haben. Vielleicht mußte er repariert werden. Wollen Sie etwa andeuten, daß jemand ihn stibitzt hat? Er war keinen Pfifferling wert.»

«Hat sie Glasfiguren gesammelt?» Er zog den blauen Vogel aus der Tasche. «Wie diese hier?»

«So eine habe ich mal gesehen, ja. Wie sind Sie denn an die gekommen? Heben Sie etwa auch das Zeug auf, das vom Müllauto herabfällt?» Und schon war sie wieder auf dem Weg zum Balkon.

Jury folgte ihr und griff nach dem Umschlag. Er müßte ihn öffnen und die Fotos der Toten herausholen. Er würde es nicht tun; es wäre verfrüht gewesen. Verfrüht und entsetzlich, wenn er unrecht hatte.

«Ziehen Sie eine *Karte*.» Sie hielt ihm die aufgefächerten Karten hin.

Jury legte den Umschlag beiseite und zog eine. Pikdame. Er sah auf und in ihre kummervollen Augen, sah die reichberingten Finger, den drachenbestickten Schal. Und er dachte an Carole-anne, Meg und Joy. «Ich wußte gar nicht, daß Sie sich auf Kartenkunststücke verstehen, Lady Summerston», sagte er und legte die Karte weisungsgemäß ab. Meg und Joy, die keine Zwillinge waren. Man brauchte sie nur nebeneinanderzustellen, wenn man auf ihren Gesichtern Unterschiede entdecken wollte.

Aber die Leute sahen, was sie zu sehen erwarteten. Was das betraf, hatte er reichlich Erfahrung mit Zeugen sammeln dürfen. Kein Mensch sah vollkommen klar und objektiv.

Der Beweis dafür: nicht einmal er hatte genau mitbekommen, was sie da machte, als sie das Spiel mit großem Brimborium neu mischte. Ein einfacher Trick, den er wahrscheinlich Dutzende von Malen gesehen hatte, aber er wußte nicht, wie er funktionierte.

Sie hielt die Pikdame hoch.

«Ausgezeichnet.» Er lächelte. «Wie gut kennen Sie Ihre Enkeltochter wirklich, Lady Summerston?»

Sie warf einen kurzen Blick auf das Buch und nahm dann das Foto von Gerald Summerston. «Ich glaube, ich stimme mit Mr. Melville überein», sagte sie und klopfte auf den Buchrücken des *Hochstaplers*. «Wer weiß schon, wer der andere wirklich ist, Superintendent? Ich glaube, so hieß das wohl bei ihm», sagte sie und warf ihm einen schlauen, eisblauen Blick zu. «Ich finde, gerade Sie sollten sich dessen bewußt sein.»

Er sah auf das Kartenspiel und sah statt dessen das Spiel auf dem Couchtisch in Sadie

Divers Zimmer. «Das Leben ist voller Kartenkunststücke, Lady Summerston.»

30

«Oh, ich komme ungelegen», sagte Melrose, als Diane ihm seinen Mantel abnahm.
«Sie wollen, wie ich sehe, gerade aufbrechen.»
Über der Sofalehne lagen ein Leinenmantel
und eine Handtasche.

«Nur nach Sidbury.» Und schon machte sie
sich daran, ihnen Drinks zu holen, rollte den
stummen Diener aus Chrom und Glas herbei.

Er konnte wohl nicht gut sagen: «Ein bißchen früh am Tag für mich», da sie ihn soeben
in der «Hammerschmiede» gesehen hatte.
«Danke. Von dem Cockburn Sherry, bitte.»
Dann sah er zu, wie dieser in ein riesiges Whis-
kyglas rauschte.

Der Raum machte es auch nicht besser.
Manchmal, dachte er, sollte man bei der
Möblierung von Räumen einfach die Stühle,
Tische und Sofas irgendwohin stellen. Diane
Demorneys ausgeklügelter Versuch, mit ihrer

Dekoration eine bestimmte Aussage zu machen, hatte seine Phantasie beflügelt. Nicht zu fassen, daß sich Weiß und Weiß beißen konnten, aber hier taten sie es. Der einzige Farbfleck im Zimmer war ein Strauß kupferfarbener Teerosen, die vor einem weißen Gemälde glühten. Diane selbst loderte in einem Kleid von genau demselben Farbton, flammengleich vor ihrer winterlichen Landschaft. Melrose saß auf einem weißen Lederdings, einer Art ausgehöhltem Iglu, der keine bei einer Sitzgelegenheit sonst üblichen Teile zu besitzen schien, nichts so Simples wie Seitenlehnen zum Umklammern oder eine gerade Rückenlehne. Einen Augenblick befürchtete er, sie würde sich zu ihm auf dieses Monstrum gesellen, doch sie setzte sich statt dessen in die Sofaecke, die ihm am nächsten war.

«Haben Sie schon geluncht? Wie wär's mit Jean-Michael? Das einzige Lokal in der Grafschaft, wo man *cuisine minuet* bekommt.»

«Ein andermal, vielleicht. Ich bin verabredet.» Das klang entsetzlich spießig, darum fügte er noch hinzu: «Mit meiner Tante.» Er lächelte und sagte dann: «Soviel ich weiß, ging Simon Lean gern dorthin.»

Wenn er sie hatte hereinlegen wollen, er hätte sich den Atem fürs Suppepusten sparen können. «Ja. Noch mehr Sherry?» Sie hob die Flasche und musterte sein Glas. «Sie haben ja kaum an Ihrem genippt.» Sie seufzte. «So ein Reinfall. Ich kriege Sie nicht betrunken.» Dann ließ sie ihren Lackpumps an den Zehen baumeln und sagte: «Gibt es eine Frau, die das schafft?» Sie legte den Kopf schief, als nehme sie Maß, schüttelte ihn und setzte hinzu: «In Wirklichkeit wollen Sie wissen, ob wir zusammen zu Jean-Michael gegangen sind. Ja.»

«Sie sind sehr geradeheraus. Aber der Mord an Simon Lean scheint bei Ihnen keine besonderen Gemütsaufwallungen hervorzurufen.»

«Müssen wir darüber reden? Das alles ist so trübselig.» Diane angelte nach dem Schuh, schlug die Beine übereinander und setzte dem Krug noch einen Schuß Gin zu. «Ihre Bissigkeit ist ja zum Sterben langweilig.»

Melrose lächelte. «Ich bin nur etwas erstaunt, wie wenig Sie sich das zu Herzen nehmen, wo doch alle Welt von Ihrem Verhältnis mit Simon weiß.»

«Zerreißt sich alle Welt das Maul? Wie nett.»

«Ein Teil dieser Welt ist die Polizei von Northants.»

«Die ist hiergewesen. Auch Ihr Freund Jury. Also das ist ein Mann, für den man gern mal die Rechnung übernehmen würde.»

«Haben Sie das für Lean getan?»

Sie lachte. «Ein-, zweimal. Simon hatte Geld, aber er hatte auch einen Buchmacher. Er war außergewöhnlich charmant. Aber das mußte er wohl auch, oder? Gutaussehend, gepflegt und klug. Charaktermäßig war er eine taube Nuß. Aber dekorativ.»

«Sie haben klug gesagt; wie klug?»

«Ziemlich. Ein Intrigant, ein Ränkeschmied. Ein Schwerenöter, wie man so schön sagt. Warum sie ihn geheiratet hat? Ach, wie ich schon sagte. Sein betörender Charme. Ein Wunder, daß es nicht andersherum war. Daß er nicht *sie* umgebracht hat.»

«Hat er über seine Frau gesprochen?»

«Ob er –» Sie verschüttete beinahe ihren Drink, so mußte sie lachen. «Mein Gott, was glauben denn Sie, worüber verheiratete Männer sprechen, wenn sie bei der ‹anderen› sind?»

«Was hat er gesagt? Was hat Sie auf die Idee gebracht, es wäre kein Wunder gewesen, wenn er sie umgebracht hätte?»

Diane war gelangweilt aufgestanden und schlenderte barfuß im Zimmer umher. Sie sprach für alle erdenklichen Rollen im Herrenhaus vor, erzählte von Simon Leans Haß auf Lady Summerston, von seiner Situation auf Watermeadows. Vor der Eisfläche über dem Kaminsims, die wohl einen Spiegel vorstellen sollte, preßte sie die Lippen zusammen und wandte den Kopf hin und her wie eine Schauspielerin, die ihr Make-up und ihre Schokoladenseite überprüft.

Melrose hörte eingehend zu und musterte sie ebenso eingehend. Das Zimmer umgab sie wie eine Kulisse. Denn solange er Diane Demorney kannte, hatte er immer vermutet, daß dieser Hintergrund – ihr kunstvoll arrangiertes Ich, ihr Verstand und sogar ihre kleinen Gedankenblitze – nur Mittel zum Zweck waren: Geld, Männer, Bewunderung. Ganz offensichtlich genoß sie es, beobachtet zu werden, genoß es, wie sie sich in den Augen anderer spiegelte, so als schritte sie eine Spiegelgalerie entlang.

«Dann hat er es also übelgenommen, daß Lady Summerston die Hand auf dem Portemonnaie hatte.»

«Natürlich. Das war auch etwas, was ihn so an Hannah ärgerte; sie war an Geld nicht interessiert und machte nicht mal den Versuch, ihrer Großmutter vor deren Tod etwas herauszuleiern. Sicher, er bekam ein Taschengeld, und ein sehr großzügiges dazu. Als knauserig kann man Lady Summerston wohl kaum bezeichnen. Aber wenn einem das Geld nicht gehört...» Sie hob die Schultern und ließ sich erneut eine Zigarette anzünden, dann blies sie den Rauch als makelloses Band aus. «Als ich ihn das letzte Mal gesehen habe – ja im Sommerhaus, ehe Sie danach fragen –, wirkte er ziemlich gereizt. Ich glaube, sie wollte die Scheidung einreichen. Oder hatte es schon.»

Melrose runzelte die Stirn. «Wann war das?»

«Vor sechs Wochen vielleicht.» Sie saß jetzt vornübergebeugt, die Ellbogen auf die Knie, das Kinn in die Hand gestützt. Das schwarze, hinten etwas kürzer geschnittene Haar fiel nach vorn und bot einen vollendeten Rahmen für ihr Gesicht. «Ich bin schlechterdings am

Verhungern, mein Bester; sind Sie sicher, daß das Tantchen nicht warten kann?»

«Tut mir leid.» Diane schien anzunehmen, sie brauchte nur das Richtige anzuziehen, und schon spazierte ein Mann mit der dazu passenden Einladung herein.

Sie seufzte und stand auf. «Dann werde ich wohl allein fahren müssen.» Sie reichte ihm ihren leichten Mantel. Das Seidenfutter glitt ihr raschelnd über die Arme. Sie sagte: «Wissen Sie, ich glaube, ich würde mich auf der Anklagebank von Old Bailey einfach umwerfend machen. Und natürlich könnte mir niemand auch nur im entferntesten nachweisen, daß ich es getan habe; jeder gewiefte Rechtsanwalt könnte mich herauspauken. Aber was für ein Erlebnis!» Wie oft hatte er diesen Satz in den letzten drei Tagen gehört? Von Diane, von Dick Scroggs, von Marshall Trueblood: *Ein gewiefter Rechtsanwalt kann sie herauspauken?*

Auch Agatha fieberte ihrem Prozeß entgegen, nur fand sie , das Erlebnis der Anklagebank gebühre Jurvis.

«Du machst wohl Witze», sagte Melrose und

wußte doch, daß es ihr ernst damit war. «Sir Archibald ist kein Feld-Wald-Wiesen-Anwalt. Übrigens, führt bei diesem Fall nicht der alte Euston-Hobson den Vorsitz? Der schläft doch immer den Schlaf des Gerechten.» Wobei er natürlich beide Augen zudrücken würde.

«Dein Ton gefällt mir nicht, Plant. Ich hätte nie gedacht, daß du dich, wenn es um die Familie geht, in solche Details verbeißt.»

Vermutlich mußte er sich fügen, sonst konnte er nicht auf ihre Hilfe rechnen. «Gut, ich werde mal ein Wort mit ihm reden.» Den Teufel würde er. Sir Archibald würde sich schief und krumm lachen.

Gerade betrachtete er eine Jagdtrophäe mit dem eingravierten Wappen der Caverness. Sie thronte auf dem schwerbeinigen Tisch, auf dem sie ihren Portweinvorrat bereithielt. Eher seinen Vorrat, es handelte sich um einen Amontillado aus dem Weinkeller von Ardy End. «Woher hast du die? Das ist Vaters.»

Pause. «In gewisser Weise ja.»

«In der Weise, daß sie ihm gehörte.»

«Du bist dir wohl nicht über die Bedingungen im Testament von Viscount Nitherwold im klaren...»

«Im zarten Alter von zwei Jahren habe ich nicht herumgehockt und Testamente gelesen.» Melrose stand auf und stellte die Jagdtrophäe zurück. Du meine Güte, wenn sie eine Erbschaft in eine derart entlegene Vergangenheit zurückverfolgen mußte, dann war es sinnlos, darüber zu diskutieren. Er ließ sie ruhig weiterplappern, während er über das Geld der Summerstons nachdachte. Hannah Lean mußte doch irgendwann ein Testament gemacht haben. Sicher... Er unterbrach ihre Lesung des Testaments von Viscount Nitherwold. «Agatha, wie war das, als du ‹fast› mit Mrs. Lean geluncht hast?» Wie kann man «fast» mit jemandem lunchen, überlegte er.

«Es war mein Stadttag in Northampton. Ich habe mir das Schaufenster von Tibbet angesehen. Du weißt doch, dort hast du mir, ach, vor *Jahren* einmal dieses recht nette, kleine Smaragdarmband mit Rubinen gekauft.»

Als ob er seitdem für sie keinen Penny mehr hätte springen lassen. «Das wolltest du also Tibbet zum Schätzen geben?»

«Sei nicht albern. Ich habe mir im Schaufenster lediglich eine hübsche Smaragdbrosche angesehen. Die in der Ecke unten links, zwischen einem Diamanten mit Karreeschliff und einer russischen Bernstein –» Er hob die Hand. «Ich verstehe schon. Und Hannah Lean?»

«Sie ging ins Geschäft. Na ja, zunächst wußte ich nicht, daß sie es war; das hat sich erst später herausgestellt.»

«Du bist also auch hineingegangen.»

«Ich wollte mir die Brosche zeigen lassen. Der Geschäftsführer hat sie bedient. Ein bißchen zu sehr graue Maus für eine Mörderin, findest du nicht auch? Er hatte ihr eine Diamantkette gezeigt.» Als sie sich zu ihrem Neffen vorbeugte, mußte sie ihre schmerzhafte Verletzung vergessen haben, denn der Fuß flutschte nur so vom Hocker. «Du glaubst nicht, was die kosten sollte.»

«Doch. Mach weiter.»

«Sechzehntausend. Sage und schreibe sechzehn –»

«Sie hat sie also gekauft?» Das Bild, das er sich von Hannah Lean hatte machen können, und dieses Interesse an Schmuck paßten nicht zusammen.

«Ja. Und hat gesagt, er solle sie nach Watermeadows schicken. Da wußte ich dann natürlich, wer sie –»

«Sie schicken?»

«– war und machte mich bekannt. Ich schlug vor, einen Happen zusammen zu essen, aber sie schien es eilig zu haben. Natürlich hat sie gesagt, sie möchte furchtbar gern, ein andermal vielleicht.»

«Natürlich.» Hatte sie solch ein wertvolles Schmuckstück nicht mit sich herumschleppen wollen? Oder hatte die Frau gar nichts kaufen, sondern nur dem Geschäftsführer von Tibbet ein Gesicht und eine Adresse einprägen wollen? Melrose zog die beiden Fotos hervor und zeigte sie Agatha. «Ist das die Frau, die du getroffen hast?»

«Ja. Woher hast du die?»

«Gefunden. Bist du ganz sicher?»

«Was meinst du mit *gefunden*? Sind sie im Rinnstein an dir vorbeigeschwommen oder wie?»

Melrose verschwieg hartnäckig Jurys Namen, sonst würde er hier noch bis Sonnenuntergang sitzen. Dabei herrschte im Haus sowieso schon Dunkelheit, da die Kletterpflanzen an den Sprossenfenstern kaum noch Licht durchließen. Es war, als wäre die Sonne noch gar nicht aufgegangen. «Sie waren in Simon

Leans Tasche», sagte er rasch. «Welche von beiden ist es, Agatha?»

«Beide.»

Verflixt und zugenäht. Das hätte er sich denken können. «Du meinst also, es handelt sich wirklich um dieselbe Person?»

Sie seufzte vor Ungeduld und sprach so langsam, daß es auch ihr beschränkter Neffe kapieren mußte. «Dies sieht ein wenig mehr nach ihr aus...» Sie tippte auf das Foto, welches Jury von Watermeadows mitgenommen hatte. «Aber auf diesem trägt sie dieselbe Kette.»

«Welche Kette?»

Agatha deutete auf die Perlen um den Hals der jungen Frau mit dem hochgetürmten Haar. «Die hat sie an dem Tag bei Tibbet getragen. Die Perlen. Sehr gute übrigens. Und wenn ich mich mit etwas auskenne, dann mit Schmuck.»

Weiß Gott, dachte Melrose mit einem Blick auf die Silberbrosche seiner Mutter an ihrem Busen.

31

SIE STAND AUF AUF DER ANDEREN SEITE der ausgetrockneten Wasserbecken, trug denselben Pullover und hatte die Hände auf dem Rücken verschränkt. Wären da nicht der zu große Pullover und der überlange Rock gewesen, sie hätte zu den Gartenstatuen gehören können.

Sie musterte ihn scharf, während er die Steinstufen herunter- und über den Rasen auf sie zukam. Sie machte keinen Hehl daraus, daß sein Kommen sie interessierte. Sie gab auch nicht vor, hier draußen am Beton nach Zeichen von Verwitterung zu suchen, oder gar herausgekommen zu sein, um Blumen zu pflücken. «Da sind Sie ja wieder», sagte sie, als er das Wasserbecken umrundet hatte.

«Das hat Ihre Großmutter auch gesagt.» Er blickte zum Himmel auf, der blaßbläulich und durchscheinend aussah. «Ob das wohl auch Penelope zu Odysseus gesagt hat? ‹Da bist du ja wieder?›»

Sie reagierte nicht, lächelte nur etwas konfus. Warum hatte er das gesagt? Um sie hereinzulegen? Um herauszubekommen, ob sie die gebildete, angeblich belesene Frau war, welche all die Jahre auf Watermeadows gelebt hatte?

Dann sagte sie: «Vermutlich noch mehr Fragen. Gestern war Inspektor MacAllister mit Superintendent Pratt hier. Es ist ganz offensichtlich, daß keiner von beiden mir glaubt. Sie denken, ich hätte Simon umgebracht. Gehen wir ein Stück?»

Sie wandte sich ab, doch da er stehenblieb, sagte sie: «Oder wollen Sie etwa die Wahrheit aus mir herausstarren?»

Er lächelte ein wenig. «Wenn ich das doch könnte.»

Da fuhr sie wieder herum, die Hände so tief in den Taschen des Pullovers vergraben wie Gewichte, die sie niederzuziehen drohten. «Sie glauben also, daß ich lüge.»

«Ja, ich glaube, Sie lügen.»

Ihre Finger schoben ein paar Haarsträhnen zurück, die der Wind ihr ins Gesicht geblasen hatte. Sie sagte: «In welcher Hinsicht?»

«Zum Beispiel, was Ihre Gefühle für Ihren Mann angeht.»

Sie kam auf ihn zu, und sogar noch am Schritt war zu erkennen, wie zornig sie war. In ihren Augen flackerte es golden, so als flamme ein Streichholz auf. «Soll das heißen, Sie glauben nicht, daß ich mich von ihm scheiden lassen wollte?»

«So in etwa.»

«Warum um alles wohl *nicht*? Sollte ich mir seine Untreue denn ewig gefallen lassen?»

«Nein. Aber warum *haben* Sie sich das jahrelang gefallen lassen?»

«Der Krug geht zum Brunnen, bis er bricht.»

«Sie sind – wirken – überhaupt nicht gebrochen.»

«Dann hätte ich auch kaum ein Motiv für den Mord an meinem Mann. Ich meine, falls ich nicht irrsinnig eifersüchtig war.»

Er blickte sie lange an und fühlte den Umschlag mit den Fotos vom Schweiß seiner Hände feucht werden. «Ist es nicht gerade andersherum? Irrsinnige Eifersucht endet oft auf diese Weise – in einem rachsüchtigen Mord.»

Sie hatte ihm halb den Rücken zugewandt, und ihr Profil zeichnete sich hart vor dem Hintergrund einer entfernten Steinmauer ab. «Sie glauben also auch, daß ich es war. Superintendent Pratt glaubt das auch.»

«Mittlerweile ist es noch etwas komplizierter geworden.»

«Was soll das heißen?»

Nirgendwo ein Plätzchen zum Hinsetzen. Jury sagte: «Sie haben recht gehabt; ich finde, wir sollten ein Stück laufen und uns einen Platz zum Sitzen suchen.»

«Das Sommerhaus –»

«Nein.»

«Ich dachte, vielleicht möchten Sie Tee –»

«Dafür hat freundlicherweise schon Ihre Großmutter gesorgt.» Als sie das zweite ausgetrocknete Wasserbecken umrundeten, fiel Jury auf einmal der Tee von vorgestern ein. Den hatte doch er gemacht und hineingebracht. Sie hatte ihren nicht getrunken, hatte ihn buchstäblich nicht angerührt. Natürlich war sie, wie sie sagte, sehr gedrückter Stimmung gewesen, und das dürfte erklären, warum sie sich gern hatte bedienen lassen. Sie hatte ihn gebeten, den Tee zuzubereiten; sie hatte ihn gebeten, sich seinen Tee selbst zu machen. Hatte sie keine Fingerabdrücke auf der Tasse hinterlassen wollen?

«Ich habe die Frau gefunden, mit der sich Ihr Mann getroffen hat.» Er wartete, doch sie sagte nichts. Sie saßen jetzt auf derselben Holzbank in dem Boskett, wo er schon vor einer Stunde gesessen hatte. «Sie wohnt in Limehouse. Eine gutverdienende Innenausstatterin. Sie hat sich einen von diesen Lofts eingerichtet, die ein Vermögen kosten.» Sie sagte immer noch nichts. «Interessiert Sie das nicht?»

Sie lehnte sich zurück, blickte zum Himmel hoch, der sich jetzt zu Schiefer verhärtet und verdunkelt hatte, und sagte: «Es scheint keinen Unterschied mehr zu machen. Ist sie hübsch?»

Jury lächelte und betrachtete ihr makelloses Profil. «Sie sind schöner.»

Dann sagte sie, und dabei splitterte die dünne Eisschicht, die über ihren Antworten gelegen hatte: «Wenn ich also eine Mörderin bin, dann zumindest eine gutaussehende.» Ihr Ton klang hoffnungslos, nicht etwa erbittert.

«Da ist noch etwas, und das ist wichtiger. Die andere Frau, mit der er sich getroffen –»

«Die andere? Mein Gott, er muß ja die Übersicht verloren haben. Diane Demorney wäre dann die dritte. Wer ist diese andere?»

Er zog die Fotos der Toten aus dem Umschlag, reichte ihr zunächst das am wenigsten entstellte, eine Aufnahme, die sich fast ausschließlich auf das Gesicht konzentrierte, wo kein Blut geflossen war. Und selbst ihn, der sie schon ein dutzendmal gesehen hatte, machte die Ähnlichkeit aufs neue betroffen. Er beobachtete ihr Gesicht. Zuerst sah sie nur verblüfft aus, dann wuchs ihr Erstaunen. Sie schüttelte ungläubig den Kopf, schloß die Augen, als wollte sie die Vision ihres eigenen Leichnams fortscheuchen, und sagte: «Was soll das? *Wer* ist das?»

«Sie haben sie noch nie gesehen?»

Die Augen wurden hart, blitzten metallisch. «Darf ich auch die anderen ansehen?»

Sie streckte die behandschuhte Hand aus, und Jury reichte ihr die schlimmsten Fotos. Nicht allzu schlimm, verglichen mit manchen Leichen, die im eigenen Blut schwammen und deren Kleider ihnen deshalb am Leib klebten. Aber es sickerte Blut durch die Bluse und floß ihr wie ein Rorschachmuster über die Schultern. Sie sagte nichts und gab das Bild zurück; dann sah sie sich die beiden anderen an und sagte wieder nichts. Ein kleiner, zittriger Seufzer.

«Sie heißt Sarah Diver. Wohnte in Limehouse.»

Sie legte den Kopf in die Hände, die Ellbogen auf die Knie gestützt. «Hat er sie umgebracht?»

«Nein, das glauben wir nicht.»

Jury folgte ihr, als sie aufstand und im Garten umherwanderte. Die Schatten, welche das
Gebüsch warf, schirmten ihr Gesicht vor ihm
ab. «Wann haben Sie von Scheidung gesprochen? Wie lange ist das her, meine ich?»

«Ich weiß nicht mehr. Vor ein paar Monaten
vielleicht. Zwei, drei.»

«Um die Zeit könnte er sie kennengelernt
haben; vor zwei Monaten.» Keine Antwort.
«Sie sind doch nicht dumm; wenn Sie sich von
ihm hätten scheiden lassen, er hätte auf der
Straße gestanden. In solch einer Lage greifen
Männer oft zu verzweifelten Mitteln. In diesem Fall zu sehr verzweifelten, wenn man bedenkt, was er zu verlieren hatte. Aber auch zu
sehr gut durchdachten.» Sie sagte immer noch
nichts. «Sie selbst haben gesagt, er wäre in seiner Wut fähig gewesen, Sie umzubringen.»

«Sie wollen doch nicht etwa andeuten . . . »

«Was?»

«Daß diese Frau mich verkörpern sollte? Das ist unmöglich.»

«Es ist durchaus möglich, wenn Sie mal ein bißchen darüber nachdenken. Wen mußte sie schließlich überzeugen außer Lady Summerston, Crick und Ihrer Halbtagshilfe. Und dann noch hier und da ein paar Freunde, falls es überhaupt soweit gekommen wäre.»

Geistesabwesend pflückte sie eine Blüte von den Rosenranken und spielte damit. «Nein. Simon hätte sich einen derartigen Plan nicht ausdenken können. Er konnte ja nicht mal die Bridge-Scores behalten.»

«Einfallsreichtum kann sehr angekurbelt werden, wenn ein Vermögen auf dem Spiel steht. Aber es war nicht bloß Habgier; es könnte auch Rache mit im Spiel gewesen sein. Er wurde in diesem Haus doch verachtet.»

«Das ist nicht wahr! Man hat ihn sehr höflich behandelt.»

Jury konnte nicht anders, er mußte lachen, doch es klang zornig und gequält. «O ja, höflich. Das könnte auch für Charlotte Stant gelten. Außen vor gelassen, aber sehr höflich behandelt. Oder wie Fürst Amerigo. Ausgehalten, aber sehr höflich behandelt.»

Wirklich bemerkenswert, wie sie ihre Reaktionen unter Kontrolle hatte. Wie eine gute Schauspielerin konnte sie erspüren, konnte abschätzen, was zur Situation paßte und dabei ein ausdrucksleeres Gesicht, klar wie Wasser, wahren. Sie zuckte nicht mit der Wimper, und kein einziger kleiner Muskel spannte sich in ihren Wangen.

«Außen vor und ausgehalten von Maggie Verver. Ihr Lieblingsbuch, Mrs. Lean. Ihre Großmutter und ich haben uns darüber unterhalten.»

«Sie meinen *Die goldene Schale*.» Sie wandte den Blick ab und sagte dann genau das Richtige: «Ist lange her, daß ich es gelesen habe. Ihre Interpretation hat mich für einen Augenblick verwirrt.» Der Anflug eines Lächelns, während sie sich mit dem nächsten Satz noch etwas Zeit ließ. «Ich für mein Teil urteile wohl nicht ganz so zynisch über Maggie Verver.»

Hätte Jury seine Fälle als ein intellektuelles Kräftemessen verstanden, ihre Findigkeit hätte ihm vielleicht eine perverse Freude bereitet. Eine bewundernswerte Antwort. Er sagte: «Vielleicht hat sich am Ende nur der Fürst nicht verstellt.»

«Blanker Unfug.» Sie wandte sich auf dem Pfad zum Gehen. «Falls Sie glauben, Simon war irgendwie derjenige, der sich nicht verstellte – nun . . .» Sie hob hilflos die Hände.

«Mich hat mehr das geheime Einvernehmen interessiert. Maggie war das eigentliche Opfer, finden Sie nicht auch?»

Energisch ging sie denselben Weg zurück. «Ebenso wie ich, das wollen Sie doch sagen. Darin zumindest stimme ich mit Ihnen überein, sollten sie die Wahrheit sagen; ich bin mir allerdings nicht sicher, ob ich unbedingt die Rolle des «vermeintlichen Opfers» spielen möchte. Ein Opfer meines Mannes, ein Opfer der Polizei. Sie stehen da und wollen mir weismachen, daß Simon Lean und seine Geliebte – oder eine von ihnen –» diese Bemerkung ätzte wie Säure – «mich umbringen wollten. Nun, das müßte man unwahrscheinlich gut planen; man müßte doch die Identität vertauschen. Keine leichte Sache, wenn man bedenkt, was wir alles mit uns herumschleppen. Es müßte doch Zeugen geben. Dann die Handschrift. Ganz zu schweigen von Fingerabdrücken. Man braucht doch nur die Fingerabdrücke der Toten –»

Rasch drehte sie sich um und vertiefte sich in

den Anblick eines Rotkehlchens, das sich auf der Steinschüssel niedergelassen hatte. Ihr Gebäude kam ins Wanken, sie hatte zuviel gesagt. Konsterniertheit wäre eine normale Reaktion gewesen, totale Kopflosigkeit, nicht wissen, was man sagen sollte; blankes Entsetzen hätte sie allein schon bei der Andeutung erfassen müssen, daß ihr Mann und seine Freundin kaltblütig ihre Ermordung geplant hatten. Als Fingerübung in Polizeiarbeit aber durfte sie diese Eröffnung wohl schwerlich auffassen.

Und so versuchte sie denn, weitere Diskussionen zu unterbinden. «Ach, Quatsch. Es hätte nicht geklappt.»

«Sie mögen doch die Sammlung Ihres Großvaters, die antiken Zinnsoldaten, ja?»

Für einen Augenblick blickte sie ihn an. «Ja, das stimmt. Was um alles in der Welt hat denn das damit zu tun?»

Er zog den säuberlich eingewickelten Beduinen aus der Tasche. «Kennen Sie den?»

Sie hielt ihn unbeholfen mit dem Gartenhandschuh. «Er gehört zur Sammlung in Eleanors Wohnzimmer. Warum haben Sie sich den geholt?»

«Fragen wir doch lieber: Warum war er in Sadie Divers Zimmer?»

Sie gab ihn auf dem ausgestreckten Handschuh zurück. Ihr Blick schien die Figur in die Vergangenheit zu weisen, als sei sie etwas, das man dem Entschlafenen mit ins Grab hätte geben sollen.

«Können Sie die Verbindung nicht ziehen? Ein Gegenstand aus Watermeadows wird in eine Wohnung in Limehouse gebracht. Aus welchem Grund? Doch nur, damit man dort – zusammen mit ein paar anderen, sorgsam ausgewählten Gegenständen – etwas mit Hannah Leans Fingerabdrücken findet.»

Sie warf ihm einen eigenartigen Blick zu. «Hören Sie auf, von mir in der dritten Person zu reden. Als ob ich nicht anwesend wäre. Die letzten beiden Tage reichen mir für mein ganzes Leben, Superintendent. Und diese neue Theorie –» Sie tat sie mit einem verächtlichen Schulterzucken ab. «Dazu kann ich nur sagen, was ich vorhin schon gesagt habe: es hätte nicht geklappt.»

«Hat es aber, oder?»

Jetzt hatte er sie ertappt: ihr Ausdruck sagte ihm, daß sie auf Anhieb verstanden hatte, was er meinte. Statt völliger Ungläubigkeit las er dort völliges Begreifen.

Crick betätigte sich, adrett mit weißer Schürze angetan, in der höhlenartigen Küche über einem kupfernen Simmertopf. Er bereitete, wie er sagte, Lady Summerstons Dickmilch fürs Abendessen zu. Auf der Anrichte standen ein Milchbehälter und eine Packung Burgess' Labferment.

«Ich habe die Gästeliste für Sie, Sir, und auch die Adressen.» Er wischte sich die Hände in der Schürze ab und ging die Liste durch. «Also, Mrs. Brill ist nach Clacton verzogen. Ein gräßlicher Ort, finde ich, aber sie sagte, sie brauche die Seeluft.» Er blickte Jury an. «Dabei hat sie die Gicht. Ich habe noch nie etwas von Seeluft gehalten, wenn man es an der Lunge hat –» Jury lächelte. Er rechnete ehrlich gesagt nicht damit, von diesen versprengten Freunden Lady Summerstons irgendwelche nützlichen Informationen zu erhalten; aber es mußte getan werden. «Danke, Crick.» Jury steckte die Liste ein. «Sagen Sie, haben Sie einen Satz Teller oder ein Service mit Goldrand?»

«Das Royal Doulton? Oder das Staffordshire? Oder natürlich das Belleek.»

«Das mit dem Goldrand.»

Crick bemühte sich, sein Erstaunen zu verbergen. «Die haben alle einen Goldrand, Sir.»

Jury lächelte wieder. «Könnte ich sie mir mal ansehen?»

«Sehr wohl. Das meiste steht im Eßzimmer. Hier haben wir nur einige Teile vom Besteck. Das nimmt Lady Summerston gern zum Lunch.»

Dasselbe Muster wie die Teller in Sadie Divers Wohnung.

«Danke. Übrigens hat mir Lady Summerston erzählt, daß sie vorm Zubettgehen gern etwas Warmes trinkt.»

«So ist es. Eine Tasse Kakao oder Horlick, das schätzt sie sehr. Oder heißen Rum mit Butter.» Er schenkte Jury ein verhaltenes und wissendes Lächeln, dann machte er sich wieder ans Milchrühren.

«Achten Sie doch bitte darauf, daß Sie das zubereiten und ihr hochbringen.»

Das trug Jury eine leichtgewölbte Braue, jedoch keine weitere Frage ein. Crick befolgte Weisungen grundsätzlich genau und ohne

Einwände. «Sehr wohl, Sir.» Er probierte die Milch mit seinem französischen Probierlöffel und kippte dazu den Topf. «Ein bißchen zu heiß, ja, ja.»

Jury steckte Notizbuch und Stift ein und sagte: «Das Zeug habe ich auch gern gemocht, als ich noch klein war. Die Milch muß dafür genau richtig sein.»

Crick hatte das Gas unter dem Topf abgedreht. «O ja, Sir. Körpertemperatur. So warm wie Blut.»

«Ja. So warm wie Blut.»

32

Trevor Sly teilte den Vorhang und stand einen Augenblick da, als hätte man ihn für eine Zugabe herausgerufen. «Ah! Meine Herren. Diese Freude.» Er scharwenzelte an der Bar entlang und rieb sich die Hände. Dann glitt er auf seinen Hocker und umschlang dessen Beine mit seinen eigenen.

«Ehe Sie sich's gemütlich machen, Mr. Plant möchte ein Lager, und mir ist alles recht.»

«Kairo-Flamme?» Trevor Sly rieb sich die Hände wie ein Wucherer.

«Lieber eine Tasse Tee.»

Jury legte die Fotos von Sadie Diver und Hannah Lean auf die Bar. «Haben Sie diese Frau schon mal gesehen?»

Trevor Sly ließ das Glas unter dem Hahn abtropfen und sah sich die Fotos an. «Das ist Mrs. Lean. Ist vor vierzehn Tagen mit ihrem Mann hiergewesen, wie ich schon sagte.»

«Kann ich auf Ihre Diskretion rechnen?»

«Der Herr schlage mich mit Blindheit, wenn ich rede, Mr. Jury.»

«Nicht ehe Sie sich das hier angesehen haben.» Er legte die Polizeifotos von der Toten auf die Theke. «Erkennen Sie sie?»

Trevor Sly fuhr zurück. «Gott bewahre, das ist ja Mrs. Lean. Von Watermeadows.»

«Diese Frau hier?»

Er sah sich noch einmal das Foto von Sadie Diver an, wollte schon den Mund aufmachen und sah wieder hin. «Nie gesehen, aber sie sieht wirklich wie Mrs. Lean aus. Auf Gesichter verstehe ich mich sehr gut, wie ich schon sagte. Einer der Gründe, warum ich soviel Zulauf habe.»

«Und wenn sie ihr Haar herabfallen ließe? Nicht soviel Make-up?»

Er schüttelte den Kopf. «Ich habe sie noch nie gesehen, sonst würde ich sie erkennen.»

Während Trevor Sly nach hinten scharwenzelte, um den Tee zu holen, ließ Jury die Fotos wieder in den Umschlag gleiten, band den Bindfaden zu und sagte: «Er mag ja ein langes Gedächtnis haben, aber er hat keine Phantasie. Also ist es Agatha, die uns tatsächlich etwas weitergeholfen hat.»

«Großer Gott, Sie verlassen sich hoffentlich nicht ausgerechnet auf *sie*?»

«Es klingt plausibel. Ich glaube, Simon Lean hat Sadie nach Northampton geschickt, nur damit sie zwei, drei Zeugen auch ganz sicher erkennen würden, falls die Frage jemals auftauchen sollte.»

«Trevor Sly kann den Unterschied nicht erkennen, auch wenn er es behauptet. Das paßt zu Ihrer Theorie; der würde sich als Zeuge wunderbar machen, er wirkt so sicher. Warum schauen Sie denn so grämlich drein?»

Jury nippte an dem Lager und spielte mit einem Streichholzbriefchen. Auf der Vorderseite hockte vor einem Hintergrund aus Dünen und Sonne ein blaugrüner Papagei; die Streichhölzer drinnen waren auf unterschiedliche Länge geschnitten und sollten wohl das Profil eines Kamelhöckers bilden. «Ich nehme alles zurück, was ich über seine Phantasie gesagt habe.» Er riß ein Streichholz an und entzündete seine Zigarette. «Ich hoffe nur, daß ich tatsächlich die Wahrheit herausfinden und nicht etwa nur meine Theorie erhärten will. Charles Pratt findet, ich verschwende eine Unmenge Zeit, nur um eine Frau in Schutz zu nehmen, der ich noch nie begegnet bin. Ich glaube, das waren seine Worte.»

«Na und? Was die beiden vorgehabt haben – und was *sie* womöglich immer noch vorhat – ist teuflisch. Vor allem, da sie es im Endeffekt auf Lady Summerston abgesehen hat.»

«Ich habe Crick gesagt, nur er soll ihr den Nachttrunk bringen. Ihr Essen bereitet er sowieso zu. Ich glaube nicht, daß sie in unmittelbarer Gefahr schwebt; ich halte es für unwahrscheinlich, daß Sadie Diver jetzt etwas unternimmt. Und Hannah Lean... hätte doch keinen Grund, ihre Großmutter umzubringen.»

«Die haben Sie nicht kennengelernt, vergessen Sie das nicht.»

Jury fuhr sich über die Stirn. «Ich gehe von dem aus, was Lady Summerston mir erzählt hat, und es besteht kein Grund, ihre Aussage zu bezweifeln. «Hannah Lean hat gesagt, daß sie zuweilen das Gefühl hatte, Simon wollte sie wirklich umbringen. Das ist es. Es wollte mir einfach nicht einfallen. Weshalb sollte Sadie Diver solch eine Feststellung treffen?» Die Tür des «Blauen Papagei» ging auf. «Sergeant Wiggins!» Wiggins kam niesend herein, begrüßte Melrose mit einem kräftigen, jedoch taschentuchgedämpften Handschlag und sagte zu Jury: «Du lieber Gott, Sir, was ist das da draußen bloß für Zeugs?» Er deutete mit dem Kopf in Richtung der befremdlichen, freien Natur Gottes, die wie Armut (so hatte er einmal gesagt) allgegenwärtig ist.

«Heu, Wiggins. Hier und da dürfte es ein paar Kühe geben.»

«Heu ist des Teufels, vor allem bei diesem nassen...» Doch dann blickte er sich in dem staubtrockenen Pub um und vergaß seine Allergie. Er wickelte sich aus seinem duftigen Schal (den Wiggins seinen Altwetterfreund nannte), entledigte sich seines Anoraks und machte die ganze Zeit über Stielaugen. «Wollte immer schon mal in die Wüste, o ja. War schon immer meine Meinung, daß ich in einem richtig trockenen Klima wieder in Schuß kommen würde. Tommy Diver hat mir ein gutes Rezept für Flußkrebsbrühe gegeben. Gibt nichts Besseres gegen geschwollene Beine, sagt er.»

Jury blickte ihn an. «Ihre Beine sind nicht geschwollen.»

«Noch nicht, Sir. Aber ich finde, man sollte allzeit bereit sein.» Er zog einen kleinen Plastikbeutel mit schwarzen Krumen aus seiner Anoraktasche. «Sie haben hoffentlich nichts dagegen, Mr. Plant, aber Ruthven war so überaus freundlich, mir etwas Brot zu rösten... Könnte ich etwas von dem heißen Wasser da haben, in einer Tasse?» Die Frage galt Trevor Sly, der mit Tassen, Besteck und einer Kanne mit Kaffeewärmer in Kamelform hinter dem Vorhang aufgetaucht war.

Jury lächelte. «Begleiten Sie doch Racer, wenn er das nächste Mal in Amtsgeschäften nach Antigua fliegt. Übrigens, ist Tommy im Augenblick gut aufgehoben?»

«O ja, Sir. Lady Ardry hat ihn gleich unter ihre Fittiche genommen.» Wiggins entfaltete einen kleinen Zettel. «Wo ist der Wirt?»

Melrose verbrannte sich beim Teeausgießen fast die Hand. «Meine *Tante*? Wie um alles in der Welt hat sie ihn in die Finger gekriegt? Sie sollten ihn doch nach Ardry End bringen.»

«Habe ich auch, Sir. Lady Ardry war dort. War so gerade wieder auf dem Damm, sagte sie.» Wiggins nahm seine Tasse Wasser und bröselte ein wenig von dem verkohlten Brot hinein. «Und das hat uns dann auf die Gesundheit gebracht. Tommy meinte, ihr Knöchel würde davon abschwellen. Aber Mr. Ruthven hat gesagt, sie hätten keine Flußkrebse. Die Ärmste ist von einem Schwein oder so etwas angefallen worden, jedenfalls hat sie das Tommy erzählt, als ich gerade wegging.»

«Sie hätten einen hilflosen Jungen nicht mit ihr allein lassen dürfen, Sergeant Wiggins.»

«Um den brauchen Sie sich keine Sorgen zu machen, Mr. Plant. Das ist ein höfliches Bürschchen, der wollte doch direkt für unser Essen bezahlen – wir haben nämlich bei einer Raststätte haltgemacht.»

Jury rauchte und ging einen der Schnellhefter durch, den Wiggins ihm gereicht hatte. «Nur keine Aufregung. Ich kenne Tommy; der macht das schon.»

491

Wiggins durchwühlte mit gesenktem Kopf einen Umschlag nur für den «internen Gebrauch». «Hier ist der Zahnarztbefund. Aber der dürfte eine Enttäuschung für Sie sein. Ihre Karteikarte beim National Health Service besagt, daß sie in Behandlung gewesen ist, ein paar Füllungen und Brücken, die das Opfer nicht hatte. Das Dumme ist bloß – wir haben rausgefunden, daß die Arbeiten nie ausgeführt worden sind. Die Angaben stammen von einem Zahnarzt, der in mehreren Fällen einfach abkassiert hat. Übrigens ist das nicht der einzige Fall. Die Karte ist möglicherweise nicht mal von Sadie Diver.»

«Dann haben wir also nur einen Fall von Zahnarztbetrug aufgeklärt.» Jury klappte den Schnellhefter zu, blickte zu den Kamelen über der Bar und spürte etwas vom Elend des Reisenden, der gefangen im Netz der Zeit einem Ziel zustrebt und am Ende feststellen muß, daß es eine Fata Morgana ist.

«Nicht ganz, Sir. Das hier ist von Dr. Cooper. Er sagt, die Karte von Hannah Leans Zahnarzt stimmt nicht mit dem Abguß überein, den man der Lady auf der Slipanlage abgenommen hat, außer in zwei, drei Punkten. Die

schlechte Nachricht: eine davon ist eine ungewöhnliche Arbeit –»

«Lassen Sie mich raten: die sich bei beiden
findet. Und es wird uns zweifelsohne nicht
gelingen, den Zahnarzt aufzutreiben, der die
Arbeit ausgeführt hat.»

«Dürfte die nicht bei beiden identisch
sein?»

«Nein. Ist dasselbe wie bei Fingerabdrücken – sie müssen nicht genau zusammen-
passen. Und nicht nur das. Fingerabdrücke
beweisen lediglich, daß ein Verdächtiger an
einem bestimmten Ort war. Sie sagen nichts
darüber aus, *wann* der Verdächtige dort war.»

Melrose lehnte sich zurück. «Du liebe Zeit,
dann ist also nichts wirklich schlüssig?»

Wiggins sagte: «Schlüssig ist allenfalls das,
was wir uns aus allen Einzelheiten zusam-
menreimen, Sir.» Er trank einen Schluck von
seinem Gebräu und sagte dann: «Da ist noch
die Anwaltskanzlei Horndean, Horndean und
Thwaite. Sehr angesehene Firma. Vor drei
Wochen sind Simon und Hannah Lean dort
im Büro aufgetaucht.»

«Und hat Mr. Horndean –?»

«Thwaite, Sir.»

«Hat Mr. Thwaite die Frau als Hannah Lean identifiziert?»

Wiggins schwieg einen Augenblick grämlich. «Er hat sich gedreht und gewunden und wollte sich nicht festlegen. Obwohl er in der jungen Dame mit dem aufgetürmten Haar und dem auffallenden Make-up Hannah Lean nicht erkennen konnte. Ganz und gar nicht ihr Stil, hat er gesagt.»

«Und was ist nun Mrs. Leans Stil?»

«Nach dem wenigen, was er von ihr gesehen hatte, fand er sie ‹verhuscht›. Mr. Thwaite hatte seit Jahr und Tag nichts von ihr gehört, bis sie sich wegen eines Stückchens Land irgendwo in Somerset bei ihm meldete. Deswegen waren sie dann auch dort. Nichts Wichtiges, aber das hier dürfte Sie interessieren.» Wiggins holte ein paar zusammengeheftete Papiere heraus. «Sie haben beide unterzeichnet, Sir. Das hing mit dem Verkauf des Grundstücks zusammen.» Er holte noch ein paar Seiten hervor. «Hier haben wir den Bericht des Schriftexperten, er hat die beiden Unterschriften verglichen – die, welche sie dort abgegeben hat und die Unterschrift auf dem Testament – auf Hannah Leans Testament –, das vor ein paar Jahren aufgesetzt wurde. Leider ist er sich nicht ganz sicher; das kommt zum Teil daher, daß er nur eine einzige Unterschrift zum Vergleichen hatte. Also, Mrs. Lean – oder die Frau, die mit Mr. Lean zusammen dort war – hatte eine leichte Grippe und schrieb deshalb ein wenig zittrig.»

«Wie praktisch.» Jury zündete sich eine Zigarette an und studierte den Befund des Schriftexperten. «Die fragliche Unterschrift der Hannah Lean zeigt sowohl signifikante Ähnlichkeiten als auch signifikante Unterschiede zu der echten Unterschrift und ist sehr wahrscheinlich eine Fälschung, obwohl ich ohne weitere Schriftproben keine schlüssige Folgerung ziehen möchte, und so weiter, und so weiter.» Jury schüttelte den Kopf. «Großartig. Er sagt, die Unterlängen seien etwas linkisch, verkleckst und verwackelt.» Er seufzte und gab Wiggins die Papiere zurück. «Simon Lean hat Sadie Hannahs Unterschrift üben lassen und hat sie, recht unverfroren, das muß man ihm lassen, mit in die Anwaltskanzlei genommen.»

«Mr. Thwaite hat gesagt, sie hätte ihn ungefähr eine Woche später angerufen und gefragt, wie er mit ihrem Testament vorankäme.»

Jury sah Wiggins stirnrunzelnd an. «Und woher hat er gewußt, daß es Mrs. Lean war, die ihn angerufen hat?»

«Es gab keinen Grund, das Gegenteil anzunehmen.»

«Haben Sie den Anruf überprüft?»

«Noch nicht, Sir.»

«Nur eine echte Unterschrift, ein eindeutiger Satz Fingerabdrücke, die am falschen Ort auftauchen. Haarscharf, was wir brauchen. Zum Teufel auch.»

«Superintendent Pratt scheint fast bereit, Ihnen zu glauben.» Wiggins schraubte ein braunes Fläschchen auf. «Ich glaube, er will Sadie Diver jetzt des Mordes an Hannah und Simon Lean bezichtigen.»

Trevor Sly, der gerade einen frisch gebrühten Tee vor ihnen abstellte, katzbuckelte ein bißchen: «Sonst noch was, die Herrschaften? Wie bekommt Ihnen Ihr Stärkungsmittel, Sergeant? Meine liebe, alte Großmama hat immer auf ein Rezept geschworen: Haferwhisky mit tüchtig Ingwer.»

«Hört sich ganz nach Kairo-Flamme an», sagte Melrose und sah zu, wie Wiggins' Tee die Farbe wechselte, als dieser eine kleine Pille aus einer Schachtel hineinklopfte. «Haben Sie keine Angst, Sie könnten zuviel Tabletten schlucken, Wiggins?»

«Meine Theorie ist nun mal: nicht kleckern, sondern klotzen.»

«Hoffentlich kriegen Sie nie Arsen in die Finger, Sergeant.»

Es hatte aufgehört zu regnen; eine bleiche Sonne schien durchs Fenster und färbte die Wand mit den Postern sandfarben. Jury schüttelte den Kopf und sagte, als spräche er über Peter O'Toole und Peggy Ashcroft: «Sie haben an alles gedacht.»

Melrose griff zu seinem Spazierstock und visierte damit das Pappkamel an. «Nein, haben sie nicht, altes Haus, um mit Trueblood zu sprechen.»

Jury blickte ihn an.

«Sie haben nicht daran gedacht, daß etwas schiefgehen könnte, oder?»

33

TOMMY DIVER blieb wie angewurzelt stehen.

Sie hatten gerade das Sommerhaus passiert, als Jury in der Ferne die Gestalt am Seeufer sah, die über das Wasser blickte. Sie drehte sich um, als habe jemand sie angerufen und kam ihnen über den Rasen und zwischen den Rabatten mit japanischer Quitte entgegen. Gut ein Dutzend Schritte von ihnen entfernt blieb sie jäh stehen.

Jury wußte zwar, wie wichtig das Überraschungsmoment war, und doch hatte er mit Tommy im abgestellten Auto in der Parkbucht gesessen und nicht gewußt, was er tun sollte. Wichtig, ja schon, aber Jury brachte es nicht fertig, ihr Tommy völlig unvorbereitet in die Arme laufen zu lassen. Schlimm genug, daß Tommy die Leiche in Wapping hatte identifizieren müssen. Wenn er hier auf Watermeadows seiner auferstandenen Schwester begegnete, würde das alles zunichte machen, was er in den letzten vierundzwanzig Stunden an neuer Kraft gewonnen hatte. Tommy hatte schon in den «Fünf Glocken» an Selbstbewußtsein zugelegt, und im «Starrdust» noch mehr. Seine Schwester, dachte Jury, wird allmählich wieder zur Erinnerung, denn mehr hat er früher auch nicht von ihr gehabt.

Und so hatte Jury ihm erzählt, daß es hier auf Watermeadows eine Frau gäbe, die seiner Schwester sehr ähnle.

Tommy hatte sofort begriffen, was Jury meinte, und seine Miene zeigte eine Mischung aus Hoffnung und Verzweiflung.

«Was hätte Sadie wohl hier zu suchen?» Er hatte durchs Fenster die weiten Rasenflächen, Gärten und Teiche gemustert und den Kopf geschüttelt. «Das ist doch Wahnsinn.» Tommy wollte mit dem Ganzen nichts mehr zu tun haben.

«Wahrscheinlich. Aber sieh sie dir trotzdem genau an, ja? Und dann wollen wir Lady Summerston einen Besuch abstatten.» Jury gab sich Mühe, es so klingen zu lassen, als sei dies der eigentliche Zweck ihres Ausflugs. «Ich könnte mir denken, daß dir Lady Summerston gefällt. Nebenbei gesagt, ihr gehört das alles hier.»

Nach langem Schweigen fragte Tommy: «Wie alt ist übrigens diese Carole-anne?»

Sein Ton war so bemüht gleichgültig, daß es

fast weh tat. Jury warf ihm einen schnellen Blick zu, und als er merkte, daß Tommy puterrot angelaufen war, versuchte er, die Frage mit einem Lacher abzutun: «Dieses Geheimnis kennen nur Carole-anne, das Standesamt und Gott. Wenn du mich fragst, so zwei-, dreiundzwanzig. Sie wechselt ihr Alter mit den Kostümierungen. Was zum Anlaß paßt, das trägt sie auch.»

Tommys Gähnen war genauso falsch wie sein blasierter Ton. «Schätzungsweise eine Ecke älter als ich.»

Als ob er es nicht geahnt hätte. Jury spürte Tommys verstohlenen Blick und heftete die Augen auf die Windschutzscheibe.

«Mmm. Komische Sache, das mit dem Alter. In zehn Jahren merkst du den Unterschied nicht mehr.»

Wie konnte er nur solch einen Blödsinn verzapfen. In Tommys Alter waren zehn Tage wie zehn Jahre. So redete Jury über ihr Zusammentreffen irgendwann in ferner Zukunft.

«*Sie* mag Sie echt gern.» Eine Spur Betonung auf dem *Sie*, eine Spur Konkurrenz.

«Ich könnte leicht ihr Vater sein.»

Verzagt sagte Tommy: «Aber Sie haben

doch gesagt, daß es in zehn Jahren keinen Unterschied mehr macht. Zeit mißt sich doch für alle gleich, oder nicht?»

Jury hätte sich in den Bauch beißen können. Bei sich sagte er: *Du Riesenblödian, hör endlich auf, ihn trösten zu wollen.* Doch die Dummheit obsiegte. «O nein. Diese Kluft läßt sich nun wirklich nicht überbrücken. Mann, das sind ja zwanzig Jahre, mindestens zwanzig. Kannst du dir vorstellen, daß Carole-anne zwanzig Jahre auf mich wartet?» Er lächelte.

Tommy stieß die Tür an seiner Seite auf. Seine Antwort war ganz prosaisch und vernünftig: «Nein, aber ich kann mir auch nicht vorstellen, daß sie zehn Jahre wartet.»

Blödian. Jury seufzte.

Tommy sah jetzt die Frau an, er hatte die Augen zusammengekniffen und blinzelte wie jemand, der nach einer Operation aus dem Dämmer auftaucht und versucht, das verschwommene Bild des Gesichts vor sich unterzubringen. «Sadie?»

Es war der Ausdruck auf *ihrem* Gesicht, der Jury frappierte, dieser Schock des Erkennens, der sofort zurückgenommen wurde, und schon trat ein anderer an seine Stelle. Sie wischte sich mit der Hand über die Augen genau wie Carol-anne gestern im «Starrdust». Jury spürte, wie sein Magen vor Angst verkrampfte. Es war nicht die Angst, in der Unendlichkeit verloren zu sein, sondern die Furcht vor einer Scheinwelt aus Jazz und Glitzern wie im «Starrdust»; eine Wegwerfwelt, ein Ersatzuniversum.

«Superintendent», sagte sie. Er hatte den Eindruck, daß es sie Mühe kostete, die Augen von Tommy Diver loszureißen.

«Das ist Tommy Diver.» Er beendete die Vorstellung nicht.

«Ich bin Hannah Lean.» Sie streckte die Hand aus, und ihr Gesicht war jetzt ausdruckslos.

Tommy hatte kaum ihre Finger berührt, da fiel ihm der Arm auch schon bleischwer herab.

«Sie sehen genauso aus wie meine Schwester.» Seine Stimme war bitter, sein Gesicht vor Zorn wie ausgetrocknet.

Damit ging er den Pfad hinunter.

Jury hielt ihn nicht auf, er wußte, Tommy würde stehenbleiben, wenn er außer Sichtweite war.

Einen Augenblick lang musterten sie sich schweigend, dann sagte sie: «Das war wohl sehr schlau von Ihnen, aber es besagt gar nichts.»

«Nein? Sie haben ihn erkannt.»

Sie schob den Ärmel des alten Pullovers hoch, eine nervöse Geste, die Hannah Lean mit Sicherheit an sich gehabt hatte, wandte das Gesicht ab und blickte über die Wasserfläche hin. Grau an einem grauen Nachmittag. Dann drehte sie sich wieder um. «Der Junge sieht meinem Großvater im gleichen Alter sehr ähnlich. Das hat mich erschreckt.»

Er sagte nichts, sondern wandte sich einfach zum Gehen.

«Geben Sie auf, Superintendent.»

Er drehte sich um. «Sie sind Sadie Diver, nicht wahr?»

Ihr Gesicht war vollkommen still. Nach einem Weilchen sagte sie: «Das ist lachhaft. Ich bin Hannah Lean.»

Wieder zog sich Jurys Magen zusammen. «Zum Teufel auch, wie können Sie dem Jungen das antun? Er ist erst sechzehn.» Jetzt ging er wirklich.

Und sie rief hinter ihm her: «Aber wer tut es ihm denn an, Superintendent?»

Er hörte die Mundharmonika; leise wehten die Klänge aus dem Boskett, in dem er heute schon gesessen hatte, als sich die weiße Katze durch die Bodenbedecker schlich, und auch mit ihr zusammen.

Die weiße Katze war schon wieder da, lag zusammengerollt neben der steinernen Nymphe mit der wassergefüllten Schale. Tommy saß ihr gegenüber, hatte die Knie angezogen und spielte. Als er Jury sah, hörte er auf, schlug die Mundharmonika ein paarmal auf der Hand aus und steckte sie in die Tasche.

Er stand nicht auf, sondern schlang die Arme um die Knie und sagte: «Deswegen haben Sie mich wohl nach Northants gebracht, was?»

«Nicht nur deswegen, nein.»

«Na schön, sie hat mich nicht erkannt, oder?»

Jury sagte lediglich: «Und du? Hast du sie erkannt?»

Mit einer heftigen Bewegung riß Tommy ein Büschel Gras aus, das hier im Boskett hoch stand, und ließ die Halme davonflattern. Die weiße Katze öffnete ein Auge, gähnte und döste dann weiter. «Sie würde nicht so tun, als ob sie mich nicht kennt. Nein, nicht Sadie.»

Seine Stimme klang nicht recht überzeugt. Jury hatte Angst, daß ihm seine Traumwelt davonflatterte wie die Grashalme. «Nein, wohl kaum.» Eine lahme Antwort, doch mehr wußte er darauf nicht zu sagen.

Aber wer tut es ihm denn an, Superintendent? Als sie auf das Haus zugingen, wollten ihm ihre Worte nicht aus dem Kopf gehen.

Crick führte sie bei der langen Klettertour auf der Treppe, dann ging es den Flur entlang und hinein in Lady Summerstons Zimmer. Er meldete die Besucher formvollendet, und sie drehte sich auf ihrem Balkonplatz um und spähte ins düstere Dämmerlicht ihres Wohnzimmers.

«Superintendent! Ich möchte doch hoffen, daß Sie inzwischen alles aufgeklärt haben.» Auf dem Stuhl neben ihr lagen die üblichen Alben – die Briefmarken, die Fotos –, und sie saß über der üblichen Patience. «Ich will keinen Wachtmeister mehr wie eine dunkle Säule vor meiner Tür stehen haben, ich sehe auch gar nicht ein, was er da soll. Alles ist sehr geheimnisvoll, und Sie sind hoffentlich gekommen, um es mir zu erklären. Wen haben wir denn da?»

Als Tommy Diver aus dem dämmrigen Raum auf dem Balkon trat, blinzelte sie und kniff die Augen zusammen wie vorher er. Sie setzte ihre Brille auf. Doch dann sagte sie lediglich: «Also, du erinnerst mich an jemanden.»

Das Foto dieses Jemand stand auf dem Tisch vor ihr, und selbst Jury konnte die Ähnlichkeit zwischen Tommy und Gerald Summerston sehen. Zum Glück (dachte er) zog sie diese Verbindung nicht. Jury hatte sich schon immer gefragt, ob alte Menschen sich wirklich soviel klarer an ihre Jugend erinnern als die jungen Menschen an den Tag zuvor. Eleanor Summerstons Erinnerungen jedenfalls beruhten auf Alben und vergilbten, wie die Fotos darin, immer mehr.

Zum erstenmal, seit Tommy von Ardry End

gekommen war, lächelte er. «Haben Sie ihn gern gehabt? Den, an den ich Sie erinnere?»

Die Brille baumelte an dem schmalen Ripsband. Sie sagte: «Oh, gewiß doch. Spielst du gern Karten?» Als er sich einen Stuhl heranzog und sich hinsetzte, schien sie in Festlaune zu geraten. «Wie wär's mit Tee? Oder Bier. Das ist was für junge Leute, ich mochte es nie.»

Jury stand daneben und blickte über die ausgetrockneten Wasserbecken zum See hin. Sie stand noch am gleichen Fleck und starrte übers Wasser. Die Sonne kam kurz heraus, verwischte ihren Umriß und ließ den See aufscheinen wie gesplittertes Glas. Es war Juni, das Licht jedoch winterlich.

Tommy sagte, er würde gern Tee trinken; Lady Summerston entschied, daß es Kuchen dazu geben sollte. Er nahm die Karten auf, die sie ihm zugeschoben hatte, fuhr mit dem Daumen über die beiden Teile des Spiels und schob es ineinander. Das Kartenmischen verlieh ihm eine gewisse Autorität.

«Ich lasse Crick nur eben das Tablett hochbringen.» Sie posaunte die Bestellung in die alte Sprechanlage. «Also! Was spielen wir? Du kannst nicht zufällig pokern, wie?»

Genau die richtige Frage. Jury sah, wie es in Tommys Augen aufblitzte. «Hab ich schon als Kind gelernt.»

Er legte das Spiel hin, damit sie abheben konnte.

Jury ging wieder ins Wohnzimmer.

In der dunklen Ecke standen oben auf der Kommode die Soldaten mit eingelegtem Bajonett und schußbereitem Gewehr. Er überlegte, wie Hannah Leans Kindheit ausgesehen haben mochte. Konnte sie wirklich glücklich gewesen sein, so ganz ohne Eltern? Das Gesicht, das ihn aus dem Gemälde oben über der Treppe anschaute, wirkte ernsthaft. War sie das als Kind gewesen? Hatte sie Spaß am Lernen gehabt, an Büchern...?

Dabei fiel ihm die Buchhandlung ein, das eifrige kleine Mädchen mit dem Sendak-Buch und dem Eisbaby. Die seltsamen, kleinen Wichtelmänner kletterten mit dem Baby durchs Fenster und ließen das untergeschobene Kind zurück.

Jetzt wußte er, was ihn irregeführt hatte: die ganze Geschichte von dem Mädchen und seiner kleinen Schwester war symbolisch und hatte einen psychologischen Hintergrund. Es hatte niemals ein Eisbaby gegeben. Unbewußt hatte das ältere Kind alles erfunden. Das Baby war immer dagewesen.

Crick war mit dem Teetablett gekommen und wieder gegangen, doch Jury hatte es kaum bemerkt und auch das Gelächter vom Balkon nicht, das so fern schien. «Ich erhöhe auf zehn», hörte er Tommy sagen. Zehn Pence oder zehn Pfund? Das Geld, das ihm Sadie geschickt hatte.

Ein weiteres Puzzleteilchen lag an seinem Platz. Sadie dürfte zu vorsichtig gewesen sein, als daß sie einen Scheck geschickt hätte, und es schien sich um eine größere Summe gehandelt zu haben. Jury trat auf den Balkon.

«Tommy, wie hat dir deine Schwester eigentlich das Geld geschickt?»

Tommy blickte erstaunt von seinen Karten auf. «Als Postscheck. Sie wollte wohl nicht, daß das Geld verlorengeht. Warum?»

Jury machte sich auf die Suche nach einem Telefon.

Wiggins hatte den Mund voller Kuchen, einem von denen, die zu Constable Plucks Stärkung gespendet wurden. Unverzüglich machte er sich daran, Jury mitzuteilen, daß Long Piddleton genau der Ort wäre, an den er sich gern versetzen ließe, vorausgesetzt, er könne seine Stirn- und Nebenhöhlen an die Landluft gewöhnen.

Jury unterbrach ihn und erzählte ihm von dem Postscheck. «Dann kennen wir wenigstens Sadie Divers Unterschrift. Wahrscheinlich hat sie keinen Gedanken daran verschwendet und wenn, dann dürfte sie Simon Lean mit Sicherheit nicht erzählt haben, daß ihr Bruder auf Besuch kam.»

«Es ist halb fünf, Sir. Ich mache mich sofort auf die Socken, aber die Postämter haben doch schon zu.»

«Sie sollen ja auch keinen Brief aufgeben, Wiggins.»

«Sir!» sagte Wiggins so zackig, wie es mit dem Mund voller Kuchen ging.

34

«Hannah?»

Sie saß wieder auf der Bank in dem Boskett, wo er und Tommy auch schon gesessen und geredet hatten, wandte ihm den Kopf zu und blickte ihn an. Diesmal gelang es ihr nicht, ihre übliche unbewegte Miene zu machen. Er hatte sie schlicht erschreckt, und so wandte sie sich rasch wieder ab und schaute in den Korb auf ihrem Schoß, in dem ein paar Kamelienableger lagen.

«Was dagegen, wenn ich mich setze?»

Ihre Antwort darauf lautete: «Dann geben Sie mir also meinen Namen zurück. Vielen Dank.»

Jury setzte sich neben sie und beobachtete sie. «O nein, ich glaube nicht, daß Sie mir wirklich danken wollen. Schließlich war es fast soweit, daß man Sie des Mordes an sich selbst bezichtigt hätte. Als Sadie Diver. Da hätte die Polizei von Northants aber dumm dagestanden. Stellen Sie sich nur die Publicity vor, wenn sich die letzte Nachfahrin einer alten und vornehmen Familie als Hochstaplerin herausstellt, welche die echte Enkeltochter und obendrein ihren eigenen Liebhaber ermordet hat. Ein gefundenes Fressen für die Medien.»

Die Hände auf ihrem Schoß arbeiteten. Die Stimme, die antwortete, war ausdruckslos. «Keine Ahnung, wovon Sie reden. Ich trage kein Verlangen nach Publicity, weiß Gott nicht.»

Jury bot ihr eine Zigarette an. Sie schüttelte den Kopf. «Normalerweise wohl. Aber in diesem Fall hätte es, glaube ich, der Scharade nur nützen können. Wenn der Fall vor Gericht gekommen wäre – und genau das wollten Sie doch –, dann hätte die Publicity sich ausgezahlt.»

Sie saß mit ihrem Korb voller Ableger so regungslos da wie die Statue am anderen Ende des Gartens. Sie sieht aus, als wolle sie auf der Stelle zu Stein werden, dachte Jury. «Wahrscheinlich wollen Sie meine Geschichte nicht hören, aber ich erzähle sie Ihnen trotzdem: Simon hat an jenem Abend das Haus verlassen, aber er kam nicht mehr dazu, nach London zu fahren. Er wollte sich später mit Diane Demorney im Sommerhaus treffen –»

«Er hat aber das Auto genommen!»

«Nein, hat er nicht. Das waren Sie. Da Sie

Crick und Ihrer Großmutter erzählt hatten, daß er nach London wollte, mußten die beiden natürlich annehmen, daß er dort hinfuhr, als sie ihn fortgehen hörten. Als Crick Sie das letzte Mal sah, saßen Sie am Eßtisch und tranken Kaffee.» Da sie sich wieder in ihre Reglosigkeit zurückgezogen hatte, fuhr er fort: «Sie haben ihn umgebracht. Aber vorher haben Sie herausbekommen, daß er noch eine Verabredung hatte, im Pub ‹Stadt Ramsgate›. Ich könnte mir vorstellen, daß es den typischen kleinen Krach zwischen Ehemann und betrogener Ehefrau gegeben hat, der ihn aber ziemlich kalt ließ. Er hat dagesessen und Ihnen das Gesicht zugewandt, jedenfalls nach der Stoßrichtung der Waffe zu schließen. Dann haben Sie dreierlei getan: Es ist Ihnen gelungen, die Leiche in den *secrétaire* zu stopfen, falls irgend jemand – Diane Demorney vielleicht – hereinschauen sollte. Dann sind Sie ins Auto gestiegen und nach Wapping zu der Verabredung im ‹Stadt Ramsgate› gefahren.»

Sie wollte gar nicht aufhören, den Kopf zu schütteln, schien ihren Ohren nicht zu trauen und lächelte verhalten. «Dreierlei. Was sollte das dritte sein?»

«Sie haben den Brief geschrieben.»

In ihren Augen lag blankes Erstaunen. «Den von dieser Firth? Du liebe Zeit, dann hätte ich doch wohl eher gesagt, er wäre von dieser anderen Person – dieser Diver, so hieß sie doch? Warum sollte ich einen so großen Umweg machen?»

«Aus dem gleichen Grund, aus dem Sie ihn verbrannt haben, Hannah. Alles was zu offensichtlich war, alles was *direkt* auf Sadie Diver hindeutete, hätte bei uns am Ende die Frage ausgelöst, ob die Fingerzeige nicht allzugut ins Bild paßten. Andererseits aber hätten wir von dem Mord an einer kleinen Friseuse aus Limehouse vielleicht gar keine Notiz genommen. Sie wollten, daß eine Verbindung zwischen den beiden Morden hergestellt wurde; sonst wäre Hannah Lean die Hauptverdächtige für den Mord an ihrem Mann gewesen. Ihr Verstand arbeitet subtiler als Simons; und der war auch nicht gerade dumm. Wenn er den Brief hätte verbrennen wollen, er hätte kaum monatelang damit gewartet. Ein Fehler Ihrerseits, so könnte man sagen. Aber das Schöne an der Sache war, daß er Ihnen die ganze Arbeit abgenommen hat.»

«Das nennen Sie schön?» Sie wandte den Blick ab. «Und wie hätte ich wohl von Ruby Firth wissen sollen?»

«Ihr Mann scheint seine Affären nicht geheimgehalten zu haben.»

Jury wartete einen Augenblick in der vagen Hoffnung, daß Hannah Lean zu den Menschen gehörte, die vor lauter Stolz, daß sie die Polizei hinters Licht geführt haben, reden. Er wußte aber, daß sie nicht so war und es nicht tun würde.

«Mein Mann hat sich mir nicht anvertraut», sagte sie trocken. «Höchst unwahrscheinlich, daß er mir alles über diesen ziemlich ausgeklügelten Mordplan erzählt haben sollte, den er sich zusammen mit seiner Geliebten ausgedacht hat.» Jetzt wandte sie ihm tatsächlich das Gesicht zu, blickte ihn an und lächelte unsicher, wie jemand, dem gerade eingefallen ist, wie man das macht.

Jury fuhr fort: «Da ist die Kette, die ins Haus geliefert wurde. Vermutlich wollte Simon sie selbst in Empfang nehmen, aber er wußte, daß es kaum einen Unterschied machte, wenn Sie sie abfingen. Er konnte sie einfach als Geschenk ausgeben.»

Wieder sah er nur ihr Profil, denn sie blickte gedankenverloren auf die Kamelien hinunter. Und dann sagte sie: «Ich habe keine Ahnung, von welcher Kette die Rede ist. Übrigens hätte Simon das nicht getan: er wußte, daß ich mir nichts aus Schmuck mache.»

«Dann wollte er tatsächlich, daß Sie Verdacht schöpfen. Sie diente dazu, Sie zu einer Konfrontation mit seiner Geliebten nach London zu locken.» Auch wenn sie nichts zugibt, ihren eigenen Plan muß sie verteidigen, dachte Jury. «Und aus genau diesem Grund waren Sie entschlossen, die Wahrheit herauszubekommen, vor allem, da er sie Ihnen nicht geschenkt hatte. Als Sie wie gewohnt nach Northampton gefahren sind, haben Sie den Goldschmied aufgesucht. Er hat Sie wiedererkannt. Und da wußten Sie Bescheid. Wußten zumindest so viel, daß Sie argwöhnten, die beiden oder sie allein könnten auch zu Ihrem Anwalt gegangen sein. Sie haben ihn unter einem Vorwand angerufen, und er hat dann sicherlich so etwas gesagt wie: ‹Wie nett, daß Sie uns wieder einmal besucht haben, Mrs. Lean.› Alles mögliche hätte Ihren Verdacht bestätigen können, daß es eine zweite Besetzung für Sie gab.»

Sie stellte den Korb mit den Ablegern beiseite, erhob sich und ging zu der Steinfigur. Ein Rotkehlchen flatterte aus der steinernen Schale auf. Sie stand da, kehrte ihm den Rücken zu und hatte die Hand auf den Rand gelegt. Ohne sich umzudrehen, sagte sie: «Und Sie haben den Jungen, diesen Tommy, hierhergebracht in der Hoffnung, er würde seine Schwester wiedererkennen.»

Hat er das? Jury wußte, daß sie das gern angefügt hätte. Er saß jetzt vorgebeugt, hatte die Finger verschränkt und blickte auf ein paar abgestorbene Nesseln. Natürlich konnte er diese unausgesprochene Frage nicht beantworten. Statt dessen sagte er: «Ihre Überraschung war nicht gespielt. Tommy sieht aus wie Ihr Großvater in dem Alter.»

«Ich muß eine Enttäuschung für ihn gewesen sein – für meinen Großvater.»

Jury blickte stirnrunzelnd auf. «Aus welchem Grund?»

Mit abgewandtem Gesicht sagte sie achselzuckend: «Linkisch, schüchtern, unansehnlich –» Wieder hob sie die Schultern. «Ziemlich unsinnig, solche Gedanken unter diesen Umständen.»

Hatte sie wirklich jedesmal beim Erklimmen der Treppe ihr eigenes Porträt angesehen und so etwas gedacht? «Sie haben Ihren Großvater wirklich geliebt, nicht wahr?»

Ein heftiges Kopfnicken. «Eleanor auch. Ich bin froh, daß Simon tot ist. Ich bin froh, daß wir – beide außer Gefahr sind.» Sie drehte sich um, die Hände in den Taschen des Tweedrocks vergraben, und blickte ihn entschlossen an. «Eleanor wäre die nächste gewesen, Superintendent. Haben Sie daran gedacht?»

Natürlich glaubte sie nicht, daß sie außer Gefahr war.

«Oh, oft genug.»

Ein Weilchen sagte sie nichts, stand nur so da. «Dann wird man mich vermutlich des Mordes anklagen. Hannah Lean dürfte eine ideale Verdächtige abgegeben haben: kein Alibi, aber Gelegenheit und genug Motive für zehn Verdächtige.»

«Aber Sie *sind* Hannah Lean.»

Sie kam zur Bank zurück, griff nach dem Korb und sagte: «Sind Sie ganz sicher, Superintendent?»

35

«Und, sind Sie das?» fragte Melrose Plant.

Sie saßen vor dem Kamin im Salon, Jury auf dem Sofa, Melrose in seinem bequemen, alten Ohrensessel, dessen Leder schon ganz rissig und trocken war.

Doch Jury lächelte nicht. Wenn er sich doch auch so entspannen und die Ruhe genießen könnte wie die bejahrte Hündin Mindy. Scheinbar machte sie kaum etwas anderes, als an bestimmten Plätzen im Haus den Bettvorleger zu spielen. Jetzt schlummerte sie vor dem Kamin.

«Recht beunruhigend», fuhr Melrose fort, als Jury nicht antwortete. «Ich meine, der Gedanke, daß jemand die Stirn hat, jemand anderen darzustellen, der wiederum ihn selbst darstellt. Das ist, als teilte man bei einem Kartenspiel gleichzeitig von oben und von unten aus. Da stellt sich doch die Frage, ob man überhaupt wissen kann, wer der andere wirklich ist.»

Auch darüber lächelte Jury nicht. «Haarscharf Eleanor Summerstons Worte.»

Feierlich betrat Ruthven mit einem silbernen

Kaffeeservice und einem Telefon den Raum. «Ihr Sergeant bittet um Ihren Rückruf, Sir.» Er reichte Jury einen Zettel und setzte das Tablett ab. Dann machte er sich daran, das Telefon einzustöpseln, und fragte dabei Melrose: «Um welche Uhrzeit wünschen Sie zu speisen, M'lord?»

«So gegen acht. In Ordnung?» fragte er Jury.

Jury nickte, und Ruthven räusperte sich und stieß seine behandschuhte Faust, in Vorbereitung eines rhetorischen Aufwärtshakens, leicht gegen sein Kinn. «Ihre Tante hat Martha wissen lassen, daß sie Ihnen beim Essen Gesellschaft leistet.» Das hörte sich an wie ein Totengeläut. Vom anderen Ende des Zimmers fiel teilnahmsvoll die Standuhr ein und ließ wissen, daß es sechs Uhr abends war.

«Es wäre nett, wenn sie das *mir*, dem glücklichen Gastgeber, mitteilen würde. Was gibt es denn?»

«Ein ausnehmend wohlgeratenes Spanferkel, Sir.»

«Von Jurvis?»

«Gewiß doch, Sir. Mr. Jurvis hat weit und breit die beste Auswahl an Fleisch. Und zu angemessenen Preisen, möchte ich hinzufügen.»

Melrose überlegte. «Wir könnten ihm ja den Apfel aus dem Maul nehmen und ihm statt dessen ein Schild umhängen: ‹Sonderangebot: 79 Pence›. Nein, ich habe eine bessere Idee: Wie wäre es, wenn wir meine Tante anriefen und ihr sagten, daß sie uns keine Gesellschaft leisten wird.» Er betrachtete Jury beim Betrachten des Feuers. «Sagen Sie ihr, daß wir beide eine ansteckende Krankheit haben oder so ähnlich. Sie wissen doch, wie man das macht, Ruthven; Sie lügen vortrefflich.»

Ruthven verneigte sich ein wenig. «Danke, Sir. Genau das werde ich jetzt tun.» Er entschritt zwar gravitätisch, doch Melrose war überzeugt, daß er dabei eine Anwandlung von Schadenfreude unterdrückte.

Wiggins sagte, er habe versucht, Jury auf Watermeadows anzurufen, doch er sei schon fort gewesen. Noch keine Antwort wegen des Postschecks. «Mr. Crick hat gesagt, daß Master Tommy bei Lady Summerston ist, Sir.»

«Ich weiß. Wir müssen ihn morgen nach Gravesend zurückbringen. Sie hat so viel Spaß an seiner Gesellschaft, daß sie ihn gebeten hat, zum Abendessen zu bleiben. Als ich die beiden zuletzt sah, haben sie auf dem Balkon zusammen ‹Waltzing Matilda› gesungen.»

«Er hat nämlich lange in Australien gelebt.»

«Wer?»

«Lord Summerston. Wir sind so ins Reden gekommen, Mr. Crick und ich, über die Hitze da unten. Wie trocken es dort war und trotzdem recht angenehm. Das Lied dürfte Lady Summerston natürlich sehr gefallen, wo ihr Mann doch dort war.»

«Da könnten Sie recht haben», sagte Jury und legte auf. Irgendwie war es eine Gnade, daß Lady Summerston sich in die Vergangenheit zurückziehen konnte. Oder hatte sie sich etwa eingeredet, daß die Gärten von Watermeadows, die sie von ihrem Balkon aus überblickte, zu einem grandiosen Szenario in einem Spiel gehörten, für das sie gewissermaßen einen Logenplatz hatte? Wenn ihr die Darbietung nicht zusagte, konnte sie das Fernglas weglegen und ihre Briefmarken und Karten hervorholen.

Bei Jurys Rückkehr speiste Melrose gerade Pâté auf dreieckigen Toastscheiben. Auf dem Fußboden neben Mindy stand ein Tellerchen mit Pâté und Trüffeln; sie schnüffelte daran und schlief wieder ein. «Undankbares Hundevieh.»

«Wie wäre es mit Hundefutter? Schon mal probiert?» Jury langte zu.

«Wenn man nun Hannah Lean als Sadie Diver festgenommen hätte? Es wäre doch alles herausgekommen, also ihre wahre Identität.»

«Doppeltes Risiko. Und auf jeden Fall ein gewaltiger Rummel. Stellen Sie sich nur vor, was ein Verteidiger vor Gericht daraus machen würde. Eine Verdächtige, die unter falschem Namen festgenommen wurde. Glauben Sie wirklich, die Krone würde auf einer zweiten Runde gegen Hannah Lean bestehen? Ich bezweifle, daß sie sich überhaupt von ihm scheiden lassen wollte; ich glaube, sie war einfach irrsinnig eifersüchtig und sann auf Rache, und wer könnte ihr das verdenken? Sie wußte, daß nur sie als Verdächtige wirklich in Frage kam. Also hat sie seinen Plan übernommen. Ironie, was? Eine Art poetische Gerechtigkeit.»

«Ich würde Sie ja beglückwünschen, nur wirken Sie gar nicht glücklich», sagte Melrose. «Wäre es Ihnen andersherum etwa lieber gewesen?»

«Nein.»

Melrose hob die Tasse. «Teufel auch, Richard, es ist Frühling. Lassen Sie uns zumindest darauf trinken.»

Jury blickte durch das Zimmer in die Abenddämmerung hinaus und zum Spalier mit den Kletterrosen.

«Auf die Freundschaft», sagte er, hob seine Kaffeetasse und sah zu, wie die weißen Blütenblätter sacht herabschneiten.

36

Fast bösartig schien der Mond auf dem Pfad und über dem See, den Jury auf seinem Weg vorbei am Sommerhaus einsehen konnte, so hell, daß es aussah, als sei das Wasser kristallisiert, von einer Eisschicht überzogen.

Weil er den Spaziergang vom Sommerhaus zum Haupthaus gern machte, hatte er das Auto in der Parkbucht abgestellt und kam jetzt zu der Stelle, von wo aus er den Bootsanleger sehen konnte. Er blieb stehen, um die nach einem Potpourri von Blüten duftende Luft tief einzuatmen. Es raschelte in der Hecke, ein dunkler Schatten flatterte davon, irgendwo rief eine Eule; ein Ziegenmelker krächzte.

Sein Blick wanderte zum Ende des Anlegers. Dort bewegte sich etwas. Die weiße Katze saß wie ein Seezeichen vor dem dunklen Hintergrund des Himmels. Sie hatte ihre nächtliche Runde unterbrochen und schien auf den See hinauszublicken.

Eine Bö kam auf und warf eins der Ruderboote gegen die Pfähle. Das andere konnte er nicht sehen.

Jedenfalls nicht, bis der Mond wieder hinter Wolkenfetzen hervorgetreten war und die Mitte des Sees plastisch erscheinen ließ. Das andere Ruderboot trieb ziellos draußen auf dem Wasser und drehte sich langsam im Kreis.

Bei seiner Ausbildung hatte Schwimmen keine große Rolle gespielt, schließlich gehörte er nicht zur Themse-Division. Er war ein lausiger Schwimmer und brauchte wohl zweimal solange, wie Roy Marsh gebraucht hätte, bis er das Boot erreicht hatte.

Sie lag mit dem Gesicht nach unten. Ihre Hand schleifte im Wasser wie bei einer vergnüglichen Stechkahnfahrt auf dem Cam. Ihr Kopf hing über die Bordkante, ihr Haar trieb schwarzen Bändern gleich hinter ihr her.

Das Boot war klein, und Jury mußte sich beim Hochstemmen und Hineinklettern sehr in acht nehmen.

Behutsam drehte er sie um, sah das viele Blut. An dem Unterarm, der ihr über die Brust fiel, sah er nur zögernde, fast prüfende Schnitte; die Wunde an dem Handgelenk, das er aus dem Wasser zog, mußte tödlich sein. Als er am Hals ihren Puls fühlte, spürte er noch einen Hauch von Leben. Ihre Haut war so durchscheinend, daß er meinte, durch sie hindurch das Wasser des Sees zu sehen.

Sie machte anscheinend den Versuch, etwas zu sagen, und so beugte sich Jury tiefer zu ihr herunter.

«Ich bin nicht sie.» Ihr Kopf rollte zur Seite, fiel ihm auf die Schulter.

Er nahm sie in die Arme und legte das Gesicht in ihr Haar.

Doppeldeutig bis zum Ende.

In den «Fünf Glocken und dem Schulter-
blatt» lehnte Jury an der Bar und wartete, bis
Tommy Diver ein paar Hände geschüttelt und
Lebewohl gesagt hätte. Er steckte fünf Zehn-
Pence-Stücke in die Jukebox und wandte sich
mit seinem leeren Glas zur Bar. Molly mußte
die Kundschaft zusammengetrommelt haben.
Das Geschäft blühte; alles aus der Commercial
Road, was Beine hatte, schien hier gelandet zu
sein. Er konnte Tommy im hinteren Teil des
Pubs kaum noch sehen, wo natürlich eine Par-
tie Poker oder Rommé im Gang war. Wieviel
Geld dem Jungen wohl geblieben sein mochte?

Kath kreuzte auf, materialisierte sich vor seinen Augen aus dem Rauch; sie schien gewillt,
spendabel mit guten Ratschlägen zu sein,
wenn er ebenso spendabel mit Bier war. Er gab
eine Runde aus. «Hauptsache, du tust wählen,
scheißegal wen. Bloß nich den da –» sie deutete auf das Foto eines schweinsgesichtigen
Gentleman – «wo sich nämlich für denselben
Wahlbezirk wie ich hat aufstell'n lass'n. Das
is'n Langfinger und Rumhurer.» Heute trug
sie drei Hüte, Mieteinnahmen aus ihrem

Parkbesitz: einen Sombrero, einen Schlapphut und als Krönung eine Rugbymütze.

«Ich werde daran denken», sagte Jury und steckte das Flugblatt in die Tasche.

Jack Krael starrte in die Luft und fragte: «Sindse mit dieser Sadie Diver weitergekommen?»

«Ja.» Jury legte Geld auf den Tresen und bedeutete Molloy, Jack nachzuschenken. «Ich glaube, die Sache ist so ziemlich abgeschlossen.»

Jack drehte sich zu Jury um. «Is doch wohl nich Ruby gewesen, wa? Die hat – äh – den Kerl gekannt, und da wurde so gemunkelt...»

«Nein, bestimmt nicht. Die ist ganz außen vor.»

«Gut.» Nachdem das geklärt war, richtete er den Blick wieder in die Luft. Jury stand mit dem Rücken zur Bar und hörte wieder Linda Ronstadt, die immer noch versuchte, nach Hause, zum Bayou, zu kommen:

«Spare Pfennige, spare Groschen...»

Schließlich sagte Jack: «Wenn die's nich war, wer dann? Oder dürf'n Se das nich sag'n? Se dürf'n woll nich.»

Jury schwieg einen Moment und lauschte

den Beschreibungen der Fischerboote. «Niemand, den Sie kennen. War fremd hier.» Er drückte die Zigarette im Aschenbecher aus.

«So 'n Pech aber auch für den Jungen.» Jack drehte sich eine Zigarette, kniffte das Ende zusammen und klopfte seine Taschen nach Streichhölzern ab.

Jury gab ihm Feuer. «Ja, kann man wohl sagen.» Er warf das abgebrannte Streichholz fort. «Also, dann wollen wir mal wieder.»

Jack streckte ihm die Hand hin. «War mir 'n Vergnügen. Komm'n Se doch mal wieder.»

«...und sei wieder glücklich.»

«Danke», sagte Jury.

VIERTER TEIL

ICH MACH DEN FITSCH, KLINGT'S VON SHOREDITCH

EINE WOCHE SPÄTER.

Major Eustace-Hobson, Friedens- und Dorf-
richter, schaffte es, die Augen gerade so lange
offenzuhalten, daß er Lady Ardry zum x-ten
Male bedeuten konnte, sie solle aufhören, ihn
«M'Lord» zu titulieren. Das zieme sich nicht
bei dieser Art Fall. Er vergaß allerdings zu erwähnen, daß er gar kein Lord war. Dann sank
er wieder auf seinen Stuhl zurück, die kleinen
Hände über dem festen Pampelmusenbäuch-
lein gefaltet.

Agatha kann wirklich von Glück sagen,
dachte Melrose. Er saß zwischen Vivian und
Jury in dem alten Klassenzimmer, welches
durch die Anwesenheit von rund dreißig Zu-
schauern schon recht gut aufgeheizt war. Major Eustace-Hobson war bekannt für schlaf-
trunkene Rechtspflege, wann immer er so wie
heute seiner Pflicht nachkam. Er gehörte nicht
zu den Leuten, die da meinten, daß Großbri-
tannien immer schon eine Nation von Schläch-

tern gewesen sei, das Wohlergehen des Königreichs hinge von dessen ausreichender Versorgung mit Lebensmitteln ab.

Mit anderen Worten, er war ein gräßlicher Snob, der Mr. Jurvis' Einwendungen beiseite wischte und Agatha langatmige Ausführungen zugestand.

In Ermangelung von Sir Archibald hatte sich Agatha zu ihrem eigenen Rechtsbeistand erklärt und gab nun ihr Bestes, dem Gericht zu veranschaulichen, welche physischen Qualen ihr das aufgrund ihres Fußes bereitete. Raymond Burr im Rollstuhl war verglichen mit Agathas Fußnachziehen ein Ausbund an Beweglichkeit. Gut fünf Minuten hatte sie sich nun schon über die Rechte der Fußgänger ausgelassen. Ein gefährlicher Kurs, den sie da einschlägt, dachte Melrose, schließlich hat sie selbst im Auto gesessen. Aber sie umschiffte diese Klippe mit Bravour, indem sie die Aufmerksamkeit auf den Ruin eines jeden Fußgängers lenkte: den Zebrastreifen.

«Sie wissen und ich weiß – nun eigentlich wissen wir alle –» Hier ließ sie eine raumgreifende Geste folgen. «– um das schändliche Versäumnis der Autofahrer, uns, den entrechteten Fußgängern, zu erlauben, über die Straße zu gehen.»

«Ich möchte das hier nur anführen», sagte sie gerade, «weil ich die Aufstellung eines Schweins auf dem Gehsteig für eine ebenso große Gefährdung für den Fußgänger halte wie ein heranrasendes Auto an einem Zebrastreifen. Daher –»

Und ehe Jurvis noch aufspringen und diese Behauptung in Zweifel ziehen konnte, dröhnte sie schon weiter. Keine Frage, sie hatte ihre Hausaufgaben gemacht. Sie hatte sich durch zahllose verstaubte Bücher und Akten geackert und zitierte:

«Aus dem Jahre neunzehnhundert... dings, äh, vierzehn ist der Fall eines Mannes bekannt, der den örtlichen Pub verklagte, weil sich an dessen altem Wirtshausschild, das einen Galgen zeigte, eine Schraube gelockert –»

Jurvis sprang auf. Es hielt den Ärmsten nicht länger. «Wenn hier bei jemandem eine Schraube locker ist, dann –»

Major Eustace-Hobson klappte die Lider auf und wies Mr. Jurvis in scharfem Ton zurecht.

«Aber das kann man doch gar nicht vergleichen, Sir: Da hat sich doch das Schild von selbst gelockert. Aber mein Schwein, das hat sich nicht vom Fleck gerührt.»

Als Jurvis noch einmal aufgefordert wurde, sich zu setzen, zog Richard Jury, der zwischen Plant und Marshall Trueblood saß, die Tageszeitung von Northampton aus der Tasche und las noch einmal den Bericht über den Tod von Hannah Lean. Man hatte auf Selbstmord «aus verminderter Zurechnungsfähigkeit» erkannt. Und das Motiv war natürlich der Schock, den sie durch den tragischen Tod ihres Mannes erlitten hatte.

Zumindest eine Art ausgleichende Gerechtigkeit, dachte Jury. Pratt hatte den Reportern gegenüber hervorragend gemauert. Trotz allem, was sich schließlich zugetragen hatte, stimmte er mit Jury darin überein, daß die beiden Hannah Lean hatten aus dem Wege räumen wollen: die Sachen, die aus Watermeadows mitgenommen worden waren, die Gespräche, welche die Polizei mit dem Geschäftsführer von Tibbet, mit der Anwaltskanzlei und auch mit Trevor Sly geführt hatte – alles deutete in diese Richtung.

Und dann hatte Pratt bekümmert hinzuge-

setzt: «Jeder gewiefte Anwalt hätte sie herauspauken können, wenn man sie wegen Mordes
an ihrem Mann angeklagt hätte. Ist ihr der Gedanke denn nie gekommen?»

Jury faltete die Zeitung und damit den Bericht
zusammen, welchen er mittlerweile schon ein
halbes Dutzend Male gelesen hatte, und steckte
sie wieder in die Tasche. Gerade noch rechtzeitig, so daß er mitbekam, wie Major Eustace-
Hobson das Urteil verkündete.

Agatha gewann.

«Und wieder einmal triumphiert die Gerechtigkeit», sagte Marshall Trueblood, als er draußen auf der Shoe Lane stand und sich eine
grüne Zigarette anzündete. «Wenn Sie mich
fragen, die liebe Agatha dürfte Einladungen zu
dieser Veranstaltung verschickt haben.» Da
standen nun die vier und sahen zu, wie die Zu-
schauer aus der alten Dorfschule am Ende der
Straße strömten. Lachend und schwatzend
wie Kinogänger kamen sie heraus und he-
chelten die Vorstellung noch einmal genüß-
lich durch. Als sie von der Shoe Lane in die
Hauptstraße einbogen, hörte Melrose, wie
Alice Broadstairs zu Lavinia Vine sagte: «Ein

Pfund dreißig. Also wenn das nicht ein guter Preis für Gehacktes ist.»

Lavinia nickte. «Wirklich. Jetzt brauchen wir wohl nicht mehr zu dem Menschen in Sidbury zu gehen.»

«Nie im Leben habe ich ein so ungerechtes Urteil gehört!» sagte Vivian, und die Wut, die ihr heiß in die Wangen stieg, machte sie nur noch schöner. «Wenn hier jemand der Übeltäter war, dann Agatha! Der arme Mr. Jurvis.»

«Jurvis? Seien Sie nicht albern, Vivilein», sagte Marshall. «Nach alledem wird er sagenhafte Umsätze machen.»

«Es geht ums Prinzip», beharrte Vivian.

«Es geht ums Geld», sagte Trueblood. Er hielt den *Ulysses* unter den Arm geklemmt und klopfte jetzt darauf. «Erst als jemand Theo erzählte, dieses Buch sei relativ wertlos – schließlich war es neu gebunden –, da rang er sich dazu durch, mir aus lauter Großzügigkeit zurückzugeben, was mein ist.»

«Das kann doch nicht wertlos sein? Wer hat ihm denn das eingeredet?»

«Ein recht angesehener Sammler, ein Freund von mir, hat dem ‹Büchernest› einen Besuch abgestattet.»

Melrose blieb stehen. Sie waren jetzt vor der Villa Pluck angelangt, in die gerade drei Dorfbewohner mit Kuchenschachteln und Keksdosen hineinströmten. «Wieviel haben Sie denn diesem angesehenen Sammler gezahlt?»

«Ich? Ich?»

«Ja, Sie.» Die vier schlenderten weiter den Bürgersteig entlang.

Diane Demorney kam ihnen am Arm von Theo Wrenn Browne entgegen. «Ich muß schon sagen, soviel Spaß habe ich seit Tagen nicht mehr gehabt.» Die Tage datierten bei ihr offenbar von dem Zeitpunkt an, als die Scheinwerfer der Untersuchung nicht mehr auf sie gerichtet waren.

«Das war abgekartet», sagte Vivian ziemlich schnippisch.

Diane wölbte eine Braue. «Mein Gott, Herzchen, das will ich doch gehofft haben.» Ihr Lächeln für Jury war so strahlend, daß man hätte erblinden können. «Alle treffen sich zum Cocktail bei mir, so gegen sechs. Kommen Sie doch auch.»

«Sehen Sie sich das an», sagte Trueblood. «Was habe ich gesagt? Wenn sich die da verlaufen haben, gibt's bei Jurvis nicht mal mehr einen abgenagten Knochen.» Eine Schlange zog sich von Jurvis' Laden an Ada Crisps Lädchen und «Wrenns Büchernest» vorbei. Wie bei Freunden, die zusammen in einem Bunker sitzen, schien sich bei den Schlangestehenden eine gewisse Kameradschaft zu entwickeln.

«Kommen Sie, ich spendiere allen einen Gelben Blitz, oder wie auch immer Scroggs' neueste Kreation heißt», sagte Trueblood und zog Vivian am Arm mit. «Dann saust das Blut in den Adern, Vivilein. Wir wollen doch fesch aussehen, wenn Graf D. –»

«Ach, halten Sie doch den Mund!» Sie steuerte auf die «Hammerschmiede» zu, drehte sich aber noch einmal um und fragte: «Kommen Sie nicht mit?»

«Aber ja doch», sagte Melrose. «Ich möchte Richard nur eben etwas zeigen.»

«Den Teufel auch», sagte Jury. Sie standen auf der Straße und blickten an dem Geschäft hoch. Da hing ein großes, altes, frischgemaltes Schild. Zumindest war der Teil, welcher JUR-

VIS. BESTE FLEISCHWAREN lautete, frisch gemalt. Die goldenen Lettern wölbten sich über dem verblichenen Schriftzug «Zum Schwein mit der Pfeife». Das Ganze hing an einem schmiedeeisernen Haken über der Tür. Und auf der Schwelle prangte das mittlerweile berühmte Gipsschwein in seiner ganzen Pracht, behängt mit farbenfreudigen Girlanden.

«Erinnern Sie sich noch, wie ich Ihnen erzählte, daß Slys Kneipe einmal ‹Zum Schwein mit der Pfeife› hieß? Natürlich hat er mir ein Schweinegeld dafür abgeknöpft. Jurvis ist ganz hin und weg. Ich glaube nicht, daß Agatha es schon gesehen hat.» Melrose bemerkte die zusammengefaltete Zeitung in Jurys Tasche und sah, daß sie stark zerlesen war. «Eine schreckliche Geschichte», sagte er, die Augen immer noch auf das Wirtshausschild geheftet. «Welch furchtbare Ironie. Warum hat sie den Scheißkerl nicht einfach umgebracht. Sie hätte alle Sympathien auf ihrer Seite gehabt.»

«Das hat Pratt auch gesagt. So ähnlich jedenfalls.»

Ein langes Schweigen, während Jury und Plant mitten auf der High Street standen und zu dem Wirtshausschild hochschauten.

«Dann war also das Schwein schuld», sagte Melrose.

«Und der Übeltäter ist davongekommen», sagte Jury.

Sie drehten sich um und gingen über die Straße zum Pub zurück. Jury zog die Zeitung aus der Tasche, warf noch einen Blick darauf und ließ sie dann in den Papierkorb neben der Tür fallen.

In der Reihe der rororo-Taschenbücher liegen bereits vor: «Inspektor Jury sucht den Kennington-Smaragd» (rororo 12161), «Inspektor Jury küßt die Muse» (rororo 12176), «Inspektor Jury bricht das Eis» (rororo 12257), «Inspektor Jury geht übers Moor» (rororo 13478), «Inspektor Jury lichtet den Nebel» (rororo 13580), «Inspektor Jury spielt Katz und Maus» (rororo 13650), «Inspektor Jury schläft außer Haus» (rororo 5947), «Inspektor Jury spielt Domino» (rororo 5948). Im Wunderlich Verlag erschienen «Inspektor Jury geht übers Moor» (1991), «Inspektor Jury lichtet den Nebel» (1992), «Inspektor Jury spielt Katz und Maus» (1993) und «Inspektor Jury gerät unter Verdacht» (1995).